LAS SOMBRAS DE SU PASADO
Autora: Úrsula Llanos

Bemasoft Ediciones S.L.
C/Lagasca nº 95 Madrid
ediciones@bemasoft.es

Octubre de 2016-edición 1º
ISBN 978-84-944974-3-8
Depósito legal M-36460-2016

LAS SOMBRAS DE SU PASADO

Úrsula Llanos

Bemasoft Ediciones S.L.

A mi hermano José María

CAPÍTULO 1

Un copo de nieve acababa de estamparse contra el parabrisas y Verónica miró inquieta a su alrededor. A través del empañado cristal de ventanilla apenas si consiguió distinguir otra cosa que nieve y más nieve. Un manto blanco que cubría las puntiagudas montañas entre las que discurría la carretera que iban recorriendo y que empezaba a dejar caer su blanda carga sobre el automóvil que conducía Octavio. Como ocupaba ella el asiento posterior, apenas si distinguía de él otra cosa que su anorak azul marino y el gorro de punto rojo con el que cubría su cabeza, pero dio por supuesto que sonreiría como siempre, con algunas arruguillas en torno a sus claros ojos castaños que parecían desmentir su apariencia estudiantil, de muchacho que acabara de dejar atrás la adolescencia.

Esa característica de su fisonomía le había atraído de él desde el momento en el que le había conocido. Vestía esa mañana un chándal oscuro y se le había acercado despeinado y sonriente como si fuera a comunicarle que su equipo había quedado campeón en el partido que acababa de jugar. No fue eso lo que le dijo. Ni siquiera se refirió a ningún deporte, pese a la indumentaria que llevaba. Había tomado asiento en su mesa con un vaso de ginebra en la mano y el aire desenvuelto que le caracterizaba. Como si la conociera desde siempre. Desde esa misma mañana se había visto reflejada en sus ojos como una chica especial, distinta a las demás, y ni siquiera cuando se explayó con él y le explicó el motivo por el que había estado acudiendo regularmente a la consulta de un psiquiatra había dejado de admirarla. Simplemente había sonreído comprensivamente, como si careciera de importancia.

7

Con la visión optimista y desenfadada con la que enfocaba cualquier cuestión, por espinosa que pudiera parecerle a los demás.

Para Verónica fue como un bálsamo. Cansada de escuchar el inevitable consejo del especialista y de todos los que la rodeaban, que insistían en que debía afrontar el cataclismo que se había abatido sobre ella años atrás, la forma en la que reaccionó Octavio al enterarse le infundió ánimos. Llegó incluso a convencerse a sí misma de que podía obviar esa cuestión, olvidarse de ella, relegarla al rincón de su cerebro donde archivaba todo lo que le resultaba desagradable y no estaba en su mano remediar y avanzar optimistamente hacia el futuro.

Habían transcurrido ya casi diez años desde que sufriera aquel accidente de tráfico y desde entonces se consideraba incapaz de conducir un automóvil. Pero ni siquiera era eso lo peor. Lo peor era que no soportaba tampoco que lo condujera otra persona. En las escasas ocasiones en las que, pese a su resistencia, se había visto obligada a introducirse en un vehículo, no podía ocupar el asiento del copiloto y permanecía en tensión, agarrotada, con los ojos cerrados y la pierna derecha rígida, frenando el coche con el pie en cada revuelta del camino, oprimiendo un pedal inexistente.

Por esa razón iba en ese momento en el asiento posterior del coche de él. Acababa de abrir los ojos y al advertir que la nieve les rodeaba por todas partes le preguntó en un susurro:

— ¿Falta mucho para llegar?

Le sonrió él a la imagen que veía de ella por el espejo retrovisor.

— ¿Al albergue? No, claro que no. En un par de minutos llegaremos y mañana, bien tempranito empezaré a enseñarte a esquiar. Habrás traído ropa de abrigo, ¿verdad?

—Sí, sí, claro.

—E hiciste la reserva en el albergue, tal y como te indiqué, ¿no es eso?

—Sí, sí, por supuesto.

—Entonces no tenemos de qué preocuparnos. Es difícil encontrar habitación en ese albergue, porque está enclavado en un lugar muy pintoresco y bastante alejado de la civilización. Un paraíso, sin ruidos y sin coches, en plena naturaleza. Un lugar perfecto para nuestra luna de miel. Aunque seas tan friolera, te encantará y no tardarás en reconocer que he elegido el lugar perfecto.

Emitió Verónica un casi inaudible sonido con el que pretendió darle a entender que aprobaba lo que acababa de decirle, aunque no le gustaban los deportes de invierno. De haber podido elegir, hubiera optado por una playa en el lugar más cálido de la península o de las islas canarias, pero era Octavio demasiado obstinado para llevarle la contraria y estaba tan ilusionado además con pasar los primeros días de su matrimonio en el albergue al que se dirigían, en el que antaño acostumbraba a celebrar las navidades con sus padres, que no se había atrevido a decepcionarle. No era solo por su fisonomía. En algunos aspectos era como un niño y no siempre entendía que alguien pudiera no compartir sus preferencias.

Tampoco las horas y los días discurrían para él a la misma velocidad que para el resto de los mortales. Siempre parecía tener prisa, como si temiera que el tiempo se le escapara si se entretenía en reflexionar, por lo que improvisaba siempre sobre la marcha sin que pareciera importarle lo que pudiera ser más conveniente.

Le había conocido seis meses antes en una cafetería en la que se había citado con un compañero de despacho con el que salía desde que había entrado a trabajar en el bufete de abogados en el que ejercía su profesión y habían quedado allí para aclarar las cosas y tomar una decisión sobre la relación que mantenían, ya que la tarde anterior se habían peleado por el motivo de siempre. Por la imposibilidad que sentía ella de superar el pánico que le inspiraban los automóviles desde que perdiera a sus padres en aquel accidente, casi diez años atrás. Esa tarde conducía ella. Acababa de obtener el permiso, recién cumplidos los dieciocho años, y decidieron celebrarlo yendo a merendar a un mesón de las afueras. No llegó a saber entonces ni tampoco después qué había sido lo que sucedió, porque no había niebla ni llovía tampoco. El coche no patinó en el asfalto ni el camión que venía de frente se salió de su carril ni traspasó la mediana, pero se despertó en un hospital con la cabeza vendada y un brazo roto. Tardó el médico que la atendía en contestar a sus preguntas, pero cuando consiguió enfocar de nuevo la vista y distinguir a la ocupante de la otra cama de habitación, cuando volvió a tener conciencia de quién era ella y de que estaba ingresada en un sanatorio, se lo dijeron. Al principio no lo entendió. Era tan absurdo, tan incomprensible, haberse quedado sola de repente...

Enrique era incapaz de admitir que no fuera capaz de superarlo. Cuando se incorporó ella a aquel despacho contestando a un anuncio que vio en el tablón de anuncios de la facultad, poco después de obtener el título de abogado, y le conoció, llevaba él ya bastante tiempo trabajando en esa oficina y desde el primer momento se brindó a ayudarla, porque poseía ya la experiencia de la que Verónica carecía. Era un hombre alto, delgado, con un acusado aire intelectual y un magnífico cerebro para el ejercicio de la abogacía, pero no para entenderla a ella, lo que a Verónica le irritaba profundamente. Los problemas no solían tener una única solución, como parecía creer él, que, pese a la profesión que había elegido, poseía una mente matemática. Su mente también era rápida y su dialéctica hábil y fluida y Verónica estaba tan sola...

Día tras día fueron intimando y una tarde en la que llovía como si el cielo fuera a desplomarse sobre las calles y se refugiaron empapados en el oscuro portal de un edificio le propuso Enrique que se fuera a vivir con él, a su piso, a lo que Verónica se negó, porque intuyó que la convivencia con él sería imposible. Discutían a diario y siempre por el mismo asunto, por su dichoso trauma. Le había buscado Enrique una psicóloga, que le impuso un tratamiento con el que no mejoró en absoluto, pero que le convenció a él, que a su vez pretendió convencer a Verónica, de que debía enfrentarse a su fobia sentándose frente al volante del coche de él, que debía arrancarle previamente el motor. Lo único que consiguieron Enrique y la psicóloga fue un ataque de histeria del que

Verónica tardó en reponerse y a consecuencia del cual llegó a plantearse seriamente dejarle. Con esa intención se había citado con él por teléfono en la cafetería donde se hallaba en ese momento.

Entonces conoció a Octavio. Llevaba más de un cuarto de hora esperando a Enrique, que incomprensiblemente no había aparecido, cuando aquél, que estaba acodado en la barra, se volvió a mirarla y le sonrió. Inconscientemente le imitó, aunque no se sentía con ánimos de entablar conversación con nadie. Había estado repasando in mente lo que pensaba decirle a Enrique en cuanto se presentara y lo último que deseaba era entretener la espera charlando con un desconocido. Vestía Octavio ropa deportiva, por lo que supuso que vendría de correr por la ciudad universitaria que se ubicaba no muy lejos del local en el que se hallaba, o de practicar cualquier otro deporte. Parecía muy joven, con su rostro de líneas suaves y casi imberbe. Incluso llegó a preguntarse si no sería menor que ella, que acababa de cumplir los veintiocho, pues la mirada de sus ojos castaños era ingenua, como la de un chiquillo. Incluso su cabello, despeinado y algo rizado, resbalándole sobre la frente, acentuaba esa impresión. Lo desmentía el vaso de ginebra que llevaba en la mano y con el que, sonriente, se sentó en la mesa a su lado.

— ¿Puedo acompañarte?— le preguntó.

—Pues...— vaciló Verónica—. Me parece que no. Estoy esperando a un amigo.

— ¿A un amigo muy amigo?

Dudó nuevamente ella sin acertar a calificar en ese momento la relación que mantenía con Enrique.

—Digamos que sí, que es muy amigo.

—Y que por lo que veo te está dando un plantón— apuntó con una expresión pícara.

—Es que Enrique tenía un juicio esta mañana— le aclaró, aunque en su interior había decidido no darle explicaciones—. Es abogado. Había dado por hecho que a esta hora habría finalizado el juicio, pero probablemente el fiscal se haya explayado con sus conclusiones definitivas o puede que el que se haya explayado haya sido él.

—¿Y no debería llamarte al móvil para advertírtelo?

—¿Llamarme al móvil durante un juicio?— se rió Verónica— Es obligado silenciarlos antes de entrar en la sala.

Se quedó mirándola con fijeza.

—Perdona, es que no estoy al tanto de esos detalles. ¿Eres abogado tú también?

—Sí. He tenido una comparecencia esta mañana, pero he terminado pronto. Me he citado aquí con él para tomar un café y enseguida volveremos juntos al despacho.

—Porque trabajáis en la misma oficina— afirmó más que preguntó él.

—Sí– corroboró Verónica, preguntándose por qué estaría manteniendo esa charla con él, siendo como era un desconocido.

Había bajado él la mirada y parecía contemplar fijamente el transparente líquido que contenía el vaso, cuyo olor era inconfundible.

—Ya— murmuró sin levantar los ojos—. ¿Y ese amigo es solamente eso o es algo más?

Pensó ella que, como no era de su incumbencia, debía hacérselo notar y cortar en seco la conversación, pero incomprensiblemente se encontró contándoselo. La relación que habían mantenido, la bronca del día anterior tras el ataque de ansiedad que había sufrido a consecuencia del empeño de él en que condujera su coche y sobre todo la fobia que padecía y que la impedía comportarse como una persona normal. Acodado en la mesa, la escuchaba sin interrumpirla, con la comprensión reflejada en sus pupilas.

—¿Y por qué no le explicas lo que te pasa?— le insinuó al fin, cuando Verónica terminó de relatárselo.

—¿Que se lo explique? ¿Qué es lo que quieres que le explique? Sabe de sobra lo que me sucedió hace diez años, porque se lo he contado por lo menos una vez todos los días desde que le conozco. Es que no lo entiende. No lo entiende, lo mismo que no lo entiende la psicóloga que me ha buscado para que me trate. Los dos me repiten que tengo que afrontarlo y obligarme a mí misma a subirme a un coche, sentarme frente al volante y arrancarlo. Como si pudiera...—. Un lagrimón le resbaló por la mejilla cuando levantó los ojos hacia él—. Pero es que no puedo, ¿entiendes? Me quedo rígida y el pulso se me dispara. Después empiezo a sudar y hasta veo doble. Y finalmente empiezo a temblar y si no grito es porque la voz no me sale de la garganta—. Se quedó callada durante unos segundos, antes de intentar adivinar por su expresión lo que pudiera estar pensando—. Supongo que a ti, que pareces un deportista y una persona sin complejos te parecerá una tontería— murmuró.

Meneó él la cabeza en sentido negativo.

—En absoluto. Te entiendo perfectamente. Lo que no entiendo en cambio es que esos dos te obliguen a enfrentarte a esa fobia, o como se llame lo que padeces. Si no te sientes capaz de conducir un coche, no hay razón alguna para que lo hagas. Hay mucha gente que no tiene permiso de conducir y no creo que se les conceptúe de bichos raros. Puedes ir a tu trabajo en autobús, en Metro y hasta andando.

Se mordió Verónica los labios luchando por reprimir las ganas de llorar.

—En autobús no es tan terrible lo que siento, aunque también lo paso mal.

— ¿Te ocurre también en el autobús?

—No, si me siento atrás, de modo que no vea la perspectiva que se le ofrece al conductor. No disfruto en absoluto durante el trayecto, pero lo puedo soportar. De hecho, lo tomo cuando no me queda más remedio.

— ¿Y en el Metro?

—En el Metro procuro sentarme y cerrar los ojos para no ver la velocidad con la que recorre los túneles. Voy contando las estaciones para que no se me escape la mía y… Si viviera en un pueblo iría a todas partes andando, pero Madrid es tan grande… Te parecerá que estoy como una regadera.

Esperaba ver en su rostro una expresión burlona o al menos de incomprensión, pero no se reía ni su semblante traslucía otra cosa que interés y… sí, también algo que se asemejaba mucho a la ternura.

—Lo siento.

—Gracias— murmuró apenas ella—. Gracias por entenderme y por no tomártelo a broma.

Se quedaron callados los dos y Verónica experimentó la sensación de que les envolvía un halo de intimidad en el que sobraban las palabras. Como si le conociera de mucho tiempo atrás y les bastara con estar cerca el uno del otro para comprenderse. Algo que no le había sucedido nunca con Enrique, que pretendía analizar siempre y en todo caso lo que sentían buscando una explicación razonable que lo justificase.

El sonido de llamada del móvil de ella rompió el silencio y la magia del momento. Era Enrique que se disculpaba por no poder llegar a tiempo a la cita, ya que acababa de salir de la sala donde se había celebrado el juicio, que se había prolongado más de lo previsto.

— ¿Era ese amigo con el que habías quedado?— se interesó él.

—Sí, no va a poder venir, así que tengo que volver al despacho.

— ¿Me permites que te invite?— le preguntó, mientras se ponía en pie. Se llevó a continuación una mano a los labios como si acabara de acordarse de algo—. Me parece que no me he presentado. Me llamo Octavio Ferrer. ¿Y tú?

—Verónica. Verónica Dávila.

—Y eres abogado— continuó él.

—Sí, ¿y tú?

—Yo, no— replicó riéndose.

—Que a qué te dedicas— insistió ella.

—Soy agente de seguros— le aclaró risueño—. Trabajo por aquí cerca, en la calle de Luchana. ¿Y tú?

—En un despacho, en la calle de Alberto Aguilera.

—Pues están muy cerca la una de la otra, así que deja que te acompañe. Iremos andando.

Y así fue cómo empezó todo. Esa misma tarde rompió definitivamente con Enrique, que no lo entendió por más que se empeñó en buscar el motivo y al que le costó asumirlo, y empezó a salir con Octavio, con el que acababa de casarse en un juzgado esa misma mañana. Durante los seis meses anteriores no había aludido él a la fobia que sentía Verónica por los automóviles ni había pretendido que venciese la animadversión que le inspiraban, pero unos días antes de la boda lo dejó caer, como al desgaire.

—¿Sabes lo que me gustaría?— le preguntó al recogerla una tarde del despacho para acompañarla a pie hasta su casa, como todos los días—. Me gustaría que pasásemos los primeros días de nuestro matrimonio en un albergue próximo a la sierra de Gredos de lo más íntimo y pintoresco. Le gustaba mucho a mis padres y nos alojábamos allí para recibir el año. ¿Qué te parece?

Se lo preguntaba sonriente clavando en ella su ilusionada mirada, más propia de un chiquillo, con la que siempre la desarmaba.

—No sé esquiar— objetó Verónica, temiendo lo que se avecinaba.

—Eso no importa. Ya te enseñaré.

Vaciló ella antes de efectuar la siguiente objeción.

—¿Y... y en qué vamos a ir hasta allí? ¿Hay tren?

—Sí, pero la estación está bastante alejada del albergue. No te preocupes— le recomendó sonriente—. Conduzco bien y conmigo no pasarás miedo, ya lo verás.

—Pero es que...

—No podemos salir de viaje andando, compréndelo. La estación de autobuses además queda lejos y...La única forma razonable de llegar hasta ese albergue es en el coche particular de cada uno. ¿O es que quieres que pasemos los quince días de permiso que me han dado en mi oficina por la boda metidos en tu piso?

—No, claro que no, pero...

—Pues no se hable más. Reserva tú la mejor habitación del albergue y te repito que no te preocupes, porque no estoy dispuesto a permitir que vuelvas a sufrir un ataque de ansiedad ni de ninguna clase. Verás cómo conmigo será todo diferente.

Y por esa razón estaba en ese momento viendo caer la nieve sobre el coche de él, un Nissan gris plata, mientras recorrían la carretera vecinal después de dejar atrás la autopista. Por consejo de su psicóloga había tomado un tranquilizante esa mañana después de la ceremonia civil en el juzgado de un pueblo, a la que no habían asistido ninguno de sus parientes ni de sus amigos. Como testigos habían actuado dos muchachos que pasaban por la calle y a las que conocía el secretario judicial. Octavio quería una boda muy íntima y aunque ella hubiera preferido vestir un traje blanco, invitar a las personas más allegadas y que les arrojaran arroz al término de la ceremonia, parecía estar él tan ilusionado con celebrarla de una manera tan fría y tan solitaria que no se había atrevido a decepcionarle. La pastilla la había sedado y había recorrido en el asiento posterior del coche un gran número de kilómetros más relajada de lo que acostumbraba en situaciones similares, pero conforme transcurrían las horas el tranquilizante iba perdiendo su efecto y empezaba a notar que el agarrotamiento de sus miembros iba en aumento, a la par que el pulso se le disparaba.

Una lluvia de copos de nieve se estampó contra el cristal del parabrisas y se deshizo en regueros blanquecinos que lo enturbiaron, cuando tomó el coche una curva muy cerrada y a Verónica se le disparó el pie derecho contra un pedal imaginario del freno, al tiempo que experimentaba una agobiante sensación de angustia. Debió de notarlo él, porque giró a medias la cabeza.

— ¿Estás bien?

—No… sí… ¿falta mucho para llegar?

No necesitó oír la respuesta de él, porque al salir de la curva y al final de la estrecha carretera vecinal cubierta de nieve vio el albergue. Con las luces de las ventanas encendidas se asemejaba a una casita de cuento, con sus tres plantas cubiertas por un tejado inclinado y blanco por la blanda carga que caía del cielo y que teñía de ese color todo lo que se extendía ante su vista. Un humo grisáceo salía por la chimenea e iba a fundirse con un firmamento negro, velado por la cortina de nieve.

Estaba a punto de finalizar su suplicio, pensó Verónica, por lo que dejó escapar un suspiro de alivio que a Octavio le pasó desapercibido. Emocionado miraba al frente, a la casita a la que se iban aproximando con una ilusionada sonrisa en los labios.

—Te va a entusiasmar— le dijo, mientras conducía con suma precaución hacia el portón de entrada, cubierto por un porche al que se accedía por tres escalones tan blancos como todo lo que se alcanzaba a divisar a la luz del farol que colgaba del techo, pues había oscurecido ya. ¿Llevas a mano la reserva?

La buscó ella dentro de su bolso y se la enseñó.

—Sí, mira, la tengo aquí.

Dio Octavio con el coche la vuelta al edificio y lo estacionó bajo un tejadillo adosado a su fachada posterior junto a un Volkswagen verde, a la par que un Renault amarillo aparcaba al otro lado. Los distinguió Verónica gracias a la claridad que salía por una ventana del edificio, que iluminó también la expresión de él cuando se giró hacia el asiento que ocupaba ella y en la que apenas si reparó, aunque no recordaba haberle visto nunca tan serio. Unas oscuras ojeras que parecían haberle surgido de la nada bordeaban sus ojos cuando le tendió una cajetilla de tabaco que había extraído de su bolsillo para decirle:

—Guárdame esto en tu bolso, ¿quieres?

Era Octavio un fumador empedernido, por lo que le extrañó a Verónica lo que acababa de pedirle.

—Bueno, ¿pero por qué me la das a mí? Estoy segura de que en cuanto lleguemos a la habitación que hemos reservado encenderás un cigarrillo.

Sonrió ahora, pero no con su sonrisa de siempre.

—Es posible, sí, pero hazme ese favor.

Bajó él a continuación del automóvil y abrió el maletero, al tiempo que Verónica con el bolso al hombro salía también del vehículo. Le entregó a ella el maletín de su ordenador portátil y le subió hasta el porche su maleta. Soplaba un viento helado impregnado de nieve que la despeinó y que le revolvió la melena, veteándola con minúsculas partículas blancas que traía el viento y que la obligó a arrebujarse en su anorak. Él se echó a reír viéndola tiritar.

—Te vas a congelar. Entra y pide nuestra habitación en recepción mientras voy yo a por mi equipaje. No tardaré.

Una mujer, alta y poco agraciada, con una melena rojiza, unas botas que le llegaban hasta la rodilla y un anorak rojo, abotonado hasta el cuello, que acababa de descender del Renault amarillo, la empujó cuando hizo intención de penetrar en el vestíbulo, pequeño y revestido de madera, con una escalera al fondo, también de madera. Se le adelantó la pelirroja al dirigirse hacia el mostrador de recepción y Verónica se situó a su espalda, esperando a que atendiese a la otra el único empleado. Mientras tanto se giró hacia el portón de entrada, esperando ver aparecer de un momento a otro a Octavio. La pelirroja discutía con el encargado por la habitación que le había asignado y éste se disculpaba pacientemente por no tener otra disponible.

Verónica empezó a cansarse. ¿Por qué no dejaba de discutir aquella mujer tan pesada y le cedía de una vez el turno? ¿Y por qué no aparecía Octavio en la recepción del albergue? Para sacar del maletero su equipaje no era necesario invertir más de un minuto y habían transcurrido por lo menos cinco.

Al fin se cansó la mujer caballuna de discutir y cargando con una bolsa de lona enorme se dirigió hacia la escalera. Volvió Verónica a mirar hacia la puerta esperando ver a Octavio, pero ya el recepcionista se dirigía a ella.

—¿Tiene reserva, señorita?

Ya era una señora desde que esa mañana saliera del juzgado y estuvo a punto de decírselo a aquel hombre bajito que la miraba obsequiosamente desde el otro lado del mostrador, pero se limitó a entregarle el papel que llevaba en la mano. Comprobó él sus datos en el ordenador e hizo un gesto de asentimiento.

—Bien, habitación doscientos doce, en la segunda planta. Es la mejor que tenemos. ¿Quiere que le suba la maleta?

Meneó ella negativamente la cabeza y al agitar su melena un copo de nieve cayó sobre el mostrador.

—No es necesario. ¿Dónde está el ascensor?

El recepcionista sonrió como disculpándose.

—No tenemos ascensor. Son solo dos plantas por encima de ésta.

Lo decía como si debiera considerar ella que cargar con su maleta y con su portátil por la escalera constituyese una agradable escalada y Verónica esbozó un gesto de disgusto.

— ¿No hay ascensor en este albergue? Yo creía que…

Nuestros huéspedes son esquiadores en su inmensa mayoría— le explicó el hombre—. Deportistas a los que no les importa un escalón más o menos, pero le repito que puedo subirle hasta su habitación el equipaje.

—Esperaré entonces a mi marido— replicó ella girándose nuevamente hacia la puerta—. Se ha quedado fuera estacionando el coche, pero ya debería estar aquí.

—Como quiera— admitió el hombre, apartándose para atender al viajero que acababa de llegar, un joven con un anorak negro y un gorro de colores que le cubría la cabeza, tapándole las orejas.

Verónica se volvió de espaldas al mostrador apoyándose en él. Tenía frío, estaba cansada y deseaba subir a su habitación cuanto antes para descansar hasta la hora de la cena de la tensión que había sufrido durante el viaje. Aún notaba tensa y agarrotada la pierna derecha por sus continuos intentos por frenar con el pie, aunque no tuviese delante en el suelo del coche el pedal destinado a realizar esa función y quizás si lo sumergiese durante un ratito en agua caliente consiguiera relajar sus rígidos músculos.

El cerrado portón de entrada, de gruesa madera y tachonado de clavos, permanecía inmóvil, por lo que consultó el reloj. ¿Cuánto tiempo habría transcurrido desde que entrara en el albergue? Al menos quince minutos, si no más. ¿En qué se estaría entreteniendo Octavio bajo la nevada? Su equipaje constaba, igual que el de ella, de una maleta y de un ordenador portátil dentro de un maletín, idéntico al suyo, ya que ninguno de los dos podía permitirse el lujo de olvidarse durante varios días del que constituía su instrumento de trabajo. Ella tenía varios vencimientos pendientes de procedimientos judiciales en curso y Octavio lo utilizaba para contactar con sus clientes.

¿Estaría en el estacionamiento enviándoles correos a éstos, con el portátil apoyado en sus rodillas?

Volvió a consultar el reloj y al fin se decidió. Tirando de su maleta, con el bolso colgando del hombro y con el maletín del ordenador en la otra mano se dirigió al recepcionista, que en ese momento le entregaba la llave al huésped del gorro de colores.

—Perdone, ¿puede guardarme el equipaje tras el mostrador durante un minuto? Voy a salir a buscar a mi marido que ya debería estar aquí. Se ha quedado aparcando el coche, pero se está entreteniendo demasiado.

—Por supuesto, señorita— repuso el recepcionista saliendo de detrás de su trinchera para hacerse cargo de sus valijas—. Vaya tranquila que yo me ocuparé de vigilárselo. Pero le advierto que la nevada está arreciando. ¿Quiere un paraguas?

—No, no es necesario— repuso ella, subiéndose el cuello del anorak y cubriéndose la cabeza con la capucha—. No tardaré.

Al abrir el portón y salir al porche era ya noche cerrada y una tromba racheada de nieve le cubrió el rostro. Se la retiró con la manga del anorak e intentó distinguir algo tras la blanca cortina que se interponía entre ella y la negra inmensidad que se extendía en derredor del albergue. Indecisa, permaneció unos segundos escrutando las tinieblas. ¿Qué podría haber entretenido a Octavio para haber permanecido tanto tiempo en el coche bajo aquella ventisca? Quizás la llamada de algún cliente, se dijo pensativa. Tenía él mucho trabajo y esos clientes no tenían por qué saber que se había casado esa mañana y que se hallaba en esos momentos a muchos kilómetros de su oficina.

Con cuidado para no resbalar, descendió un escalón y luego otro, a la par que una ráfaga de nieve la cegaba, por lo que extremó las precauciones arrimándose a la pared del edificio, con la intención de bordearlo para alcanzar su fachada posterior donde habían estacionado el coche. La luz que se filtraba a través del cristal de una ventana de la planta baja del albergue le permitió distinguir dónde ponía los pies y avanzó tanteando el muro con la mano hasta que llegó al estacionamiento, imprecisamente iluminado por la luz de otra ventana. Allí estaba su Nissan. Relucía plateado en la oscuridad entre el hueco que había dejado el Volkswagen verde y el Renault amarillo de la pelirroja, pero no estaba Octavio apoyado sobre su carrocería ni tampoco de pie entre los automóviles hablando por el móvil. Avanzó deprisa sorteando los vehículos y cuando lo alcanzó se agachó para mirar por la ventanilla su interior. Dentro del Nissan no había nadie. Las llaves colgaban inmóviles del contacto, señal inequívoca de que Octavio había olvidado retirarlas para cerrar el coche. ¿Dónde se habría metido? Sin duda estaría unos metros más allá hablando por el móvil y con la ingenuidad que le caracterizaba habría dado por hecho que en el lugar en el que se hallaban se podía dejar sin correr el menor riesgo el automóvil abierto y con las llaves dentro. Con un suspiro de resignación se inclinó para abrir la portezuela y extraerlas. Luego pulsó el botón del mando que cerraba el vehículo y finalmente se giró sobre sí misma buscándole con los ojos.

Un helado torbellino de viento con olor a nieve se filtró bajo el tejadillo del estacionamiento y le arrebató la capucha, esparciendo sus cabellos en todas direcciones. Volvió a cubrirse con ella la cabeza y dio un par de pasos sin rumbo ni dirección por el estrecho espacio disponible entre el Nissan y el Renault amarillo de la pelirroja. El frío la hizo tiritar, pero despejó también sus ideas. Ya sabía. Volvería a entrar en el albergue donde quizás estuviera ya él, aunque no le hubiera visto trasponer el portón que daba acceso a la recepción, y en el caso de que no se hallara allí le llamaría por el móvil. Pero tenía que encontrarse necesariamente dentro del establecimiento, se dijo convencida. Solo un loco podía haber decidido dar un paseo por los alrededores habiendo anochecido ya y bajo aquella nevada tan copiosa.

Guardó las llaves del coche en el bolsillo de su anorak, al tiempo que se giraba sobre sí misma y se dirigía hacia el porche sin apartarse de la fachada del edificio por miedo a resbalar. Los escalones del porche soportaban una carga blanquecina aún mayor que cuando los había bajado poco antes y dejó marcada la huella de sus botas sobre su blanda y homogénea superficie. Luego empujó el portón y entró apresuradamente en el vestíbulo de recepción, en el que no había nadie si se exceptuaba al hombre bajito que la había atendido antes y que le dirigió una sonrisa.

—Aquí tiene su equipaje sano y salvo— le comunicó cuando la vio acercarse al mostrador—. ¿Quiere ahora que se lo suba a su habitación?

Incrédulamente escrutó Verónica hasta los últimos rincones de la estancia.

—No... sí.... quiero decir... ¿No ha visto entrar a mi marido?

— ¿A su marido?, no. No ha venido ningún huésped después de que usted saliera.

—Pero tiene que haberle visto— insistió obstinada—. Es joven, de mediana estatura y lleva un anorak azul marino y un gorro de punto rojo. ¿No le ha visto?

Meneó cachazudamente el recepcionista la cabeza en sentido negativo.

—No, ya le he dicho que no ha venido nadie después de que saliera usted hace unos minutos. Y por cierto que va cubierta de nieve. ¿Quiere acercarse a la chimenea ahí, en la sala de estar?— le preguntó indicándole con la mano la puerta de dos hojas que daba acceso a la habitación aludida—. Le ayudará a entrar en calor.

Estuvo por gritarle que le tenía sin cuidado que hiciera frío y que como consecuencia estuviera ella tiritando y más aún que la ventisca estuviera arreciando en el exterior. Lo único que le importaba era la tardanza de Octavio en reunirse con ella dentro del albergue y que con el vendaval que soplaba en derredor del edificio hubiera tenido la ocurrencia de dar un paseo por el escenario que había idealizado y que asociaba con sus padres y con su niñez. En algunos aspectos parecía no haber madurado, pero le llamaría al móvil y le haría comprender que debía regresar inmediatamente. Tiempo habría en los días venideros para recorrer la inmensa extensión de terreno que se extendía en derredor del albergue en el que se hallaba, al pie de las montañas.

Cruzó esa respuesta por su mente en menos de un segundo, pero en lugar de expresarlo con palabras se oyó decir:

—Si no le importa, siga vigilando mi equipaje durante un par de minutos más que voy a entrar en esa sala y le voy a llamar al móvil. No tardaré.

Retrocedió sobre sus pasos y empujó la puerta de cristales que el recepcionista le había indicado y que se hallaba justamente enfrente del mostrador. La estancia, acogedora y con el aire inconfundible de un refugio de sierra, estaba vacía, por lo que acercó una butaquita tapizada de floreada cretona a la chimenea y extrajo el móvil de su bolso, tomando asiento y llamándole a continuación. Oyó hasta seis timbrazos sin obtener respuesta, por lo que cortó la llamada e insistió de nuevo. Esta vez esperó sin apartar el aparato de su oído hasta que contó doce timbrazos. Nada. Quizás el fragor del viento no le permitiera escucharlo, se dijo, empezando a preocuparse seriamente.

¿Qué podía hacer?, se preguntó a continuación. Sabía que el pueblo más cercano estaba a varios kilómetros del albergue por lo que no le pareció posible que se hubiera marchado andando hasta allí para... ¿para qué? Inquieta apartó su húmeda melena del rostro tratando de imaginar algún motivo que justificara su ausencia. No era posible que se hubiera encontrado con algún amigo y se hubiera ido con él a tomar una cerveza, un café o cualquier otra cosa a un bar, porque no había ninguno por las inmediaciones. Pero sí tenía que haber alguno dentro del establecimiento en el que se hallaba, por lo que sin duda se encontraría allí charlando con alguno de los huéspedes, aunque el recepcionista no le hubiera visto entrar dentro del edificio.

Apresuradamente salió de la sala de estar y cruzó el vestíbulo para acercarse al mostrador de recepción.

— ¿Puede decirme dónde está el bar?— le preguntó.

—Naturalmente, ¿ve ese pasillo?— le dijo solícitamente el hombre señalándole el que comenzaba junto a la puerta de cristales por la que acababa de salir— la primera puerta es la del bar y la segunda la del comedor. A las nueve comenzamos a servir la cena. ¿Pero no quiere subir antes a su habitación?

Parecía estar deseando librarse del equipaje de ella o quizás no lo estuviera y solo quisiera mostrarse amable, pero le estaba destrozando los nervios con su insistencia, por lo que optó por aceptar el ofrecimiento que a ese respecto le había hecho poco antes.

—Le agradecería, sí, que subiera arriba mi equipaje y que me diera la llave. Porque tendrá otra, ¿no es así?

—Por supuesto. Puedo entregarle la suya y utilizar la de la casa para dejar dentro de la habitación sus maletas mientras toma algo caliente en el bar. Faltaría más.

Le vio salir de detrás del mostrador y cargar escaleras arriba con su maleta y con el maletín de su ordenador a la par que se dirigía ella hacia el pasillo por el que se accedía al bar. Era pequeño, enteramente recubierto de madera. Atendiendo la barra solamente vio a un camarero bajito con un gran bigote bajo la nariz y sentado al otro lado al tipo del gorro de colores que había llegado al albergue poco después que ella. Se dirigió como una tromba a los dos para preguntarles:

— ¿Han visto a un hombre joven, con un anorak azul marino y un gorro de punto rojo? Tiene que haber entrado aquí no hace mucho.

Sus dos interlocutores negaron al mismo con la cabeza.

—No— repuso el camarero—. No ha venido nadie que responda a esa descripción. La mayor parte de los huéspedes que esperábamos esta noche no han llegado aún a causa del mal tiempo. Puede que cancelen sus reservas o que se presenten mañana por la mañana, porque no creo que se arriesguen a patinar por la carretera. ¿No oye como aúlla el viento? Hace una nochecita de cuidado.

—Pero es que yo he venido con mi marido— empezó a intentar explicarles—. Mientras él terminaba de aparcar el coche he entrado yo en el albergue para que nos registraran a los dos en el ordenador y me entregaran la llave de la habitación. Hace ya más de media hora que hemos llegado y él no ha aparecido.

Notó la incredulidad en los semblantes de los dos. El camarero del bigote la miraba con la cabeza ladeada como si se estuviera preguntando qué motivos podría tener el marido de aquella chica para haber puesto pies en polvorosa y abandonarla en aquel solitario lugar en medio de la nieve. El chico del gorro, de una edad aproximada a la de ella, la observaba pensativo, preguntándose seguramente si no habría inventado esa historia.

— ¿Y dice que todavía no ha hecho acto de presencia? Puede que aún esté en el coche con el móvil o con el ordenador. ¿Sabe si los ha traído?

Debía pensar que Octavio pertenecía al gremio de los hombres capaces de perder la noción del tiempo si tenían la oportunidad de jugar con cualquiera de los dos aparatos y Verónica estuvo a punto de atragantarse con la indignación que la idea le produjo.

—Claro que ha traído ordenador y móvil. Los dos los hemos traído porque por motivos de trabajo no podemos prescindir de ellos ni aún en vacaciones, pero Octavio no se ha quedado en el coche navegando por Internet para entretenerse, porque no es ningún idiota. He salido hace un momento a buscarle al aparcamiento y he visto nuestro coche, vacío y con las llaves puestas en el contacto. Tiene que haberle pasado algo.

Los dos hombres parpadearon a la vez.

— ¿Algo cómo qué?— empezó el camarero—. Si hubiera resbalado en la nieve o se hubiera caído por cualquier otra razón, le hubiera visto usted en el suelo. ¿Ha mirado bien?

—Claro que he mirado bien— se enfadó ella—. No había nadie en ese aparcamiento.

— ¿Y se ha fijado en si había huellas de pisadas alejándose del coche?— sugirió el chico del gorro— En la nieve se marcan muy bien y quizás haya querido hacerle una foto a este albergue apartándose unos metros. Si se ha mareado o ha sufrido un percance de esa clase puede haberse resbalado y en la oscuridad no le ha visto.

Sintió Verónica que la angustia que sentía alcanzaba proporciones inconmensurables al imaginar que pudiera ser cierto lo que el chico que tenía enfrente acababa de insinuar y que Octavio pudiera estar desmayado en medio de la nieve.

—En eso no me he fijado— reconoció—. Pero es que es completamente de noche y con la nevada no se distingue nada a un palmo de distancia.

El chico del gorro debía ser esquiador o un deportista nato porque sonrió con suficiencia al oírla.

—Bueno, sí, pero imagino que si está aquí es porque es una deportista a la que le gusta la nieve y ha querido aprovechar los últimos coletazos del invierno. Hemos tenido la suerte este año de que, pese a que estamos ya a finales de febrero, siga haciendo frio y todavía estén disponibles las pistas.

No se molestó en aclararle que ni sabía esquiar ni estaba dispuesta a aprender y que le tenía sin cuidado el estado de las pistas. Estaba en ese estúpido lugar por la exclusiva razón de que no había sido capaz de desilusionar a Octavio y explicarle que no sentía la menor afición por ese deporte. Se limitó a responderle con un ácido comentario.

— ¿Y si fuera aficionada a esquiar, sí habría encontrado a mi marido ahí afuera con la que está cayendo?

Se quedó mirándola con la boca abierta, como si le costara trabajo entender lo que le decía y luego se echó a reír.

—Me he expresado mal. He querido decir que si viene a menudo, habrá traído el equipo adecuado y al menos una linterna. ¿La ha traído?

—No, porque no vengo a menudo y porque tampoco se me había ocurrido que esto pudiera pasar. Nos hemos casado esta mañana y…

Se le quebró la voz al decirlo y él se rebulló inquieto en la banqueta en la que estaba encaramado temiendo una llantina.

—Bueno, bueno, no se ponga así, porque yo sí la he traído y la ayudaré a buscar a su marido—. Con aire solemne le tendió la mano—. Me llamo Eladio Montesinos y soy profesor de esquí. Formo parte también aquí del personal de seguridad.

—Y yo Verónica Dávila. Mi marido se llama Octavio Ferrer. Es posible que le conozca porque creo que frecuentaba este albergue. Él sí sabe esquiar.

Frunció el ceño su interlocutor con la evidente intención de hacer memoria, pero terminó por menear la cabeza en sentido negativo.

—No, no recuerdo a nadie con ese nombre. ¿Y tú, Marcelo?— le preguntó al camarero.

Éste se apresuró a repetir el mismo movimiento.

—No, llevo trabajando aquí más de seis años y tampoco lo recuerdo. Hay otro albergue a unos cinco kilómetros. A lo mejor…

—No, no— le interrumpió ella— Era en éste donde pasaba las navidades con sus padres antes de que fallecieran. Ha venido conduciendo él el coche y no ha dudado ni un segundo sobre la carretera que debía tomar. Además me ha descrito muchas veces este edificio con pelos y señales. Tiene que haberlo ocurrido algo al bajarse del coche, mientras entraba yo en la recepción.

— ¿Ha comprobado si su equipaje continúa estando dentro del maletero del coche?— inquirió Eladio al tiempo que se bajaba de la alta banqueta y se quedaba en pie frente a ella.

Le molestó la pregunta. Parecía dar a entender que podía haberla abandonado en aquel lugar y había aprovechado para largarse en dirección contraria con su maleta y su adorado ordenador, pero no permitió que lo que sentía le aflorara al rostro. En su lugar replicó simplemente:

—No, no se me ha ocurrido. ¿Por qué habría de haber dejado el coche aquí con las llaves puestas y haberse marchado andando con esos bultos a cuestas, con la que está cayendo?

Eladio hizo un gesto dubitativo.

—Tiene razón, no tiene ningún sentido, pero no perdemos nada por comprobarlo Espéreme en la recepción que voy a subir a mi habitación a por la linterna. No tardaré.

Poco después bajaba él por la escalera de madera que comenzaba junto al mostrador tras el que estaba sentado el empleado que la había atendido a su llegada, con una linterna en la mano.

—¿Lleva la llave del coche?— le preguntó él cuando remató el descenso y llegó a su lado.

Las extrajo Verónica del bolsillo de su anorak y se las enseñó.

—Sí, es ésta.

—Perfecto. Súbase el cuello, póngase el gorro en la cabeza, cúbrasela con la capucha y sígame.

Una ráfaga de viento helado que aventaba en todas direcciones la nieve que caía les hirió el rostro cuando salieron al porche. Debía conocer Eladio como la palma de la mano el entorno que les rodeaba, porque se encaminó sin vacilar a bordear el edificio alumbrándose con la linterna entre las tinieblas que les envolvían, pese a que no parecía necesitarla.

—¿Cuál es su coche?— le preguntó cuándo al alcanzar la fachada posterior del edificio llegaron al aparcamiento.

—Es un Nissan plateado. Aquél— le indicó ella señalándolo.

Le siguió después entre los automóviles estacionados y al llegar al suyo abrió el maletero con la llave. Dentro estaba la maleta de él, lo que claramente indicaba que lo que pudiera haberle ocurrido había tenido lugar desde que retrocediera desde el porche hasta el vehículo, después de dejarla a ella frente al portón del albergue.

—¿Es ésta?— le preguntó Eladio enfocándola con el haz de luz.

—Sí, sí.

—¿Y no traía nada más?

Luchó Verónica por hacer memoria, aunque de haber estado sola se habría echado a llorar, en lugar de hacer esfuerzos por responder a sus preguntas.

—Pues… sí, el ordenador. Es agente de seguros y necesita estar en contacto con sus clientes en todas circunstancias.

—¿Incluso en su viaje de novios?— inquirió él con lo que a Verónica le sonó a sarcasmo.

—Sí, claro. También yo he traído el mío por la misma razón.

—¿Porque también es agente de seguros?

—Porque soy abogado y pueden comunicarme el vencimiento de algún trámite de los procedimientos judiciales que llevo. Una amiga, compañera de despacho, ha quedado en suplirme en el caso de que me lo notificaran, pero tendría que explicarle previamente lo que debería hacer ella, ¿entiende?

Se lo había aclarado con cierta acritud, pero no pareció él darse por aludido. Con el ceño fruncido examinaba la maleta y terminó por sacarla del coche y levantarla a pulso.

—Pesa poco—murmuró como para sí.

— ¿Qué quiere decir con eso de que pesa poco?

—Que no parece que haya mucha ropa dentro. La llevaremos dentro del albergue para comprobarlo.

— ¿Qué es lo que vamos a comprobar?— se enfadó Verónica—. Lo que tenemos que hacer es buscar a Octavio. Tiene que haberle ocurrido algo. Puede que le hayan secuestrado o…

— ¿O qué?

—No sé el qué. Quizás se haya encontrado con algún amigo después de haberme dejado a mí en el albergue y se haya marchado con él.

— ¿A dónde?

—Tampoco sé a dónde.

Alumbraba ahora él el interior del maletero.

— ¿Y dice que traía también un ordenador? ¿Lo había guardado dentro de la maleta?

—No, en un maletín que le regalé hace poco. Es igual que el mío.

—Pues ese maletín sí se lo ha llevado— concluyó Eladio dejando la maleta de Octavio en el suelo y enfocando ahora con la linterna los alrededores del coche.

Regueros de agua sucia parcialmente congelados enfangaban el pavimento de cemento y Eladio estudió atentamente las huellas de pisadas que a la incierta luz que proporcionaba la linterna pudo distinguir. Las había de todos los tamaños así como en todas direcciones, por lo que desistió casi inmediatamente. Lo intentó luego en el exterior del tejadillo bajo el que estaban aparcados los automóviles con el mismo resultado infructuoso. La nieve que seguía cayendo había borrado ya cualquier vestigio que denotase que un ser humano se hubiese alejado del edificio caminando y se extendía como un blanco y uniforme manto todo lo lejos que el haz de luz de la linterna era capaz de iluminar.

—No podemos seguir buscándole aquí fuera con este tiempo—le dijo a Verónica, cuando una ráfaga de viento cargada de nieve les cayó en el rostro y les cegó momentáneamente a los dos—. Vamos a volver dentro del albergue y echaremos un vistazo al interior de esta maleta. Tal vez nos dé alguna pista.

— ¿Una pista de qué?— replicó irritada—. Octavio no sabía lo que le iba a suceder cuando llegáramos aquí, así que es imposible que lo que haya guardado en su maleta nos diga nada. No podemos abrirla además, porque la llave la tiene él.

Le pareció que Eladio disimulaba una sonrisa de suficiencia

—Por eso no se preocupe. Si me autoriza, no supondrá ningún problema.

Aterida, le siguió Verónica por el aparcamiento sorteando los coches y luego cuando perdieron la protección del tejadillo y caminaron bordeando la fachada hasta el porche, pisoteando la nieve. Eladio iba tirando de la maleta con la cabeza baja para defenderse del vendaval que arremolinaba los copos que caían de un firmamento negro como el carbón y que aullaba en derredor suyo. Pese a la angustia que sentía, experimentó ella cierto alivio, cuando traspusieron el portón y entraron en la cálida recepción, en la que únicamente estaba aquel hombre tras el mostrador. Eladio le hizo una seña amistosa.

— ¿No ha venido nadie en nuestra ausencia, Amador?

El aludido meneó negativamente la cabeza disimulando un bostezo.

—No, ni creo que vengan ya— Se dirigió luego hacia ella, extendiendo el brazo en su dirección con algo en la mano—. Le he subido el equipaje, señorita. Aquí tiene su llave. Su habitación es la doscientos doce, ya se lo he dicho antes. ¿Ha traído también esa otra maleta? ¿Quiere que se la suba?

—No, ya lo haré yo— le interrumpió Eladio al tiempo que cargaba en peso con ella y comenzaba a subir la escalera. En el segundo peldaño se detuvo para animarla a seguirle—. Venga conmigo.

Tomó Verónica la llave de manos del tal Amador y le siguió escaleras arriba hasta que al rematar dos tramos recalaron en un largo pasillo con el pavimento de tarima encerada, iluminado tan solo por unos rústicos velones adosados a la pared, también recubierta de madera. Abrió ella la puerta cuando llegaron a la habitación que le habían asignado y le precedió dentro. Constaba de un amplio lecho cubierto con una colcha floreada y con un tosco cabecero de troncos. Junto al mismo vio una mesita con una lámpara y en la pared del fondo una ventana con los postigos cerrados y enmarcada por unas cortinas a juego con la colcha. Junto a la puerta por la que habían entrado había otra por la que supuso que se accedería al cuarto de baño.

Dejó caer Eladio la maleta sobre la cama y luego se volvió hacia ella.

— ¿La abro?

—Sí... bueno, sí. No creo que a Octavio le parezca mal cuando aparezca. Aunque no creo que lo que haya traído de ropa nos diga nada. Es un hombre poco ordenado, que no le da demasiada importancia a su aspecto.

Se quitó Eladio el gorro de la cabeza y el anorak como si le estorbaran para realizar la operación que tenía prevista acometer y los arrojó de cualquier manera sobre la cama. Tenía el cabello muy oscuro y liso y le resbaló sobre la frente cuando, tras sacar algo del bolsillo, se inclinó sobre la cerradura de la maleta. No tardó más de unos segundos en manipular en ella y después en levantar la tapa. Impasible se quedó mirando su interior con el mechón que le caía sobre las cejas ocultándole el rostro. Le apartó Verónica para acercarse a su vez al lecho y examinar lo que estaba mirando él y se llevó una mano a la boca para reprimir una exclamación de asombro. La maleta solo contenía ropa de verano. Un bañador de rayas azules y verdes medio ocultaba dos pantalones cortos, así como unas cuantas camisetas de algodón de colores vivos sobre la ropa interior.

C𝒜PÍTULO II

—Pero… ¿pero cómo es posible?— musitó Verónica con un hilo de voz—. No lo entiendo.

— ¿Qué es lo que no entiende?

—Lo que está viendo. ¿Por qué se ha traído ropa de verano? Es un hombre un poco distraído, pero no tanto. Hemos venido a pasar quince días en este albergue, donde hace un frío que pela.

Giró la cabeza Eladio para mirarla, pero su expresión era ahora distinta. En sus ojos oscuros leyó Verónica la desconfianza más absoluta.

— ¿Le ha ayudado a guardar sus cosas dentro de la maleta?— le preguntó con una voz sin inflexiones.

— ¿Yo?, no, claro que no. Me ha recogido esta mañana en mi casa y he bajado a la calle con la mía y con mi ordenador. He visto su equipaje dentro del maletero cuando hemos metido el mío. No se me ha ocurrido preguntarle si traía ropa de abrigo, porque me ha parecido obvio.

— ¿Y a continuación se han venido a este albergue?

—No, a continuación nos hemos dirigido al juzgado del pueblo en el que nació, donde nos hemos casado. Yo llevaba un traje más… más elegante. Me he cambiado en el baño de una cafetería, aunque he conservado el bolso porque llevo dentro la documentación, la reserva de este establecimiento… todo.

— ¿Y él?

—Mi marido ha salido de su casa esta mañana con el equipo con el que ha llegado aquí. No se ha mudado después.

LAS SOMBRAS DE SU PASADO

—Pues me parece extraño que hubiera planeado pasar unos días en este albergue con la misma ropa— resumió Eladio en el mismo tono monocorde.

—Y a mí— reconoció ella—. No lo entiendo.

—Ni yo tampoco. No tiene sentido que en lugar de jerséis gruesos se haya traído el bañador. A lo mejor pensaba pasarse aquí quince días sin cambiarse— comentó con un sarcasmo mal disimulado.

— ¿Por qué dice eso?

— ¿Qué otra cosa podría pensar?

—Que le han secuestrado y que se han llevado sus cosas— adujo ella a punto de echarse a llorar.

— ¿Sustituyendo unas prendas de invierno por otras de verano? ¿Por qué habrían de haberse molestado esos supuestos secuestradores en hacerlo? Lo natural sería que si les interesara su equipaje se hubieran llevado la maleta también, ¿no cree?

Se dejó caer Verónica en la cama, a la par que se quitaba el gorro de punto de la cabeza como instantes antes había hecho él. Agitó después su húmeda melena castaña a la par que intentaba reordenar sus ideas.

— ¿Qué es lo que está pensando?— le preguntó a él.

La observó Eladio con el ceño fruncido.

—No estoy pensando nada, porque su historia no tiene ni pies ni cabeza. ¿Está segura de que ha sucedido todo como me lo está contando?

— ¿A qué se refiere?

— ¿Está segura de haberse casado esta mañana?

Se le quedó mirando Verónica con la boca abierta e ingenuamente le mostró la alianza que llevaba en el dedo anular de su mano derecha.

—Por supuesto que sí. Ya le he dicho antes que hemos venido aquí en viaje de novios.

—Sí, pero al parecer ha perdido al novio por el camino y ha llegado aquí con dos maletas. Con la suya y con otra conteniendo una ropa absurda. ¿No le parece curioso?

Le costó entenderle. Las palabras de él penetraron en un espacio hueco de su cabeza y dieron unas cuantas vueltas por su interior antes de que lograra comprender su significado.

¿Le estaba diciendo que se había inventado la existencia de Octavio, que no se había casado con él esa mañana y que había llegado sola al albergue? La angustia que sentía dejó paso a una irritación sorda.

— ¿Qué quiere decir? ¿Acaso cree que estoy como una cabra? Puedo asegurarle que de no haberme casado con Octavio no me habría pasado por la imaginación venir a este albergue. No me gusta la nieve, no sé esquiar ni tampoco conducir. Me hubiera quedado en mi casa, donde por cierto estaba muy a gusto, y pasado mañana, que es lunes, hubiera ido a trabajar a mi despacho sin sobresaltos, así que…

La interrumpió de nuevo él, extendiendo una mano en su dirección como si se le hubiera quedado grabada una de sus frases.

— ¿Ha dicho que no sabe conducir?

—Eso es.

— ¿No tiene permiso de conducir?

—Bueno… tenerlo… tenerlo sí lo tengo, pero no conduzco, porque no puedo.

— ¿Por qué no puede? ¿El coche que está en el aparcamiento no es suyo?

—No, es de Octavio. Sufrí hace años un accidente y desde entonces me siento incapaz de sentarme al volante de un coche.

Un pliegue hondo surgió en la frente de Eladio, a la par que sus oscuras cejas se elevaban sobre su frente.

—Y desde entonces está yendo al psiquiatra— afirmó más que preguntó.

Pasó cansadamente Verónica una mano por su frente.

—Fui a su consulta, sí, durante un tiempo, pero no mejoré demasiado. Ahora voy a la de una psicóloga, porque se empeñó un novio que tuve en que me vendría bien contarle mis problemas para que ella me ayudase.

—Pero tampoco ha experimentado ninguna mejoría— aventuró él con sorna— ¿verdad?

Lo consideró Verónica sin captar lo que escondía él tras el sarcasmo con el que se expresaba y llegó a la conclusión de que tenía razón. No podía ni tan siquiera intentar accionar la llave del contacto. Solo con imaginarlo le temblaban las manos, sentía las piernas y los brazos rígidos y el corazón se le desbocaba dentro del pecho.

—No, no he mejorado— admitió en voz muy baja—. Es un trauma que no he conseguido superar.

Se sentó él a su lado sobre la colcha con aire condescendiente.

—Bien, no se preocupe. Si no se siente capaz de regresar con su coche, mañana por la mañana la llevaré hasta la parada del autobús, que la dejará en Madrid, y una vez allí le pedirá cita a su psicóloga y le contará todo lo que me acaba de referir. Seguro que le pondrá un tratamiento adecuado con el que dejará de imaginar cosas absurdas. Llamaré también a una grúa para que le lleve el coche a su casa y…

— ¿Pero es que se cree que estoy loca?— le atajó furiosa—. Todo lo que le he dicho es la verdad. Que sufra un estrés post traumático no significa que esté mochales. Significa simplemente que no soy capaz de conducir un coche, nada más que eso. Lo que tenemos que hacer ahora es buscar a Octavio.

—De acuerdo— admitió pacientemente Eladio, como si estuviera hablando con un niño pequeño— Pero dígame algo antes. ¿Le ha visto alguien cuando han llegado al albergue? ¿Ha visto a su marido Amador o alguno de los huéspedes?

Frunció el ceño Verónica tratando de concentrarse y regresó con la mente al aparcamiento en el momento de su llegada. Había estacionado él su automóvil entre un Volkswagen verde y un Renault amarillo del que se había bajado una mujer alta y pelirroja con aspecto caballuno, que se le había adelantado a ella en la recepción. Esa señora tenía que haber reparado en su presencia, puesto que Octavio y ella habían coincidido con la otra en el porche, cuando él le había llevado el equipaje hasta allí.

—Sí, creo que sí— replicó, animándose al recordarlo— . Al mismo tiempo que nosotros, ha aparcado una señora su Renault amarillo y se ha bajado de él unos instantes antes que nosotros. Era muy alta y pelirroja. Octavio ha cargado con mi maleta hasta el porche y allí me la ha entregado y ha vuelto al coche a por el suya. Esa señora tiene que haberse fijado en él.

—Le preguntaremos a Amador entonces por esa señora— decidió Eladio, señalándole la puerta para que saliera de la habitación delante de él.

Sin intercambiar una sola palabra por la escalera, recalaron en el vestíbulo donde el recepcionista bostezaba, sentado tras el mostrador, y Eladio se le adelantó para preguntarle por la pelirroja. Amador hizo un gesto afirmativo y el otro le pidió que la llamara por teléfono a su habitación.

—Dile que haga el favor de bajar y que la esperamos en la sala de estar. Hace un frío de mil demonios esta noche, así que aprovecharemos para calentarnos frente a la chimenea mientras tanto.

Precedió a Verónica encaminándose hacia esa estancia y ella tomó asiento junto a la lumbre en la misma butaquita en la que poco antes había intentado comunicar con Octavio por el móvil. Estaba tan aturdida… tan desorientada…

Eladio tampoco debía sentirse muy tranquilo, porque, en lugar de acomodarse cerca del fuego como le había comunicado al recepcionista que era su intención, empezó a recorrer la habitación a largas zancadas, primero en un sentido y luego en el otro. Se detuvo bruscamente y se abalanzó hacia la puerta de cristales en cuanto oyó el sonido de ésta al abrirse para dar paso a la mujer alta y pelirroja con la que habían coincidido Octavio y Verónica a su llegada. Ésta última se puso en pie en el acto al verla aparecer y se anticipó a Eladio, empujándole para que le permitiera abrirse paso hacia ella.

—Me recuerda, ¿verdad?— le preguntó con una voz más aguda que la suya habitual— Hemos llegado al albergue al mismo tiempo.

La otra bajó la cabeza para observar con algo de sorpresa la angustiada expresión de la muchacha que se había abalanzado a su encuentro y no porque la estatura de Verónica fuese inferior a la media. Era la suya la que la superaba con mucho, aunque calzaba unas botas sin tacón. Su rostro pecoso y con ausencia absoluta de maquillaje no era precisamente agraciado, pero Verónica no llegó a fijarse en sus facciones angulosas ni en lo desarreglado de su aspecto, pendiente como estaba de su respuesta.

—Sí la recuerdo, sí— afirmó con una voz ronca, de fumadora empedernida, lo que podía constatarse además por el color amarillento de sus dedos—. Ha entrado en el albergue detrás de mí.

Apartó Eladio suavemente a Verónica para ser él el que formulara la siguiente pregunta.

— ¿Y se ha fijado en si venía acompañada?

Parpadeó la otra sin comprender.

— ¿Cómo que si venía acompañada? Venía con un joven muy atento que le ha subido el equipaje hasta el porche y que luego se ha marchado.

— ¿Cómo que se ha marchado?— casi gritó Verónica.

La pelirroja respingó casi imperceptiblemente ante la explosiva reacción de la muchacha que tenía enfrente.

—Lo que digo es que ha vuelto a bajar los escalones del porche y que ha retrocedido sobre sus pasos. Supongo que habrá vuelto al coche a por su maleta. ¿Por qué?

Miraba inquisitivamente a Eladio que había dejado escapar un imperceptible suspiro de alivio.

— ¿Y no sabe qué ha hecho él después?— insistió éste.

Meneó la mujer negativamente la cabeza y con ella su desaliñada melena a la que la lumbre de la chimenea arrancaba reflejos rojizos.

—No, ¿por qué habría de saberlo? Me he dirigido a la recepción con esta chica pisándome los talones— dijo señalándola— y no les he vuelto a ver después a ninguno de los dos. ¿Por qué me lo pregunta?

Hizo un tremendo esfuerzo Verónica por controlarse, pero no pudo evitar que un sollozo le ascendiese a la garganta ni el histerismo de su voz al aclararle:

—Porque él no ha llegado al albergue y no sé dónde está. Ha desaparecido durante ese lapso de tiempo sin dejar rastro, ¿entiende?—. Ante la confusa expresión de la otra, continuó—: No, no es posible que lo entienda porque no tiene explicación posible. La zona de aparcamiento está a un paso, a la vuelta del edificio. ¿Qué ha podido sucederle?

Intercambió la pelirroja una mirada con Eladio antes de pasar amistosamente un brazo sobre los hombros de Verónica, a la que sacaba más de la cabeza.

—Vamos, vamos, no te pongas así, que seguramente no hay motivo para alarmarse— intentó animarla, tuteándola —. No puede haber ido muy lejos con la que está cayendo, porque además el establecimiento más próximo se encuentra bastante apartado, a unos cinco kilómetros. ¿Es tu marido?

—Sí, sí, nos hemos casado esta mañana.

— ¡Ah! ¿Y se ha llevado el coche?

—No, sigue estacionado junto al tuyo— repuso apeándole también el tratamiento—. Estaba abierto y con las llaves puestas en el contacto, cuando he salido a buscarle.

Las cejas de la otra se elevaron sobre su frente en un mudo gesto de sorpresa.

—Ya— articuló tan solo, dejándose caer sentada en el sofá adosado junto a la pared frontera a la chimenea.

Quizás por mimetismo la imitaron los otros dos, tomando asiento a su vez en las dos butaquitas tapizadas como el sofá en cretona floreada y la pelirroja decidió presentarse.

—Me llamo Rebeca.

—Y yo Verónica. ¿Se te ocurre algo? Es todo tan inexplicable.

Se le anticipó Eladio. Parecía incómodo. Sin duda se recriminaba por la actitud que había adoptado con ella anteriormente, porque se dirigió a Verónica como si quisiera reparar ahora ese comportamiento.

— ¿Sabe si su marido había venido en otra ocasión a este albergue?

Fue a responderle ella y en ese momento se dio cuenta de lo poco que sabía de él.

—Creo que celebraba aquí las vacaciones de Navidad con sus padres hace tiempo, de jovencillo, cuando vivía con ellos. Después... pues la verdad es que no lo sé. ¿Por qué lo pregunta?

—Porque la única explicación posible es que se haya encontrado con algún conocido después de que usted entrara en el edificio y se haya marchado en el coche del otro a...

—¿A qué?

—Pues no sé a qué, porque hay que tener en cuenta que se ha llevado el ordenador. Además hoy es sábado y las tiendas en el pueblo están cerradas a estas horas. Quizás haya ido a algún bar a comprar tabaco en una máquina expendedora, pongo por ejemplo. ¿Fuma su marido?

—Sí, sí fuma.

—Pues lo más probable entonces es que aparezca de un momento a otro con la cajetilla en la mano.

Lo consideró Verónica en silencio y llegó a la conclusión de que era muy posible, aunque pudiera parecer absurdo. Debía de haber olvidado que al llegar al albergue le había entregado a ella la cajetilla de tabaco que llevaba en el bolsillo y habría sentido la imperiosa necesidad de fumar. Como los niños, no solía Octavio ponderar el alcance de sus actos ni cómo podía afectarle a ella que hubiese desaparecido de pronto sin advertirle previamente de sus intenciones. Lo que había apuntado Eladio podía haber ocurrido así, pero no estaba segura de poder perdonarle el susto que le había dado si aparecía de pronto sonriente, reflejando en su cara de niño la satisfacción más absoluta por haber conseguido su capricho, que podía consistir tanto en haber ido a dar un paseo para reconocer algún lugar por los alrededores o incluso haber ido a comprar esa cajetilla sin recordar que ella tenía una en el bolso.

—Y… y en ese caso, ¿dónde podría haber ido?

Pensativamente se acarició él el cogote.

—Al pueblo, ya se lo he dicho, pero con el temporal que hace… Quizás después la nieve no les ha permitido volver.

—Pero si el mal tiempo se lo ha impedido me habría llamado al móvil— insinuó ella.

—Sí, pero a menudo nos quedamos aquí sin cobertura. Vamos a ver—. Extrajo del bolsillo el aparato aludido y tras manipular en él meneó pesarosamente la cabeza—. Efectivamente no es posible establecer comunicación. Quizás cuando amaine el viento…

Aguzó Verónica el oído. El vendaval que silbaba fuera arremetía contra los cerrados postigos de madera de la ventana, que retemblaban con un molesto y continuo sonido. No le pareció posible que Octavio se hubiera marchado en el coche de otro. Le imaginó perdido en la nieve buscando el camino del albergue sin conseguir orientarse en la oscuridad. Tenía que haberse marchado a pie, porque su coche seguía estando estacionado en el aparcamiento. Con la inconsciencia que le caracterizaba, habría decidido cuando ella había entrado en la recepción dar un paseo por los alrededores o marcharse andando al pueblo y después no habría sabido volver. Y ahora estaría dando vueltas a no mucha distancia, perdido y congelado de frío.

Angustiada, trató de hacérselo comprender a Eladio.

—No creo que se haya marchado con nadie, porque, aunque en algunas cosas es como un niño, no es tonto. Tiene que haberse extraviado si se le ha ocurrido dar un paseo para recordar viejos tiempos. Es la única explicación posible.

Se la quedó mirando Eladio en silencio con la incredulidad más absoluta reflejada en sus oscuras pupilas.

— ¿Se conocen desde hace mucho tiempo?— le preguntó con el semblante sin expresión.

—Pues... desde hace unos seis meses.

—Y no le ha ayudado usted a hacer la maleta, ¿verdad?

—No, no vivíamos juntos. Ya le he dicho antes que me ha recogido en mi casa esta mañana y que yo he bajado a la calle con mi equipaje. El suyo era esa maleta que está ahora sobre mi cama y un ordenador.

—Una maleta con ropa inadecuada— le recordó Eladio—. Y un ordenador que ya no está en el maletero del coche, lo que parece indicar que se lo ha llevado consigo. ¿Para qué puede habérselo llevado?

Rebeca, que les escuchaba interesada, se inclinó afectuosamente hacia Verónica, sentada frente a ella en su butaca.

— ¿La maleta de él tiene ropa inadecuada?

—Sí— reconoció a su pesar—. Yo... no me lo puedo explicar. Quería él que pasásemos aquí quince días.

—Y... ¿Y a qué se dedica?

—Es agente de seguros. En el ordenador tiene archivados los asuntos de sus clientes y se lo ha traído para estar en contacto con ellos mediante el correo electrónico por si surgía algún tema urgente. También he cargado yo con el mío. Soy abogado. Trabajo en un despacho con otros compañeros y llevo varios asuntos sobre los que el juez o el tribunal podrían emplazarme para formalizar durante estos días el trámite judicial correspondiente. Hubiera preferido yo que nos casáremos en agosto, porque en ese mes no funcionan los tribunales civiles ni los contenciosos, pero a Octavio le entró el mes pasado una prisa repentina. No es un hombre paciente. Cuando quiere algo lo quiere ya y estaba tan ilusionado con que pasáramos unos días en este lugar…

Un lagrimón le resbaló por la mejilla y Eladio se rebulló inquieto en su butaca.

—Está bien. No creo, como usted, que se haya marchado a dar un paseo y se haya perdido— consideró dirigiéndose a Verónica—. No lo creo sobre todo por el equipaje que traía en el maletero del coche. Tampoco tiene explicación que se haya llevado el ordenador, pero por si acaso pondremos su desaparición en conocimiento de la guardia civil. Hablaré ahora mismo con el director de este establecimiento y, si está de acuerdo, la llamaré a continuación al pueblo por el teléfono fijo que tiene Amador sobre el mostrador de recepción, que es el que funciona en toda circunstancia y dejaré el asunto en sus manos.

— ¿Y vendrán ahora mismo?

—Eso no lo sé. Puede que tarden una media hora o quizás más, pero usted debe ir a cenar mientras tanto. Creo además que debería pedir una tila que la tranquilice.

—No tengo ganas de cenar— protestó Verónica, preguntándose cómo podría ser aquel hombre tan obtuso como para imaginar que pudiera comer algo en la situación en la que se hallaba, en la que la angustia que sentía se le había localizado en la boca del estómago—. Prefiero ir con usted a hablar con el director del albergue para explicárselo.

Rebeca se inclinó hacia ella para poner maternalmente una mano sobre su brazo.

—Deja que Eladio se las apañe con el director y con la guardia civil y vente conmigo a cenar. He venido sola, así que estaré encantada de acompañarte hasta que aparezca tu marido.

Negó Verónica con la cabeza. ¿Tampoco entendía esa señora que en esos instantes se consideraba incapaz de probar bocado? La sola idea le producía náuseas.

—Pero es que no tengo hambre. Después, cuando le encuentren...

—Cuando le encuentren probablemente estará cerrada la cocina— replicó la otra—. Se te pasará el tiempo más deprisa si haces algo mientras tanto, en lugar de sentarte a esperar. Si no quieres cenar, puedes tomar un vaso de leche o una sopa. Te sentirás mejor después.

Se había puesto Rebeca en pie y Verónica la imitó de mala gana, siguiéndola para salir al pasillo y entrar en la estancia contigua, una habitación rectangular con varias mesitas cubiertas con un mantel blanco. Se dio cuenta ella que habían perdido de vista a Eladio cuando tomaron asiento en una que estaba libre, bajo una ventana que gemía intermitentemente bajo los embates del viento. Se hallaba algo apartada del barullo de una pandilla de jóvenes que habían juntado dos mesas para acomodarse todos alrededor de la misma y se reían a carcajadas sin que, al parecer, les incomodase lo más mínimo los agudos quejidos del vendaval. Tenía la ventana los postigos cerrados, pero el viento zarandeaba las maderas filtrándose por sus rendijas. Al notarlo y pensar en Octavio, Verónica se estremeció.

— ¿Crees que le encontrarán?

—Claro— repuso la otra con fingida animación—. No puede haber ido muy lejos andando—. Se acodó en la mesa para escrutar su semblante antes de preguntarle—: ¿Llevábais mucho tiempo saliendo?

Hizo Verónica un gesto negativo.

—No, unos seis meses. Es un hombre atento y encantador, pero...

— ¿Pero algo irrazonable?

—Sí, a veces se comporta como un niño. Se ilusiona desproporcionadamente por algunas cosas y no se da por vencido hasta que las consigue. Con nuestra boda, por ejemplo. A mí me hubiera gustado celebrarla con una ceremonia más... más formal. Con un traje blanco y que hubieran asistido mi hermano y mis amigos.

—Pero no ha sido así— afirmó más que preguntó Rebeca.

—No. De improviso decidió que quería que nos casáramos en el juzgado de su pueblo en la intimidad más absoluta y aunque traté de convencerle de que al menos deberíamos invitar a Esteban, a su mujer y a mis compañeros de trabajo, se negó, bastante malhumorado por cierto.

— ¿Quién es Esteban?

—Mi hermano. No nos vemos mucho, pero es mi único pariente.

— ¿Y no insististe tú?

—Sí, claro que sí, pero es que Octavio es un poco especial. Se forja unas ilusiones muy poco realistas sobre determinados aspectos.

—Uno de ellos sobre vuestra boda— apuntó Rebeca, con la mejilla apoyada en una de sus manos.

—Sí y sobre este viaje. En esas ocasiones no atiende a razones. Se ha empeñado en que me encantaría este lugar, aunque le he repetido hasta el aburrimiento que soy friolera, que no me gusta la nieve y que prefería que fuéramos a una playa o a las islas Canarias. Cuando se le mete algo entre ceja y ceja actúa como si no oyera lo que le digo.

Se lo comentaba compungida y Rebeca esbozó un gesto de comprensión.

—Te entiendo perfectamente. Yo... yo tuve un novio así hace mucho tiempo.

Se olvidó por un instante ella de la inquietud que sentía para mirar a la otra con curiosidad.

— ¿Y qué pasó?

—Que terminamos. Luego se buscó otra, tan absurda como él.

— ¿Y...?

—No, no les fue bien. A las personas que se empeñan en vivir en un mundo que se han inventado ellos no suele irles bien—. Al darse cuenta por la expresión de Verónica que no estaba siendo muy oportuna, trató de rectificar—. No estoy diciendo que a vosotros dos os vaya a ir mal necesariamente, pero sí te recomendaría que tomes tú las riendas y que no le dejes cometer demasiadas tonterías.

— ¿Como la de esta noche?— inquirió ella con un hilo de voz—. Si lo hubiera imaginado habría tratado de hacerle comprender que no era acertado pretender darse un paseo bajo la nevada que caía, por muchas ganas que tuviera de rememorar tiempos pasados.

— ¿Habrías tratado de hacerle comprender?— se escandalizó Rebeca—. Me parece que eres demasiado benévola con él y por supuesto excesivamente dócil. Si como dices, él es como un niño en algunos aspectos, debes comportarte tú en esos mismos aspectos como una persona mayor.

Lo consideró Verónica con la cabeza baja y la mirada fija en sus manos, evocando su ternura, su comprensión con aquel dichoso trauma que Enrique se había empeñado en que superara y cuya trascendencia había desorbitado ella. Como Octavio le decía, había muchas personas que no sabían conducir y no le daban como ella una importancia desmedida al hecho de no poder superar el pánico que le inspiraba. Se lo repetía también en todas las sesiones Mercedes, su psicóloga. Que no era ella por esa circunstancia inferior a los demás ni debía por lo que sucedió sentirse culpable, porque los accidentes no dependen de la voluntad del que los sufre. Pero no podía evitar ninguna de las dos cosas y él había minimizado tanto el motivo que provocaba su baja autoestima que inconscientemente le había supervalorado, intentando adaptarse a sus extravagancias. ¿Qué pensaría Enrique de ella si la viera en ese momento en aquel albergue de la sierra, charlando con una desconocida, la misma noche en la que se había casado y sin saber dónde podría encontrarse su marido? Seguramente menearía pesarosamente la cabeza con aquel además tan suyo y sin duda se reprimiría para no decirle que el estrés post traumático que padecía no justificaba por sí solo que se hubiera casado con un idiota.

La conclusión a la que llegó le provocó un sobresalto. Octavio no era ningún idiota. Era... eso sí, rarillo, infantil, pero no tonto, y cuando apareciera trataría ella de seguir las recomendaciones de Rebeca para no permitirle cometer más estupideces.

La voz de la otra le llegó lejana, como si no se encontrara sentada a la misma mesa a pocos centímetros de ella, y le costó salir de su ensimismamiento para atenderla.

—Perdona— le pedía con expresión contrita—. Me parece que me he excedido en mis apreciaciones. Uno de los defectos que tengo es que suelo hablar de más y a destiempo. No conozco a tu marido y no tengo ningún derecho a meterme en vuestras vidas. Solo pretendía tranquilizarte, pero me doy perfecta cuenta de que he metido la pata.

También lo veía así ella, pero la expresión compungida de su compañera de mesa la indujo a tranquilizarla.

—No tienes de qué disculparte, sino al contrario. Te agradezco que en unas circunstancias como las que me encuentro te estés ocupando de distraerme. Y sí, hablar de Octavio me está ayudando a sobrellevar mejor estos momentos tan angustiosos.

Le sonrió Rebeca amistosamente.

—Pues en ese caso cuéntame algo más de él. ¿Dónde vais a vivir cuando regreséis a Madrid?

—En mi casa— repuso ella animándose inconscientemente al rememorar los planes que habían hecho—. La heredé de mis padres. Tengo un hermano, casado con una mujer con la que no congenio y estuvieron de acuerdo los dos en adjudicarme ese piso para no verse obligados a cargar conmigo.

— ¿Es que estuviste viviendo con ellos?

—Durante unos meses, sí, cuando murieron mis padres. Acababa yo de cumplir dieciocho años y me fui a vivir con ellos, pero noté enseguida que les estorbaba. Por eso mi cuñada opinó que, como ya era mayor de edad, podía instalarme en esa vivienda y me la adjudicaron al efectuar la partición de la herencia.

La escuchaba Rebeca con atención, con el interés reflejado en sus pupilas pardas.

—Y entonces te mudaste a ese piso y empezaste a asistir a la facultad de Derecho.

—Sí, eso es.

— ¿Y con qué ingresos contabas?

Hizo Verónica un gesto vago.

—Daba clases particulares por las tardes a unos niños y a veces me quedaba por las noches en sus casas de canguro para atender a sus hermanos pequeños… Hice un poco de todo.

—Y cuando obtuviste el título de abogado empezaste a trabajar en el despacho donde continúas ahora.

—No, estuve antes en otros, pero eso da igual. Formamos en ese despacho un colectivo de cinco compañeros y la verdad es que me encuentro muy a gusto allí. Octavio ha vivido hasta ahora en un piso alquilado en la calle Hermosilla, o mejor dicho, en una leonera. Por lo que me comentaba a veces, debía tenerlo todo revuelto, hasta el extremo de que nunca me ha permitido subir para que intentara ordenárselo. Venía siempre él a mi casa a cenar y luego se quedaba hasta tarde. Cuando volvamos, recogerá sus cosas y se instalará conmigo.

La observó Rebeca con sus ojillos grises muy abiertos por la extrañeza.

— ¿No ha trasladado aún sus pertenencias a tu piso?

—No, pero por lo que me comentado solo tardará un par de horas, lo que le lleve guardar su ropa en una maleta y sus papeles en otra o en una bolsa. Es que, como te he dicho, nuestra boda ha sido muy precipitada. Afortunadamente dos compañeros de despacho, Enrique y Tamara, se han ofrecido a sustituirme en mi trabajo hasta que vuelva. Y eso que Enrique fue mi novio hasta que conocí a Octavio— comentó pensativa—. Es que era demasiado formal y demasiado responsable— le explicó al ver el gesto de sorpresa de Rebeca.

—Y al conocer al que ahora es tu marido optaste por un hombre más alegre y algo más alocado— resumió la otra.

Vaciló ella, pero al fin se decidió a referírselo.

—No sé si fue exactamente así. Enrique es demasiado razonable. Sabe siempre y en toda circunstancia como debe uno comportarse y entiende mal que alguien no tenga la fuerza de voluntad necesaria para afrontar las debilidades que padece. No sé si me entiendes.

—Pues… no del todo— reconoció Rebeca.

—Sucedió hace cerca de diez años— empezó Verónica en tono monocorde—. Cuando aprobé el examen de conducir y me dieron el carnet, quisimos celebrarlo mis padres y yo saliendo a merendar a un mesón que se encuentra en la carretera de Fuencarral. El caso es que nos estampamos contra un camión y…

—Y conducías tú— terminó Rebeca comprensivamente.

—Sí—admitió sencillamente—. Y no he conseguido asumirlo, pese al tiempo que ha transcurrido. Cuando conocí a Enrique varios años más tarde, se esforzó en convencerme de que debería superarlo y me buscó a una psicóloga a la que visito todas las semanas, aunque creo que no he mejorado en absoluto. Discutíamos él y yo continuamente por ese motivo, porque él me decía que no ponía el suficiente interés y que debería enfrentarme a ese trauma y afrontarlo. Me sentía luego tan mal después de cada discusión que no podía dormir y me pasaba la noche llorando. Por eso, cuando encontré a Octavio en una cafetería… A él le pareció una simpleza por la que no debía preocuparme y su manera de enfocarlo me pareció tan gratificante… tan apaciguadora…, que sin darme cuenta fui sustituyendo al uno por el otro.

— ¿Y de eso cuánto hace?

—Unos seis meses, ya te lo he dicho. Enrique se lo tomó muy a mal, pero cuando me despedí de él anteayer se ofreció a hacerse cargo de mis asuntos, junto con Tamara, hasta que regresara al despacho.

Levantó la mirada hacia el rostro de su interlocutora, extrañada consigo misma por estarle haciendo objeto de unas confidencias que no solía compartir de buenas a primeras con nadie. Rebeca la escuchaba con la comprensión reflejada en sus pupilas. Parecía entenderla como si la conociera de toda la vida y pudiera ponerse en su lugar sin necesitar para ello realizar el menor esfuerzo. Creyó ver también algo de conmiseración en su semblante, por lo que se apresuró a matizar la impresión que pudiera haberse forjado de ella al escucharla.

—No vayas a creer que soy una pobre desvalida, dócil como un corderito, a la que Octavio deslumbró con su optimismo y con su ternura cuando nos conocimos. Tengo bastante carácter y sé manejarme yo solita. Es solo ese estúpido trauma, al que, según dice mi psicóloga, le doy una importancia desmedida, lo que me diferencia de cualquier chica decidida y normal. De hecho, soy una magnífica abogado.

Lo comentaba en broma con un fingido aire petulante, pero sonó como si le estuviera dando la verdadera opinión sobre sí misma.

— ¿Eres muy buena?

—Pues… pues yo creo que sí— manifestó riendo.

Una ráfaga de viento trepidó en ese instante contra las maderas de la ventana y se filtró luego por las rendijas con un gemido agudo que la sobrecogió y la retrotrajo al presente. Volvió a imaginar a Octavio perdido en la montaña y zarandeado por el vendaval y una angustia inmensa le ascendió hasta el rostro provocándole una opresión en el pecho que a duras penas logró disimular.

— ¿Te encuentras mal?— le preguntó solícitamente Rebeca.

—Sí, no puedo soportar más esta espera.

—Claro, lo entiendo.

— ¿Por qué no me cuentas ahora algo de ti?— la animó haciendo un esfuerzo por interesarse por lo que pudiera referirle—. Quizás así se me haga más corto el tiempo y consiga distraerme.

Esbozó Rebeca un gesto de asentimiento, al tiempo que se apartaba la melena rojiza y ondulada que enmarcaba su cara angulosa.

—No sé qué puedo contarte, porque mi vida no tiene nada de particular. Trabajo en una galería de arte en Madrid.

De hecho soy pintora y vengo a menudo a este albergue a pintar paisajes nevados que expongo luego en esa galería.

— ¿Solo pintas paisajes nevados?

—No, claro que no, mi especialidad son los retratos, pero no desaprovecho la oportunidad que me brinda en invierno este lugar para plasmar el panorama que se extiende alrededor de este edificio. Mañana, cuando amanezca podrás comprobar que hay pocos lugares más hermosos. Suelo alojarme aquí durante una semana más o menos para tomar unos bocetos que termino luego en Madrid en mi estudio. Cuando regresemos, te los enseñaré, si quieres verlos.

Se mordió los labios al reparar en que la expresión de angustia volvía a aflorar al semblante de su interlocutora y puso luego una mano sobre las de ella. Sin duda pretendía decirle algo tranquilizador, pero en ese preciso instante se presentó Eladio en el comedor buscándolas con la vista y Verónica se puso en pie de un salto, echando a correr en su dirección, seguida de la otra.

— ¿Qué... qué...? ¿Hay algo nuevo?— inquirió ansiosamente cuando llegó frente a él.

El chico hizo un además negativo.

—No, aún no, pero venga conmigo a la sala de estar. Está allí esperándola la guardia civil para no llamar la atención de los huéspedes. Quiere hacerle unas preguntas.

Al oírle, echó a correr Verónica hacia el pasillo y Rebeca la alcanzó antes de llegar a la puerta, reteniéndola por un brazo para preguntarle:

— ¿Quieres que vaya contigo o prefieres hablar con la guardia civil tú sola?

No se encontraba Verónica en condiciones en ese momento de pensar de forma coherente ni de decidir sobre las dos opciones posibles, por lo que se desasió de su mano y echó a correr por el corredor con los otros dos pisándole los talones. Como una exhalación llegó al vestíbulo y se abalanzó contra la puerta de cristales, entrando a continuación en la sala de estar, donde dos agentes de uniforme se pusieron en pie al verla llegar. Ni siquiera se dio cuenta Verónica de que Rebeca y Eladio la habían seguido ni de que se habían detenido a pocos pasos. Ansiosamente se había dirigido en línea recta hacia los recién llegados.

— ¿Qué? ¿Le han encontrado?—les preguntó casi sin voz.

El más alto de hizo un gesto vago.

—A su marido, no, pero creemos haber hallado un indicio de cómo ha podido marcharse.

Le escuchó Verónica sin entenderle.

— ¿Marcharse? ¿Es que se ha marchado? ¿A dónde?

El más alto le hizo una seña de que tomara asiento, por lo que le obedeció mecánicamente dejándose caer en una de las butacas, mientras los dos hombres hacían lo mismo en el sofá, al tiempo que Eladio y Rebeca se les aproximaban permaneciendo en pie detrás del sillón que ocupaba Verónica.

—Hemos detectado las huellas de las rodadas de un coche que ha salido del estacionamiento de este albergue y ha llegado a la carretera— le explicó el más bajo—. Podían verse aún, pese a que la nevada no tardará en cubrirlas.

—Eso no significa nada— protestó ella aturdida—. Se habrá marchado alguno de los huéspedes y su coche habrá dejado las ruedas marcadas en la nieve.

—Sí, pero la única explicación posible es que su marido se haya ido con él. Eso explicaría su desaparición.

Desconcertada, parpadeó y luego se quedó mirando a los dos hombres con los ojos muy abiertos.

— ¿Que lo explicaría? Me parece que ustedes no lo han entendido. El coche de mi marido, un Nissan plateado, continúa aparcado ahí afuera y las llaves las tengo yo en el bolsillo. ¿Me están diciendo que se ha largado en otro automóvil? ¿En qué otro automóvil? No tiene más que ese Nissan y hemos venido hasta aquí conduciendo él. ¿Y por qué razón habría de haberse marchado en ese otro coche, dejando las llaves puestas en el contacto del suyo?

—Eso no lo sabemos— manifestó pausadamente el más alto— Pero quizás, si le llamara usted a su móvil…

—Ya le he llamado media docena de veces— masculló furiosa— Y no atiende la llamada.

El hombre escrutó el semblante de la muchacha que tenía enfrente, antes de preguntarle pacientemente:

— ¿Habían discutido ustedes? Eladio nos ha comentado que se han casado esta mañana.

Inspiró ella aire cada vez más enfadada para no dejar escapar un exabrupto.

—Claro que no hemos discutido, entre otras muchas razones porque ni siquiera hemos tenido tiempo. Cuando hemos llegado, me ha dejado él en el porche de este establecimiento con mi equipaje y ha vuelto al coche a por el suyo. Y después no le hemos vuelto a ver. Ni yo, ni esta señora— dijo volviéndose hacia Rebeca y señalándola— ni nadie. ¿A que es cierto lo que digo?— insistió volviéndose hacia ésta.

Se adelantó la aludida para corroborar la versión de Verónica.

—Sí, hemos coincidido en el porche, porque le ha llevado a esta chica su equipaje y me ha parecido que luego volvía al coche a por el suyo.

— ¿Le ha parecido o lo ha visto?— trató de puntualizar el guardia civil de menor estatura.

—No estoy segura, porque no me he fijado— replicó Rebeca en tono alto y tajante—. Lo que sí puedo asegurarle es que la actitud de ese hombre con esta muchacha era atenta y cariñosa.

—O sea que no habían discutido— resumió dubitativamente el guardia civil, que a continuación se volvió hacia Verónica— ¿Y no tiene usted idea de a dónde ha podido ir?

— ¿Yo?, claro que no.

— ¿No sabe si conocía a alguien que se hospedara en este albergue y que acabara de pedir la cuenta o si puede haberle surgido un imprevisto que le haya obligado a marcharse sin despedirse?

En esa ocasión fue Rebeca la que le contestó en tono hiriente.

—Verónica no lo sabe y no se me ocurre tampoco a mí qué clase de imprevisto podría surgirle a un hombre para marcharse sin despedirse de la mujer con la que se acaba de casar y en un coche que no es el suyo. ¿Han comprobado si todos los automóviles de los huéspedes siguen aparcados ahí afuera?

Los dos hombres se pusieron en pie a la vez.

—No, aún no. Queríamos hablar antes con esta señora, pero vamos a preguntarle ahora mismo al recepcionista. Espérennos aquí, que no tardaremos.

Regresaron a la salita de estar unos minutos más tarde con el rostro ensombrecido y se dirigieron a los tres que les aguardaban sentados frente al fuego. Verónica se abalanzó hacia ellos en cuanto les vio entrar por la puerta.

— ¿Qué? ¿Han encontrado alguna pista?

Los dos hombres menearon al mismo tiempo la cabeza en sentido negativo.

—No. Nos ha ayudado a identificar los vehículos una pandilla de jóvenes que ha venido a esquiar. Lo que sí sabemos es que falta del aparcamiento un Volkswagen de color verde, con matrícula de Madrid, en el que se ha fijado uno de esos chicos cuando ha estacionado el suyo a su lado a eso de las cinco de la tarde. Es curioso, ¿verdad?

— ¿Qué es lo que es curioso?—trató de precisar Rebeca pasándole protectoramente un brazo a Verónica sobre los hombros.

El guardia civil se acarició pensativamente el cogote.

—Digo que es curioso, porque el recepcionista afirma que esta tarde no le ha pedido la cuenta ninguno de los huéspedes y que, a excepción de ustedes dos y del marido de usted— dijo señalándolas alternativamente—, se encuentran todos en este momento cenando en el comedor. Al parecer, ese coche ha desaparecido también, probablemente a la misma hora que don Octavio Ferrer, por lo que cabe deducir que éste último se ha marchado de este albergue conduciéndolo.

Atónitas, las dos mujeres intercambiaron una mirada.

CAPÍTULO III

Verónica durmió mal. Después de que se marcharan los dos guardias civiles, se había empeñado Rebeca en acompañarla nuevamente al comedor para que cenara algo y luego habían ido a sentarse las dos frente al fuego en la salita de estar, donde ésta última había escuchado pacientemente las incoherentes y repetitivas lamentaciones de la otra, empeñada en que los agentes se habían confundido en su investigación y en que Octavio tenía que haberse perdido al dar un paseo y que se encontraba en ese momento no muy lejos del albergue, perdido y aterido de frío.

Antes de acostarse, Verónica había retirado de la cama la maleta de él después de examinar concienzudamente su interior por si pudiera haber dejado alguna pista que le permitiera averiguar el motivo de su desaparición, pero no halló ningún indicio que pudiera orientarla en tal sentido. De la suya sacó el pijama y luego la volvió a cerrar. La habitación no era muy grande, por lo que la colocó después sobre la tabla del armario con la de Octavio sobre la de ella antes de meterse en la cama guardando previamente dentro el maletín que contenía su ordenador portátil. Había llegado a pensar que debería consultar el correo antes de meterse en el lecho por si hubiera recibido algún mensaje de interés, pero no fue capaz de levantar la tapa del portátil. Le tenía sin cuidado lo que pudiera haber ocurrido en el despacho en su ausencia y en el mundo en general. Lo único que acaparaba su atención era lo que pudiera haberle ocurrido a Octavio. Le habían secuestrado sin género de dudas en el escaso intervalo de tiempo en el que ella había permanecido en recepción, detrás de Rebeca, esperando a que le llegara el turno de registrarse. ¿Pero para qué? No tenían dinero ninguno de los dos. Unos ahorrillos tan solo que en absoluto justificarían que unos desalmados se tomaran esa molestia. ¿Por qué entonces?

El viento rugía fuera con un sonido agudo y estuvo escuchándolo apoyada contra los cerrados postigos de la ventana con una angustia creciente. Eladio y los dos agentes habían intentado convencerla de que sería inútil a la par que absurdo buscar a Octavio por los alrededores a esas horas, máxime con la incesante nevada que caía. Ambos estaban convencidos de que se había marchado en el coche verde que ya no estaba en el estacionamiento, aunque dejaron entrever que, tal como sospechaba ella, podía no haberse ido voluntariamente. Aunque impasibles en apariencia, también ellos debían suponer que le habían secuestrado y lo habían dejado traslucir en un par de detalles insignificantes, pero que no habían escapado al atento escrutinio de sus rostros por parte de ella. Sin duda por esa razón le habían preguntado si sabía si tenía enemigos. Esto último le pareció a Verónica imposible. Era como un chiquillo encantador, siempre optimista, que disfrutaba intensamente de la vida. ¿Quién podía haber querido hacerle daño eligiendo precisamente para ello el día de su boda?

En ese momento se dio cuenta de que sabía muy poco de él. Le había hablado de sus padres, que habían fallecido ya, de lo cargante que era su jefe y de cómo les mantenía en vilo a todos los que trabajaban en su oficina, sita en la calle de Luchana, cuya tercera planta, con balcones a la calle, le había señalado a menudo, cuando habían pasado bajo su voladizo camino de la casa de ella. Que vivía en la calle de Hermosilla, en un desordenado y exiguo apartamento del que tenía pagado el alquiler hasta fin de mes y… sí, también sabía que vendía seguros y que no le iba mal en su profesión.

Tamara, su mejor amiga y compañera de despacho además, le había dado el visto bueno cuando se lo presentó aquella tarde. Había ido Octavio a recogerla a su trabajo y bajaron las dos a la calle a la vez que Enrique, que, por el contrario, le debió calificar de superficial y de absurdo por el gesto con el que se despidió de él, aunque tuvo el buen gusto de no hacerle a ella el menor comentario a ese respecto. Tampoco expresó su opinión con palabras cuándo se enteró por Tamara de que iban a casarse, simplemente lo dejó traslucir. Pero era natural, consideró al advertirlo, porque habían sido novios durante cerca de dos años y porque además Octavio y él eran dos polos opuestos. Enrique era demasiado formal, demasiado responsable y rara vez se ilusionaba sin un motivo serio, que ponderaba además desde todos los ángulos posibles antes de tomar una decisión. Al contrario que Octavio, siempre alegre y optimista, dispuesto en todo momento a disfrutar hasta de los incidentes más nimios. Y bueno, sí, también algo irreflexivo.

Solo unos días antes de la boda, cuando supo Enrique que había decidido el otro celebrar una ceremonia íntima en un pueblo perdido de la sierra, le había preguntado con un sarcasmo corrosivo si estaba segura de que era eso lo que deseaba ella. Y eso que ni tan siquiera podía sospechar entonces que los testigos que se vio obligado a reclutar el secretario del juzgado esa mañana habían sido dos desconocidos, que pasaban en ese momento por la calle.

¿Qué pensaría si se enterara ahora de que se hallaba sola y sin marido en un albergue perdido de la sierra de Ávila, apoyada contra los postigos de la ventana de su habitación escuchando el ulular del viento? Suponía que no tendría el mal gusto de decirle que ya se lo había advertido, porque lo cierto era que no lo había hecho. Y tampoco creía que hubiera sido capaz de predecir que pudieran secuestrar a Octavio nada más llegar a aquel hostal, porque no era un adivino, sino más bien al contrario. Carecía por completo de imaginación o al menos a ella se lo había parecido así durante el tiempo en el que habían estado saliendo. Precisamente era esa una de las facetas que le habían atraído de Octavio, su capacidad de fantasear, de salirse de la rutina en la que vivía sumergido el resto de los mortales para convertir en un ensueño hasta el día más monótono y aburrido.

Cuando se decidió a acostarse era ya de madrugada, pero no consiguió dormir. Dio mil vueltas en la cama y terminó por levantarse para abrir los postigos de la ventana con la intención de levantarse en cuanto empezara a alumbrar el nuevo día para salir a buscarle por los alrededores. Por esa razón se encontraba ya en el cuarto de baño en ropa interior, contemplando en el espejo la imagen de la muchacha despeinada y ojerosa que le devolvía éste, cuando sonó el teléfono que tenía sobre la mesita, junto a la cama, y salió corriendo de esa estancia para regresar a la habitación a descolgar el auricular. Reconoció la voz de Amador, que le sonó titubeante.

—¿Puede bajar, señorita? Están aquí los dos agentes de la guardia civil que vinieron anoche y... y quieren hablar con usted.

El corazón le dio un vuelco y luego arrancó a martillearle a toda velocidad dentro del pecho, a la par que las palabras se le amontonaban en la garganta, impidiéndole expresarse con claridad.

—¿Por qué? ¿Qué... qué es lo que han descubierto? ¿Le...le han encontrado?

Le dio la impresión de que el recepcionista vacilaba.

—Me han dicho que haga el favor de bajar usted. La están esperando en la salita.

Ni tan siquiera se peinó. Se limitó a embutirse a toda velocidad en los pantalones y en el grueso jersey de la víspera. Aún en zapatillas, salió corriendo de la habitación, recorrió el pasillo y se abalanzó escaleras abajo para atravesar como una exhalación el vestíbulo de recepción y precipitarse dentro de la salita. Los dos agentes estaban de pie frente a la apagada chimenea y se volvieron hacia la puerta en cuanto la oyeron entrar. Por su expresión adivinó Verónica que no eran buenas noticias las que le traían.

El más alto le había señalado una butaca para que tomara asiento, pero ella fingió no haber visto su ademán.

—¿Le han encontrado?— les preguntó con una voz aguda que no era la suya.

Los dos hicieron a la vez un gesto de asentimiento.

—Sí, pero siéntese— insistió el de mayor estatura.

—No quiero sentarme— casi les gritó—. ¿Dónde está?

—Tiene que ser fuerte...— empezó el otro—. Tiene que...

Incapaz de dominarse, le zarandeó ella por los hombros.

— ¿Quieren decirme de una vez dónde está?

—Le hemos llevado al hospital del pueblo— repuso el bajito.

— ¿Al hospital? ¿Es que...?

—No han podido hacer nada por él— siguió el agente—. Cuando le hemos encontrado esta mañana no respiraba ya. Se había caído por un barranco y... Han sido los perros los que le han localizado, porque la nieve le había sepultado casi por completo. Tiene que venir con nosotros para identificarle.

No consiguió entenderle. Sus palabras resonaron huecas en su cerebro, sin un sentido inteligible. Notó que le flojeaban las piernas y le pareció que el corazón se le había detenido de repente, por lo que se dejó caer en la butaca que le habían indicado al entrar en la salita con una sensación de absoluta irrealidad.

—Pero... pero no es posible— musitó apenas.

—Debió de suceder anoche— le explicó el más alto—. Al principio hemos pensado que, como usted sugirió, había salido a dar un paseo por los alrededores y que con la oscuridad se había perdido. La nevada no permitía distinguir nada a un palmo de distancia, por lo que hemos dado por supuesto que se saldría del camino que desde este albergue lleva a la carretera y que se caería por ese barranco desde unos veinte metros de altura. Pero luego... Lo extraño es que...

Le pareció a Verónica que la voz del agente le venía de muy lejos. ¿Qué le estaría diciendo? Sin duda su mente funcionaba desconectada de sus sentidos, porque, sin llegar a procesar el significado de las palabras de él, se oyó musitar:

— ¿Qué es lo que les parece extraño?

El agente más alto carraspeó.

—Que no se marchó andando. Alguien le llevó en coche hasta el lugar en el que se cayó. Hemos detectado las rodadas de ese vehículo en el camino que lleva hasta allí desde este albergue. Ese coche se detuvo junto al barranco, en cuyo fondo ha aparecido su marido, y después ha seguido ruta hacia la carretera, así que... así que todos los indicios apuntan a que... Nos dijo anoche que no sabía que su marido tuviera enemigos, ¿verdad?

Parpadeó aturdida. ¿Le estaba diciendo que Octavio no se había caído, sino que se lo habían llevado en ese coche y que le habían empujado?

—No, no que yo sepa— repuso casi sin voz.

—¿Y... y había notado usted que en los últimos tiempos estuviera intranquilo o especialmente desazonado? ¿No le había comentado nado a ese respecto?

Hizo un esfuerzo Verónica por echar la vista atrás, por rememorar los días que habían precedido al de su boda y solo fue capaz de percibir un conglomerado de sensaciones diversas que en ningún caso presagiaban el absurdo desenlace. De nerviosismo, de prisas. De fantasías entremezcladas con la vaga decepción que experimentó al conocer cómo había organizado él la ceremonia de la boda y... también de desconcierto. De sorpresa al verse obligada a reconocerse a sí misma que, pese a que había considerado que poseía un carácter fuerte, no era capaz de imponerle a él su criterio por miedo a aguarle sus ensoñaciones y ver en un rostro el rictus de desencanto con el que lo acogería.

—Bueno sí, alterado sí estaba, pero es que él parecía tener prisa casi siempre y además nos íbamos a casar...

—¿Precipitadamente?— trató de precisar el agente más alto.

—Pues... podría decirse que sí, pero es que Octavio era diferente de la mayoría de los hombres. Consideraba que nuestro matrimonio solamente nos atañía a los dos y no quería que asistieran a la ceremonia mis amigos ni los suyos. Ni tan siquiera mi hermano, y decidió que nos casáramos en el juzgado del pueblo en el que había nacido él en la más absoluta intimidad. El secretario tuvo que bajar a la calle a buscar a los testigos.

—¿Y usted no le opuso ninguna objeción?— inquirió el mismo agente observándola escrutadoramente.

Volvió Verónica a preguntarse por el motivo por el que había aceptado celebrar esa ceremonia de una forma tan contraria a la que siempre había imaginado.

—Es que estaba tan ilusionado... Yo hubiera preferido otra cosa un poquito más formal, pero no me atreví a decepcionarle.

Los dos hombres intercambiaron una mirada antes de volverse nuevamente hacia ella.

—Ya nos dijo anoche que no sabía por qué había emprendido él este viaje y había venido a este albergue con una maleta sin ropa de abrigo. Suponemos que tampoco tendrá idea del motivo por el que anoche sacó del maletero de su coche su ordenador y se lo llevó consigo. Lo hemos encontrado también en el barranco a pocos metros de su cuerpo.

— ¿Su ordenador?— repitió Verónica desconcertada.

—Sí, probablemente sería su instrumento de trabajo.

—Sí, sí, claro.

—Pero no parece lógico que se lo llevara, si es que decidió dar un paseo cuando entró usted en la recepción de este local, ni tampoco si el conductor del coche que ha desaparecido le obligó a acompañarle. Me dijo anoche usted que él era agente de seguros, pero seguramente no sabrá si contenía ese ordenador una información comprometedora para alguien, ¿no es eso?

—No, no lo sé.

— ¿Y tampoco sabe si tenía más familia a la que podamos avisar? En el bolsillo de su anorak llevaba su documentación y por eso hemos podido identificarle inmediatamente, porque de la caída...— carraspeó claramente embarazado—. Lamento decirle que de la caída su rostro ha quedado irreconocible, pero tenemos sus huellas dactilares que coinciden con las de su marido, y... Vestía unos pantalones grises y un anorak azul marino, ¿verdad?

—Sí, sí.

—Y llevaba también un gorro de punto rojo en la cabeza.

—Sí, sí— repitió confusa.

Volvieron a carraspear los dos al mismo tiempo.

—Tenemos que pedirle que nos acompañe al pueblo para que reconozca el cuerpo. Lo lamentamos porque no va a ser agradable para usted, pero es un trámite obligado, ¿comprende?

Como una autómata meneó afirmativamente la cabeza.

—Sí, voy a subir por mi anorak.

—Y póngase unas botas— le recomendó el más alto—. Ha bajado usted en zapatillas.

Agachó Verónica la cabeza para mirarse los pies y al comprobar que era cierto lo que le decía se puso en pie vacilante.

—Sí, sí, no tardaré.

Atravesó la habitación y se encaminó torpemente hacia el vestíbulo con una sensación de irrealidad absoluta. Las piernas le pesaban como el plomo cuando comenzó a subir la escalera sin que su cerebro interviniera para nada en el ascenso que estaba realizando. Era como si la cabeza se hubiera separado de su cuerpo y éste funcionara mecánicamente, ajeno a su control. Le pareció que el pasillo estaba oscuro cuando alcanzó el rellano, pese a que los apliques de las paredes estaban encendidos, y al entrar en su cuarto creyó ver que los muebles giraban a su alrededor, por lo que a duras penas consiguió llegar hasta la cama y dejarse caer sentada sobre la colcha.

Permaneció con los ojos cerrados unos segundos y de haber podido optar habría permanecido así indefinidamente, insensible a todo, para no experimentar la impresión de que el mundo entero se había desmoronado sobre ella sepultándola entre sus escombros.

Pero no, se dijo. Tenía que levantarse. Tenía que ir al pueblo con los dos agentes que la estaban esperando porque quizás… quizás no se tratase de él, quizás fuese otro el hombre que se había caído por el barranco y Octavio apareciese al fin sano y salvo para decirle que se había asustado sin motivo, que todo obedecía a un error y que lo que le había sucedido era que se había extraviado la noche anterior al dar un paseo. Todavía había una esperanza, pensó mientras se ponía en pie. No tenía sentido lo que creía haber vivido durante las últimas horas y menos aún el desenlace, que, al igual que en una pesadilla era absurdo, carecía por completo de sentido.

Consiguió con un esfuerzo calzarse las botas, se mesó la melena con los dedos y cogió el bolso y el anorak que fue poniéndose por el pasillo. Iba a alcanzar ya la escalera cuando se abrió la puerta de la primera habitación y por ella salió Rebeca, ya vestida. Adivinó lo ocurrido en cuanto intercambiaron una mirada.

—¿Hay algo nuevo?— le preguntó por preguntar, porque, aunque había efectuado la pregunta en tono interrogante, sonó como si conociera de sobra la respuesta— Espérame, que voy contigo.

No tardó más que unos pocos segundos en aparecer de nuevo con su anorak al brazo y se le reunió en el rellano.

—Le han encontrado, ¿verdad?— insistió en tono bajo.

—Sí, en el fondo de un barranco— musitó apenas Verónica.

—Iré contigo— se ofreció la otra. La tomó del brazo mientras bajaban la escalera e inquirió—: ¿Quieres que vayamos en mi coche o prefieres… prefieres que te deje sola con ellos?

—Prefiero ir contigo— repuso antes de haberse llegado a plantearse la opción y vagamente se dio cuenta de que le había dicho lo que realmente quería. Aunque apenas la conocía, le había demostrado sobradamente la otra que era capaz de ponerse en su lugar, de entender lo que sentía y de suplir en esos momentos su ausencia de discernimiento.

Más tarde pudo apreciar lo acertada que había estado al aceptar su ofrecimiento. No se separó de su lado ni un momento ni dio muestras de que le afectara la visión del cuerpo rígido y cubierto con una sábana blanca que reposaba sobre una camilla en aquella sala tan fría y tan solitaria en la que les hicieron pasar en el pueblo. No hubiera sido capaz Verónica de precisar después ni un solo detalle de aquella estancia de paredes pintadas de blanco. Tan solo la impresión de que estaba desmantelada, inhóspita, con aquella camilla flotando en el vacío.

Aún mantenía viva la esperanza de que se hubieran equivocado y de que Octavio anduviera perdido por las cercanías del albergue. Había amanecido un día nublado, pero el viento había amainado y no nevaba, por lo que cabía pensar que él fuera capaz de orientarse y de regresar a buscarla, pero cuando aquel hombre que se hallaba junto a la camilla con una bata blanca retiró la sábana comprendió que debía desechar esa posibilidad, pese a que su rostro, por el traumatismo que había sufrido en su caída, estaba irreconocible. Le mostraron, no obstante, la ropa que vestía cuando le habían encontrado, que era la misma que llevaba el día anterior, y en el dedo anular conservaba la alianza, idéntica a la suya y recién estrenada, que habían comprado unos días antes.

Se volvió Verónica hacia el guardia civil más alto que se hallaba a su espalda, con la sensación de que no era ella la que se hallaba en aquel lóbrego lugar, porque no sentía nada. Ni dolor ni angustia… nada en absoluto. Como si algo se le hubiera muerto dentro y su cuerpo hubiera perdido la capacidad de experimentar otra cosa que una indiferencia total.

— ¿Es él?— le preguntó el agente en un susurro.

Se encogió ella de hombros.

—No lo sé. Está… está tan diferente…

—La comprendo— le dijo él como si verdaderamente la entendiese— Hemos comprobado sus huellas dactilares, ya se lo he dicho antes, y coinciden con las de su marido, así como su ropa, su documentación y…

—Y la alianza que lleva en el dedo— siguió cansadamente ella—. Se la coloqué yo en el juzgado y es la misma, sí.

— ¿Qué es entonces lo que la hace dudar?— insistió el hombre.

—Pues… — empezó, sin acertar con las palabras—. No lo sé. Octavio era tan vital, tan estimulante… Y ahora está ahí… tan quieto… tan frío…

Notó que Rebeca le pasaba un brazo sobre los hombres y la empujaba suavemente hacia la puerta. Los dos agentes las siguieron. El de menor estatura había permanecido a la espalda de Rebeca y Verónica no se había fijado en él, hasta que ya en el pasillo hizo intención de entregarle algo.

—Es el ordenador de su marido. Lo hemos encontrado en el fondo del barranco a unos metros de él, cubierto de nieve. Está destrozado, inservible por completo, pero usted querrá conservarlo.

Parpadeó ella como si le costara trabajo entender lo que le estaba diciendo.

—Bueno... sí... claro.

—Vamos a llevarle a Madrid, al instituto anatómico forense para que le practiquen la autopsia— continuó explicándole el agente—. En este caso es obligado, ¿comprende?

Hizo un gesto afirmativo con la cabeza, aunque ciertamente no entendía nada. Ni lo que le estaba sucediendo ni lo que aquel guardia civil se empeñaba en aclararle Afortunadamente Rebeca se hizo cargo en el acto de la situación.

—Te llevaré yo a Madrid en mi coche en cuanto recojamos nuestras cosas y llamaré a una grúa para que trasladen el coche hasta tu casa.

— ¿El coche de Octavio?— se oyó decir a sí misma con una voz que no era la suya—. ¿Y para qué quiero yo el coche? No puedo conducirlo.

—Pues en ese caso puedes venderlo o regalárselo a tu hermano— le sugirió resueltamente la otra, que a continuación se volvió hacia los dos agentes para preguntarles—: ¿Necesitan algo más de nosotras?

El guardia civil más alto les hizo una seña de que le siguieran hacia el fondo del pasillo.

—Sí, necesitamos que nos firme que ha reconocido a don Octavio Ferrer en el cuerpo que le hemos mostrado y que le hemos entregado su ordenador. También es un trámite ineludible.

— ¿No quieren conservarlo durante unos días por si pudieran obtener de ese aparato alguna pista sobre el motivo de la muerte de su dueño?— inquirió Rebeca, acercándose a ellos para preguntárselo en un susurro, con la intención de que Verónica no la oyera.

—No. Ya hemos intentado ponerlo en funcionamiento y ha sido inútil.

Regresaron las dos al albergue después de que realizara Verónica los trámites que los dos agentes le indicaron y en cuanto Rebeca estacionó el coche junto a la fachada posterior del edificio le preguntó:

— ¿Qué quieres que hagamos? ¿Echarte un rato antes de que tomemos el camino de vuelta?

—No, si no te importa, preferiría que nos pusiéramos inmediatamente en marcha. Anoche no deshice la maleta, por lo que solo tengo que guardar dentro el pijama. Pero…

— ¿Qué?

—Que tú has venido a este albergue a pintar unos bocetos y no quiero arruinarte el plan. Si me llevas hasta la parada del autobús, te lo agradeceré.

—No me arruinas ningún plan y ya vendré a pintar esos bocetos en otra ocasión, así que vamos a subir ahora mismo a nuestras habitaciones a por nuestro equipaje.

—Pero…

—No hay pero que valga. Puedes contar conmigo para lo que necesites, ahora y en lo sucesivo. Espero que no lo olvides.

CAPITULO IV

Rebeca fue para ella una ayuda inestimable en los días que siguieron. Prudente y comprensiva en todo momento, parecía ser capaz de adivinar lo que Verónica necesitaba y de resolverlo sin ruido, sin que en ocasiones llegara ella a notar su presencia. En lo único que disintieron fue en el empeño que puso la otra en publicar la esquela de la muerte de Octavio en el periódico. Lo discutieron durante los días en los que le estuvieron practicando la autopsia a éste en el Instituto Anatómico Forense sin llegar a ponerse de acuerdo.

— ¿Pero para qué?— había protestado Verónica—. A él no le hubiera gustado. Decía siempre que los demás no importaban. Por esa razón no invitamos a la boda a los familiares ni a los amigos. Tampoco querría ahora que me gastara tontamente el dinero en comunicarle su fallecimiento a los extraños, porque mi hermano y su mujer ya lo saben y mis amigos y compañeros de trabajo también.

— ¿Y sus parientes y conocidos qué? ¿Lo saben ellos?

Sentada en la salita de estar de su casa, con Rebeca frente a ella en una butaca, parpadeó confusa.

—Pues… pues no lo sé.

—Pues evidentemente, no. No sabemos si tenía parientes ni tampoco amigos, pero, según me has contado, vivía en un piso alquilado en la calle Hermosilla que debía dejar libre a fin de mes y trabajaba en una agencia de seguros, en la que su jefe esperará que vuelva cuando termine su licencia por matrimonio, por lo que debe enterarse de lo que le ha sucedido. ¿O es que prefieres que vayamos a comunicárselo personalmente al dueño del piso y a ese jefe?

Se encogió desganadamente de hombros Verónica.

—No, claro que no.

—Deja entonces que me ocupe yo— le aconsejó la otra—. Publicaremos la esquela en un periódico para que puedan asistir al entierro de tu marido ese hombre, sus compañeros y el dueño del piso. Así podrán devolverte sus objetos personales Y tú debes intentar sobreponerte, volver cuanto antes al despacho y hacer un esfuerzo por retomar los asuntos que llevabas.

Desvió ella la mirada hacia la ventana, a través de la cual se veía la calle y la casa de enfrente. Un árbol agitaba melancólicamente sus ramas desnudas de follaje al compás de los embates del viento. En su mente se trasladó muy lejos de allí para volver a contemplar el blanco panorama de la sierra que habían dejado atrás dos días antes, con el edificio de tres plantas e inclinado tejado de pizarra cubierto de nieve.

— ¿Para qué?— musitó apenas.

—No seas pesada, Verónica— se impacientó Rebeca—. Por mucho que te pese, hay trámites que debes resolver, pero no te preocupes, porque no pretendo que lo hagas tú. Solo quiero que dejes que me ocupe yo.

Terminó por ceder ella y Rebeca publicó la esquela en el periódico, pero al entierro no acudió ningún extraño, ni parientes de él ni amigos ni tan siquiera compañeros de trabajo. Tan solo el hermano de Verónica con su mujer, Tamara, Enrique y algunos amigos de aquélla.

Tamara la acompañó a su casa cuando terminó el sepelio. Era una muchachita rubia de aspecto delicado que se sentó a su lado en la sala de estar y que la observó preocupada.

— ¿Quieres que te prepare algo?

— ¿Algo cómo qué?

—Pues… pues no lo sé. Algo que te anime. Un café, una copa… algo.

Cansadamente meneó Verónica la cabeza en sentido negativo.

—No, no quiero nada. Solo que transcurra el tiempo más deprisa y poder olvidar… poder olvidar lo que ha sucedido desde que nos casamos y recordarle solo a él.

—Claro— murmuró Tamara comprensivamente—. Pero tienes que poner algo de tu parte.

— ¿Para qué?— musitó apáticamente.

—Para poder sobrevivir— precisó su amiga en tono práctico—. Si no te ocupas de los asuntos que dejaste pendientes cuando te casaste, perderás a los clientes y si los pierdes no te pagarán y no podrás pagar los gastos de esta casa ni ir a la compra. Estoy dispuesta a sustituirte hasta que recuperes los ánimos, pero mientras tanto tendrás que decirme al menos qué es lo que quieres que haga. ¿Has comprobado si la procuradora te ha enviado por e-mail alguna providencia en la que se te emplace para el cumplimiento de uno de los muchos trámites que dejaste pendientes?

Se encogió ella de hombros como si el movimiento le supusiera un esfuerzo sobrehumano.

—No y no me importa si me ha mandado alguna. En lo único que puedo pensar es en el resultado de la autopsia. Me lo ha comunicado esta mañana, antes del entierro, el guardia civil más alto.

— ¿El más alto?

—Sí, es que eran dos. El más alto se llama Simón.

— ¿Y qué es lo que te ha dicho?

—Que Octavio había muerto de un fuerte golpe en la cabeza y que cabía en lo posible que se lo hubiera dado contra un pedrusco al despeñarse, pero que el forense no descartaba que le hubieran arrojado al barranco después.

— ¿Después de muerto?

—Sí.

—Eso quiere decir… empezó Tamara titubeando.

—Que podrían haberle asesinado. Es lo que me ha dicho.

Se quedó mirándola Tamara sin pestañear con sus ojos azules muy abiertos.

— ¿Y tú…? ¿Crees que ha podido ocurrir así?

Esbozó ella un gesto vago con ambas manos.

—No lo sé. Llevábamos seis meses saliendo a diario y pensaba que le conocía bien, pero ahora… ahora me doy cuenta que sé muy poco de su vida anterior. Era tan alegre…

tan divertido... ¿Por qué habría de haber querido nadie asesinarle?

Vaciló Tamara antes de preguntarle tímidamente:

—¿Y no podrían haber sido unos tipos que pretendieran robarle y que aprovecharan el momento en el que se quedó solo en el aparcamiento del albergue? Si Octavio se defendió...

No tuvo Verónica que meditar la respuesta y se apresuró a interrumpirla.

—No, no lo creo. De haber querido robarle, se habrían llevado la maleta, cosa que no hicieron, y tampoco le quitaron el dinero que llevaba en el bolsillo del anorak. En cambio, él o los que le secuestraron sí cargaron con el ordenador de Octavio, que apareció junto a su cuerpo en el fondo del barranco. Le he dado muchas vueltas y no le encuentro ningún sentido.

—No, no parece que lo tenga— corroboró Tamara.

Se quedaron las dos calladas, viendo como la luz grisácea de aquel día tan nublado que penetraba por la ventana se iba adueñando de la estancia contagiándole su melancolía. Fue Tamara la primera en salir de su ensimismamiento y en reaccionar.

—Tienes que hacer algo.

—¿Algo cómo qué?

—Algo que te devuelva los ánimos y las ganas de vivir.

—Es que no me siento con fuerzas de recuperar los unos ni las otras.

—Está bien— se resignó Tamara—. Aún es demasiado pronto, pero no voy a permitir que el día en que decidas regresar al despacho para ponerte a trabajar te encuentres con que no tienes nada que hacer, porque tus clientes hayan decidido buscarse otro abogado, así que desde este momento te sustituiré yo. ¿Dónde tienes el ordenador?

—Pues... —titubeó Verónica intentando hacer memoria— Debe de estar todavía dentro de su maletín, en el interior de la maleta de Octavio. Te lo traeré.

Se levantó con pocos bríos de la butaca en la que había estado sentada y se dirigió a la estancia contigua, un dormitorio con una sola cama en el que el día de su llegada había dejado caer en el suelo el equipaje de él. Regresó a la sala de estar un minuto más tarde con su ordenador portátil en las manos y se lo entregó a Tamara.

—Toma. No sabes lo que te agradezco que estés dispuesta a hacerte cargo de mi trabajo, además de ocuparte del tuyo.

—Solo por el momento— replicó la otra en un fingido tono festivo mientras ponía en funcionamiento el aparato sobre sus rodillas— Espero que te des cuenta de que soy una amiga estupenda desde que nos conocimos en la facultad. La mejor amiga del mundo.

—Me doy cuenta— la coreó Verónica tratando de seguirle la corriente.

—Pues empieza por decirme cuál es tu clave.

— ¿Qué clave?— le preguntó sin comprender.

—La clave para acceder al menú.

La observó Verónica sin comprender.

—No te entiendo. No tiene clave. Ese ordenador lo utilizo únicamente yo y no pensé cuando me lo instalaron que tuviera que proteger mis archivos de la curiosidad de ningún extraño. Te bastará con pulsar la tecla de encendido.

—Ya lo he hecho— le aclaró Tamara— y mira la pantalla. Me está diciendo que introduzca la clave de acceso.

Se levantó Verónica de su asiento para situarse a espaldas de la de su amiga y comprobar lo que le estaba diciendo. Efectivamente y en letras negras que destacaban nítidamente en el monitor, le estaba pidiendo que introdujera la password. Se restregó los ojos al tiempo que se inclinaba sobre el hombro de la otra para pulsar una tecla y luego otra sin lograr la finalidad que perseguía. Por último le tomó de sus rodillas el ordenador y regresó con él a su butaca para examinarlo concienzudamente.

—Este no es mi ordenador— reconoció sorprendida tras realizar un atento escrutinio del aparato— Es muy parecido, de la misma marca y del mismo modelo, pero no es el mío.

Clavó Tamara la mirada en el aturdido semblante de Verónica.

—¿De quién es ese entonces?

—Debe de ser el de Octavio— consideró deslizando un dedo por el estrecho marco de la pantalla como si lo acariciara—. Le regalé el maletín poco antes de nuestra boda y los dos nos llevamos los portátiles junto con el equipaje por si los pudiéramos necesitar. Los maletines eran idénticos y...—. Intentó hacer memoria y continuó como si hablara en voz alta consigo misma—: Sí, lo saqué del maletero cuando al llegar al albergue salí del coche, pero me debí equivocar y en lugar de mi maletín cogí el de Octavio. Mi ordenador se lo llevó él y debe ser entonces el que ha aparecido después junto a su cuerpo en el fondo del barranco. Me lo ha entregado la guardia civil, pero está destrozado, inservible.

Aprobó Tamara con un gesto el proceso mental que su amiga acababa de exponer.

—¿Y en el de Octavio sí había que introducir la clave de acceso para acceder a la información que contiene?

—Pues... pues al parecer sí, aunque no estoy segura, porque lo utilizaba en su oficina y yo no lo había visto anteriormente.

Permaneció pensativa Tamara. Ahora era ella la que parecía mirar más allá de la casa de enfrente que podía verse a través del cristal de la ventana. Cuando se dirigió a Verónica había surgido un pliegue en su frente.

—Quizás en este ordenador se contenga alguna pista que pudiera aclararnos lo que le ha sucedido a tu marido.

Lo consideró incrédulamente Verónica.

—¿Tú crees?

—Cabe dentro de lo posible. Si Octavio se dejó su equipaje dentro del maletero cuando salió del coche, pero en cambio se llevó el ordenador, sería porque contenía datos de importancia para él y puede que también para los que le arrojaron al barranco junto con el aparato, si es que no se cayó él.

Por primera vez desde que había tenido conocimiento de su muerte sintió Verónica que algo se abría paso entre la apagada bruma que invadía su mente suscitando en ella un incipiente interés.

—Pero entonces…— musitó enderezándose y apoyando erguida la espalda en el respaldo de la butaca como si acabara de recibir una inyección que le devolviera parte de las energías perdidas—. Pero entonces deberíamos intentar acceder a la información que contiene. ¿Cómo podríamos conseguirlo? Yo soy una usuaria muy corrientita, incapaz de descifrar las enrevesadas tuercas de su interior y a ti no se te da la informática mucho mejor.

—A mí no, pero a mi hermano sí, porque es su profesión. Si te parece, me lo llevaré a mi casa y le pediré que averigüe la clave.

— ¿Y crees que lo conseguirá?

—Seguro que sí, aunque es posible que tarde varios días, porque tiene mucho trabajo. Es muy listo— comentó orgullosamente.

Rememoró Verónica la imagen de sabio distraído de Leandro. De mediana estatura y excesivamente delgado, era un año mayor que Tamara y, como ella, aún vivía en casa de sus padres enfrascado en su trabajo, consistente en crear videojuegos de ordenador, lo que le proporcionaba importantes ingresos. Aunque hacía años que le conocía, apenas había intercambiado con él media docena de palabras, porque parecía vivir en un mundo aparte en el que los extraños no tenían cabida. Pero sí, si había alguien capaz de averiguar esa clave, sin duda sería Leandro.

—De acuerdo— aprobó Verónica más animada— Llévatelo y pídele a tu hermano ese favor de mi parte. Aunque… no sé. Como es un poquito raro, a lo mejor prefiere que ese favor se lo pidas tú. A mí siempre me ha ignorado.

—Estás equivocada— le rebatió Tamara—. Te conoce desde que las dos comenzamos juntas la carrera en la universidad y te ha tenido siempre en gran estima. ¿No te has fijado en él esta mañana? Estaba en el cementerio.

La escuchó perpleja. Solo recordaba un difuso grupito de personas sin rostro definido, que se apiñaba a su espalda en la mañana gris.

—Pues… no sé. No estaba para fijarme en nadie, compréndelo.

—Claro, claro, pero ahora tenemos que ir a lo práctico. Tienes que comprarte otro ordenador hoy mismo.

— ¿Por qué hoy mismo?— objetó Verónica—. ¿No podría ser mañana o pasado mañana?

—No, porque ya te he dicho que voy a empezar a sustituirte esta tarde y necesito por ese motivo utilizarlo. Si no quieres que vayamos las dos, iré yo sola, pero creo que deberías hacer el esfuerzo de salir a la calle y de empezar a preocuparte por la rutina diaria.

— ¿Ya?

—Cuanto antes, sí.

—Pero es que no me encuentro en condiciones. Compréndelo. Es demasiado pronto.

La envolvió Tamara en una conmiserativa mirada.

—Te sentará bien entretenerte en algo. Hoy no puedo acompañarte, porque acabo de recordar que tengo citadas unas visitas en el despacho, pero mañana podría salir un poco antes.

—No, no te molestes, lo compraré yo en cuanto me levante y te lo llevaré a la oficina. Puede que tengas razón y que el salir de casa me ayude a levantarme el ánimo, aunque…

— ¿Aunque qué?

—Que no me apetece encontrarme de nuevo con Enrique. Estoy segura de que piensa que me he ganado a pulso lo que me ha sucedido con Octavio y aunque le conozco y sé que no me va a decir una palabra a ese respecto, se lo voy a notar y me voy a sentir mal. Peor aún de lo que me siento, que ya es decir.

—No seas absurda— le recriminó la otra— Enrique lamenta verdaderamente lo que te ha sucedido, pero si no quieres que nos encontremos mañana allí, podemos quedar en cualquier otra parte. Por ejemplo, en la cafetería en la que solemos desayunar. Y luego, si te apetece, podemos dar un paseo.

Se marchó poco después Tamara con el maletín que contenía el ordenador de Octavio y Verónica se arrellanó en la misma butaca con un cansancio infinito. Quizás si fuera capaz de levantarse y de hacer cualquier otra cosa que no fuera permanecer inmóvil, mirando sin ver el trocito de cielo que podía atisbar por la ventana sobre la casa de enfrente, consiguiera amortiguar aquella sensación de que no había nada que pudiera importarle ya.

Pero tenía razón Tamara, se dijo. Debía obligarse a retomar su trabajo y si conseguía salir a la calle a comprar aquel dichoso ordenador, se lo entregaría a su amiga con la información más imprescindible, con lo que podría posponer el retorno al despacho hasta que recuperara la energía imprescindible para interesarse por algo, si es que eso llegaba alguna vez a suceder.

Con un suspiro de desaliento se dirigió a la cocina con la intención de comer cualquier cosa que pudiera encontrar en la nevera. Rebeca le había dejado un pollo asado, que apenas si consiguió probar, y luego su tumbó en la cama de su cuarto a mirar el techo hasta que pensó que ya era hora de que abrieran las tiendas. Ni tan siquiera se arregló ni se cambió de ropa. Llevaba en casa un pantalón vaquero y un usado jersey verde pálido y se limitó a calzarse unos zapatos de tacón bajo en lugar de las zapatillas que llevaba y en echarse encima un amplio chaquetón que le cubría las piernas hasta un palmo por encima de las rodillas.

El día seguía estando muy nublado y caminó sin prisas por la calle hasta la tienda de la esquina. Se ubicaba dos manzanas más allá y había comprado allí anteriormente el ordenador que se había llevado Octavio por equivocación. Encontró enseguida un modelo idéntico al que había tenido, así como un maletín similar y con ellos colgando de su mano inició el regreso hacia su casa, pero al atravesar la plaza de Bilbao se detuvo indecisa. En innumerables ocasiones había recorrido ese trayecto con Octavio y se habían desviado al llegar a esa plaza para tomar la calle de Luchana, donde se ubicaba la oficina en la que trabajaba él. Al pasar bajo el balcón de su despacho solía referirle Octavio divertidas anécdotas de su jefe, un cascarrabias que les mantenía en vilo a todos sus compañeros, y al levantar la vista y clavarla en el voladizo le pareció imposible que fuera el mismo y que Octavio no fuera a ocuparlo más.

¿Qué pensaría el jefe cascarrabias al no tener noticias de él?, se preguntó. Probablemente nada, porque aún no habían transcurrido los quince días de permiso que le habían concedido por su matrimonio e imaginaría que a su término regresaría a la oficina. Sin duda no había reparado en la esquela del periódico, porque en caso contrario habría asistido al entierro esa mañana. Lo mejor sería que hiciera un esfuerzo ella para subir en el ascensor hasta la tercera planta del edificio a comunicárselo y para pedirle que le entregara los objetos personales que hubiera dejado Octavio en su despacho.

Vaciló no obstante, preguntándose si no debería retrasar ese momento. Quizás en una mañana más soleada no sintiera esa añoranza tan aguda y revivir su imagen en el entorno en el que se había desenvuelto día tras día no se le supondría un esfuerzo tan doloroso, pero al fin se decidió y entró en el oscuro portal. Era una casa antigua, edificada a principios del siglo veinte que olía a invierno, aunque ya en las calles la primavera se había hecho notar. No vio al portero y se dirigió directamente al ascensor, también viejo, que rechinó al ponerse en marcha y que ascendió cansinamente las tres plantas para detenerse en un rellano en el que tan solo vio dos puertas, la una frente a la otra, sin ningún rótulo que indicara el nombre de la empresa. Pero no era necesario, porque sabía que el piso señalado con la letra A era el exterior, el que daba a la calle de Luchana, a la que se abría el balcón del despacho de él, bajo el que tantas veces habían paseado.

Oprimió el timbre y aguardó durante unos segundos. Dentro no se oía el menor ruido, por lo que insistió de nuevo y sí, ahora percibió distintamente el sonido de unos pasos que se aproximaban, un instante antes de que se abriera la puerta y una mujer con un bebé en los brazos apareciera en el umbral. Era alta y rolliza, con el cabello ensortijado y expresión malhumorada, que se la quedó mirando con las espesas cejas enarcadas.

—Buenas tardes— empezó Verónica, preguntándose si se trataría de la esposa del jefe cascarrabias que hubiera ido a visitarle esa tarde con su retoño—. Soy la mujer de Octavio Ferrer y quisiera ver a don Luciano. ¿Está en estos momentos en la oficina?

Las cejas de la mujer que le había abierto se elevaron todavía más sobre su frente.

— ¿A quién?— le preguntó con una voz que la sorpresa agudizaba.

—A don Luciano.

—Aquí no vive ningún Luciano— replicó hosca—. Se ha confundido usted. Mi marido se llama Pancracio y está abajo en el bar, trabajando.

— ¿No es esto una oficina?— insistió desconcertada.

— ¿Una oficina? Claro que no. Es mi casa.

Rememoró Verónica las múltiples ocasiones en las que habían pasado por debajo del balcón que le había señalado Octavio como perteneciente a su despacho y se dijo que sin duda, por lo aturdida que estaba, se habría equivocado de planta al oprimir el botón del ascensor.

— ¿No es éste el piso tercero?

—Sí, claro que sí.

— ¿Y… y lleva usted mucho tiempo viviendo aquí?

—Podría contestarle que a usted qué le importa— masculló furibunda la mujer.

—Es que estoy buscando la oficina de mi marido— intentó aclararle Verónica con un hilo de voz— Es una agencia de seguros. ¿Podría indicarme usted si hay alguna en el edificio?

La mujer que tenía enfrente dio un desdeñoso sorbetón.

—Le repito que se ha confundido usted. En esta casa no hay ninguna oficina. Conozco a todos los vecinos, porque llevamos todos muchos años viviendo aquí. Pregunte en el portal de al lado.

El edificio contiguo no tenía balcones y recordaba ella con toda claridad que Octavio le había asegurado que su despacho se encontraba en esa casa, pero no se atrevió a insistirle a aquella malhumorada mujerona y decidió bajar al portal a preguntarle al portero. Le vio entrando en su chiscón en cuanto salió del ascensor y se le acercó con esa intención, pero el hombre la miró también con cara de pocos amigos.

—¿Una oficina en esta casa? No señora, no hay ninguna.

—Busco una agencia de seguros y su jefe se llama don Luciano. Mi marido trabajaba aquí. Ese balcón era el de su despacho— le explicó haciéndole salir a la calle para señalárselo.

—Ese balcón es de la casa de Pancracio y de su mujer— replicó el portero con aire adusto—. Trabaja él en ese bar que ve allí enfrente— añadió señalándoselo— Si quiere decirle algo a él...

—No, no. ¿Y llevan mucho tiempo los dos en ese piso?

—Pues yo diría que unos diez años, aunque puede que sean más— repuso el hombre acariciándose el cogote.

—Pero mi marido trabajaba aquí— insistió tozuda.

La observó él recelosamente, como si se estuviera preguntando si aquella muchacha pálida y despeinada que tenía enfrente y que llevaba un chaquetón que le estaba grande no padecería alguna enfermedad mental de tipo obsesivo.

—Pues lo siento, pero está equivocada. Puede que él le haya señalado otra casa de algún edificio cercano con balcón y que usted se haya confundido. Compruebe en su casa la dirección o llámele al móvil.

Le dio la espalda a la par que se metía en el chiscón y Verónica salió desconcertada a la calle para apartarse unos metros y levantar nuevamente la vista hacia el balcón. Hacia el que había creído durante tanto tiempo que pertenecía al despacho de él y que lo iluminaba. ¿Por qué se lo habría hecho creer si no era cierto? ¿Sería porque desempeñaba su trabajo en un lugar de menor nivel y había querido alardear ante ella de una posición de la que carecía?

De improviso le pareció que el decaimiento que la había mantenido en un estado de absoluta apatía se iba desvaneciendo a la par que aquel interrogante acicateaba su curiosidad. Tenía que averiguarlo. Tenía que saber por qué le había mentido a ese respecto y también qué información podía contener su ordenador, el que se había llevado Tamara, que quizás hubiera motivado el trágico final que había sufrido en la sierra.

Por paradójico que pudiera resultarle a ella misma, el descubrimiento que acababa de hacer disipó en parte el desmadejamiento que padecía y la ayudó a recuperar algo de las energías perdidas, por lo que echó a andar hacia su casa sin la sensación de ir cargada con un lastre que le impedía enderezarse. Su mente recobró también su capacidad de razonar y comenzó a hacer planes con esa finalidad. Al día siguiente iría al piso en el que había vivido Octavio, al piso que tenía alquilado en la calle de Hermosilla, a recoger sus pertenencias de las que podría extraer la información que necesitaba. Seguramente encontraría allí sus tarjetas de visita, su contrato de trabajo con la verdadera dirección de la oficina donde lo desempeñaba, con lo que podría dar con el desconocido don Luciano y comunicarle su fallecimiento.

Por primera vez se preguntó en ese momento por qué razón no habría subido ella nunca a esa oficina durante los meses en los que salió con él. El edificio de la calle de Luchana, donde pretendidamente se ubicaba la inexistente agencia de seguros, se hallaba próximo a la casa de ella, por lo que hubiera sido natural que alguna tarde en la que hubiera terminado su trabajo antes que él hubiera subido a esa oficina y le hubiera recogido allí.

Casi al mismo tiempo se dio cuenta de que tampoco había estado nunca en el piso en el que Octavio vivía. La verdad era que no había manifestado ella un interés especial en conocerlo, puesto que a raíz de la boda lo iba a dejar libre él, pero ahora se preguntó si obedecería que nunca se lo hubiera propuesto él a alguna razón oculta que en ese instante no se le alcanzaba.

Había llegado ya al portal de su casa cuando se le ocurrió un motivo más de preocupación. ¿Cómo iba a entrar en el piso en el que había vivido Octavio si no tenía la llave? Entre los objetos personales de él que le había entregado en el pueblo Simón, cuando había ido a reconocer su cadáver, no estaba incluida la llave de ese piso. No llevaba en los bolsillos ningún llavero, lo que en ese momento le pareció curioso.

Quizás el portero del edificio dispusiera de un duplicado, pero en ese caso tendría que acreditarle que se había casado con él para que pensara que tenía derecho a recoger sus pertenencias y se la entregara.

Las piernas seguían pesándole como el plomo y cualquier movimiento le suponía realizar un esfuerzo ímprobo, como si hubiera envejecido cien años de repente, pero empezaba a ser capaz de razonar, de preguntarse el porqué de todo aquello cuando se introdujo en el ascensor y pulsó el botón de la quinta planta. En cuanto llegara a su casa pondría en funcionamiento su nuevo ordenador y solicitaría un certificado de matrimonio mediante su documento nacional de identidad electrónico, con lo que lo obtendría en pocos minutos.

Las puertas de la cabina se abrieron en cuanto alcanzó esa planta y extrajo la llave de su bolso para introducirla en la cerradura de la puerta y entrar en el vestíbulo, grande y oscuro de la que había sido la casa de sus padres y de la que muchas veces había pensado cambiar la decoración por otra más moderna, aunque no había llegado a emprender esa operación por falta de tiempo. Un pesado cortinón de pana granate enmarcaba el hueco que desde un pequeño pasillo daba acceso a esa estancia y lo apartó con la intención de atravesarla, pero se detuvo sobrecogida sin haber llegado a dar más que un par de pasos. Con sus ojos claros muy abiertos se preguntó que era lo que enrarecía la atmósfera de esa habitación. Estaba desierta y aparentemente continuaba todo en su lugar. Las dos butacas de cuero marrón en una esquina con una mesita redonda delante, la consola adosada a la pared de enfrente con un marco de plata con una fotografía de sus padres y el jarrón de rosas rojas artificiales a su lado, con el cuadro de una marina pintado al óleo pendiente sobre ella. ¿Qué era entonces lo que notaba diferente?

De puntillas y aguzando el oído avanzó hasta el centro de la habitación. El silencio era absoluto, pero notó algo en el ambiente que la estremeció y que no tardó en identificar. Olía a tabaco. Olía a tabaco y ella no fumaba. Tampoco fumaba

Tamara y era la única persona que esa mañana había estado con ella en esa casa.

El vestíbulo daba paso a un salón que revisó en pocos minutos sin encontrar nada anormal. Dejó el ordenador sobre el sofá, y volvió al vestíbulo para enfilar un largo pasillo, al fondo del cual se hallaba su dormitorio. Empezaba a chispear cuando entró en esa estancia de la que ya se había adueñado la luz del atardecer que se filtraba por el ventanal salpicado de gotitas de agua, por lo que encendió la lámpara del techo para dirigir una mirada a su alrededor. Nada. La colcha blanca de la amplia cama que había comprado días antes de la boda no presentaba ni una sola arruga, tal y como la había dejado al levantarse. La butaca seguía en su lugar, bajo la ventana y el armario empotrado continuaba con las dos hojas cerradas, como debía estar. Lo abrió para revisar su interior y comprobar que no parecía haber sido registrado, por lo que dejó escapar un suspiro de alivio y salió del dormitorio para dirigirse a la cocina. También estaba en orden. Los restos del pollo asado y de la ensalada que le había llevado Rebeca la tarde anterior para que no tuviera que ocuparse ella en prepararse la comida el día del entierro seguían dentro de la nevera, pero el levísimo olor a tabaco que había percibido al entrar en el piso podía apreciarlo allí con mayor intensidad.

Como si se hubiera convertido en un perro de presa fue olfateando las encimeras, el lavaplatos y la lavadora, pero al volverse hacia el fregadero lo detectó y siguiendo el rastro de su olor encontró la colilla de un cigarrillo en el cubo de la basura. No cabía duda de que durante su ausencia alguien había estado en su casa, ¿pero para qué y quién podía haber sido? Solo ella disponía de la llave y no le había dado la impresión de que la cerradura hubiera sido forzada.

¿Solo ella?, se preguntó de pronto. Recordaba haber hecho un duplicado de la llave del portal y de la del piso pocos días antes de la boda y habérselas entregado a Octavio, puesto que una vez casados iba a vivir allí con ella. Ese llavero duplicado no lo había recuperado. Pero entonces…

No era posible que hubiese sido él el visitante que se había fumado en la casa un cigarrillo y que estuviese vivo, porque ella había reconocido su cuerpo en el depósito y porque los agentes de la guardia civil habían comprobado que las huellas dactilares del cadáver eran las de Octavio Ferrer. Tenían que haberle quitado esas llaves las mismas personas que lo habían secuestrado en el estacionamiento del albergue y que lo habían arrojado después al precipicio. Angustiada pasó una mano por su frente y la retiró húmeda de sudor. Ya no sentía la inconmensurable desgana que desde la muerte de Octavio le había impedido interesarse por lo que ocurría a su alrededor. Era miedo lo que experimentaba ahora. Un miedo que le estrujaba algo por dentro como si se tratase de una mano de hierro y la obligaba a aguzar el oído intentando localizar el más leve sonido que se produjera en el piso. ¿Qué podían haber estado buscando esos desconocidos en su casa durante el exiguo lapso de tiempo en el que ella había salido a la calle?

Sintió que el corazón se le desbocaba en su interior, a la par que su mente trabajaba a toda velocidad, por lo que precipitadamente se dirigió nuevamente a registrar el cubo de la basura para extraer de su interior la colilla que había encontrado antes y estudiarla atentamente. Era lo que quedaba de un cigarrillo americano de la marca que Octavio fumaba.

El descubrimiento la dejó inmóvil, como paralizada y sin capacidad de reaccionar. Con los ojos muy abiertos la examinó y la olfateó después como si pretendiera extraer del olor que despedía alguna respuesta a su muda pregunta. Intentó seguidamente rememorar los rasgos del cuerpo que había reconocido en el depósito en aquel pueblo de la sierra sin lograr aclarar sus ideas. Recordaba, sí, su inerte y blanquecina silueta, congelada, con un color que no era el suyo, pero Simón le había asegurado que era el habitual después de haber permanecido toda la noche cubierto por la nieve y expuesto a las bajas temperaturas. Su complexión, desde luego era la misma y también lo era la ropa que le había mostrado el guardia civil, que según le había dicho, era la que vestía cuando le habían encontrado. Lo que resultaba inidentificable era su rostro, que estaba desfigurado, irreconocible. ¿Y si no pertenecía a Octavio el cuerpo que habían incinerado esa mañana?

Como una autómata se encaminó cautelosamente hacia el salón y asió el pomo de la puerta. Con sumo cuidado lo hizo girar y encendió la luz a continuación. Solo cuando llegó al convencimiento de que no había nadie escondido en esa estancia, entró silenciosamente para dejarse caer en una butaca. ¿Qué podía hacer para averiguarlo?

Sus ojos vagaron por la habitación y en su recorrido visual reparó en el ordenador que había dejado al llegar al piso tirado sobre el sofá y cuya visión le dio una idea. Se levantó de un salto para tomarlo en sus manos, se sentó de nuevo con el aparato sobre sus rodillas y lo puso en funcionamiento. Invirtió cerca de una hora en configurarlo, pero en cuanto estuvo listo entró en la sede electrónica del Ministerio de Justicia, conectó el lector al ordenador y en cuanto introdujo su documento nacional de identidad, seleccionó la obtención de su certificado de matrimonio, que fue emitido de forma instantánea Con un suspiro de alivio, porque había llegado a temer que esa boda hubiera sido también un simulacro, comprobó que tanto la fecha y el juzgado en el que se había celebrado la ceremonia, como los nombres y apellidos de Octavio y de ella misma eran los correctos.

Estaba imaginando tonterías, se dijo. Hasta el extremo de llegar a preguntarse si los últimos acontecimientos que había padecido no serían producto de una pesadilla de la que no tardaría en despertar. Y en esa pesadilla incluía su propia boda. Había llegado a preguntarse minutos antes si realmente habría contraído matrimonio con Octavio y si la ceremonia que habían protagonizado los dos en el juzgado de aquel pueblo casi deshabitado no habría sido un simulacro. Pero no, en el certificado constaban con total exactitud los datos identificativos de los dos y los del lugar en la que la habían celebrado, así como los de los desconocidos testigos que el secretario había pescado a lazo en la calle.

El silencio en el piso era absoluto, pero aun así se removió inquieta en la butaca mientras solicitaba ahora el certificado de defunción de él. A diferencia del de matrimonio tendría que recogerlo en el Registro Civil en el plazo de unos días, pero pensó después que probablemente no la sacaría de dudas. Quizás si volviera a aquel pueblo de la sierra y hablara con Simón, el guardia civil que había encontrado a Octavio en el fondo del barranco y que la había llevado al depósito a reconocer su cuerpo, pudiera despejar esa incertidumbre, porque él le había asegurado que las huellas dactilares del cadáver coincidían con total exactitud con las de su marido. Necesitaba que lo corroborara de nuevo, que la convenciera que no había posibilidad de error a ese respecto.

¿Pero en qué medio de transporte podría llegar hasta ese pueblo?, se preguntó. El coche que había sido de Octavio estaba en el garaje de su casa, en el sótano del edificio en el que vivía. Rebeca se había ocupado de llamar a una grúa que lo había transportado hasta allí, pero ella no era capaz de conducirlo. La sola idea le producía escalofríos y una angustia infinita, incontrolable. De improviso tuvo una idea. Podía llamar a Rebeca y pedirle ese favor. Sabía que podía contar con ella, porque se lo había demostrado ya sobradamente.

Sin dudarlo más descolgó el auricular del teléfono que reposaba sobre una mesita junto al sofá y marcó el número de la galería de arte donde pensó que se hallaría a esas horas. No tardó más de unos segundos en oír su voz.

—¿Verónica?

—Sí, soy yo. ¿Te llamo en buen momento?

—Estoy atendiendo al posible comprador de un cuadro que pinté el año pasado, pero dime, ¿cómo estás?

Su tono era solícito y en absoluto daba la impresión de que la hubiera importunado, pero pensó que no era pertinente que se explayase ella refiriéndole sus temores en un instante en el que estaba concertando una venta, por lo que fue directamente al grano.

—Oye, Rebeca, quería pedirte un favor.

—Sí, sí, dime,

—Quería pedirte que me llevaras contigo a Candeleda. Sabes que no soy capaz de conducir un coche y necesito hablar con Simón, el guardia civil que se ocupó de investigar la desaparición de Octavio.

Detectó el desconcierto en la voz de ella.

—¿Quieres volver allí?

Meneó Verónica afirmativamente la cabeza, pero al darse cuenta de que la otra no podía verla tradujo sus pensamientos en palabras.

—Sí, sí. Necesito aclarar con él unas cuestiones que me han surgido. Te las contaré cuando nos veamos. ¿Cuándo crees que podrás hacer un hueco en tu trabajo para acompañarme?

Se produjo un silencio al otro lado del hilo. Verónica la imaginó con el ceño fruncido y su larga y rojiza melena enmarcándole su rostro anguloso, que traslucía sorpresa.

—Pues... ¿para qué quieres volver?

—Ya te lo explicaré por el camino. Si te viene mal, buscaré por Internet un tren o un autobús que me lleve hasta allí.

—No, no me viene mal y aunque me viniera fatal te llevaría igualmente— replicó la otra— Es solo que no creo que sea lo más conveniente para ti revivir lo que allí padeciste.

—Es que tengo que comprobar algunas cosas— alegó procurando que su voz sonase firme—. Pero si no te es posible...

—Claro que me es posible. Si te parece, podríamos ir las dos pasado mañana.

Dejó escapar Verónica un suspiro de alivio.

—De acuerdo. ¿A qué hora?

—Temprano, a eso de las nueve para que podamos estar de vuelta al mediodía, porque tengo citadas algunas visitas en esta galería por la tarde. Pero no me has dicho el motivo.

Verónica inspiró oxígeno para coger fuerzas y no dar rienda suelta a lo que verdaderamente le hubiera gustado hacer en ese momento. Desahogarse con la otra contándole lo que le había sucedido en la inexistente oficina de Octavio y el susto que se había llevado y que aún hacía temblar sus rodillas al entrar en su casa y advertir que había entrado alguien en su ausencia. Alguien que fumaba la misma marca de cigarrillos que Octavio la había estado registrando, aunque no parecía que se hubiera llevado nada. En su lugar y porque pensó que estaba importunando a la otra, muy a su pesar, se despidió de ella.

—Te repito que te lo diré por el camino a ese pueblo. Y ahora no hagas esperar a tu comprador. Hasta entonces.

Colgó el auricular y se quedó mirando pensativamente el teléfono.

CAPÍTULO V

Se levantó a la mañana siguiente con dolor de cabeza, pero se sintió mejor después de desayunar en la cocina y de meterse un ratito bajo la ducha. Envuelta en la toalla de baño se volvió después hacia el espejo para contemplarse y éste le devolvió la imagen de una muchacha pálida y ojerosa. Había adelgazado en las últimas horas y su expresión era famélica, con unos círculos oscuros bajo sus grandes pupilas color violeta. Destacaban en exceso en su semblante como si acabara de salir de un hospital en el que la hubieran tratado por una larga enfermedad de la que aún se resentía, por lo que se tomó la molestia de hacer desaparecer de su rostro las huellas con las que le habían marcado las experiencias vividas. Con algo de maquillaje las borró por completo de su rostro y con un cepillo consiguió darle de nuevo forma a su melena castaña y ligeramente ondulada para que lo enmarcase con la gracia de siempre. Y no porque le importase su aspecto. En realidad le tenía sin cuidado. Lo que pretendía era causarle buena impresión al portero del piso en el que había vivido Octavio para que le facilitase la entrada en esa vivienda.

Con esa finalidad se dirigió después a su dormitorio para elegir la ropa más adecuada para la ocasión y abrió de par en par las dos hojas del armario empotrado. Lo había hecho también la tarde anterior sin encontrar nada anormal en su interior, pero quizás por el nerviosismo que le había producido descubrir que había entrado alguien en su vivienda durante su ausencia no había reparado en que ese alguien había estado revolviendo los cajones. Era maniáticamente ordenada y se dio cuenta en el acto de que su ropa interior no estaba exactamente igual a como ella la había guardado. La diferencia era casi inapreciable, pero podía advertirse que sus calcetines habían sido introducidos apresuradamente en el cajón, entremezclando los de deporte con los que utilizaba con zapatos de tacón cuando llevaba pantalones. Los habían amontonado de cualquier manera o a ella le dio esa impresión, porque probablemente ningún extraño, sobre todo si hubiera pertenecido al sexo masculino, se hubiera dado cuenta.

Con el ceño fruncido revisó después los demás cajones y en todos ellos notó que habían sido objeto de la misma operación. Incluso cuando pasó a la habitación contigua en la que había dejado el equipaje que Octavio y ella habían llevado a la sierra, notó que las dos maletas habían sido abiertas y que las habían vuelto a cerrar. Había dejado la suya parcialmente deshecha y con la llave en la cerradura, pero la de Octavio no. Cuando la mañana anterior Tamara le había pedido que le entregase su ordenador, había extraído el que creía que le pertenecía a ella de la maleta de él y la había cerrado con la intención de subirla al maletero de su cuarto en cuanto reuniera las fuerzas para ello. No había llegado a hacerlo, pero la llavecita la había guardado en el cajón de la mesilla de su dormitorio que correspondía al lado de la cama que iba a utilizar Octavio. Su desconocido visitante la había encontrado, había abierto esa maleta y había olvidado dejarla nuevamente en su sitio, porque ahora pendía de la cerradura. ¿Qué podría estar buscando?

Apresuradamente pasó seguidamente a su despacho. Era la habitación más próxima al vestíbulo y se accedía a él por el largo pasillo que recorría la vivienda de extremo a extremo. Daba a un patio, pero la mañana era soleada y no necesitó encender la luz eléctrica para inspeccionarlo rápidamente y comprobar que también el intruso había revuelto los cajones de su mesa, los armaritos bajos de la librería adosada a la pared e incluso las carpetillas del archivador donde guardaba la documentación de sus propios asuntos, porque la de sus clientes la dejaba en la oficina. No debía de haber encontrado papeles que suscitasen su interés, porque aparentemente lo había vuelto a dejar todo en su lugar.

Se dejó caer en la silla giratoria de su mesa y pasó una mano por su melena cuidando de no despeinarla. ¿Quién podía haber allanado su vivienda y qué podía estar buscando?, se preguntó. Nunca anteriormente le había sucedido nada parecido, por lo que pensó que debería estar relacionado con Octavio.

Bruscamente tomó una decisión y regresó a su dormitorio a continuar eligiendo la ropa más apropiada para lo que pretendía resolver esa mañana. Había dejado a medio hacer esa operación al descubrir que el intruso había estado revolviendo sus cajones, pero ahora la retomó diciéndose que era importante para conseguir la finalidad que perseguía. El luto no se llevaba ya, pero pensó que le chocaría al portero de la casa de él verla vestida con una ropa de colorines, por lo que optó por un traje de chaqueta azul marino y una blusa blanca. Se calzó a continuación unos zapatos de tacón y con el bolso en bandolera salió del piso y tomó el ascensor. En el portal se tropezó con el portero del edificio en el que vivía, que le expresó sus condolencias por el fallecimiento de su marido y al que le pidió que le mandase un cerrajero para que en cuanto regresara le cambiase la cerradura de la puerta de su piso.

— ¿Va usted a salir?— le preguntó solícito.

—Sí, tengo que recoger... tengo que recoger algunas cosas de él, pero no tardaré en volver— le explicó escuetamente.

—No se preocupe, que llamaré ahora mismo al hombre que se ocupa de atender esas cuestiones para la comunidad de propietarios. ¿Quiere que le instalen también una alarma? Las hay que pueden conectarla a su móvil.

—Sí, dígaselo.

—Es natural que quiera extremar las precauciones ahora que se ha quedado usted sola...

La miraba conmiserativamente, pero quizás porque no sabía que sola había estado toda su vida, pensó ella. Casi toda su vida, se corrigió a sí misma, porque mientras vivieron sus padres sí se había sentido querida. Pero después... Octavio solamente había significado un paréntesis en su existencia. Un paréntesis muy corto y con un desenlace trágico e inesperado. Pero no, se dijo. Antes y durante un cierto tiempo Enrique había llenado también ese vacío y le había proporcionado la seguridad que le faltaba.

El portero la observaba con una expresión afectuosa en su rubicundo semblante y se despidió de él para dirigirse a la boca del Metro más cercana. En la estación de Velázquez salió a la superficie y alcanzó la calle, soleada y solitaria a esas horas de la mañana. Recorrió sin prisas el corto trayecto que mediaba hasta la calle Hermosilla que la atravesaba y ascendió la cuesta observando las tiendas y los portales de las casas conforme iba pasando por delante, imaginándole a él, que habría transitado a diario por la calle que recorría. ¿Qué habría pensado o qué habría sentido el día anterior al de su boda mientras caminaba por ese mismo lugar, camino de su casa? Probablemente habría deambulado eufórico por esa calle sin que la idea de que solo le quedaban unas horas de vida hubiera cruzado siquiera por su mente. Era ese final tan injusto…

Encontró al portero en cuanto llegó a la casa que buscaba, un edificio señorial con el portal enmoquetado y una escalera de peldaños de madera encerados que acusaba el paso de los años y enmarcaba el hueco del ascensor, tan anticuado y ostentoso como todo lo que alcanzaba a ver. El hombre no se molestó en dejarla acabar de explicarse. La interrumpió en cuanto entendió que deseaba subir a la planta tercera y haciendo caso omiso del certificado de matrimonio que pretendía mostrarle le indicó el ascensor, donde entró con ella, cerró las dos puertas de cristales y pulsó el botón de la tercera planta.

—La renta es muy asequible— le decía sin permitirle intervenir—. Teniendo en cuenta el nivel del edificio y de este barrio, podría decirse que es una ganga y además podría usted instalarse mañana mismo, si así le conviniera.

Le escuchó Verónica desconcertada. ¿Le estaba diciendo que el piso estaba vacío? Sabía por Octavio que él debería dejarlo libre a fin de mes, pero todavía faltaba una quincena para que debiera abandonarlo, por lo que no había recogido sus pertenencias para trasladarlas a la casa de ella, antes de la boda. Pensó explicárselo y lo que le había sucedido a Octavio, pero cambió casi inmediatamente de opinión. Era demasiado complicado y al parecer aquel hombre estaba dispuesto a enseñárselo en cualquier caso. Por esa razón se limitó a preguntarle:

— ¿Desde cuándo está libre ese piso? Tenía entendido que el inquilino había quedado en marcharse dentro de unos diez días.

El portero la observó sonriente, al tiempo que meneaba negativamente la cabeza.

— ¿Quién le ha dicho eso? Hace más de seis meses que está desocupado.

— ¿Más de seis meses?— musitó ella con un hilo de voz—. No es posible.

—No debería serlo, no— admitió el hombre cachazudamente— porque es un piso magnífico.

—Pero... — empezó Verónica vacilante— ¿No lo ocupaba un muchacho joven que trabajaba en una agencia de seguros? Se llamaba Octavio Ferrer.

Enarcó las cejas él con expresión de no haber oído ese nombre en su vida.

— ¿Octavio Ferrer? No. Los últimos inquilinos fueron una pareja de ancianos que lo dejaron para regresar a su pueblo, donde al parecer tenían una casa de su propiedad.

— ¿Una pareja de ancianos?

—Sí y de eso hará por lo menos seis meses. Los dueños han puesto un anuncio y ha venido mucha gente a interesarse por él, pero todos le han encontrado algún defecto, por lo que continúa disponible.

El ascensor se había detenido al llegar a la planta y Verónica salió al rellano seguida de él, que con la llave en la mano se encaminó hacia una puerta de madera de aspecto sólido que abrió, indicándole que le precediera dentro de un oscuro vestíbulo de regulares dimensiones y suelo de tarima recién encerado. Verónica se resistió a dar un solo paso más dentro de la vivienda y se volvió hacia él.

—Entonces, ¿No recuerda usted a Octavio Ferrer? Él vivía aquí y se marchó hace tres días para casarse. ¿No le recuerda?

La envolvió el portero en una mirada recelosa.

—Ya le he dicho que no he oído antes ese nombre y que por supuesto está usted equivocada. Conozco muy bien a los inquilinos de este edificio y ese señor que ha mencionado no se encuentra ni se ha encontrado nunca entre ellos. Se habrá confundido usted de casa o le han dado mal las señas.

En vista de que ella permanecía inmóvil con sus grandes ojos clavados en su rostro, insistió impaciente—: Pero bueno, ¿quiere ver el piso o no quiere verlo? No está amueblado, pero eso es una ventaja, ¿no cree? Así puede traer sus muebles o, si lo prefiere, comprarlos nuevos. ¿Quiere que se lo enseñe?

Como si no le hubiera oído, recorrió ella con la mirada la estancia en la que se encontraban, completamente vacía, que daba paso a un salón del que podía ver a través de la abierta puerta de dos hojas que se hallaba también desmantelado. No quedaba nada de él si es que alguna vez había llegado a estar allí. ¿Pero por qué le habría mentido? A ella le hubiera dado lo mismo que en lugar de en esa vivienda, grande y cara, se alojara en un apartamento minúsculo en cualquier otro barrio de Madrid.

El portero aguardaba su respuesta, por lo que terminó por menear negativamente la cabeza.

—No, perdone, pero me he equivocado. Siento haberle hecho perder el tiempo.

Le oyó refunfuñar mientras le daba la espalda y salía apresuradamente del piso con la intención de encontrar una explicación sin su presencia a todo lo que le estaba sucediendo. Nada parecía tener sentido. ¿Por qué le habría hecho creer Octavio que vivía en esa casa si al parecer no había llegado ni tan siquiera a trasponer el portal del edificio? Algo sobraba o faltaba en el engranaje de los días anteriores a su boda que convertía en irreal y absurdo todo lo que se refería a él, por lo que le llevó a preguntarse con quién se habría casado ella en realidad y por qué se habría inventado Octavio una existencia falsa a todas luces. Sabía que no la había engañado respecto a su identidad. Octavio Ferrer había existido realmente como así lo atestiguaban los documentos que había obtenido del Registro Civil y como así se lo había asegurado también Simón después de comprobarlo mediante sus huellas dactilares. ¿Por qué entonces todo lo demás era mentira?

Por absurdo que pudiera resultarle a ella misma, el descubrimiento de que él no fuera quien había aparentado ser le produjo el efecto de estimular su curiosidad, agudizándosela. Sentía, sí, una inmensa decepción, entremezclada con la incredulidad más absoluta y un tremendo desconcierto, pero esas sensaciones habían ido aliviando aquel dolor tan hondo, tan lacerante. Había creído no ser capaz de volver a respirar con normalidad al enterarse de su muerte y ahora no estaba segura ya de que la persona con la que había creído casarse tres días antes fuera un ser real.

La ayudó también a salir de su apatía la llamada telefónica de Tamara en cuanto regresó a su casa. Estaba entrando en el vestíbulo cuando sonó su móvil y lo extrajo de su bolso para llevárselo al oído. La voz de la otra le llegó lejana y tímida, como si temiera cometer una falta de tacto.

—Verónica, ¿estás bien?

Estuvo por contestarle que no, que se encontraba aturdida y desorientada, pero en su lugar repuso:

—Sí, sí, claro que estoy bien. Ya me he comprado un nuevo ordenador, ¿sabes? Y lo tengo operativo, así que lo he estrenado pidiéndole el certificado de mi matrimonio al Registro Civil.

No debía esperar su amiga esa respuesta, porque se produjo un corto silencio al otro lado de la línea, antes de que expresara la extrañeza que le habían producido las palabras de ella.

—Ya, ¿y lo has obtenido?

—Sí. Me casé hace tres días con Octavio Ferrer en el juzgado de Villarejo de Arriba.

—Sí, bueno, ya lo sabías, ¿no?

—Pues no, no estaba segura de que realmente me hubiera casado con él.

En esa ocasión tardó algo más Tamara en reaccionar.

— ¿Qué quieres decir? ¿Te encuentras mal?

—No, de salud estoy estupendamente. Es solo que no sé con quién me casé en realidad en ese pueblo. En la oficina en la que creía que trabajaba él no hay ninguna agencia de seguros. Es la vivienda de una señora gorda y mal encarada que está casada con el dueño de un bar y que me abrió con un bebé en brazos.

—Pero él trabajaba en la calle de Luchana en una casa con balcones— objetó Tamara—. A menudo hemos pasado las dos por debajo de su balcón al salir del despacho. ¿No te habrás equivocado de portal o de piso?

—No, que va— replicó en un tono pretendidamente festivo, pero que destilaba amargura—. Tanto la señora gorda como el portero me han asegurado que en esa casa no ha habido nunca una oficina. Y eso no es todo. Esta mañana he ido al piso en el que él me había dicho que vivía con la intención de recoger sus cosas. Por ese motivo había pedido ayer el certificado de matrimonio, para demostrarle al portero que había estado casada con él y que consecuentemente me abriera la puerta de la vivienda y me permitiera entrar.

— ¿Y te la ha abierto?

—Sí, pero ha resultado que el piso estaba deshabitado y sin mobiliario desde hace más de seis meses. Por lo que me ha dicho ese hombre, Octavio no ha vivido nunca en él.

— ¿Estás segura?— inquirió la otra con un hilo de voz.

—El que está seguro es el portero— replicó sarcásticamente.

—Ya, claro, pero tiene que haber alguna explicación.

—Sí, pero no sé cuál es— repuso Verónica en el mismo tono irónico—. Ayer pedí también su certificado de defunción al Registro Civil. Aún no lo tengo. Tardarán unos días en expedirlo.

— ¿Su certificado de defunción?— repitió Tamara casi sin voz.

—Sí, es posible que no haya muerto, ¿no crees?

En esa ocasión el silencio que siguió a sus palabras fue más prolongado y cuando Tamara expresó lo que pensaba denotó la preocupación que le inspiraba lo que Verónica acababa de comentarle.

—Creo que estás un poco alterada y que debes descansar. Yo te llamaba en realidad porque la procuradora te ha traído al despacho la providencia de un juzgado de familia emplazándote para que contestes a una demanda de filiación. Quería que lo supieras, pero no te preocupes, que ya me ocuparé yo.

A la propia Verónica le sorprendió su reacción, cuando se oyó decir con voz clara:

—No, no te molestes, porque pasado mañana iré a primera hora al despacho y retomaré mi trabajo en el punto en el que lo dejé.

—Pero... pero no es necesario que hagas el esfuerzo. Tienes que descansar y reponerte.

Esbozó Verónica un amargo gesto de escepticismo.

— ¿Y de qué quieres que me reponga? No estoy segura de nada ya. Mañana, a primera hora he quedado con Rebeca para volver a Candeleda y hablar con Simón.

— ¿Con el guardia civil que le encontró?

—Sí, él le tomó las huellas dactilares al cadáver que encontró en el fondo del barranco y me aseguró que se correspondían con total exactitud con las de Octavio. Quiero que corrobore que no hay error posible.

— ¿Y si no te lo corrobora?— apuntó tímidamente su amiga.

—Si no lo hace, trataré igualmente de averiguar quién era el hombre al que conocí hace seis meses, con el que me casé y que desapareció inexplicablemente mientras yo entraba en el albergue donde habíamos reservado habitación, para aparecer después en el fondo de un barranco con mi ordenador.

Transcurrieron unos segundos hasta que oyó de nuevo la voz de Tamara.

— ¿Y no crees? ¿No crees que ese cometido debes dejárselo a la policía?

Dejó escapar Verónica una risita falsa.

—Sí la policía estuviera investigando lo sucedido, por supuesto que dejaría que realizase su trabajo, pero es que no lo está investigando. Del resultado de la autopsia puede deducirse tanto que se cayó al barranco, porque era de noche y pudo dar un paso en falso y precipitarse en el vacío, como que le empujaron. Además me ha sucedido otra cosa.

— ¿Otra más?— se alarmó Tamara.

—Sí, ayer salí por la tarde a comprar un ordenador y cuando regresé a casa noté que alguien había entrado en mi ausencia. No estaba forzada la cerradura, por lo que es obvio que ese alguien tenía una llave.

— ¿Y...?

—Sí, le hice un duplicado de mi llavero a Octavio unos días antes de la boda.

— ¿Y crees que...?

—Podría haber sido Octavio, pero también podían haber sido alguno de los que le arrojaron al barranco, si es que no se cayó él, porque entre los objetos que llevaba en los bolsillos del anorak y del pantalón, que me entregó Simón, no estaban esas llaves. Olía también la casa a tabaco cuando entré en el vestíbulo y encontré una colilla en el cubo de la basura. Era lo que quedaba de un cigarrillo de la marca que fumaba él.

—Ya— musitó tan solo Tamara en un tono desmayado—. ¿Y no sabes...? ¿No tienes ni idea de qué podrían estar buscando?

—No, pero quizás cuando tu hermano descifre la clave del ordenador de Octavio demos con alguna pista. ¿Cómo va ese asunto?

—Aún no ha podido ponerse con ese trasto, porque tenía que terminar un pedido urgente, pero le meteré prisa— Vaciló ahora casi imperceptiblemente—. ¿Quieres... quieres que haga alguna cosa por ti? Si tienes miedo de pasar sola la noche en tu casa, podría irme a dormir a ese cuarto en el que tienes una sola cama.

Rememoró Verónica la menuda figurilla de Tamara, bajita y delicada, con sus ojos azules y su cutis nacarado, como una muñeca de porcelana. ¿De qué podría servirle en el caso de que el tipo que se había fumado el cigarrillo en su vivienda la tarde anterior decidiera repetir la intentona y agredirla?

—Gracias— murmuró conmovida— pero no tengo miedo. Sabes que, salvo el horror que siento a sentarme frente al volante de un coche, soy bastante decidida. Si ese hombre repite su hazaña encontrándome en el piso, le atizaré un sartenazo en la cabeza. Además, le he encargado al portero que me mande a un operario para que me cambie la cerradura.

— ¿Y le esperas esta tarde?

—Sí, sí, no creo que se demore demasiado ya, pero gracias por todo.

Iba a colgar el auricular, cuando la otra la retuvo.

—Espera un momento. Quería comentarte que Enrique me ha preguntado por ti.

Evocó ella la alta y delgada figura del aludido y sus ojos oscuros tras las gafas de concha que brillaban iracundos la tarde en la que terminó con él y algo que se asemejaba a una añoranza vaga se le removió por dentro.

—Sí, ¿y qué?

—Que se ha ofrecido también a ayudarte en tu trabajo hasta que vuelvas y en todo lo que necesites. Incluso ha pensado sustituirte la semana que viene en la vista del divorcio en el que estás citada.

— ¿La semana que viene?

—Sí, ¿no recuerdas el asunto? Tus clientes son un matrimonio mayor. Precisamente el día en el que cumplían las bodas de oro tuvo ella conocimiento de la aventura que había tenido su marido con la vecina de su casa muchos años antes. Al parecer, había tenido varios hijos con la otra al mismo tiempo que los tenía con ella y… bueno, ella le echó de casa y vino a verte al despacho para que presentaras la demanda de divorcio. Un asunto complicado, porque se casaron en régimen de gananciales y han acumulado a lo largo de los años en los que han estado casados un patrimonio nada despreciable. Él, por supuesto, se opone al divorcio. Le recibí yo ayer y me repitió más de mil veces que aquello no fue más que una locura de juventud y que no hay razón al cabo de los años para que su mujer se lo haya tomado así. ¿Te acuerdas ya? Es un hombre bajito y de aspecto insignificante. Nadie pensaría al verle que haya podido dar tanto de sí, porque con su mujer ha tenido siete hijos y con la vecina seis.

Por supuesto que al comentárselo Tamara lo había recordado en el acto. Pero como algo muy lejano que no guardaba relación con ella. Pese a ello repuso:

—Sí, sí, perfectamente.

—Pues eso, que Enrique ha pensado que no estarás en condiciones de aguantar las iras de ella y las excusas de él y me ha dicho que te comunique que está dispuesto a ocupar tu lugar. Como dejaste los autos encima de tu mesa de despacho, ayer pasó la tarde estudiándoselos.

—Ya— musitó ella—. Dile que se lo agradezco, pero que no será necesario. Necesito ocuparme en algo para no darle más vueltas en la cabeza a todos esos desatinos sin explicación que me están ocurriendo, así que en cuanto haya hablado con Simón y regrese con Rebeca de la sierra, volveré al despacho. Hasta mañana.

Fue a colgar nuevamente el auricular del teléfono en su horquilla, pero interrumpió el movimiento y volvió a acercarlo a su oído.

—Oye Tamara...

— ¿Sí?

Vaciló con una timidez impropia de ella.

— ¿Cómo está él?

— ¿Quién? ¿Enrique?

—Sí, claro.

—Pues... pues está bien. Está como siempre, trabajando como un negro. ¿Por qué lo preguntas?

Volvió con la mente Verónica a los días anteriores a su boda, en los que evitaba cruzárselo por el pasillo de la oficina. Pese a sus propósitos, en las pocas ocasiones en las que coincidieron, la tirantez entre los dos era tan tangible que había experimentado la sensación de que el aire que se respiraba en ese corredor se había trocado en denso e irrespirable, aunque aparentemente la actitud de Enrique no había podido ser más correcta.

—Porque… porque no sé— articuló titubeando—. Imagino que pensará ahora que me tengo bien merecido lo que me ha sucedido con Octavio por idiota, por haberme casado con un hombre al que apenas conocía.

—Sí le conocías— trató de contemporizar Tamara—. Llevabas saliendo con él seis meses y parecía un buen chico. Además estás barajando unas ideas bastante absurdas. Lo más probable es que efectivamente fuera una buena persona y tuviera la desgracia de resbalar de noche por ese barranco.

— ¿Tú crees?

—Sí, claro que sí.

—Porque te parece lógico y natural que cuando entré en el albergue se fuera él a pasear bajo la nevada con mi ordenador debajo del brazo, ¿verdad?— murmuró sarcásticamente.

—Probablemente pensó que era el suyo— objetó su amiga.

—Aunque lo pensara. Nadie en su sano juicio lo hubiera hecho sin un motivo. Aunque la verdad es que no se me alcanza cual pudiera ser ese motivo.

El timbrazo de la puerta interrumpió la conversación, que Verónica se apresuró a cortar.

—Han llamado. Debe de tratarse del cerrajero, así que…

—Asegúrate antes de que es él por la mirilla de la puerta— le aconsejó Tamara— Asegúrate de que…

—Sí, sí— la atajó—. Y no te preocupes por mí, que sé cuidarme. Mañana te contaré.

Colgó el teléfono y apresuradamente salió al vestíbulo. Aunque se había jactado de un valor que no poseía para tranquilizar a la otra, al llegar al vestíbulo se empinó sobre sus pies para atisbar por la mirilla y no abrió la puerta hasta que comprobó que el hombre que estaba al otro lado de la hoja de madera tenía aspecto de operario.

—Me ha dicho el portero que quiere que le cambie la cerradura de la puerta— le dijo el recién llegado.

—Sí, la de las dos. La de esta puerta y la de la cocina. ¿Tardará mucho?

—No, no se preocupe por eso. Las tendrá listas en un santiamén.

El santiamén para el cerrajero se componía de muchos más minutos que para ella, pero al fin se marchó dando su trabajo por terminado, no sin antes entregarle las llaves correspondientes a las nuevas cerraduras, que ella introdujo en su llavero tras tirar las antiguas al cubo de la basura. Respiró hondo a continuación y se tumbó cuan larga era en el sofá del salón intentando recomponer en su mente los pormenores de los días anteriores a su boda. Tenía que haber captado en Octavio algo que presagiara lo que iba a suceder. Pero no. La actitud de él, alegre y confiada y su ternura, como si ella fuese un objeto frágil al que debiera proteger y mimar en toda circunstancia, parecía indicar que no albergaba la menor sospecha sobre lo que iba a sucederle, aunque esa impresión estaba en desacuerdo con su equipaje. El contenido de su maleta, sin lo indispensable para cubrir las necesidades de un hombre que tuviera previsto pasar una semana en un albergue entre la nieve lo desmentía. ¿Habría obedecido el matrimonio que habían contraído a un plan en el que había previsto desaparecer del mundo de los vivos?

¿Pero para qué?, se preguntó una vez más. Y sobre todo, ¿qué papel le había adjudicado a ella, si es que se había tratado de una farsa? ¿De qué podía servirle que ella adoptase ahora el rol de una viuda desconsolada?

Le refirió sus dudas a la mañana siguiente a Rebeca, mientras ésta conducía su Renault amarillo y ella se contraía en el asiento posterior, luchando por mantener los ojos cerrados y por relajar su pierna derecha, obstinada en pisar constantemente con el pie un pedal de freno inexistente.

—Estás imaginando tonterías— afirmó la otra, tras dirigirle una preocupada mirada por el retrovisor—. No soy psicóloga, pero creo que deberías intentar afrontar la verdad. Que desgraciadamente tu marido ha muerto, y no alimentar falsas esperanzas a ese respecto, porque no conducen a nada positivo. ¿No estabas en tratamiento con una especialista?

—Sí, pero no por ese motivo.

—Da lo mismo que el motivo sea otro. Deberías volver a su consulta y contarle todos esos disparates que me acabas de referir. Nadie en su sano juicio creería que te has casado con un hombre del que no sabías donde vivía ni donde trabajaba. Has debido confundir las direcciones que te dio.

Confusa, fijó Verónica su mirada en la espalda de la otra.

—No me lo he inventado y estoy segura de cuál era el balcón que me señalaba él como perteneciente a su despacho. Tamara también lo sabe.

— ¿Y quién es Tamara?

—Una amiga, que ahora es también compañera de despacho. Nos conocimos estudiando la carrera y cuando la terminamos y empezamos a buscar trabajo, vimos un anuncio en el tablón de anuncios de la facultad en el que un colectivo de abogados ofrecía dos despachos que les quedaban libres en el piso en el que tenían el bufete. Fuimos las dos a visitarlo y nos recibió Herminia, que es la dueña y que en cierto modo ejerce como tal. Le caímos bien y nos incorporamos a ese colectivo. Una sociedad civil en la que compartimos gastos. Además de Herminia, ejerce allí Enrique y otro abogado que se llama Federico.

— ¿Y esa Tamara es una chiquita rubia, no muy alta, que estaba en el cementerio la mañana del entierro y que no se separó de tu lado?

—Sí, es una magnífica persona.

— ¿Y cómo sabe ella dónde trabajaba tu marido?

—Porque se lo comenté yo, ya te lo he dicho.

— ¿Llegó a conocer ella a Octavio?

—Sí, al menos un mes antes de que nos casáramos.

—Pero la dirección del trabajo de él solo la sabía por ti, ¿no es así?

Durante una décima de segundo los ojos de Verónica relampaguearon iracundos. ¿Estaba insinuando que aquel cúmulo de desatinos se los había inventado ella?

—Claro que la conocía por mí. Porque su casa está cerca de la mía y regresábamos del trabajo juntas muchas tardes.

—Y pasabais por debajo del balcón que tú creías que era el de él y se lo señalabas ¿no es así?

—Sí— articuló luchando por controlar su irritación— Pero se lo señalaba porque Octavio me había dicho que trabajaba allí, no porque a mí me gustase especialmente el edificio y hubiera decidido situar su despacho en esa habitación de la planta tercera. Lo dices como si yo estuviera chalada y todo lo que ha ocurrido después de su muerte fuera producto de mi imaginación.

Aunque no podía ver su rostro, le pareció que recapacitaba Rebeca, porque en su voz detectó que sentía haberla molestado.

—Perdona si te he dado esa impresión. En absoluto pienso que estés majareta, pero creo que una reacción relativamente corriente ante la pérdida de un ser querido es la de negar la realidad para poder soportarla.

— ¿Y cuál es la realidad que me niego a soportar?— masculló sarcásticamente—. Todo lo que te he contado ha sucedido realmente. Octavio no trabajaba en el edificio en el que me dijo que estaba su oficina ni vivía tampoco en el piso, cuya dirección me indicó. ¿Por qué o para qué había de inventármelo yo? Y ahora vamos al lugar donde murió para...

—Eso, ¿para qué vamos?— la interrumpió Rebeca.

—Ya te lo dije el otro día, para hablar con Simón, para que me asegure que no hay duda posible y que el cadáver que reconocí en el depósito era el de Octavio.

—Cómo has dicho, tú le reconociste— apuntó suavemente la otra.

—Sí, pero ahora no estoy segura, porque estaba completamente desfigurado y porque...

Iba a referirle el percance que había sufrido al regresar a su casa el día anterior y percibir el olor a tabaco que inundaba el ambiente, así como la colilla del cigarrillo que había encontrado en la basura, pero decidió callárselo. En ese momento, en el que recorrían la carretera bajo un sol de justicia, la hipótesis que había sospechado le pareció demasiado endeble y Rebeca pensaría también que lo había imaginado en su empeño por creerle vivo. Probablemente su psicóloga opinaría lo mismo sin ningún fundamento.

—¿Qué ibas a decir?— inquirió la otra dirigiéndole una nueva y rápida mirada al espejo retrovisor.

—Que no parecía él. Estaba tan rígido, tan agarrotado...

Se mordió los labios Rebeca y permaneció en silencio unos segundos. Sin duda estaba buscando las palabras oportunas sin acabar de encontrarlas.

—Pero Verónica... esa no es una razón para que pienses ahora que te equivocaste. Había pasado tu marido una noche entera bajo la nieve y...—. Pasó una mano por su ondulada melena como si con ese ademán pretendiera ordenar sus ideas y el tacto con el que debía dirigírsele y finalmente carraspeó insegura.

—¿Y qué?— insistió Verónica.

—Que supongo que él tendría en su cuerpo algún signo distintivo. No estoy casada, pero he mantenido más de una relación íntima con artistas de mi mundillo y creo que reconocería sus cuerpos sin género de dudas si me llamara la policía con esa finalidad.

Se quedó inmóvil ella mirando sin ver la carretera que iban recorriendo. Por un instante se olvidó del trauma que padecía y, con la pierna derecha relajada, dejó de pisar el pedal del freno para intentar retroceder al momento en el que Simón le pidió que examinara el cuerpo tendido en una camilla. Estaba cubierto con una sábana blanca que retiró otro hombre que se les aproximó por detrás y al que no llegó a ver. Solo recordaba el color cerúleo de la piel de ese cuerpo y que se sintió incapaz de examinarlo con la debida atención. La angustia que experimentaba bloqueaba todos sus sentidos y su capacidad de discernir si lo que tenía ante sus ojos se correspondía con los detalles que había visto con anterioridad.

—¿No dices nada?— insistió Rebeca al sentirla tan lejana, tan ausente.

—Que no pude fijarme, me encontraba demasiado mal.

—Pero aquel guardia civil nos dijo que no había duda posible, y que habían sometido sus huellas dactilares al test de

ACE-V. No sé exactamente en qué consiste ese test, pero ese hombre lo decía como si fuese un método absolutamente seguro.

—Ese método no es infalible— musitó Verónica en voz muy baja, como si se lo estuviera comentando a sí misma—. Lo sé por mi profesión. Se han detectado casos en los que se ha detenido a una persona tras realizar ese test, y posteriormente se ha descubierto el error en el que había incurrido la policía. El único método absolutamente fiable es el análisis genético, el del ADN. Por esa razón me preguntó Simón si Octavio tenía algún pariente. Le contesté que no, que sus padres habían muerto, pero lo cierto es que no lo sé.

— ¿Tampoco sabías eso?

Meneó Verónica negativamente la cabeza, pero luego, al darse cuenta de que Rebeca no había podido ver ese ademán, lo tradujo en palabras.

—No, tampoco lo sabía.

— ¿Y de qué hablabais cuando salíais?

—Pues... de nuestro trabajo... de don Luciano... Octavio decía que era su jefe y que mantenía en vilo a todos sus compañeros—. Su rostro traslució una profunda amargura al añadir—: Tampoco sé ahora si a ese don Luciano se lo inventó también.

—Vamos, vamos— intentó animarla Rebeca, girando durante una décima de segundo la cabeza hacia ella—. Todo lo que te ha sucedido debe de tener alguna explicación, aunque a mí no se me ocurra. No sabía que ese test de las huellas dactilares no fuese infalible, pero probablemente el margen de error sea muy pequeño y debamos aceptar que él ya no está en este mundo y que no va a volver. Quizás esa psiquiatra pueda ayudarte.

—No es psiquiatra, es psicóloga.

—Es igual. Creo que te haría bien que la llamaras y le contaras todo lo que me has dicho a mí.

No le contestó Verónica. Sin ganas de discutir, se limitó a apoyar la cabeza en el respaldo del asiento y a cerrar los ojos, lo que no evitó que su pierna derecha se tornase rígida en su afán de pisar aquel pedal que detuviese el coche, pese a que no recorrían la carretera a una velocidad superior a la permitida y que ésta estaba totalmente despejada. El paisaje discurría velozmente a través del cristal de la ventanilla. Cuando volvió a abrirlos comprobó que aún podía verse algo de nieve en las cumbres de las montañas a las que se iban aproximando, pero con el inicio de la primavera había comenzado también el deshielo del blanco manto que había cubierto todo lo que alcanzaba a divisarse la tarde en la que realizó el mismo camino en el coche de Octavio. Ni siquiera el pueblo, al que no tardaron en llegar, parecía el mismo bajo aquel sol resplandeciente y Verónica parpadeó deslumbrada, cuando Rebeca aparcó el automóvil junto a la acera a escasos metros del puesto de la guardia civil.

—Bueno, hemos llegado. Preguntaremos ahora por Simón. Se llamaba Simón, ¿verdad?

Hizo Verónica un gesto de asentimiento al tiempo que se aprestaba a quitarse el cinturón de seguridad.

—Sí, Simón Menéndez. Vamos.

Dieron con el guardia civil que buscaban en cuanto entraron en el cuartelillo y preguntaron por él al agente que se encontraba tras el mostrador de recepción. Instantes más tarde se presentó el aludido, que se les aproximó sin manifestar extrañeza y les indicó que pasaran con él a un despacho abarrotado de papeles, donde tomó asiento tras su mesa. Ellas hicieron lo mismo en las dos incómodas butacas delanteras. Parecían haber sido fabricadas a propósito para que los visitantes no aguantasen mucho tiempo allí sentados, pero Verónica no llegó a notarlo. Estaba tan inquieta, tan angustiada... Luchando por controlar las ganas de llorar e inclinada hacia la mesa le refirió entrecortadamente todas las cosas sin explicación que le habían sucedido desde el día del entierro de Octavio y seguidamente le preguntó si no había duda posible respecto a la muerte de éste. Simón la había escuchado con las cejas enarcadas y cuando ella terminó de hablar se retrepó en su butaca, apoyándose en el respaldo.

—No me cabe duda de que el hombre que encontramos en el fondo del barranco había muerto por lo menos ocho horas antes— manifestó en tono neutro—. El tiempo que había transcurrido ha sido el médico forense quien lo ha diagnosticado en base a la autopsia que le practicó a su cuerpo. En cuanto a su identificación, tampoco me cabe la menor duda.

—Pero el método de efectuarlo por sus huellas dactilares no es infalible— alegó Verónica. Se han dado casos en los que...

— ¿Cuántos casos?— la interrumpió él—. Pueden contarse con los dedos de la mano. No es infalible, como casi nada, pero se considera bastante seguro. Además, usted reconoció que ese cuerpo era el de su marido.

—Sí— admitió vacilante— pero casi no le miré. Estaba tan conmocionada que... Y ahora, cuando he vuelto a Madrid y a nuestra casa, todo parece indicar que no ha existido el hombre con el que me casé. Es que como si se hubiera desvanecido en el aire. Ni la oficina en la que trabajaba está donde me dijo que estaba ni el piso en el que me aseguró que vivía ha sido alquilado en los últimos seis meses.

Tabaleó inconscientemente él sobre la mesa con un bolígrafo.

—No tenía antecedentes penales ni tampoco policiales— le dijo sin que su impasible expresión se modificase—. Lo comprobamos la misma noche en la que usted denunció su desaparición. Si piensa que él ha podido fingir su muerte...

— ¿No lo cree posible?— le interrumpió.

Se encogió él de hombros con vaguedad.

— ¿Y para qué habría de haber hecho tal cosa?

—Pues no lo sé— reconoció con la mirada baja como si se lo estuviera preguntando a sí misma. La levantó para clavarla en el imperturbable y moreno semblante de él en el que apuntaba la barba—. Hay otra cosa que todavía no le he contado.

—Dígame.

—Verá. Sucedió la misma tarde del entierro, es decir, anteayer. Salí a la calle a comprar... a comprar un aparato que necesitaba y cuando regresé, noté que había entrado alguien en mi ausencia y que había estado registrando el piso.

La expresión de Simón no se alteró lo más mínimo. Rebeca, por el contrario, respingó en su incómoda butaca y se volvió alarmada hacia ella.

—No me habías dicho nada. ¿Por dónde entró? ¿Te forzaron la cerradura de la puerta?

—No. La persona que entró disponía de la llave. Soy maniáticamente ordenada y coloco mi ropa dentro de los cajones del armario siempre de la misma forma. No estaba igual. Los calcetines estaban revueltos y mi ropa interior también. Esa persona estuvo rebuscando asimismo en el despacho que tengo en una de las habitaciones de mi casa, pero creo que no se ha llevado nada.

— ¿Y lo notó únicamente porque sus cosas no estaban exactamente igual a como usted suele colocarlas?— le preguntó Simón con algo de escepticismo.

En ese momento recordó Verónica el olor a tabaco que la había alertado y se apresuró a aclarárselo.

—No, lo primero que noté fue que olía a tabaco y yo no fumo ni Tamara tampoco. Es una amiga y la única que me había visitado ese día.

—Te olvidas de que yo sí tengo ese dichoso vicio y de que te llevé un pollo asado y una ensalada para que no te vieras obligada a guisar el día del entierro— le recordó Rebeca—. Me presenté en tu casa a primera hora para llevártelos. Y has olvidado también que sí estuve fumando en el salón.

—Pero es que encontré la colilla de un cigarrillo de la marca que le gustaba a él en el cubo de la basura— alegó confusa.

—Sí, lo tiré yo allí después de apagarlo en el cenicero— le aclaró la otra—. ¿Se te ha olvidado también?

Parpadeó aturdida Verónica. Se sintió mal de improviso. Se sentía igual que cuando en la Audiencia Provincial y tras un florido discurso suyo el fiscal acreditaba que lo que había argumentado carecía de toda base. Le pareció que enrojecía, por lo que se acodó en los brazos de la butaca en la que estaba sentada para apoyar las mejillas en sus manos y disimular el bochorno que experimentaba. ¿Qué pensaría ahora

Simón de lo que había ido a referirle? Advirtió el escepticismo con el que la contemplaba en ese momento y se apresuró a intentar borrar la impresión que le habían producido las palabras de Rebeca.

En ese preciso instante se dejó oír el móvil de ésta y musitando una disculpa salió del despacho, lo que aprovechó Verónica para intentar borrar el efecto que podían haber producido en el agente las palabras de la muchacha.

—Pero es que no es solo eso. Unos días antes de la boda hice un duplicado de las llaves y se lo entregué a Octavio, puesto que íbamos a vivir los dos en mi piso. Entre los objetos que me devolvió usted y que llevaba él en los bolsillos no estaban esas llaves.

—No, no lo estaban— reconoció Simón.

— ¿No le parece que todo lo que le estoy contando apunta a que él está escondido en alguna parte y que ha entrado subrepticiamente en mi casa a buscar algo que necesita y que dejó en el piso?— insistió, conteniéndose para no echarse a llorar.

—Efectivamente no encontramos esas llaves en sus bolsillos— admitió pausadamente Simón— pero el resto de lo que me ha contado puede obedecer a muchas razones y ninguna a la interpretación que les ha dado usted. ¿Por qué habría de haber elegido precisamente el día de su boda para desaparecer como si se lo hubiera tragado la tierra? Además, el cuerpo que encontramos en el barranco era el de él. Nuestros técnicos son excelentes y analizaron meticulosamente sus huellas dactilares. Es posible que... es posible que si no se cayó a ese barranco y le empujaron, haya sido el autor de la agresión el que le sustrajera el llavero y el que haya allanado su vivienda. ¿Tiene idea de qué podía estar buscando?

Meneó negativamente Verónica la cabeza y con ella su melena, que osciló a su compás de un lado para otro.

—No, ni la más mínima. Octavio era... era como un niño grande. Alegre, optimista... Nunca me hizo partícipe de que algo le preocupara, sino al contrario.

Tomó Simón una cuartilla y garrapateó unas notas antes de levantar la vista hacia ella.

—Está bien, no se preocupe. Investigaré los antecedentes de él y la pondré al corriente de mis averiguaciones, que trasladaré después al departamento de policía correspondiente. Tengo el número de su móvil, así que la llamaré en cuanto sepa algo.

Parecía dar la entrevista por finalizada, por lo que Verónica se puso en pie vacilante, al tiempo que Rebeca volvía a entrar en el despacho.

— ¿Me lo comunicará enseguida, verdad? Es que yo... yo no sé ya que pensar.

—Lo comprendo, pero no obstante trate de rehacer su vida. Lo que ha sucedido puede tener muchas explicaciones y entre ellas que su marido no era la persona que le hizo creer que era, pero créame si le digo que desgraciadamente no está ya en este mundo. Tiene que hacerse a la idea.

Le pasó Rebeca un brazo sobre los hombros empujándola hacia la puerta y en la expresión de su amiga leyó el mismo pensamiento que en el de Simón. Los dos pensaban que se negaba a admitir que Octavio hubiera muerto e interpretaba el desusado desorden de los cajones de su armario y del archivador de su despacho en el sentido que convenía a esa creencia. Sacó por esa razón el tema en cuanto las dos se introdujeron en el coche de la otra y ésta arrancó.

—No se ha creído nada de lo que le he contado, ¿verdad?

Rebeca esbozó un gesto vago.

—Bueno, es que con tan pocos datos... Si te hubieran forzado la cerradura, sería distinto, pero solo porque tus calcetines estuvieran un poco revueltos no es lógico suponer que un intruso haya allanado tu vivienda.

— ¿Tú tampoco me crees?— insistió alterándose.

—Claro que te creo. Creo que efectivamente piensas que ha sucedido así, porque alguna explicación tienes que darle al hecho de que tu marido desapareciera de improviso cuando llegaste al albergue.

—Pero el registro de mi casa no me lo he inventado.

—Claro que no— admitió conciliadora—. Mira, ¿sabes lo que vamos a hacer? En cuanto lleguemos a Madrid vamos a llamar a tu psicóloga y a pedirle una cita para ir a su consulta. ¿Cuánto tiempo hace que dejaste el tratamiento?

En el asiento posterior del vehículo, trató de precisarlo Verónica con la vista fija en la carretera que empezaban a recorrer dejando el pueblo a su espalda. Inconscientemente notó como se le agarrotaba su pierna derecha a la par que su pie iniciaba el movimiento de frenar.

—Pues... creo que hace por lo menos seis meses. Desde que conocí a Octavio. A él le pareció una nadería que como consecuencia de la muerte de mis padres no pudiera conducir automóviles. Me dijo que me olvidara de esa cuestión porque no era ningún problema que mereciera que visitara a una loquera. Para él los psicólogos estaban todos completamente chalados.

— ¿Y le hiciste caso?

—Sí, porque para mí lo que recomendó fue como una especie de bálsamo, como una liberación. No pretendía como Enrique que afrontara algo para lo que me consideraba incapaz y que llegaba a producirme un dolor físico. Lo minimizó simplemente y me convenció de que lo obviara. Me hizo entender que muchas personas no conducen coches y que yo podía ser una más. Creo que fue eso precisamente lo que me gustó de él. Me pareció tan relajante seguir sus indicaciones, olvidarme de la psicóloga y dejarme llevar por lo que deseaba que...

— ¿Ha acertado contigo tu psicóloga?

—No, será una magnífica especialista, pero me estaba amargando la vida.

Le dirigió Rebeca una mirada a través del retrovisor.

—Me temo, Verónica, que vas a tener que plantearte retomar esa tratamiento. En cuanto llegues a tu casa tienes que llamarla por teléfono. ¿Me lo prometes?

CAPÍTULO VI

Notó algo diferente en el piso en cuanto entró en el vestíbulo y no porque oliese a tabaco. Olía como siempre, a casa antigua, a techos altos ornamentados con molduras de escayola y a cortinones granates cubriendo los huecos de las puertas. ¿Qué era entonces lo que percibía distinto?

Se dio cuenta casi en el acto. El cuadro de la marina que pendía sobre la consola en la pared del fondo de la habitación estaba torcido y una de las rosas rojas artificiales del jarrón que se hallaba sobre ese mueble, caída en el suelo. Alguien que había pasado apresuradamente por su lado para enfilar el pasillo podía haberlos rozado con el hombro sin advertirlo. Volvió ahora sobre sus pasos para examinar la cerradura. No parecía que hubiera sido forzada, pero sabía, porque al comienzo de ejercer su profesión había actuado en el foro como acusación particular de algún que otro ladrón, que había llaves maestras capaces de abrir puertas sin dejar huellas. La que le había instalado el muchacho al que había avisado el portero la tarde anterior era un modelo comercial corriente. ¿Por qué no se le habría ocurrido pedirle que sustituyera la antigua por una de máxima seguridad?

Sintió que la frente se le perlaba de sudor y aguzó el oído. El silencio era absoluto. No se oía el menor sonido en el piso, pero por precaución oteó el largo pasillo desde su inicio, acodada en la consola. Carecía de ventana. Su única iluminación provenía de los ventanales del salón, que se filtraban a través del vestíbulo, por lo que apenas si llegaban a clarear esa galería más que lo indispensable para despejar en parte la oscuridad. Avanzó Verónica un par de pasos olisqueando el aire que respiraba y preguntándose qué podría ser lo que el intruso anduviera buscando. Nunca anteriormente habían allanado su vivienda ni había sufrido el menor percance en ese sentido y, sin embargo, desde que se había casado y Octavio había desaparecido, o fallecido, como le había asegurado Simón, habían repetido ya dos veces la intentona. ¿Qué podía ser lo que la persona que había entrado en su ausencia pretendía encontrar? Algo sin duda que había perdido u olvidado en el piso y en ese caso tenía que tratarse de Octavio.

Pero no, se dijo. No era posible que si él estuviese con vida adoptase ese comportamiento tan absurdo. ¿Por qué habría de querer que creyese ella que había muerto? Tenía que tratarse del tipo o de los tipos que le habían secuestrado para arrojarle luego por el barranco aferrado a su ordenador. Al ordenador de ella, que se había llevado Octavio por equivocación.

De improviso experimentó la sensación de que un fogonazo atravesaba su cerebro. ¿Sería el ordenador de él lo que la persona que había entrado subrepticiamente en su vivienda andaba buscando? Se lo había llevado Tamara para que su hermano Leandro descifrara la clave de acceso, por lo que si eran ciertas sus deducciones se habría llevado un buen chasco al no hallarlo.

Una nueva idea la asaltó y se precipitó en el pasillo para acceder a la primera habitación de su izquierda, a su despacho. Sobre la mesa en la que trabajaba había dejado el ordenador que se había comprado el día anterior con la tapa cerrada y su certificado de matrimonio sobre él. Parecía estar en el mismo lugar y en la misma posición, pero el documento que había extraído del Registro Civil dos días antes estaba ahora a su lado sobre la mesa.

Inquieta pasó una mano por su frente. Así que el intruso, fuera Octavio o un desconocido, había estado trasteando en su ordenador buscando sin duda una información que debía contener el de su marido, el que había dejado erróneamente en el maletero de su coche cuando se había marchado aquella noche, no sabía aun si voluntaria o involuntariamente.

Encima de la mesa tenía también el teléfono y descolgó el auricular con la intención de llamar a Tamara, pero casi en el acto lo pensó mejor y volvió a colocarlo en su horquilla. ¿Y si se lo habían pinchado y el tipo que había allanado por dos veces su casa escuchaba la conversación y se enteraba de ese modo de que el dichoso ordenador se lo había llevado su amiga a su casa? No, iría esa tarde a la oficina y le contaría lo que le estaba sucediendo para que su hermano descifrase cuanto antes la clave de acceso del mismo. En cualquier caso ninguna de las dos debería comentar con nadie el lugar donde se hallaba éste.

Notaba la cabeza pesada y la apoyó en el respaldo de la butaca giratoria reflexionando intensamente. La curiosidad agudizó su mente y fue desvaneciendo la angustiosa sensación de que no había nada que pudiera importarle ya, de que no tenía por delante un futuro ni tan siquiera un presente que mereciera el esfuerzo de vivirlo. La noticia que le habían dado los dos agentes de la guardia civil en la sala de estar del albergue la había privado del más elemental instinto de supervivencia, pero ahora sentía que algo renacía dentro de ella, porque necesitaba averiguar hasta qué punto la había engañado él. No alcanzaba a entender qué podía pretender Octavio simulando su muerte, si es que era eso lo que había pretendido, pero en cualquier caso estaba decidida a indagar sus motivos y a llegar hasta el final. Le había creído sincero cuando se empeñó en adelantar la fecha de la boda y en celebrarla en la más estricta intimidad, pero no le cabía duda ahora que ambas decisiones obedecían a un plan preestablecido que había trazado él por una razón que no lograba imaginar y para el que había previsto un desenlace totalmente diferente.

Tampoco conseguía entender qué habría pretendido al inventar las historietas que le refería tarde tras tarde sobre aquel inexistente don Luciano, sobre los clientes a los que visitaba o que recibía en la igualmente inexistente oficina en la que decía trabajar o en el piso de la calle de Hermosilla donde le había dicho que vivía.

¿Y por qué o para qué se habría empeñado en casarse con ella? No tenía dinero. Tan solo la casa que había heredado de sus padres, de la que no podía beneficiarse al constar oficialmente fallecido en el Registro Civil. ¿Por qué entonces?

Sacudió la cabeza para borrar esas ideas de su mente y decidió ponerse en pie para revisar el resto del piso. En todas las habitaciones encontró indicios levísimos del registro efectuado por una persona extremadamente cuidadosa, que incluso había vuelto a bajar del maletero de su dormitorio las dos maletas, la de Octavio y la de ella. Las había abierto, había revuelto su interior y luego las había vuelto a subir. Imaginó la expresión defraudada del intruso al rematar la operación, porque no faltaba nada. La suya estaba ya completamente vacía cuando se había marchado esa mañana y su ropa guardada en el armario y el contenido de la de él era el mismo que Eladio y ella habían contemplado con asombro en el albergue de la sierra cuando la colocaron sobre la cama de la habitación. Pantalones y camisas de verano, absolutamente incongruentes en el nevado paraje donde habían decidido pasar los primeros días de su matrimonio.

En cuanto volvió a colocar las maletas en lo alto del armario, hizo intención de dirigirse a la cocina para tomar algo. Había decidido salir a continuación hacia la oficina y presentarse allí para hablar con Tamara, como si se hubiera planteado reanudar su trabajo y su horario de siempre, pero antes de que hubiera llegado a salir de la habitación oyó el sonido de su móvil y lo extrajo del bolsillo de su pantalón llevándoselo al oído.

—Verónica, ¿estás bien?

Era Rebeca y fue a referirle el allanamiento de que había sido objeto su vivienda y el resultado de sus investigaciones, pero la otra se le adelantó.

—Quería disculparme contigo, porque creo que he estado un poco brusca y que incluso he metido la pata cuando le he contado a Simón lo del cigarrillo que fumé en tu casa y que luego tiré al cubo de la basura. Me parece que, como consecuencia, él no se ha creído lo que has ido a consultarle.

— ¿La posibilidad de que Octavio esté vivo y de que haya fingido su muerte?

—Sí, eso es.

— ¿Y tú sí lo crees?

Vaciló la otra casi imperceptiblemente.

—No, yo no lo creo tampoco. Solo vi un instante a tu marido cuando te subió la maleta hasta el porche, pero me pareció que era el mismo que estaba... que estaba en la camilla de aquella habitación tan inhóspita en la que nos metieron— terminó con dificultad—. Y te pido perdón de nuevo por la falta de tacto con la que te estoy comentando esto que para ti tiene que ser tan doloroso. Es solo que...

— ¿Qué?

Le pareció que buscaba la otra desesperadamente las palabras oportunas y que no acababa de encontrarlas, cuando empezó a decirle:

—Verás... es que yo...

—Sí, ¿qué quieres aclararme?

—Que he estado pensando en lo que hemos hablado en el coche sobre esa psicóloga que te ha estado tratando y he llegado a la conclusión de que tienes razón.

Dejó escapar Verónica un suspiro de alivio.

— ¿Has llegado a la conclusión de que debo olvidarme de intentar poner remedio a mi trauma? Es lo que me decía Octavio.

—No, no es eso. A mí me parece imprescindible ser capaz de conducir un coche hoy día. Sobre todo si no tienes a otra persona que lo haga por ti.

— ¿Entonces...?

—Es que como yo también necesito una terapia de esa naturaleza y...

— ¿También visitas a un psicoanalista?— la interrumpió Verónica sorprendida. Aparentaba la otra ser tan segura, tan decidida...

—Sí, yo también tuve una experiencia traumática hace tiempo, aunque de otra naturaleza. Ya te lo contaré en otra ocasión. Lo que quería decirte es que he estado hablando con la especialista que me trata y que se llama Nadia.

— ¿Nadia?— volvió a extrañarse ella—. ¿Qué nombre es ese?

—Pues es como si fuese nadie, pero en femenino— balbuceó Rebeca—. Creo que es de origen ruso el nombre, no ella. El caso es que le he contado lo que te ha sucedido y me ha contestado que te haría bien mantener una charla con ella. Es una mujer de mediana edad y muy comprensiva.

— ¿Le has contado que estoy majareta perdida?— la interrumpió Verónica con acritud.

—No, claro que no, todo lo contrario— articuló a duras penas su amiga—. Todos tenemos rarezas en mayor o menor grado y en tu caso… creo que podría ayudarte. Entiende a la perfección las debilidades humanas y las reacciones, que a veces nos pueden parecer incongruentes y que se suelen producir en las personas más cuerdas a raíz de la pérdida de un ser querido.

— ¿Es que piensas que todas las cosas raras que rodean la muerte de Octavio me las he inventado?— articuló desconcertada.

—No, claro que no. Lo que creo es que a esos hechos les has dado una interpretación desorbitada. Pero no se trata de lo que yo opine. No soy más que una artista sin demasiado futuro en mi profesión ni en mi vida privada. Solo pretendía ayudarte, pero comprendo que me estoy metiendo donde no me llaman, lo cual suele ocurrirme con frecuencia.

La voz de ella sonaba tan compungida que Verónica se sintió obligada a disculparse.

—No, perdóname tú a mí. Me has ayudado mucho desde que te conocí. Si no hubiera sido por ti, nadie hubiera creído que había llegado al albergue con Octavio. Ni siquiera aquel Eladio que me escuchó como si yo fuera una extraterrestre y chiflada por añadidura. Es solo que no necesito un psicólogo. Esta misma tarde voy a volver al despacho y voy a intentar trabajar, a reanudar mi vida anterior y a olvidarme de esta pesadilla, pero te agradezco que te hayas preocupado por mí.

— ¿Vas a volver a trabajar esta misma tarde?— se sorprendió la otra.

—Sí— repuso con forzada ligereza—. No hago nada útil aquí encerrada, compadeciéndome a mí misma por haberme quedado viuda el mismo día de mi boda. El trabajo, aunque a veces puede llegar a resultar muy cansado, también puede absorber por completo la mente y eso es justamente lo que me hace falta.

—Sí, claro. Puede que tengas razón, pero si necesitas algo, si quieres que te acompañe o si deseas desahogarte, llámame. Y si te animas a asistir a la consulta de Nadia, llámame también.

—Gracias Rebeca. Ahora voy a comer. Voy a terminarme el pollo que me trajiste anteayer y que por cierto te salió muy bueno.

Oyó la risa de la otra a través de la línea telefónica.

—No lo creas, lo compré en un asador. Yo guiso fatal.

—Pues entonces felicita al del asador donde lo compraste. Y gracias de nuevo.

Cortó la comunicación y se dirigió a la cocina, antigua y trasnochada, que necesitaba perentoriamente remozarse. No había acometido esa reforma porque no había tenido hasta el momento tiempo ni dinero. Ganaba en el despacho lo suficiente para llegar hasta fin de mes sin demasiadas dificultades y poderse permitir veranear en la costa durante las vacaciones de verano. Por esa razón, como habría tenido que optar entre esas vacaciones y el arreglo de la cocina, continuaba estando ésta tan desangelada como cuando vivían sus padres, alicatada con sus azulejos blancos y cuadrados hasta el techo y con unos armaritos de madera bastante desportillados pintados de blanco pendiendo de las paredes.

Con los restos del pollo asado que le había llevado Rebeca dos días antes y una naranja se sentó a la mesa de mármol y en cuanto terminó de comer se dirigió a su cuarto a vestirse. Le producía una irrazonable timidez regresar al despacho tres días después de su boda. Le hacía sentirse en ridículo sin saber por qué, porque su situación no podía conceptuarse precisamente de irrisoria, sino más bien de lamentable. Cualquiera se habría solidarizado con ella y la habría compadecido, pero temía encontrarse de nuevo con

Enrique y que de alguna manera le hiciese notar lo irreflexiva que había sido al casarse con un hombre al que apenas conocía y del que sabía muy poco. Claro que él no tenía por qué enterarse de que todo lo que le había contado Octavio sobre sí mismo era mentira. Tamara no le comentaría sobre ese tema ni una sola palabra y ella se limitaría a referirle, si es que se lo preguntaba, que su marido había sido agredido en el estacionamiento del albergue y que sus secuestradores le habían arrojado a un barranco causándole la muerte.

Se lo repitió varias veces mientras se vestía con el traje de chaqueta azul marino, que consideraba adecuado para la ocasión, pero aun así se sentía inquieta. El espejo le devolvió la imagen de una muchacha demasiado delgada y de tez pálida, descolorida pese al color tostado de su piel, de claras pupilas color violeta y una melena castaña y lisa que le llegaba a los hombros veteada por algunos mechones más claros, que se contemplaba a sí misma con aire interrogante. La imagen de una viuda demasiado joven, se dijo. Demasiado joven y demasiado estúpida.

Disgustada por el aspecto que ofrecía, se maquilló ligeramente y más conforme consigo misma se colgó el bolso en bandolera del hombro y con su maletín de trabajo en la mano salió a la calle. Un sol radiante brillaba en lo más alto mientras caminaba despacio por la acera en dirección a su oficina. Había contestado años atrás al anuncio del tablón de la facultad que ofertaba dos despachos libres en ese piso precisamente porque estaba cerca de su casa y no necesitaría por tanto utilizar ningún medio de transporte. Tamara, siempre comprensiva, había estado de acuerdo. Ahora se hallaría ya en su despacho y a solas las dos y con la puerta cerrada podría referirle que, pese a que había cambiado la cerradura, un intruso había conseguido entrar en su piso esa mañana aprovechando que ella se había marchado a la sierra con Rebeca, y que creía que lo que buscaba era el ordenador de Octavio. Le diría por ese motivo que le pidiese a Leandro que se ocupara cuanto antes de descifrar la clave de acceso para así poder averiguar qué información contenía y si ésta podía arrojar alguna luz sobre lo que le había sucedido a su marido.

El portal del edificio en cuya planta tercera se ubicaba su despacho estaba oscuro, como siempre, con sus tres escalones enmoquetados por los que se accedía al portal, también en penumbra, y enfrente, la anticuada cabina del ascensor de paredes de madera, encajonado en el hueco de la escalera. Lo tomó sintiendo la garganta seca, como si en lugar de dirigirse al lugar en el que había desempeñado su trabajo durante los últimos tres años fuera a ser objeto de una espinosa entrevista o a presentarse a un examen sobre una materia que no hubiera estudiado. En la antesala, Sara, la secretaria, una morenita bajita y rechoncha, levantó la cabeza de la pantalla del ordenador para mirarla al oírla entrar y su rostro, redondo y mofletudo, reflejó la sorpresa más absoluta al reconocerla. A continuación se puso en pie para abrazarla.

—Lo siento, lo siento mucho— murmuró apenas con un hilo de voz.

— Gracias. ¿Está Tamara?— le preguntó sintiendo algo muy molesto en su interior.

—No, todavía no ha llegado. No ha llegado nadie aún.

Le devolvió Verónica el abrazo e incapaz de pronunciar una sola palabra más, se limitó a esbozar un gesto de asentimiento, antes de seguir camino hacia su despacho, el penúltimo del pasillo que comenzaba frente a la mesa de la secretaria. Cerró la puerta de esa habitación a su espalda y tomó asiento tras la mesa con la sensación de que habían transcurrido lustros desde la última vez en la que se sentara en ese mismo lugar. Habían sido solo cinco días, pero tan largos, tan interminables, que le pareció que había envejecido desde entonces. Paseó su mirada por la estancia para comprobar qué había cambiado desde la tarde en la que había amontonado ordenadamente los papeles sobre la mesa para ponerse el abrigo y salir a despedirse de sus compañeros, porque iba a casarse y consiguientemente se tomaba unas vacaciones de quince días. Estaba tan ilusionada... Todos la habían felicitado, incluso Enrique, aunque había rehuido mirarla de frente. Esperaba y sobre todo deseaba que Tamara la ayudara ahora a relajar la tensión que necesariamente habría de producirse al reencontrarse con él. Que estuviera presente cuando él se viera obligado a expresarle sus condolencias y que ese momento no se prolongara más de lo imprescindible.

Pero no tuvo suerte. Intuyó que acababa de llegar, incluso antes de oír su voz en la antesala hablando con Sara, que le estaba informando de que ella se encontraba ya en su despacho. Sus pasos resonaron por el pasillo conforme iba aproximándose y notó las palmas de las manos húmedas de sudor, pero logró con un esfuerzo tomar un folio del cerro de papeles que tenía sobre la mesa y garrapatear unas letras sin sentido fingiendo escribir algo coherente, al tiempo que oía unos golpecitos en la puerta.

—Pasa.

La voz le salió temblona de la garganta e inclinó la cabeza sobre el papel con la intención de que la melena le ocultara parte del rostro. Enrique se detuvo nada más entrar con la espalda apoyada contra la hoja de madera.

—He venido a decirte que lo siento y que si necesitas tomarte unos días…

Algo muy parecido a lo que había murmurado Sara instantes antes, pero le sonó distinto. No parecía cohibido, lo comprobó cuando con un esfuerzo levantó la cabeza y le miró. Estaba serio, con su imperturbable aire reflexivo e intelectual. La observaba a través de sus gafas de concha sin que su semblante dejase entrever lo que pudiera estar sintiendo.

—Gracias, pero creo que trabajar me ayudará a superarlo— repuso Verónica tras unos segundos de vacilación que se extendieron por la estancia para convertirse en un lapso de tiempo interminable—. En mi casa no hago nada. Nada útil quiero decir.

—Pero necesitas tranquilidad y descansar—manifestó pausadamente él—. Cuenta conmigo para lo que necesites. Es natural que no te encuentres en condiciones de interesarte por los problemas de tus clientes y para mí será una satisfacción poder echarte una mano.

Casi le extrañó que fuera capaz de entender su estado de ánimo. Uno de los motivos por los que había roto con él había sido porque le irritaba su excesivo sentido de la responsabilidad. Se la exigía a sí mismo, pero también a los demás como si éstos, o al menos ella, no tuviera derecho a sentirse superada por las circunstancias y estuviera obligada a afrontarlas en todo caso sin permitirse un instante de debilidad. Y sí, también, porque era un hombre demasiado cerebral, carente por completo de imaginación y de la indispensable empatía para entenderla a ella. Muchos hombres opinaban que comprender a las mujeres era tarea poco menos que imposible, pero en su caso ese aserto no podía ser más injusto, porque, exceptuando el trauma que padecía, no tenía demasiadas rarezas. Como todas las demás, pretendía que adivinaran lo que deseaba sin necesidad de traducirlo con palabras y que no solo la quisieran, sino que también se lo dijeran a menudo, para lo que Enrique parecía ser incapaz. Opinaba que, puesto que ya se lo había dicho una vez, no había necesidad alguna de repetirlo y que debería ella ser menos sentimental. Era capaz en todo caso de razonar sobre su relación, de razonarlo todo con la cabeza fría.

Diferente por completo de Octavio. Intuía éste lo que sentía en cada momento y tenía siempre en los labios la frase oportuna. Un compañero perfecto para envejecer a su lado, pensó el día en el que le conoció. No podía imaginar entonces que todo lo que le había contado sobre él era mentira. ¿Pero por qué lo habría hecho? Tarde o temprano lo habría descubierto.

Le pareció que Enrique estaba buscando el modo de despedirse y aunque a ella misma le sorprendió, porque había temido el reencuentro con él, sintió el acuciante deseo de retenerle. Quizás porque, como él mismo predicaba, fuera un hombre tan cerebral y ella necesitaba en ese momento a alguien a su lado que sin sentimentalismos fuese capaz de analizar los hechos sobre los que Octavio la había engañado y le ayudase a desentrañarlos. Era él la persona indicada para ese cometido, tan práctico, con la cabeza tan fría... Se preguntó cómo podría conducir la conversación al punto que le interesaba sin aclararle lo que verdaderamente había ido descubriendo sobre Octavio y finalmente articuló en voz muy baja:

—Yo... te agradezco que te hayas ofrecido a echarme una mano y creo... creo que voy a abusar de tu experiencia en casos parecidos, porque...

—¿A qué te refieres?— la interrumpió. Seguía apoyado contra la puerta con la evidente intención de marcharse a la primera oportunidad.

—Pues... pues a todo. He llevado varias testamentarias, pero no me encuentro en condiciones de hacer frente a ésta.

Esbozó Enrique un ademán con su mano derecha con el que parecía querer decir que no era el momento de ocuparse de ese asunto.

—Es natural, pero no te preocupes— repuso—. Es demasiado pronto y no hay razón alguna para que intentes resolver ahora un tema demasiado doloroso para ti. Dentro de un par de meses, cuando me des los datos necesarios, lo solucionaremos.

Se preguntó nuevamente Verónica como podría encauzar la conversación al punto que le interesaba. Ni siquiera sabía si Octavio poseía bienes de su propiedad ni por supuesto si habría hecho testamento. Y no porque le importase heredarlos en caso de que la respuesta fuese positiva. Lo que le importaba era tratar de saber algo de lo mucho que ignoraba sobre el que por unas horas había sido su marido.

—Ya sé que es demasiado pronto, pero muchas veces me has dicho que hay que encarar los problemas cuanto antes y aunque en el caso de Octavio no creo que haya nada que heredar, porque vivía en un piso alquilado y...

La interrumpió levantando nuevamente una mano.

—Te repito que puedes contar conmigo para todo y que puedes tomarte unos días de descanso. Me ofrezco a recibir a tus visitas y a sustituirte en los juicios y trámites procesales que tengas pendientes.

Nuevamente hizo intención de girarse hacia la puerta para salir del despacho, pero volvió ella a retenerle con un gesto.

—Efectivamente es demasiado pronto, pero ya te he dicho que el trabajo puede ser muy útil en situaciones como la que me encuentro— empezó acodándose sobre la mesa— y...

hay cosas de él que ignoro por completo y no sé cómo podría averiguarlas. Si pudieras ayudarme...

Vaciló él, pero terminó por avanzar unos pasos para dejarse caer en una de las butacas reservadas a los clientes.

—¿Cómo cuáles?— le preguntó.

—Pues no sé si tenía familia. Puse una esquela en el periódico con esa finalidad, pero no se presentó en el entierro ningún pariente.

—Quizás no los tuviera— repuso Enrique absolutamente impasible.

—Puede que no.

—¿No te habló nunca de sus padres, de sus hermanos...?

—De hermanos no. Aludió a sus padres, pero me dijo que habían muerto años atrás.

—Averiguar eso es bastante sencillo. Tengo un par de visitas esta tarde, pero en cuanto me quede un minuto libre pediré los datos al registro civil. ¿Cómo se llamaban sus padres?

Fue a contestarle Verónica, pero terminó por morderse los labios.

—Pues... pues no lo sé.

—¿Y él?, ¿cómo se llamaba él?

—Octavio Ferrer.

—¿Cuál era su segundo apellido?

—López, se llamaba López.

—¿Recuerdas su D.N.I.?

Con un suspiro de alivio por ser capaz de darle una respuesta, se lo fue enumerando, mientras él tomaba notas en un folio que había cogido del montón que tenía sobre la mesa.

—Lo averiguaré esta misma tarde, no te preocupes— le dijo haciendo intención de levantarse con el papel en la mano.

Una vez más le impidió ella con un gesto que terminara de enderezarse, preguntándose por qué no le dejaba marcharse, cuando resultaba obvio que era lo que él estaba deseando e incluso lo que ella había estado segura de desear hasta unos minutos antes de que entrara en el despacho.

—Espera, es que hay más cosas. Supongo que te referías antes a si había hecho o no testamento y la verdad es que no lo sé.

—Eso tampoco es ningún problema. Pediremos un certificado al Registro de Actos de Últimas Voluntades y…

—Tampoco sé si tenía bienes— le interrumpió.

Por primera vez le pareció que la mirada de él le taladraba la mente y leía hasta sus más recónditos pensamientos, aunque su expresión no revelaba la impresión que hubieran podido causarle sus palabras. Se limitó a retirarse un mechón de cabello castaño de la frente que le había resbalado al hacer un gesto de asentimiento.

—Si eran inmuebles y los tenía inscritos a su nombre en el Registro de la Propiedad también es sencillo de averiguar. En cuanto a sus objetos personales, sabrás al menos donde vivía…

Volvió a morderse los labios Verónica para contener las ganas de llorar al evocar el piso de la calle de Hermosilla al que había ido a recogerlos y lo que le había respondido el portero cuando había preguntado por él.

Enarcó Enrique las cejas observándola con la cabeza ladeada.

— ¿No sabías donde vivía?

—Sí, él me dijo que en la calle Hermosilla.

— ¿Y no era cierto?

Se encogió Verónica de hombros.

—Me acerqué a esa casa la mañana siguiente al del entierro y…

— ¿Y qué?

—Que el piso en el que Octavio me había dicho que vivía llevaba seis meses desalquilado y además no estaba amueblado. Me lo enseñó el portero.

No efectuó Enrique el menor comentario. Se limitó a retirarse nuevamente de la frente el cabello que se empeñaba en caerle sobre las cejas y a inclinar la cabeza sobre el folio en el que había apuntado los datos que le había dado ella unos instantes antes como si lo que había escrito le interesara de una forma especial.

—Estás pensando que soy una idiota, ¿verdad?— inquirió ella levantando ligeramente la voz.

Se apoltronó él en la butaca y la miró de frente, sin pestañear.

—No— murmuró al fin sin expresión.

—Pues deberías pensarlo— estalló furiosa—. No sé en realidad quien era él. Ni tan siquiera estoy segura de que haya muerto.

Al oírla perdió Enrique la impasibilidad que le caracterizaba para enarcar ligeramente las cejas. Luego se rebulló ligeramente en su asiento como si de improviso le resultara incómodo.

— ¿No estás segura? ¿No te llamaron para que reconocieras su cuerpo? Tamara me ha dicho...

—Sí, sí me llamaron y sí lo reconocí, pero no estoy segura de que fuera él. Su cuerpo, su complexión, era similar, pero no parecía él. Estaba tan frío, tan inmóvil...

Dejó escapar él un inaudible suspiro de resignación, como si estuviera haciendo un esfuerzo por seguir el hilo de sus pensamientos y entenderla.

—Sí, claro, lo comprendo, pero hay detalles significativos en los que tuviste que fijarte.

Esbozó Verónica un ademán con la mano que denotaba que lo que él acababa de murmurar carecía de importancia.

—Te he dicho que parecía él y además el agente del guardia civil que investigaba el caso me aseguró que coincidían las huellas dactilares de ese cuerpo con las de Octavio. Por esa razón firmé el documento que me entregaron.

—Bueno, si las huellas dactilares coincidían, es una razón de peso para que lo firmaras.

Clavó Verónica en él sus ojos cuajados de lagrimones.

—Pero es que todo lo que me está ocurriendo después parece desmentirlo e indicar que su muerte fue fingida y que él sigue vivo. Alguien ha entrado por dos veces en mi casa después del entierro y la ha registrado, pero no se ha llevado nada.

— ¿Y por qué supones que ha sido tu marido?— inquirió calmosamente él.

—Porque... porque yo creo que lo que está buscando es su ordenador. Se llevó el mío por equivocación la noche en la que llegamos al albergue. Me adelanté yo con mi maleta y con su ordenador, que confundí con el mío porque eran idénticos, y entré con ese equipaje en recepción. Octavio se quedó en el estacionamiento sacando el suyo de la maleta del coche y ya no le volví a ver. A la mañana siguiente encontraron su cuerpo en el fondo de un barranco a un par de kilómetros del albergue. Mi ordenador, completamente destrozado estaba a unos pasos de él.

—Y ahora tienes tú el suyo— dedujo Enrique con una voz que le sonó rara.

—Sí, sí, claro, pero me he comprado uno nuevo.

Hizo un gesto él que parecía indicar que eso no le interesaba e insistió.

— ¿Y has comprobado qué información contenía el de tu marido?

Sin saber por qué algo en su tono la alertó. Le dio la impresión de que, aunque no había hecho el menor gesto, había perdido él la imperturbabilidad que le caracterizaba y que se asemejaba ahora a un perro de caza que olfatease una presa. Era tan inusual en él esa reacción que se decidió a no decirle la verdad sobre ese punto.

—No, todavía no. No he tenido tiempo y además no me interesa demasiado— mintió.

—Pero quizás la clave de lo que le ha sucedido a él se encuentre en esos archivos— insistió arrellanándose en la butaca de una forma que a Verónica le pareció calculada—. ¿Dónde lo tienes? ¿Lo has traído al despacho?

De nuevo le dio la impresión a Verónica que el aire de la estancia se enrarecía. Algo extraño flotaba ahora en el ambiente como si la pregunta de él se hubiera expandido opresivamente a su alrededor, por lo que se apresuró a negar con la cabeza.

—No, no lo he traído. No he pensado que fuera necesario.

Se acarició Enrique el cogote, con un gesto que parecía indicar que estaba pensando intensamente y ese ademán le ayudara a aclarar sus ideas, antes de proponerle:

—Si te parece, te acompañaré a tu casa esta tarde cuando terminemos los dos de trabajar y le echaré un vistazo a ese chisme. Puede que eso nos sirva para averiguar a qué se dedicaba él en realidad y esas otras circunstancias sobre las que no te dijo la verdad.

Estuvo a punto de denegar su ofrecimiento, aclarándole que el ordenador lo tenía en ese momento el hermano de Tamara a la que se lo había entregado para que el otro descifrara la clave de acceso, pero algo en su interior le aconsejó callar eso último y en su lugar repuso:

—Gracias, pero aún no me encuentro en condiciones de realizar esas pesquisas.

—Pero hace un momento me has dicho…

—Sí, pero es que estoy muy cansada. Voy a revisar mi agenda con las visitas de los clientes que tengo pendientes esta semana y en cuanto me ponga al día me marcharé. Mañana será otro día.

—Como quieras— murmuró él sin expresión—. Solo pretendía ayudarte, pero si prefieres que lo dejemos para más adelante, por mí no hay ningún inconveniente. De todas formas deberías denunciar a la policía esas intrusiones a tu vivienda de las que estás siendo objeto, además de cambiar la cerradura de tu piso.

—Ya la he cambiado.

— ¿Y después de cambiarla…?

—Sí, después ha vuelto a entrar.

— ¿Tenía tu marido la llave de la puerta de entrada?

Afirmó Verónica con la cabeza.

—Sí, le entregué un duplicado de la del portal y de la del piso unos días antes de la boda, pero el guardia civil que le encontró no me las devolvió la mañana en la que reconocí su cuerpo. Creí que las llevaría en el bolsillo del anorak, pero no fue así.

El ríspido sonido del timbre de la puerta les sobresaltó a ambos e Enrique hizo un gesto de contrariedad.

—Debe de ser mi primer cliente de la tarde— murmuró sin disimular la irritación que le producía interrumpir la conversación que estaban manteniendo.

—Sí, ya continuaremos hablando de este asunto en otro momento.

Se levantó él de la butaca y se dirigió sin prisas hacia la puerta. Ya con la mano en el pomo se volvió hacia ella.

—No me gusta nada lo que me has contado. Deberías denunciar a la policía que alguien entra a registrar de cuando en cuando tu casa.

—No.

— ¿Por qué no?

—Porque no dispongo de ninguna prueba que lo acredite. No se han llevado nada. Lo he notado porque soy muy ordenada y me he dado cuenta de que mi ropa no estaba exactamente igual a como la había guardado en los cajones, cuando he regresado a mi casa después de ir a la que creía que era la de él. También en el despacho de mi casa había dejado un documento sobre mi ordenador y lo he encontrado a su lado, junto al aparato.

—Así que eres muy ordenada— masculló él como para sí.

—Sí, deberías saberlo. También he notado que el piso olía diferente, a tabaco, pero eso al parecer tiene otra explicación. Una amiga que fuma y que vino a verme y a traerme la comida para que no tuviera que guisar el día del entierro. Según nos dijo al agente de la guardia civil y a mí, fue ella la que tiró el cigarrillo que encontré en el cubo de la basura y que yo le había achacado al intruso. Como comprenderás, la policía no me tomaría en serio si fuera a denunciar el allanamiento de morada de mi piso con unos datos tan imprecisos.

—Tienes razón— convino él tras unos segundos de vacilación—. Pero algo tendremos que hacer para desenmascarar a ese tipo. ¿Tienes intención de venir mañana a trabajar?

—Sí, sí. Estoy decidida a retomar mi vida anterior desde este mismo momento, aunque esta tarde me la voy a tomar libre.

—Pues tráete ese ordenador y empezaremos por investigar la información que contiene.

De nuevo le sonó extraño el tono de su voz, pero fingió estar de acuerdo.

—Lo traeré.

Accionó Enrique el pomo de la puerta, pero se volvió de nuevo hacia ella antes de haberla abierto.

—Si esta noche...— empezó vacilante—. Si necesitas cualquier cosa a cualquier hora, aunque sea muy tarde, no dudes en llamarme. Afortunadamente vivo cerca y en unos minutos...

—Sí, sí— le interrumpió—. Tu cliente ha llegado ya, así que no le hagas esperar. Mañana hablaremos.

Salió él al pasillo y en cuanto se quedó sola se apoyó con ambos brazos sobre la mesa. ¿Se estaría convirtiendo ella a raíz de la muerte de Octavio en un ser híper susceptible? Porque algo en la actitud de él le había parecido extraño. ¿O habría creído ver que reaccionaba de una forma inusual cuando había mencionado el ordenador de Octavio? Desde luego no tenía intención de traerlo con ella a la mañana siguiente ni tampoco de aclararle donde se encontraba en esos momentos. Sería un secreto entre Tamara y ella.

Resueltamente se puso en pie para dirigirse al despacho de ésta.

CAPÍTULO VII

No había conseguido hablar con Tamara la tarde anterior, porque estaba ésta reunida en su despacho con unos clientes, cuando ella se había marchado a su casa por lo que la había llamado por teléfono poco antes de cenar. Su amiga se había disculpado en nombre de su hermano en cuanto ella le preguntó por la clave del ordenador.

—Es que el pobre ha tenido que salir de viaje por un asunto de trabajo— le explicó—. Ha estado ocupadísimo, porque vale tanto que le llueven los encargos, pero no te preocupes que en cuanto regrese se ocupará de tu asunto.

Para Tamara no existía otro ser sobre el planeta terrestre más inteligente ni imaginativo que su hermano Leandro, del que Verónica tenía una opinión bastante menos optimista. Y no porque dudase de la brillantez de su cerebro, ya que consideraba que probablemente lo fuese y mucho, sino porque la personalidad que traslucía distaba considerablemente de estar en consonancia con esa faceta. Apenas si le había oído decir dos palabras seguidas en ninguna circunstancia y habían consistido además en gruñidos monosilábicos intercalados en la conversación de Tamara y de ella en las ocasiones en las que habían quedado las dos en casa de su amiga, pero como lo que Verónica le había pedido era un favor, no se atrevió a manifestar lo impaciente que se sentía.

—Claro, claro, lo entiendo— murmuró como si verdaderamente lo entendiera—. ¿Y cuándo va a regresar de ese viaje de trabajo?

—Espero que el próximo viernes por la noche—. Se produjo un momentáneo silencio, pero Tamara retomó inmediatamente la conversación para decirle—: Deberías haberme esperado esta tarde a que terminara con los clientes que tenía citados a primera hora. Me alegro mucho de que hayas decidido incorporarte al despacho ya y hubiéramos podido repasar juntas tu agenda. Te repito que si quieres que me ocupe de alguno o de todos los asuntos que tienes pendientes no tienes más que decirlo.

—También se ha ofrecido Enrique— la interrumpió.

— ¿Enrique?, ¿le has visto esta tarde?

—Sí, ha venido a mi despacho para darme el pésame.

— ¿Y...?—. Notó Verónica que la otra buscaba las palabras oportunas?—. ¿Y cómo ha ido la cosa? ¿Te ha resultado muy violenta la situación?

Evocó ella el comportamiento de él y sus repetidos intentos por marcharse del despacho antes de verse obligado a hacerlo por la llegada de su cliente y llegó a la conclusión de que había ido encontrándose más cómodo conforme le había ido refiriendo los contrasentidos relativos a Octavio.

—Pues no ha sido tan difícil como esperaba— reconoció—. Al principio estábamos los dos un poco tensos, pero cuando le he empezado a contar que Octavio no vivía en la casa en la que había dicho que tenía su domicilio...

— ¿Le has estado hablando de Octavio?— se escandalizó Tamara—. Me parece muy poco delicado por tu parte. Tienes que tener en cuenta que el hombre está muy dolido. Le dejaste de la noche a la mañana sin una explicación y...

—Sí le di una explicación— la atajó molesta.

— ¿Sí? ¿Qué explicación? Que habías conocido a otro que se reía más que él y que te decía cosas más bonitas que él.

— ¡Bah!— refunfuñó fastidiada al verse obligada a reconocer que la otra tenía razón—. Dudo mucho que para Enrique haya sido una tragedia, porque me valoraba muy poco.

— ¿Por qué dices eso?

—Porque se pasaba la vida regañándome por no ser capaz de enfrentarme a mis problemas. En él predomina la cabeza sobre cualquier otro sentimiento, así que imagino que lo razonaría y enseguida llegaría a la conclusión de que le convenía encontrar a otra chica poco o nada sentimental, sin frustraciones ni complejos. A lo mejor ha llegado a la conclusión de que fue una suerte para él que conociera a Octavio en una cafetería y que como consecuencia decidiera que lo nuestro se había acabado.

Pronunció las últimas palabras con amargura al recordar nostálgicamente aquella mañana en la que tras esperar infructuosamente a Enrique sentada en una mesa del local se le había acercado Octavio con aquella sonrisa tan ilusionada, tan ingenua…

Tamara debió intuir lo que Verónica estaba sintiendo en esos momentos, porque se apresuró a cambiar de conversación.

—Entonces tienes decidido presentarte mañana en el despacho, ¿verdad? Me alegro, porque así nos veremos y porque no tendré que recibir a tus visitas— terminó fingiendo que se tomaba a broma esto último.

— ¿Tengo muchas?

—Dos. A primera hora tienes citado a un cliente nuevo, que ha insistido mucho en que le recibas tú. Creo que pretende divorciarse.

— ¿Y por qué tiene tanto interés en que le reciba yo?— se sorprendió Verónica—. ¿Es que me conoce?

—Por lo que me ha dicho Sara, le han hablado de ti. Y muy bien, por supuesto. Cuando terminemos de currar, si quieres, podemos comer juntas en la cafetería de abajo.

De nuevo cruzó por la mente de Verónica aquella mañana en la que había conocido a Octavio en ese local, pero antes de que hubiera tenido tiempo de oponer alguna objeción, cayó en la cuenta Tamara de que no era el lugar más oportuno y rectificó apresuradamente.

—Mejor podemos comer en esa otra que está en la esquina, ¿qué te parece?

—Bien, me parece bien.

—Pues entonces hasta mañana. Que duermas bien.

—Y tú.

A través del hilo oyó la risa de Tamara.

—Yo siempre duermo bien. Soy como una especie de ceporro. Ánimo que todo va a salir bien de ahora en adelante.

Le agradeció su deseo, pero le costó conciliar el sueño. Antes de acostarse había cerrado las dos puertas del piso con llave, echado el cerrojo y la cadena y había colocado delante de cada una de ellas un cerro de cacerolas para estar segura de que la despertaría el estruendo que, en su caso, produciría el intruso que pretendiera asaltar su vivienda, pero, aunque no oyó el menor sonido sospechoso en toda la noche, dio mil vueltas en la cama y cuando se despertó a la mañana siguiente notó la cabeza pesada, sintiendo que el insomnio no le había permitido descansar lo suficiente.

Después de ducharse se sintió mejor y en cuanto se tomó un café y se arregló con la misma ropa que la tarde anterior, salió a la calle y se encaminó hacia su oficina, donde Sara la recibió con una sonrisa.

—Has venido muy puntual. Eres la primera en llegar.

Se detuvo un instante Verónica junto a la mesa de la chica, ubicada en una pequeña antesala por la que se accedía a la sala de espera. Desde el lugar en el que estaba sentada se veía el largo pasillo en el que se alineaban contiguos los cinco despachos. El primero, algo más grande y ostentoso, lo ocupaba Herminia por ser la veterana y la dueña del piso. El segundo Enrique, que después de Herminia era el que poseía mayor experiencia en la profesión, seguidamente Federico, a continuación el de Verónica, que lo había echado a suertes con Tamara, y por último el de ésta, junto al baño que cerraba el fondo del corredor. Por el ventanal que se abría a espaldas de Sara penetraba la luz grisácea de principios de marzo que no bastaba para aclarar las sombras que aún invadían la antesala, por lo que Sara había encendido la lámpara de su mesa.

—Sí, Tamara me dijo anoche que tenía yo una visita a primera hora.

Sara hizo un gesto afirmativo.

—Sí, no tardará en llegar. Pidió una cita contigo el día siguiente al de tu boda y claro, le dije que podía recibirle Tamara, porque tú tardarías en volver.

Se mordió los labios pensando sin duda que estaba demostrando una carencia absoluta de delicadeza al aludir a ese tema. También lo pensó Verónica, que hizo un esfuerzo por no dejarlo traslucir. En su lugar le preguntó con aire intrascendente:

— ¿Y no te dijo por qué tenía tanto interés en que me ocupara yo de su divorcio? Porque se trata de un divorcio, ¿no? Tamara ha llevado por lo menos tantos como yo, así que no entiendo la preferencia que manifiesta.

Sara se encogió de hombros evasivamente.

—No se lo pregunté, pero aun así me comentó él que habías defendido con éxito los intereses de un amigo cuando se divorció de la bruja de su mujer.

— ¿Lo de la bruja te lo dijo él?

—No, lo he añadido yo de mi cosecha— admitió Sara riéndose.

— ¿Y cómo se llama ese hombre?

—Me dijo que se llamaba Óscar Velasco. ¿Te suena el nombre?

—No, de nada.

—Bueno, es igual, no tardará en llegar. De todas formas se han ofrecido a ayudarte si lo necesitas todos tus compañeros. Incluso Herminia, que, como sabes, no se suele ofrecer a nada.

Le había guiñado un ojo y Verónica disimuló una sonrisa de complicidad. La aludida era una mujer cercana a los cincuenta, alta, huesuda, con una rizada melena que le llegaba a los hombros y que se sujetaba de cualquier manera sobre la frente para que no le entorpeciera la visión y un aire rancio, de otra época. Carecía de vida privada. Vivía sola en un piso grande y antiguo heredado de sus padres o quizás de sus abuelos, en el que al parecer no había introducido ninguna reforma y no se relacionaba más que con algunos compañeros de su edad exclusivamente para tratar de asuntos de trabajo. Era en cambio una magnífica profesional, había que reconocérselo, aunque rara vez se prestase a echar una mano a los que tenía más cerca.

—Le daré las gracias cuando la vea, porque hay que considerar ese ofrecimiento en ella como una verdadera heroicidad— comentó Verónica con guasa— Afortunadamente para ella, tengo bastante experiencia en asuntos de familia, así que no tendré que molestarla. Y ahora me voy a mi cubículo. Cuando llegue ese aspirante a divorciado me lo pasas.

—De acuerdo. Hasta ahora.

Se encaminó Verónica hacia el pasillo, oscuro y silencioso como todo el piso, y fue encendiendo la luz a su paso. También su despacho le pareció tenebroso y tristón a esas horas en las que el amanecer no acababa de abrirse paso para alumbrar una mañana que todavía no se había despedido del invierno. Tampoco la tarde en la que les había dicho adiós a sus compañeros lucía un sol radiante. A últimos de febrero anochecía temprano, pero, cuando salió a la calle creyendo que no iba a volver en quince días al trabajo, le pareció que le sonreía el mundo entero. Los transeúntes que corrían apresuradamente por la acera, los niños que salían de clase del colegio cercano, los autobuses que discurrían por la calzada y hasta un borracho que la empujó inadvertidamente cuando ella pasó por su lado. Había cambiado todo tanto…

Tomó asiento tras la mesa y melancólicamente se acodó en ella para apoyar las mejillas en sus manos. No estaba segura de poder soportar al cliente que estaba a punto de llegar con el relato de su desafortunado matrimonio. No estaba segura de ser capaz de retomar su trabajo esa mañana ni probablemente en los días venideros. Se lo diría a Sara para que Tamara se hiciera cargo del divorcio de ese hombre. Ella se iría a su casa y se tumbaría en el sofá del salón mirando a través de la ventana el trocito de firmamento que podía vislumbrar desde esa posición. Lo importante era dejar pasar las horas hasta que se hiciera de noche. Lo importante era no pensar en nada ni hacer nada.

Se levantó de la butaca y estaba a punto de descolgar el abrigo del perchero cuando oyó los pasos de alguien que se aproximaba a su despacho por el pasillo. Sara, sin duda, que venía precediendo al visitante, por lo que se detuvo con la mano en el aire. El sonido de unos golpecitos en la puerta la obligó a bordear la mesa y a tomar asiento apresuradamente tras ella. Unos segundos más tarde apareció la secretaria en el umbral, que se apartó seguidamente para permitirle el paso a un hombre. Era alto, moreno y con el cabello oscuro. Aparentaba andar por la treintena y aunque no podía calificársele exactamente de guapo poseía una fisonomía sumamente atrayente. Le observó Verónica sin pestañear porque de improviso le pareció conocido. ¿Dónde le había visto anteriormente?, se preguntó.

El recién llegado había tomado asiento frente a ella siguiendo una indicación suya, por lo que desechó por inoportunos los pensamientos que vagaban por su mente para centrarse en el presente.

—Usted me dirá.

Esbozó él un gesto de asentimiento.

—Sí, verá. Me ha hablado de usted un amigo al que divorció hace poco, Marcelo Rivas, ¿le recuerda?

—Sí, sí, claro.

—Es que yo también he decidido divorciarme, pero lo veo muy difícil— manifestó con voz clara—. Mi mujer y yo no nos soportamos desde hace tiempo, pero tengo que advertirle que ella no está dispuesta a concederme el divorcio.

Al oírle disimuló Verónica una sonrisa irónica dedicada no solo a él, sino a todos sus conciudadanos en general, tan influenciados por las películas americanas, que habían asimilado como propios los procedimientos judiciales que veían en las salas de proyección o en las series de la televisión.

— ¿Ella no quiere divorciarse?

—No. Vivimos en la misma casa, pero no nos vemos ni nos tratamos desde hace más de cinco años. No está dispuesta por tanto a perder el estatus de que disfruta a cambio de nada.

—Lo que su esposa opine a ese respecto es inoperante. Afortunadamente en nuestro país basta con que lo solicite uno de los dos cónyuges para que los jueces lo concedan.

Los oscuros ojos de él brillaron ilusionados.

— ¡Ah!, ¿sí? yo creía…

— ¿Han tenido ustedes hijos?

—No. A Mónica no le gustan los niños. Ya me advirtió que no quería tenerlos antes de que nos casáramos y ahora me alegro.

—Claro, así será todo más sencillo. ¿No trabaja ella?

—No, no.

— ¿Qué hace? ¿Se ocupa de las faenas domésticas?

—No, tampoco. Se baña en la piscina. Es que vivimos en un chalet en una bocacalle de Arturo Soria— le explicó—. Tenemos una piscina en el jardín y otra cubierta, que es la que utiliza en esta época.

Sabía Verónica que era esa una de las zonas más caras y exclusivas de Madrid, por lo que le clasificó como perteneciente a una clase muy adinerada examinándole con disimulo. Vestía un traje gris oscuro con una raya más clara casi invisible y una camisa de un blanco impoluto. La corbata era de color verde claro con unos puntitos más oscuros. Preciosa, pensó. No obstante no había en él nada de estudiado ni parecía ser consciente de la elegancia de su atuendo, sino al contrario. Aunque se expresaba con soltura, traslucía cierta inseguridad cuando se dirigía a ella, como si temiera no estar a la altura de sus conocimientos. Para infundirle confianza le sonrió, inclinándose hacia él sobre la mesa.

—Por lo que me dice, entiendo que ella pretende no perder el nivel social y económico que le proporciona su matrimonio.

—Eso es— aprobó él en un tono que destilaba una inmensa frustración.

— ¿Celebraron ustedes capitulaciones matrimoniales antes de casarse?— le preguntó fingiendo apuntar algo en el papel.

— ¿Cómo dice?— inquirió él enarcando las cejas como si no hubiera entendido la pregunta.

—Que qué régimen económico matrimonial tienen ustedes.

—Pues no lo sé.

— ¿No sabe si fueron al notario antes de la boda?

Parpadeó desconcertado, pero debió recordar algo porque terminó por asentir.

—Sí, si fuimos.

— ¿Y qué régimen económico pactaron? ¿Gananciales, separación de bienes o…?

—Separación de bienes— dijo interrumpiéndola— Se empeñó mi padre y ahora tengo que darle la razón. Mónica trabajaba en una casa de modas cuando la conocí con un sueldo relativamente modesto. No tenía nada ni aportó nada cuando nos casamos.

— ¿Y usted?

—Yo trabajaba ya entonces como director en la fábrica de automóviles de mi padre. Lo mismo que ahora, solo que desde que mis padres fallecieron soy también el dueño de la mayoría de las acciones.

—Y ya entonces ganaba una fortuna.

—Sí, bueno, sí. El chalet en el que vivimos me lo había regalado mi padre y también los dos coches y la casa de la playa. Mónica dejó de trabajar unos días antes de la boda. Al principio fue todo bien. Ella disfrutaba inmensamente con las fiestas a las que asistíamos, pero después… después se volvió antojadiza y caprichosa. Quería que viajáramos por el mundo todos los días del año y no admitía que yo tuviera que trabajar. Se buscó entonces unos amigos que la acompañaban y a veces tardaba en volver más de un mes.

— ¿Parejas de amigos?

—No. En realidad lo he dicho en plural pero tenía que haber utilizado el singular. Un amigo. Se iba de viaje con un amigo cada vez.

— ¿Siempre el mismo?

Meneó él negativamente la cabeza.

—No. Cada vez con uno distinto, aunque últimamente…

— ¿Sí?

—Desde hace unos meses va a todas partes con un tal Armando, que es abogado. Cuando me harté definitivamente de la situación y le dije que iba a pedir el divorcio, me contestó que ese amigo la había asesorado y que me atuviera a las consecuencias si presentaba la demanda, porque me iba a dejar sin un euro y además se iba a quedar con el chalet en el que vivimos.

No aparentaba estar especialmente afectado por lo que le estaba refiriendo, pero Verónica captó la ansiedad que latía en el fondo de su voz.

— ¿Le dijo eso?

—Sí, me lo dijo literalmente.

Dejó traslucir Verónica una sonrisa irónica.

— ¿Qué edad tiene su esposa?

— ¿Mónica?... pues nunca lo he sabido con exactitud. Creo que tiene uno o dos menos que yo, por lo que debe de andar por los treinta o treinta y dos años.

— ¿Y goza de buena salud?

— ¡Oh!, sí, excelente. Ni siquiera se acatarra, pese a que se pasa la vida en bañador.

—Pues entonces no se preocupe.

Parpadeó al fijar en ella sus pupilas.

— ¿No tengo que preocuparme?

—No, no demasiado. Por lo que me ha dicho, no tienen hijos, todos sus bienes son privativos y se han casado en régimen de separación de bienes. Ella es joven y si no trabaja es porque no quiere. El juez les concederá el divorcio y le condenará a usted a satisfacerle, probablemente durante un año, una pensión compensatoria por el desequilibrio que le producirá su nuevo estatus. Puede que la cuantía de esa pensión sea elevada.

— ¿Durante un año tan solo?— inquirió incrédulamente—. Eso sería maravilloso.

—Sí, pero nada de lo que le he dicho es matemático.

— ¿Y el chalet?— la interrumpió.

—El uso del hogar conyugal se suele atribuir a la esposa cuando hay hijos menores, pero como en su caso no los hay caben varias posibilidades. Si el juez acuerda una que le sea desfavorable, recurriremos.

Se quedó mirándola con los ojos muy abiertos y expresión desconcertada, pero de improviso sonrió.

Tenía Verónica un bolígrafo en la mano para tomar notas y había tabaleado inconscientemente con él sobre la mesa, pero al verle sonreír se quedó inmóvil, con el bolígrafo en el aire. Ya sabía a quién se parecía. Y no porque sus facciones fueran similares ni tampoco su complexión ni su apostura. Era su sonrisa la que le recordaba a Octavio. Como la de éste era ingenua, como la de un niño, pese a que aparentaba ser un tipo acaudalado y un hombre de mundo. Carraspeó insegura bajando la mirada hacia el papel que tenía sobre la mesa. Cuando levantó nuevamente la vista hacia él, esa sonrisa inundaba todo su rostro y hasta su mirada, que brillaba ilusionada.

Algo se le removió por dentro a Verónica cuando sus miradas se encontraron. Un sinfín de recuerdos se le agolparon en la mente confusamente entremezclados. Como en una foto fija creyó ver la expresión de Octavio la mañana en la que le conoció en la cafetería donde esperaba a Enrique y se inclinó hacia ella para preguntarle si podía sentarse a su lado en la mesa. Y superponiéndose a esa imagen la visión de la blancura deslumbrante de la nieve para dar paso... sí, sobre todo a la de su cuerpo rígido, congelado, en aquella sala tan lóbrega y tan oscura a la que la había llevado Simón para que reconociera su cuerpo. Reprimió un estremecimiento que afortunadamente él no advirtió. Le decía algo en ese momento que le costó entender.

— ¿Qué papeles necesita que le traiga?

— ¿Cómo?, ¿cómo dice?

—Que me gustaría que presentara inmediatamente la demanda. Cuanto antes. Quiero que ella se largue de mi casa y recuperar mi libertad. Quiero que...

— ¿Ha pensado bien en todo lo que le he dicho? Cabe en lo posible que el juez de familia decida concederle a ella el uso de la vivienda conyugal.

— ¿Aunque sea de mi exclusiva propiedad?

—Efectivamente, aunque lo sea.

— ¿Y tendría que abandonar yo el chalet y dejar que ella lo disfrute?

—Cabe dentro de lo posible, sí.

Frunció él los labios como un niño al que le niegan un capricho, pero reaccionó inmediatamente.

—Aun en ese caso. Lo que quiero es perderla de vista para siempre y olvidar que un mal día tuve la ocurrencia de casarme con ella. Ya veremos cómo consigue en el futuro pagarse esos viajes que tanto le entusiasman. Acaba de regresar de Australia y ahora está planeando irse con ese tal Armando a Nueva Zelanda, a costa mía, claro.

Aunque le inspiraba él en ese momento más conmiseración que cualquier otro sentimiento, no pudo evitar esbozar un gesto de suficiencia al oírle.

—Bueno, eso que me cuenta tiene fácil solución. Córtele el grifo.

Nuevamente parpadeó desconcertado con aquella mirada ingenua, tan impropia del director y propietario mayoritario de las acciones de una fábrica de automóviles.

— ¿Qué grifo?

—Vacíele la cuenta corriente de que disponga como titular. Déjela sin un euro. Si decide marcharse de viaje con ese tal Armando o con otro, que la invite él o que se gane ella el dinero trabajando. Creo que ya ha hecho usted suficientemente el primo.

No debió dejar escapar ese último comentario, porque su visitante acusó el impacto. Su expresión era ahora la de un cachorrillo que acaba de recibir una azotaina.

—Pensará usted que soy un idiota.

—No, en absoluto.

—Verá. Es que Mónica me amenazaba en cada una de las ocasiones en las que he pretendido terminar definitivamente con ella con denunciarme por violencia de género. Ha debido asesorarla sobre ese particular ese tal Armando. Me dijo que estaba dispuesta a simular que yo le había dado una paliza y que lo tenía todo muy bien estudiado. Me preocupa que si le cancelo la cuenta corriente ponga en práctica sus amenazas y se presente a denunciarme en una comisaría con la cara como un mapamundi.

Se acarició pensativamente Verónica la barbilla imaginándola en el juzgado de guardia o en las dependencias policiales con el rostro irreconocible por los golpes que probablemente se habría prestado a propinárselos el tal

Armando y por la mercromina. Sabía que por aplicación de la ley de violencia de género detendrían en el acto al hombre que estaba sentado enfrente de ella en ese momento y que pasaría la noche en el calabozo, por lo que vaciló imperceptiblemente.

—Bien, no haga nada entonces hasta que presentemos la demanda, aunque esa falsa denuncia podría presentarla ella también entonces. De hecho, es relativamente frecuente. Le voy a apuntar todos los documentos que voy a necesitar y en cuanto me los traiga pasaremos al ataque.

Formuló el último comentario con una sonrisa intrascendente, pero él debió atribuirle un significado más contundente porque la envolvió en una mirada admirativa.

—Confío plenamente en usted— murmuró a media voz—. Usted se ocupará tanto de conseguirme el divorcio como de defenderme si ella me acusa de haberla vapuleado. Tengo que reconocer que a veces me han entrado ganas de sacudirle un par de tortas, pero le aseguro que soy incapaz de pegarle a una mujer.

Le tendió Verónica el papel en el que había apuntado los documentos que debía aportarle e hizo intención de ponerse en pie, dando la entrevista por finalizada. Él la secundó en el acto.

—Ya me marcho— le dijo haciendo intención de dirigirse hacia la puerta—. Una vez allí se volvió hacia ella— Yo... me gustaría que... Bueno, no sé si considerará que me paso al pedírselo.

— ¿Qué quiere pedirme?

—El número de su móvil. No se preocupe, no voy a darle la lata, pero estaría más tranquilo sabiendo que puedo avisarla inmediatamente si, como le he contado, decide simular que la he pegado y aparece la policía a detenerme.

—De acuerdo, de acuerdo— accedió ella con aire conciliador— Apúntelo.

Lo introdujo él en la agenda de su móvil y salió seguidamente al pasillo tras hacerle un gesto de despedida con la mano.

Aguardó Verónica unos segundos y después le imitó abandonando tras él la habitación para golpear con los nudillos la puerta del despacho de Tamara y entrar a continuación en un despacho similar al suyo en cuanto a sus dimensiones y a su mobiliario, pero cuya ventana daba a un patio por la que se filtraba una luz macilenta y apagada. La chica estaba sentada tras su mesa estudiando unos papeles, pero levantó la vista hacia ella cuando la oyó entrar.

— ¡Hola! ¿Has recibido a ese nuevo cliente? Sara me ha dicho que está de muy buen ver.

—Sí.

— ¿A qué me contestas "sí"?— inquirió guasonamente Tamara— ¿A que le has recibido o a que está de buen ver?

— A las dos cosas— repuso Verónica en el mismo tono de chanza—. Lo que vengo a decirte es que me he sentido interesada por su caso. Ha sido como si de pronto se evaporara la apatía que sentía hasta esta misma mañana para recuperar las ganas de luchar. De luchar por sacar su asunto a flote. ¿No es estupendo?

—Por supuesto que sí y me alegro. Dicen que el trabajo puede producir los mismos efectos que una borrachera, así que de ahora en adelante vas a currar de lo lindo. ¿Es un divorcio difícil el que te ha encomendado?

—Sí parece peliagudo, sí, pero no ha sido solo la intensa emoción que se siente cuando te aprestas a atacar a un adversario desaprensivo, es que él, de pronto, me ha recordado a Octavio.

— ¿A Octavio?

—Sí, ha sido como si durante el transcurso de un segundo estuviera hablando con él, que hubiera regresado al mundo de los vivos.

Meneó Tamara desaprobadoramente su rubia cabeza.

—Esto que me dices no me gusta, Verónica. Tienes que hacerte a la idea. Octavio ya no está y no va a volver.

—No, no va a volver— musitó ella como para sí.

—Olvida a quien te ha recordado y céntrate en llevar a buen puerto su divorcio. Se te dan bastante bien los asuntos de familia y por lo que me has dicho éste va a ser complicado.

—Sí, pero no sé. ¿No crees que debe de haber en el mundo muchas personas que están repetidas?

El bonito semblante de Tamara se contrajo en una mueca dubitativa.

—No lo sé. Puede que sí, que haya algunas que parecen ser dobles de otras, pero en cualquier caso debes intentar razonar con la cabeza.

—Como me dice siempre Enrique— protestó irritada.

—Te lo dice, porque tiene razón. Octavio era...

— ¿Qué?— inquirió desafiante.

—Aún no sabemos cómo era, ni donde vivía ni a qué se dedicaba, pero recuerda que te mintió en todos los datos que te dio sobre él. Sería preferible que cuando vuelvas a interesarte por alguno no elijas precisamente a otro hombre parecido.

Tamara tenía razón, tuvo que reconocerlo y se lo repitió durante el resto de la mañana, porque, ¿qué sabía ella en realidad de Octavio? Que aparentaba ser un muchacho optimista y afectuoso y que se había casado con ella unos días antes, porque todo lo demás había resultado ser falso. Había una cosa además que le intrigaba especialmente. ¿Por qué razón habría guardado en su maleta ropa veraniega si su intención era pasar quince días en la sierra, nevada en esa época del año? ¿Habría proyectado abandonarla en aquel albergue en el momento en el que ella se inscribía en recepción para viajar solo hacia otro lugar mucho más cálido? Quizás fuera esa la explicación y unos desconocidos hubieran frustrado sus planes. O quizás no. Quizás se hubiera largado sin maleta y al caer en la cuenta de que se había equivocado de ordenador y que se había llevado el de ella, lo hubiera arrojado al precipicio junto con el cuerpo de aquel hombre que ella había reconocido como el de su marido, aunque no estaba segura ni mucho menos de que fuese él.

Le dio vueltas en la cabeza durante el resto de la mañana. Incluso cuando algo más tarde recibió a una señora que quería hacer testamento desheredando a uno de sus hijos, porque llevaba años sin felicitarla el día de su cumpleaños. Esa cliente poseía una verborrea inextinguible y una cabezonería aún mayor. No consiguió convencerla de que debía dejarle en herencia al menos la legítima estricta, pese a que trató de explicárselo repetidamente. Cuando al fin se marchó, se apoltronó desmadejada en la butaca. Estaba agotada. Había quedado en comer con Tamara en la cafetería de la esquina, pero no se sentía con fuerzas de mantenerse erguida ni un minuto más. No le había citado Sara a nadie esa tarde y los asuntos que tenía pendientes y que se amontonaban sobre la mesa podían esperar, por lo que decidió marcharse a su casa a descansar. Tumbada en el sofá de la sala de estar recuperaría las energías perdidas y a la mañana siguiente estaría en forma para iniciar los trámites del divorcio de Óscar Velasco.

Su amiga estaba reunida con una visita en ese momento, por lo que le comunicó a Sara el cambio de planes y se marchó del piso tomando el ascensor para salir a la calle, soleada a esas horas, y caminar despacio por la acera en dirección a su casa sin dirigir a su paso más que una distraída mirada a los escaparates de las tiendas. Casi sin advertirlo recaló en la plaza de Bilbao, que le pareció distinta. El sol relumbraba como siempre sobre su cabeza, distorsionando en mil colores el agua de la fuente, que resbalaba incansable de sus caños salpicando a los que se aproximaban demasiado. Octavio y ella se habían detenido a menudo a contemplarla y se habían reído cuando las gotas de agua les había alcanzado, pero ahora, sola junto al pretil, sintió una punzada amarga y se retiró para enfilar la calle de Luchana que fue recorriendo sin prisas, con una inmensa sensación de añoranza, de recuperar las vivencias de las tardes no muy lejanas en las que realizaba con él ese mismo recorrido.

A lo lejos divisó el edificio en el que había creído que se ubicaba la agencia de seguros y levantó la mirada hacia el balcón de la tercera planta conforme fue aproximándose. ¿Por qué le habría dicho que trabajaba en ese piso?, se preguntó una vez más. A ella le hubiera dado igual que lo hiciera allí o en cualquier otro sitio, aunque fuera menos aparente. ¿Y qué habría de verdad en la existencia de ese tal don Luciano del que le había comentado mil anécdotas divertidas? Pero sobre todo, ¿por qué le habría mentido a ese respecto?

Se detuvo junto a una farola al llegar bajo el balcón y clavó la vista en los visillos blancos que cubrían sus cristales como si su visión pudiera darle una respuesta a sus mudas preguntas. Un transeúnte la empujó al pasar, pero ni siquiera lo advirtió. Permanecía inmóvil aguardando algo, aunque su mente le decía que debía marcharse, que no iba a suceder lo que estaba deseando.

Y de improviso ocurrió. Una mano apartó el visillo y la sombra de una imagen masculina se perfiló tras los cristales durante el lapso de un segundo. Le pareció que la miraba a sus pies y que al distinguirla con claridad retrocedía dentro de la habitación dejando caer la cortina. Creyó reconocerle y se llevó Verónica ambas manos a la boca. ¿Sería posible?

Inició luego el movimiento de dirigirse hacia el portal, pero se detuvo antes de haber llegado a dar el primer paso. ¿Qué tontería pretendía hacer? Le abriría la puerta la señora gorda, madre del bebé al que llevaba en brazos el otro día, y la echaría con cajas destempladas. No, tenía que pensar con la cabeza y comportarse con sensatez, aunque se sentía incapaz de adoptar una actitud razonable, de aceptarlo sin haberlo comprendido previamente. En cuanto llegara a su casa llamaría a Enrique para pedirle que la ayudara a desbrozar esas incógnitas. Le consideraba la antítesis de un hombre emocional, pero poseía un indudable sentido práctico y le buscaría un detective para que investigara la identidad de la sombra que había visto. Para que averiguara donde había vivido Octavio y cuál era su pasado. Y sobre todo lo que había pretendido casándose con ella, ya que, como el contenido de su maleta parecía indicar, tenía previsto abandonarla a las pocas horas de su matrimonio para dirigirse a un lugar lejano y mucho más cálido que la nevada sierra a la que la había llevado.

Aun aturdida, apretó el paso y cuando alcanzó la plaza de la Iglesia enfiló la calle de Santa Engracia, donde dos manzanas más allá se ubicaba el edificio en el que vivía. Con una inquietud creciente tomó el ascensor y se abalanzó dentro del piso con la intención de correr hacia el salón para llamarle por teléfono, pero no llegó a dar más de un par de pasos. El vestíbulo olía a tabaco, lo mismo que tres días antes.

Con los ojos agrandados por el miedo olfateó el aire. No cabía duda, olía al humo de los cigarrillos que fumaba él.

Una gota de sudor le resbaló por la frente mientras sentía un escalofrío. ¿Estaría en la sala de estar sentado en el sofá, esperándola, con las piernas cruzadas en aquella postura tan suya? Y si lo estaba, ¿estaría vivo o habría vuelto del más allá para explicarle el motivo de su repentina desaparición?

Notó que el pulso se le desbocaba y retrocedió de espaldas hasta chocar con la puerta de la casa. Aguardó allí unos segundos que se le antojaron siglos sin atreverse a respirar, aguzando el oído para intentar detectar algún sonido en la habitación contigua.

El silencio era absoluto, pero el aroma del tabaco persistía. El intruso tenía que haberla oído entrar forzosamente, porque no había presentido ella al cerrar la puerta a su espalda que hubiera alguien más en la vivienda y no se había molestado en girar silenciosamente la llave en la cerradura. Tenía que estar esperándola.

No se atrevió a comprobarlo. Sin volverse ni hacer el menor ruido salió de espaldas al descansillo, cerró con dos vueltas de llave y luego se abalanzó escaleras abajo, pero al llegar a la calle se detuvo como si hubiera echado raíces en el suelo. ¿Y si se convertía en realidad lo que había presentido y era Octavio el que se hallaba en el salón? ¿Y si era él que había vuelto?

CAPÍTULO VIII

Angustiada buscó en la agenda de su móvil el número de Rebeca y pulsó la llamada. La galería de arte de ésta se hallaba en la calle Arturo Soria, lejos de su casa, pero si tomaba un taxi podría reunirse con ella en unos instantes. Oyó su voz grave y algo sorprendida a través del hilo.

—Verónica, ¿estás bien?

—Sí, pero necesito que vengas ahora mismo.

— ¿A dónde?— inquirió la otra con perplejidad.

—A mí casa, ¿estás ocupada?

—Sí, sí, claro. Estamos colocando los cuadros de la próxima exposición. ¿Qué te ocurre?

—Que… no te lo vas a creer, pero él ha vuelto a entrar en mi casa.

Notó la incredulidad en el tono de su voz.

— ¿Ha vuelto a entrar? ¿De quién me estás hablando?

—De Octavio. Olía a tabaco el piso cuando he regresado de la oficina. Olía a los cigarrillos rubios que él fumaba y he salido corriendo. Estoy en la calle, pero he pensado después que no hay razón para que me largue asustada. Él nunca me haría daño.

—No, claro— murmuró apenas Rebeca denotando la confusión que experimentaba.

—Por eso te he llamado, porque no me atrevo a entrar sola en el vestíbulo. ¿Crees que los muertos… crees que los muertos pueden regresar del más allá?

Carraspeó la otra desconcertada.

— ¿Los muertos? No lo sé, pero supongo que no.

—Entonces... ¿podría ser Octavio que hubiera regresado a buscarme porque estuviera vivo?

Del silencio que se produjo al otro lado de la línea deduje la expresión de Rebeca en ese instante. Con las cejas enarcadas en su anguloso rostro estaría buscando la respuesta más adecuada para no herirla. Al fin la oyó musitar:

— ¿Y por qué habría de ser él, Verónica? Lo más probable es que no haya entrado nadie en tu casa y que hayas imaginado el olor que has creído percibir. Es frecuente negar la realidad cuando el dolor es demasiado intenso, pero tienes que hacerle frente.

— ¿Me estás diciendo que me lo he inventado? Tengo muy buen olfato, para que lo sepas, y si he notado que olía a tabaco es porque alguien ha estado fumando en el salón.

—Vale, vale— contemporizó Rebeca—. Si tú lo dices...

— ¿Y no vas a venir?— se impacientó ella.

— ¿Ahora? Tengo que colgar los cuadros, tengo que...

—Está bien—la interrumpió enfadada—. Cuelga todos esos cuadros espantosos y llamaré a Tamara o a Enrique o a... No, mejor aún. Iré a la comisaría más cercana y denunciaré el allanamiento de mi vivienda por un desconocido. Sí, eso será lo mejor, porque supongo que un policía me acompañará a mi piso y lo comprobará.

— ¿Y si no hay nada que comprobar?— insinuó cansadamente Rebeca—. El olor a tabaco es bastante común y no creo que le sirva a la policía para tomarse en serio tu denuncia, salvo que lo encuentren todo revuelto. ¿Has notado que te hayan registrado el piso?

Reprimió Verónica un exabrupto de impaciencia.

—No he notado nada. Ya te he dicho que no he pasado del vestíbulo, pero no quiero darte la lata. Sigue colgando tus cuadros que ya me las arreglaré.

Fue a cortar la comunicación, pero antes de que llegara a efectuarlo, la interrumpió resignadamente Rebeca.

—Vale, vale. Espérame que ya voy. Siéntate en el sofá del portal de tu casa que llegaré ahí en un santiamén.

No tardó la otra en aparecer más de diez minutos que se le hicieron a Verónica interminables, aunque el portero se empeñó mientras tanto en darle conversación, que ella apenas si consiguió seguir, pendiente cómo estaba de la llegada de su amiga. Se presentó ésta al fin, con su cabellera rojiza despeinada y con unos viejos pantalones que estaban reclamando a gritos ser desechados, bajo un chaquetón no menos raído. Encarnaba la imagen de una artista progre en toda la extensión de la palabra, pero Verónica la vio como un ángel caído del cielo. Apresuradamente se levantó del sofá en el que estaba sentada y sin decir palabra la cogió del brazo para encaminarse hacia el ascensor. Solo cuando se encontraban las dos dentro de la cabina se decidió a cuchichearle:

— ¿Crees que si el que está en el salón no es Octavio nos atacará? Quizás hubiera sido mejor que hubiera ido a la policía.

Rebeca dejó escapar un suspiro de resignación.

— ¿Lo dices ahora? He dejado todos los cuadros tirados por el suelo de la galería y la inauguración tendrá lugar mañana, a las siete. Tendré que trabajar esta tarde hasta las tantas ¿y ahora se te ocurre que debería acompañarte un policía alto y guapo en lugar de mi humilde persona? Creo que deberías haberlo pensado antes.

—Sí, pero es que...

El ascensor acababa de detenerse en la planta y Rebeca la precedió saliendo decididamente al descansillo. No parecía estar asustada ni tan siquiera inquieta y cuando Verónica introdujo la llave en la cerradura y abrió la puerta, la empujó suavemente para entrar en el piso. Apartó con una mano la cortina granate para pasar al vestíbulo, pero no dio señales de percibir el olor que había alertado a Verónica media hora antes.

—Yo no huelo a nada— masculló la chica encaminándose resueltamente hacia la puerta del salón— ¿Dices que las volutas de humo procedían de esa habitación?

—No he aludido para nada a volutas de humo— protestó Verónica en un susurro— Te he dicho tan solo que alguien estaban fumando en este piso, creo que en el salón.

—Pues vamos a ver—decidió su amiga con bastante escepticismo.

Abrió de un tirón la puerta de cristales y entró en la estancia, seguida de Verónica, que buscó con los ojos al causante del aroma que había percibido. La habitación estaba vacía y en penumbra con las persianas de los dos ventanales semi bajadas, tal y como ella las había dejado la noche anterior al acostarse. Y no olía a tabaco. Olía a tapicerías antiguas y a cortinones granate, a casa grande y antigua, como siempre.

— ¿Dices que de aquí provenía ese tufo a...?— empezó Rebeca sin atreverse a terminar la frase.

—Sí, me lo ha parecido antes. Estaba segura.

— ¿Y has llegado a entrar en ese salón?

—No, no me he atrevido. Lo he olfateado desde el vestíbulo. Ahora en cambio huele...

— ¿A qué huele?— quiso saber la muchacha con aire desorientado.

Huele a ambientador— dictaminó Verónica tan desconcertada como la otra— ¿Es que no lo notas?

Pues no. No debo de tener tan buen olfato como tú. ¿Y... y falta algo?

Recorrió Verónica la estancia con la vista. Desde el mullido sofá con cojines en el respaldo y una marina pendiente de la pared sobre él a la vitrina de nogal con abanicos de encaje y figuritas de porcelana en su interior, que podían verse a través de sus cristales, hasta la mesita redonda con dos butacas que ocupaban el rincón opuesto al del sofá. Todo estaba como siempre, pero ella hubiera asegurado...

—Pues... creo que no.

—Vamos a inspeccionar el resto de la casa— decidió Rebeca precediéndola para salir al vestíbulo y dirigirse hacia el largo pasillo. Lo recorrió a largas zancadas con el aire algo varonil que la caracterizaba. Introdujo primero la cabeza en el despacho, que olía a papeles y a lápices para seguir camino adelante, abriendo todas las puertas que encontraba a su izquierda. Cuando terminaron de revisar la cocina, retrocedieron para regresar al salón donde tomaron asiento las dos, Rebeca en el sofá y Verónica enfrente en una butaca.

—Bueno, parece que ha sido una falsa alarma— comentó displicentemente Rebeca.

—No me crees, ¿verdad?— protestó Verónica irritada— Crees que me lo he inventado, porque me empeño en no admitir la realidad.

Con la cabeza apoyada en el respaldo y su melena ocultándole parte del rostro, Rebeca se encogió cansadamente de hombros.

— ¿Y cuál es la realidad?

—La tuya es que Octavio está muerto y que estoy obsesionada en negarlo.

—Tú reconociste su cuerpo— musitó sin moverse y como ausente.

—Yo… le dije a Simón que aquel hombre no parecía el mismo. Fue él el que nos dijo que coincidían sus huellas dactilares.

—Y entonces firmaste el documento que te entregó con esa finalidad.

— ¿Y qué otra cosa podía hacer? Estaba como alelada, incapaz de razonar.

Se incorporó Rebeca para inclinarse hacia ella con un rictus acusador en su pecoso semblante.

—Tienes que hacerle frente, Verónica, ¿no lo entiendes? El trauma que sufriste cuando murieron tus padres te ha convertido en un ser muy vulnerable, demasiado sensible para asumir otra desgracia tan terrible como la que has tenido que soportar. Pero afortunadamente tiene remedio.

—Yendo a las sesiones de tu psicóloga, ¿no?— replicó sarcásticamente—. Se empeñará en amargarme la vida, ya tengo experiencia sobre esas sesiones y no estoy dispuesta a repetirlas. Murieron mis padres por mi culpa, eso ya lo sé y no va a convencerme tu psicóloga ni nadie de que no soy responsable y de que puedo superarlo, porque no puedo, ¿lo entiendes? Terminé con Enrique precisamente porque no me dejaba en paz. Es mejor aceptar que algo está fuera de tu alcance, porque me es imposible verlo de otra manera. No podré conducir un coche nunca más ni soportar que lo conduzca otra persona, porque también me resulta imposible. ¿Lo comprendes ahora? No es tan difícil de entender.

La escuchó en silencio Rebeca y terminó por hacer un gesto de resignación.

—Como quieras. No sé si el trauma que sufriste por la muerte de tus padres tiene remedio, pero al menos debes intentar concienciarte de que la de Octavio es inevitable, de que no va a volver. Y ahora… tengo que marcharme. ¿Por qué no te vienes conmigo y me ayudas a colgar los cuadros de la exposición? Si no vas a regresar a la oficina esta tarde, podría servirte de distracción.

—No necesito distraerme—protestó disgustada—. Lo que necesito es descansar.

— ¿Aquí sola mirando por la ventana?

—Sí, bueno, sí. Aunque no lo creas, he conseguido esta mañana interesarme por el caso de un cliente que ha venido a encargarme su divorcio, así que mañana iré al despacho y poco a poco iré recuperando las energías perdidas. No te preocupes por mí que estaré bien.

— ¿Y no verás la sombra de Octavio por todos los rincones de esta casa?

—No, no la veré.

Se levantó Rebeca del sofá y la miró preocupada.

— ¿Me prometes que si vuelves a imaginar que te lo encuentras por alguna parte vendrás conmigo a ver a Nadia?

—Vale, sí— admitió Verónica, tras sopesar en silencio esa posibilidad—. Si llego a sentirle tangiblemente o me lo tropiezo de frente, te llamaré e iré contigo a contárselo a tu psicóloga, aunque no creo que eso suceda. Estoy bien y no me estoy imaginando las cosas extrañas que me están ocurriendo. Están sucediendo de verdad. Octavio debía llevar una doble vida y tengo que descubrirlo, ¿entiendes?

Afirmó la otra y con el movimiento de su cabeza al hacerlo su melena se le desparramó por los hombros y por el rostro, ocultándoselo, hasta que se la retiró con los dedos echándosela hacia atrás.

—De acuerdo, de acuerdo. Me voy entonces. Si te animas, te espero en la galería. No me vendrían mal un par de manos más.

Salió del salón y pasó al vestíbulo sin que Verónica hubiera reunido los ánimos suficientes para levantarse de la butaca. Oyó el sonido de la puerta del piso al cerrarse y solo entonces se sintió capaz de consultar su reloj. Faltaban aún unos minutos para el mediodía. Enrique y Tamara seguirían en sus respectivos despachos ultimando los asuntos que llevaban entre manos, por lo que si se apresuraba llegaría a tiempo de reunirse con ellos antes de que bajaran a la cafetería a comer y podría encomendarle a él que le buscara un detective para que investigara el pasado de Octavio y rastreara así el motivo de las sinrazones a las que no les encontraba explicación. Ella no había necesitado nunca utilizar los servicios de un detective en los asuntos de familia que había llevado, pero él sí, por lo que no se extrañaría y le conseguiría uno competente que fuera capaz de desentrañar lo que pudiera haber de verdad en las mentiras que le había contado a ella.

La decisión que acababa de adoptar le confirió nuevos bríos, por lo que se sentó erguida en la butaca y extrajo su móvil del bolsillo para llamar a Tamara. Ésta dejó traslucir su extrañeza.

— ¿Pasa algo, Verónica? Sara me ha dicho que te habías marchado a tu casa y que no contáramos contigo para comer.

—Sí, pero he cambiado de opinión. Voy para allá, así que esperadme Enrique y tú. ¿Se va a apuntar alguien más?

—No, creo que no. Herminia tenía un juicio esta mañana y no ha vuelto todavía y Federico se ha marchado hace un rato al dentista. Date prisa, porque Enrique tiene citado a un cliente esta tarde a las cuatro y tiene el tiempo justo para comer.

—De acuerdo, de acuerdo. Voy para allá.

Recorrió apresuradamente el trayecto de vuelta sin pensar en otra cosa que en cómo pedírselo a Enrique. Por esa razón y porque no podía demorarse en barajar conjeturas que no parecían tener explicación, tomó la calle de Luchana y pasó por debajo del balcón que tanto la había inquietado una hora antes sin levantar la mirada ni apartarse unos metros del voladizo para otear con la suficiente perspectiva lo que pudiera estar oculto tras los visillos de sus cristales.

Tamara y Enrique la esperaban ya en la acera, frente al portal del edificio en el que trabajaban y Verónica se sintió obligada a darles una explicación que pudiera sonar plausible.

—Es que me había dejado la lavadora en marcha— les dijo en cuanto se les reunió, aunque no le habían formulado ninguna pregunta—. Me ha dado miedo que se saliera el agua y le formara una gotera al vecino del piso de abajo y por eso he salido corriendo del despacho, pero todo estaba en orden.

Le dio la impresión de que Tamara aceptaba su explicación sin cuestionársela, pero que en cambio él, que la había escuchado impasible no se la había creído, por lo que optó por decirles la verdad.

—Es que estaba cansada, muy cansada, pero al llegar a mi casa he comprendido que debo tomarme en serio mi trabajo. Por eso he vuelto.

Le sonrió amistosamente Tamara, que pecaba de crédula y de confiada y Enrique no efectuó el menor comentario. Con el ceño fruncido y las manos en los bolsillos de su abrigo gris, echó a andar hacia la esquina de la calle donde se encontraba la cafetería. Solo cuando tomaron asiento en la mesa que solían ocupar, en el rincón más alejado de la puerta de entrada y bajo la ventana, se decidió Verónica a decirles la verdad.

—Veréis, es que me sigue preocupando que Octavio me ocultara detalles tan importantes a mi juicio como el lugar donde vivía y en el que trabajaba. A mí me hubiera dado igual que lo hiciera en un sitio o en otro. Me contó a ese respecto una sarta de mentiras y quiero saber el motivo, porque ignoro todo lo que se refiere a su pasado. Por eso he pensado, Enrique, que necesito que me busques un detective de tu confianza para que lo investigue.

Por primera vez sus miradas se encontraron y en los ojos oscuros de él leyó Verónica un sinfín de sentimientos encontrados.

—Quieres despejar todas las incógnitas que dejó a su muerte el hombre con el que te casaste, ¿no es así?

Le sonó dura su respuesta, como si se le hubiera escapado de un lugar muy hondo, junto con un rencor sordo que a duras penas lograba contener y que ahora se le escapaba al pronunciar esas palabras.

—Bueno, sí— reconoció bajando los ojos hacia el plato que tenía sobre la mesa, aún vacío de contenido—. Quiero saber todo lo que os he dicho y...— vaciló sin decidirse a expresarlo porque le pareció demasiado humillante, pero al fin se animó a traducir en palabras lo que pasaba por su mente—: ... quiero saber el motivo por el que se casó conmigo.

Enrique había clavado los ojos en su rostro y la observaba sin pestañear, pero Tamara era demasiado bondadosa para escuchar esa confesión sin intentar paliar su amargo significado.

—No digas tonterías. Se casó contigo porque te quería. Se le caía la baba cuando te miraba, saltaba a la vista. Otra cosa es que te mintiera sobre algunos aspectos, probablemente para que creyeras que disfrutaba de un estatus superior al que verdaderamente disfrutaba.

Meneó Verónica negativamente la cabeza y con ella su melena castaña y lisa.

— ¿Y por esa razón su maleta contenía exclusivamente ropa de verano cuando íbamos a alojarnos en un albergue en medio de la nieve?— musitó impasible y en tono monocorde—. No se me alcanza el motivo, pero está claro que Octavio tenía planeado abandonarme en ese albergue y marcharse a tierras más cálidas esa misma noche, porque incluso el pijama no era el adecuado para soportar la baja temperatura reinante en el local en el que nos íbamos a hospedar. Quiero saber por qué.

Se acarició Enrique la barbilla como si necesitara tiempo para dominarse y no dejar escapar un exabrupto, antes de expresar su opinión.

— ¿Qué contenía exactamente esa maleta?

—Pues nada apropiado para pasar unos días en la nieve. Un pijama de pantalón y manga corta, unas camisas hawaianas, un bañador, pantalones cortos, zapatillas, ropa interior. No sé. Llevaba el equipaje adecuado para disfrutar de unas vacaciones en el Caribe, pero ninguna ropa de abrigo.

—¿Y billetes de avión o de tren? ¿Reserva de algún hotel o propaganda de alguna isla paradisíaca?

—No, ni Eladio ni yo encontramos ningún tipo de documentación en la maleta. La llevaba en el bolsillo de su anorak y me la devolvió Simón cuando fui a reconocer su cuerpo al depósito— le aclaró Verónica con absoluta frialdad, como si estuviera hablando de una persona que no guardara relación alguna con ella—. Todo parece indicar que Octavio había trazado un plan del que yo formaba parte, pero porque necesitaba utilizarme y necesito saber para qué.

—Me parece… me parece que lo estás enjuiciando con excesiva dureza— objetó Tamara con sus ojos azules húmedos— ¿Por qué habría de haber planeado él algo así? Es más lógico suponer que tenía previsto pasar unos días contigo en ese albergue y que esa noche, nada más llegar, le agredieron unos desaprensivos.

Volvió a esbozar Verónica un ademán negativo.

—No, el contenido de la maleta le delata. ¿No estás de acuerdo, Enrique?

—Sí— murmuró apenas éste.

—Puedo entender hasta cierto punto que hubiera decidido él escapar de algo y esconderse en una playa soleada del Pacífico, ¿pero por qué entonces se casó conmigo ese mismo día si no pensaba llevarme con él? Durante el último mes parecía tener una enorme prisa por ultimar los preparativos de la boda. Una boda absurda y solitaria en el juzgado de un pueblo más absurdo y solitario todavía.

—Sí, claro, pero muchas parejas lo considerarían romántico— la interrumpió Tamara con su mejor intención.

Como si no la hubiera oído, continuó hablando Verónica, dirigiéndose a Enrique:

—Quiero saber para qué me necesitaba a mí. El motivo por el que pretendía desaparecer de pronto y marcharse solo a esa isla o a la Conchinchina. No sería la primera vez ni la última en la que un hombre deja plantada a su novia y se larga al otro extremo del mundo, pero él estaba empeñado en que nos casáramos y eso tiene que obedecer a alguna razón, aunque a mí no se me alcance.

—Tal vez tenía efectivamente intención de marcharse sin ti, pero quería asegurarse de que te reencontraría a su vuelta— insinuó tímidamente Tamara— ¿No te parece, Enrique, que tengo razón?— le preguntó a éste girando la cabeza hacia él.

Fingió éste no haberla oído y clavó la mirada en Verónica.

— ¿Sabes si disponía de un patrimonio importante?

—No, ya te he dicho que no lo sé. Él nunca hizo el menor comentario a ese respecto y yo di por supuesto que vivía al día y de las comisiones por los seguros que concertaba. Pero no, no creo que dispusiera de una situación económica muy desahogada porque vivía en un piso alquilado. Perdón— se corrigió—. Me dijo que vivía en un piso alquilado. En un piso que llevaba seis meses vacío y que estaba desamueblado— terminó con amargura.

Cayó un silencio pesado que rompió el camarero cuando se acercó a preguntarles qué deseaban tomar. Cuando se marchó camino de la cocina, retomó Enrique el hilo de lo que habían dejado pendiente.

—Está bien. Esta misma tarde llamaré a Benjamín Fernández. Es un magnífico detective que me ha ayudado a resolver muchos divorcios contenciosos en los que, como en la mayoría, el mayor problema consistía en realizar la disolución del régimen económico del matrimonio. También me ha echado una mano en varios asuntos penales de alzamiento de bienes. Es un hombre muy concienzudo y muy discreto.

— ¿Y cuánto va a costarme?— se preocupó Verónica.

—Eso nos lo dirá él, pero sea cual sea la cifra en la que valore sus servicios, merecerá la pena, porque al fin podrás dejar de darle vueltas a la cabeza sobre ese asunto y te centrarás en tu presente.

Seguidamente cambió él el tema de conversación y Tamara se explayó refiriéndoles anécdotas sobre el último juicio que había llevado, sin reparar en que los otros dos le contestaban con monosílabos.

Una tarde, varios días después, se presentó Óscar Velasco en su despacho para llevarle la documentación que le había pedido para iniciar los trámites de su divorcio. El hombre parecía abatido cuando tomó asiento frente a ella en uno de los dos sillones destinados a los clientes y Verónica se sintió obligada a preguntarle el motivo.

— ¿Cómo van las cosas con tu mujer?

Habían prescindido de hablarse en tercera persona, pasando a tutearse, lo que ella consideraba que ayudaba a mantener una relación más fluida con sus clientes, por lo que acostumbraba a apearles el tratamiento a la inmensa mayoría. Solo con los de mucha edad respetaba las formalidades y Óscar no podía ser incluido en ese gremio.

Esbozó él un gesto de preocupación.

— ¿Con Mónica? Mal, las cosas van de mal en peor.

— ¿Por qué? ¿Ha decidido marcharse de viaje al otro extremo del mundo con cargo a tu cuenta corriente?

Meneó ahora negativamente la cabeza.

—No, todo lo contrario. Ha decidido impedir que me divorcie de ella o al menos ponérmelo muy difícil. Ha cambiado de actitud además y ahora procura que la relación que mantiene con Armando sea lo más discreta posible. Podría decirse que de hecho han dejado de salir juntos.

— ¿Y dónde se ven? ¿En tu casa?

—No, tampoco. Puede que hablen por teléfono, pero si lo hacen lo efectúan a escondidas. Me da la impresión de que su comportamiento obedece en el presente a una estrategia que ha diseñado él y que debe de tener alguna consecuencia legal.

Disimuló Verónica una sonrisa, dado que para ella estaba clara como el agua esa estrategia.

—Yo también se lo hubiera aconsejado a tu mujer si fuera mi cliente.

— ¿Sí?, ¿por qué?

—Porque el derecho a la pensión compensatoria, que ella te va a reclamar y que el juez le va a conceder, se extingue por vivir maritalmente con otra persona. Por lo que me has contado, Mónica va a pretender sacarte todo el dinero posible y gozas de una posición económica bastante envidiable. Si pudiéramos demostrar que está liada con ese Armando y que conviven, aunque sea a escondidas, quizás pudiéramos conseguir que el juez le deniegue la pensión compensatoria o que la revoque después, cuando ya se la hubiera concedido.

El ensombrecido semblante de él se iluminó al oírla.

—¿Quieres decir que no tendría que pasarle una cantidad de dinero y que tendría que apañárselas con lo que gane ese tipo?

—Y con lo que le pudieran pagar a ella, si se decide a trabajar— apuntó Verónica.

—No creo que Mónica esté dispuesta a volver a trabajar— refunfuñó Óscar con un gesto desdeñoso dedicado a su cónyuge—. Se ha acostumbrado a una vida de molicie, a la que no tiene la menor intención de renunciar. Por esa razón y por alguna frase que le he oído cuando hablaba por teléfono estoy preocupado, porque me da la impresión de que está tramando algo.

—¿Algo cómo qué?

—No lo sé. Algo con lo que piensa que puede arruinarme la vida, porque me recuerda últimamente a una gatita satisfecha después de arrebatarle el plato de leche al gato del vecino.

Pensativamente se apartó Verónica la melena de su rostro.

—No sé. Alguien dijo que no hay nada nuevo bajo el sol y la mayoría de las parejas cuando inician los trámites de un divorcio contencioso se valen de las mismas tretas. Por el momento no se me ocurre qué argucia podría utilizar ella para innovar el comportamiento de la generalidad.

—Tú no la conoces— masculló con la mirada baja y el ceño fruncido como un chiquillo enfurruñado.

Aunque no sonreía en ese momento, su gesto le recordó a Octavio, que también se asemejaba a un niño contrariado cuando se enfadaba, lo que la indujo a observarle con detenimiento. No se parecía al otro, que era rubio, de mediana estatura y más corpulento, mientras que Óscar tenía un semblante atezado y un crespo cabello muy oscuro. Tampoco los ojos de éste eran grandes e ingenuos como los de aquél, sino más bien al contrario y su mirada, con la que parecía taladrar los pensamientos de su interlocutor o al menos los de ella, era aguda, perspicaz. Octavio en cambio parecía vivir en un mundo feliz en el que no tenían cabida los demás y no solía percatarse de las decepciones que experimentaba ella, aunque fuesen manifiestas. Llegó por tanto a la conclusión de que los dos no tenían nada en común. ¿Por qué habría pensado que era éste una réplica del otro el día en el que le conoció?

—No, pero la imagino— murmuró siguiendo el tema que él había dejado pendiente—. He pensado hablar con su abogado. Con ese Armando al que te has referido. Si llegamos a un acuerdo, el procedimiento judicial sería mucho más rápido y más sencillo.

—El acuerdo que te ofrecerían sería el de desplumarme. Así de fácil— objetó él con acritud—. Mónica quiere a toda costa quedarse con el chalet para seguir tumbada al sol en todas las épocas del año y para bañarse en la piscina cuando decide hacer ejercicio. Ese chalet me lo regaló mi padre y no estoy dispuesto a renunciar a él.

—Pero el otro día me dijiste que no te importaba mudarte a otra vivienda— le recordó—. Que lo darías por bueno con tal de quitártela de encima.

Entornó los ojos desconcertado, como si estuviera haciendo memoria.

—¿Dije eso? Pues no, no estoy de acuerdo. Faltaría más. Lo que quiero es perder de vista a esa sanguijuela con la que tuve la ocurrencia de casarme, no me explico por qué. Y no estoy dispuesto a dejarme desplumar. Y no porque me importe demasiado el dinero. Es una cuestión de orgullo. Quiero que se largue con el rabo entre las piernas y no volverla a ver en mi vida—. Levantó hacia su interlocutora una mirada que traslucía una esperanzada confianza—. Pero me has dicho antes que si probásemos el adulterio de ella me la quitaría de encima sin tenerle que pasarle un euro, ¿no es eso?

Reprimió Verónica otra sonrisa, porque le hacía gracia el desconocimiento que manifestaba Óscar de unas normas que por demasiado sabidas consideraba ella elementales.

—No, no, no se trata de sancionar al cónyuge adúltero por su infidelidad. Lo que el código considera es que, si el divorciado vive maritalmente con otra persona, no tiene por qué depender económicamente de su ex cónyuge, que consiguientemente no estará obligado a satisfacerle una pensión. Ese tal Armando le habrá aconsejado a Mónica que, no solo durante la tramitación del proceso, sino también después de la sentencia, aparenten los dos que la relación que media entre ellos es exclusivamente la de un cliente con su abogado y nosotros tenemos que demostrar lo contrario. En estos casos suelen utilizarse los servicios de un detective, para que lo investigue y para que aporte las pruebas imprescindibles que acrediten que viven juntos después del divorcio. Si quieres…

Lo consideró él con el ceño fruncido y terminó por negarse.

—No, todavía no. Mónica es muy lista y sé que entre los dos están ideando algo importante, que no es exactamente lo que has apuntado, porque esta misma mañana me ha amenazado ella. Me ha dicho que como siga adelante con el divorcio me voy a arrepentir.

— ¡Bah!— replicó desdeñosamente Verónica—. Eso lo dicen todos los que se obstinan en no permitirle al otro cónyuge que inicie los trámites judiciales.

—Me parece que no lo entiendes— insistió Óscar—. ¿Qué incidencia tendría en el caso la circunstancia de que ella se presentara en una comisaría con la cara irreconocible de moratones y me acusara de haberle dado una paliza? Como ya te he comenté el otro día, creo que es lo que está tramando. ¿Qué sucedería?

— ¿Crees que es con ese ardid con el que te está amenazando?

Asintió él tras una leve vacilación.

—Sí, supongo que al juez que estuviera conociendo de la demanda de divorcio que hubiéramos interpuesto, esa argucia le haría inclinarse hacia ella por considerarla la parte más débil y a mí un sádico. Es que no sé qué hacer.

Volvió a apartarse con los dedos Verónica la melena, empeñada en caerle sobre el rostro.

—Hay una solución para ese problema, pero puede que te resultara un tanto incómoda.

— ¿Cuál?

Sin responderle, le formuló a su vez otra pregunta.

— ¿Viajas mucho?

—Sí, por motivos de trabajo todos los meses paso unos días en Alemania y otros en Suiza.

—Tendríamos que probar entonces que cuando ella presentara la denuncia contra ti y se presentara en la comisaría con la cara irreconocible acusándote de ser el autor de la paliza ni siquiera te encontrabas en España.

— ¿Y cómo voy a saberlo de antemano?— objetó él desconcertado.

—Para eso es para lo que necesitaremos a un detective y sé de uno que realiza su trabajo a la perfección.

Una sonrisa distendió las facciones de él y le rejuveneció como si hubiera retrocedido a sus años de adolescente.

—Eres estupenda. Tienes respuesta para todo.

Se encogió modestamente Verónica de hombros.

—No lo creas, no es más que lo que dicta la experiencia en casos similares, que desgraciadamente son muchos.

La observó Óscar con la cabeza ladeada y la curiosidad aflorándole a los ojos.

— ¿Estás casada?— le preguntó con cierta timidez.

Rememoró ella la ceremonia de su boda en aquel juzgado tan oscuro y tan melancólico y lo que había sucedido después, cuando se había bajado del coche de Octavio para inscribirse en el registro del albergue. ¿Cuánto había durado su matrimonio? Tan solo unas horas.

—No— repuso al fin, haciendo un esfuerzo por no dejar traslucir lo que sentía y permanecer impasible—. Soy viuda.

— ¿Viuda?— se admiró Óscar—. Tan joven… ¿Y hace mucho tiempo que falleció él?

Se había mordido los labios a continuación, temiendo haber cometido una falta de tacto, pero incomprensiblemente, no solo no le molestó a ella su insistencia, sino que se encontró refiriéndoselo con naturalidad.

—No, unos días tan solo. Murió el mismo día en el que nos casamos. Unos tipos pretendieron robarle cuando estaba sacando su maleta del coche y le arrojaron después al fondo de un barranco.

El semblante de él reflejó la consternación más absoluta.

—Perdona. Yo no he querido... A veces puedo ser de lo más inoportuno.

—No te preocupes— le tranquilizó Verónica— A fuerza de repetir lo que pasó, me da a veces la impresión de que le ha sucedido a otra persona. Además, tú no tenías por qué saberlo y mucho menos podías adivinarlo.

—No, no, claro— carraspeó claramente incómodo—. Si puedo hacer algo por ti. Si necesitas compañía o desahogarte con alguien, puedes contar conmigo. Trabajo mucho, demasiado, pero por ti siempre podría hacer un hueco. Me estás ayudando tanto, que no sé cómo agradecértelo.

—Solo cumplo con mi trabajo— replicó modestamente ella.

—Sí, pero dudo que otro abogado se hubiera tomado tanto interés por resolverme el problema. En cambio tú...

La incomodidad que denotaba Óscar al formularle esos elogios se le contagió a ella, que para ponerles término se puso en pie dando la entrevista por finalizada.

—Te llamaré en cuanto lo tenga todo listo.

—¿Te estás refiriendo a ese detective que va a averiguar de antemano los planes de Mónica?

—Sí, En cuanto hable con el él y se ponga en marcha, interpondremos la demanda y calculo que dentro de seis o de ocho meses dictará el juez la providencia de admisión. Depende de que en qué juzgado recaiga porque hay unos más atascados que otro.

—De acuerdo, espero tus noticias— repuso él dirigiéndose hacia la puerta.

Salió después al pasillo cerrándola tras de sí y Verónica pasó a examinar los documentos que le había traído y que eran los que ella le había solicitado. Una vez que lo hubo comprobado, hizo intención de comenzar a redactar la demanda, pero lo pensó mejor y se puso en pie. Antes debería encargarle al detective que Enrique conocía el cometido del que le había hablado a Óscar, por lo que llamó a aquel por el teléfono interior.

— ¿Estás ocupado?— le preguntó en cuanto a través de la línea oyó su voz, inexpresiva como siempre.

—Si lo que me preguntas es si puedes pasar a mi despacho, la respuesta es afirmativa, porque hasta dentro de media hora no espero a nadie. Estaba además esperando a que se despidiera la visita que acabas de recibir para entrar yo en el tuyo, porque tengo novedades de las que informarte.

Como le sucedía con frecuencia desde la muerte de Octavio, sintió ella que el ritmo cardíaco se le aceleraba, presintiendo desde entonces que eran malas las noticias que iba a recibir.

— ¿Vienes tú entonces o voy yo?— le preguntó procurando disimular su inquietud y que su voz sonase firme.

—Lo que quieras. Si prefieres…

No le dejó terminar. Por su mente cruzaron en el intervalo de un segundo mil catástrofes posibles y le interrumpió angustiada.

—Voy yo. No tardo ni un segundo.

Salió seguidamente al pasillo, recorrió a toda prisa el corto trayecto que separaba la puerta de su despacho de la de él, entre las que únicamente mediaba la del despacho de Federico, y se apresuró a accionar el pomo y a entrar sin mayores preámbulos en la estancia en la que trabajaba él, de mayores dimensiones que de la de Verónica y con muebles de mejor calidad. A través del ventanal que tenía a su espalda, cubiertos por unos visillos blancos, se veía la calle de Alberto Aguilera y el incesante deambular de los automóviles que transitaban por la calzada, aunque no se oía el estrepitoso sonido de sus motores. La habitación, convenientemente insonorizada, se hallaba en completo silencio, pese al estruendo de la calle, que se adivinaba a través de los cristales. Se encontraba sentado él tras su mesa con la mirada fija en unos papeles que tenía en las manos y la levantó al oírla entrar.

—¿Qué? ¿Qué has averiguado?— inquirió Verónica casi sin voz.

—Siéntate— le indicó él señalándole uno de los sillones que tenía delante de la mesa,

—Sí, ¿pero cuál es la noticia?— insistió Verónica sin poder dominar por más tiempo su impaciencia.

—No, no te preocupes que no son malas.

— ¿Se refieren a Octavio?

Sin que su moreno semblante se contrajera con el menor gesto, hizo él un movimiento afirmativo con la cabeza, al tiempo que se colocaba las gafas de concha sobre el puente de la nariz.

—Podría decirse que sí. Recordarás que me autorizaste para que me ocupara de averiguar todo lo que le atañera a él.

—Sí— afirmó, sintiendo que la inquietud que sentía se acrecentaba al oírle—. Y para que contrataras a un detective que investigara su pasado.

—Eso es, pero de momento lo que voy a decirte lo he resuelto yo, porque aún no he tenido noticias de Benjamín. He recogido hace un momento de la notaría la copia autorizada del testamento de tu marido.

— ¿Del testamento de Octavio?— repitió incrédulamente ella en tono interrogante, observándole desconcertada con sus ojos claros muy abiertos.

—Sí, lo otorgó precisamente el día anterior a vuestra boda y te nombra a ti heredera universal de todos sus bienes.

Abrió Verónica la boca hasta formar un círculo con ella y se quedó mirándole con expresión estúpida.

— ¿De todos sus bienes? ¿De qué bienes? ¿Es que tenía bienes?

—Debía de tenerlos, puesto que otorgó este testamento— repuso Enrique, señalándole la escritura que tenía sobre la mesa con la expresión imperturbable que tanto le caracterizaba.

No manifestaba la menor emoción al decírselo con aquel aire intelectual tan suyo, tan impersonal, como si en lugar de a una ex novia de la que seguramente opinaría que se había casado repentina e inexplicablemente con un extraño, estuviese informando a una cliente a la que acabara de conocer y por la que no sintiera el menor aprecio, porque no pensara volver a verla en el futuro.

—Pero… ¿Pero por qué se le ocurrió de pronto dejarme sus bienes, si es que los tenía?— se extrañó ella—. Él era también muy joven y nos íbamos a casar al día siguiente. No sé de ningún chico al que se le haya ocurrido testar el día anterior a la fecha en la que iba a contraer matrimonio.

Se acodó Enrique en la mesa sin hacer el menor gesto.

—¿No te parece raro?— insistió ella—. Cualquiera pensaría que sabía él que al día siguiente le iban a matar.

Cogió maquinalmente Enrique un bolígrafo y tabaleó con él sobre la pulida superficie de madera. Su voz le sonó sorprendentemente indiferente cuanto le preguntó:

—¿Le notaste inquieto o preocupado durante esos días? Algo debió decirte en lo que probablemente no reparaste entonces, pero la circunstancia de que decidiera acudir a un notario para dejarte sus bienes la mañana anterior a vuestra boda parece indicar, como has dicho, que temía que pudiera pasarle algo y que se preocupó por ti.

Frunció el ceño Verónica luchando por traer a su memoria algún signo que revelara detalles que entonces se le hubieran escapado y que pusieran de manifiesto que intuía algo o incluso que temía lo que iba a ocurrirle al día siguiente. Recordaba que había quedado Octavio en recogerla en la oficina al término de la jornada. Con toda   claridad podía rememorar la algazara con la que la despidieron sus compañeros,   exceptuando a Enrique que ni tan siquiera la había mirado, cuando la felicitó con un escueto "enhorabuena" desde la puerta de su despacho, entreabriendo a medias la hoja de madera. No le extrañó, porque desde que habían roto la relación que mantenían hacia lo imposible por no verla ni encontrársela en el pasillo.

Los demás, por el contrario, la habían acompañado hasta el descansillo de la escalera. Tamara emocionada, Herminia incluso se había permitido el lujo de sonreírle, lo que en ella era una novedad que no prodigaba más que en ocasiones muy determinadas. Federico, que había superado los cincuenta y era un hombre muy bajito y muy formal, la había abrazado cariñosamente, aunque no tanto como Sara, que además había brincado con una euforia contagiosa.

Luego había bajado ella optimistamente a la calle por la escalera, saltando los peldaños de dos en dos y se había reunido con a Octavio en el portal. A finales de febrero un viento gélido recorría la ancha avenida en la que se ubicaba el edificio en el que trabajaba y Octavio llevaba un abrigo marrón abotonado hasta el cuello. Su nariz, ligeramente respingona, denotaba el frío que sentía por su color rojizo y sus ojos castaños lagrimeaban acusando la baja temperatura, pero la acogió con una amplia sonrisa, feliz de verla. Como siempre. Era un hombre muy locuaz que no solía dejarla intervenir en la conversación. Incansablemente acostumbraba a referirle anécdotas de su trabajo, todas inventadas, claro, y ella le coreaba con sus risas, intercalando de cuando en cuando alguna pregunta. Creyó ver su expresión mientras caminaba a su lado aquella tarde en dirección a su casa. Se detuvieron como siempre unos minutos junto a la fuente de la plaza de Bilbao para ver fluir el agua y luego continuaron andando hacia la casa de ella, donde él se despidió hasta la mañana siguiente, aduciendo que tenía que preparar su equipaje y ultimar algunos asuntos de sus clientes.

No notó entonces ninguna diferencia en su actitud. Quizás estuviera algo nervioso, pero le pareció natural porque ella también lo estaba, ya que, aunque la ceremonia que había organizado él distaba mucho de ser que la que ella hubiera deseado, iban a casarse al día siguiente y a comenzar una nueva vida juntos.

Eso al menos pensaba ella. Octavio en cambio debía de haber planeado algo distinto. Sin hacer el menor comentario a ese respecto y según acababa de enterarse, esa misma mañana había otorgado testamento nombrándola heredera de todos sus bienes. ¿Los tendría? No había aludido para nada a ese tema ni tampoco le había dejado entrever que tenía previsto abandonarla en aquel hostal en medio de la nieve para marcharse solo a un lugar exótico. ¿O habría sabido que se urdía contra él la maquinación que había acabado con su vida y habría decidido por esa razón dejarla a salvo y salir huyendo?

Enrique la miraba fijamente como si fuera capaz de adivinar sus pensamientos y abatió sus párpados para fijar sus pupilas en una imaginaria mota de polvo de la falda de su traje de chaqueta azul marino, a la par que buscaba cuidadosamente las palabras.

—No sabría decirte. Me pareció que estaba algo excitado, pero lo achaqué a la nueva vida que íbamos a emprender. Todo el mundo se pone nervioso cuando va a casarse. Supongo que todo el mundo, menos, quizás, los que son tan templados y herméticos como tú a los que no hay nada que les acelere el pulso, pero esos son los menos. En realidad, tan fríos solo te conozco a ti.

Se mordió los labios por haberlo dejado escapar y captó el gesto de contrariedad de Enrique, aunque en una décima de segundo recuperó su aire imperturbable.

— ¿Por qué supones que soy como un carámbano?— inquirió ahora impasible.

—No lo supongo— replicó nerviosa—. Y no he dicho que seas un carámbano. Lo que he querido expresar es que en ti predomina la cabeza sobre cualquier sentimiento. Parece que lo que sucede a tu alrededor no te afecte. Que te baste con razonar si debes tomarlo o no en consideración y si llegas a la conclusión de que no merece la pena, te quedas tan fresco.

— ¿Tú crees?— murmuró apenas, con una mirada que no supo interpretar.

Se rebulló Verónica inquieta en el sillón. No era eso lo que había querido decir y había creado además una situación incómoda que parecía haber enrarecido el aire que se respiraba en el despacho. Empezaba a anochecer y la luz macilenta que se filtraba a través de los cristales del ventanal que él tenía a su espalda lo contagiaba además de lo que ella sintió como una añoranza vaga de los tiempos que creía olvidados en los que los dos habían sido algo más que meros compañeros. Creía haber superado por completo aquella etapa en la que no había conseguido entenderle ni que él la comprendiera, pero en ese instante hubiera dado algo por poder volver atrás. Por retroceder a la mañana en la que había conocido a Octavio en la cafetería donde solían desayunar y por haberle contestado cuando le preguntó si podía sentarse con ella que no, que estaba esperando a un amigo. De ese modo ese encuentro no habría tenido las consecuencias que ahora tenía que lamentar y sobre todo su desastroso desenlace no se habría producido nunca.

Parecía seguir nuevamente Enrique el hilo de sus pensamientos, por lo que intentó apartarlos de su mente y adoptar una actitud más relajada, apoyándose en el respaldo del sillón.

—No siempre resultas fácil de entender— replicó en tono ligero en respuesta a la pregunta que él acababa de hacerle—. Pero vamos al tema que nos ocupa— sugirió deseando abandonar aquel terreno tan resbaladizo y centrarse en la información que acababa de darle—. En ese testamento Octavio tendría que facilitarle al notario sus datos personales. ¿Qué domicilio consta en el mismo? ¿El de la calle de Hermosilla, que figura en su documento nacional de identidad y que me dio a mi u otro, que probablemente será el auténtico?

Revolvió Enrique las hojas de la escritura que tenía sobre la mesa y finalmente levantó nuevamente la vista hacia ella al contestarle:

—Figura el de la calle de Hermosilla. El del piso que, según te dijo el portero, llevaba seis meses vacío y estaba además desamueblado. Tal vez vivió en esa casa durante un tiempo, precisamente en la etapa en la que renovó su documento nacional de identidad, por lo que la hizo constar como su domicilio y cuando se marchó a vivir a otro lugar no modificó ese dato.

Meneó incrédulamente Verónica la cabeza en sentido negativo.

—No. A mí me dijo siempre que ese era su domicilio e incluso me lo describió.

— ¿Y coincidía esa descripción con la vivienda que visitaste y que te enseñó el portero?

Intentó Verónica reproducir esos detalles en su memoria, pero solo recordaba el impacto que le produjeron las palabras de ese hombre cuando en el destartalado y vacío salón de la casa le dijo que el piso llevaba seis meses desalquilado. Creía recordar que incluso se había tambaleado por la sorpresa y... sí, también por la frustración de sentir que se le escapaba el hilo conductor entre el presente que estaba viviendo y el pasado de él.

—Eso no lo sé. Estaba su muerte tan reciente... Fui a buscar allí algo de lo que le había pertenecido, de encontrar algo de él en lo que había sido su hogar y... No lo sé, no me fijé.

Aunque no efectuó Enrique el menor comentario ni comprensivo ni recriminatorio, se dio cuenta Verónica en ese momento de que él sí se habría fijado de haberse encontrado en su caso por lo que experimentó una sorda irritación y levantó retadoramente la barbilla.

—Estás pensando que soy una sentimental y una estúpida, ¿verdad?

—No, una estúpida no— repuso tranquilo.

—Pero sí una sentimental.

—Sí, de eso no cabe duda.

—Y te parece fatal que, en lugar de inspeccionar el piso, me pusiera a lloriquear, ¿a que sí?

Como no le dio una respuesta, insistió ella levantando ligeramente la voz

—Estoy segura de que te parece fatal. ¿Qué hubieras hecho tú de haberte hallado en mi caso?

Como tampoco le contestó, repitió le pregunta, con una ligera introducción, alargándola también.

—Ya sé que tienes poca imaginación. Ninguna. Pero haz un esfuerzo y trata por un momento de ponerte en mi lugar. ¿Qué hubieras hecho si te hubieras encontrado en una situación tan absurda como la que me encontré yo al enterarme de su muerte y cuando después, al regresar a Madrid, fui comprobando que todo lo que me había dicho él relativo a su pasado era mentira?

Volvió a tabalear Enrique con el bolígrafo sobre la mesa sin apartar la mirada de su rostro.

— ¿Estás segura de que quieres que te diga la verdad?

—Por supuesto.

— ¿Completamente segura?

—Ya te he dicho que sí. No seas pesado.

Levantó Enrique las dos manos, con las palmas hacia arriba, para indicar que lo que iba a decir era obvio y que sobraban las palabras.

—De haber estado en tu caso, yo no me habría casado con él.

— ¿Por qué no?

—Porque no le conocías suficientemente, porque no sabías nada de ese hombre. Por lo que me has dicho, se presentó de pronto en la cafetería donde solemos desayunar. Te contó unas cuantas tonterías, que no hacen al caso, y en los seis meses en los que estuvisteis saliendo no te llevó nunca al piso en el que decía que vivía ni te presentó a ningún pariente ni tampoco te enseñó la agencia de seguros en la que fingió que trabajaba. ¿Qué sabías de él? Nada en absoluto.

Le fastidió aún más que le expusiera con tanta claridad su opinión. Podía habérsela endulzado, en lugar de transmitírsela de una forma tan cruda.

— ¿Compruebas tú los datos que te dan conversando las personas que acabas de conocer?— inquirió hosca.

—Si no me importan, no.

—No, claro— masculló sarcástica—. De haber conocido a una chica que te gustara y de haber decidido casarte con ella, estoy segura de que antes de proponérselo comprobarías su expediente académico, las enfermedades que había padecido y si su cociente intelectual estaba a la altura de tus exigencias.

La expresión de él se había endurecido. Captó en ese instante que le había herido en lo más profundo e incluso le sorprendió que reaccionara lo mismo que el resto de los mortales, en lugar de ponderar si su desafortunado comentario merecía que lo tomara en consideración para enfadarse o no con ella. Le pareció que se humanizaba de repente. Hasta llegó a preguntarse si en el fondo tendría los mismos sentimientos que los demás.

—Perdona— murmuró avergonzada—. Estás intentando ayudarme y yo no hago más que decirte impertinencias. Estábamos en que en el testamento reseñó como su domicilio el piso de la calle de Hermosilla y en que me dejó todos sus bienes. ¿Por qué o para qué pudo tomar esa decisión? Si no tenía padres ni hijos, después de casarnos sería yo su heredera en cualquier caso.

—No necesariamente de todos sus bienes— le contradijo con voz queda, como si temiese herir su susceptibilidad profesional—. Pero creo que es prematuro que nos lo planteemos ahora. Debemos esperar a que Benjamín nos aporte la información que necesitamos.

— ¿Y cuándo crees que eso tendrá lugar? ¿Has hablado con él?

—Sí, por supuesto, y ha comenzado ya sus averiguaciones, pero al parecer no ha encontrado todavía el hilo conductor para dar con el pasado de ese hombre. Es como si hubiera surgido sobre la faz de la tierra la misma mañana en la que le conociste en la cafetería, sin dejar rastro de su procedencia. Como si hubiera aparecido en ese local por generación espontánea.

—Pero eso es imposible.

—Desde luego que lo es.

Vaciló Verónica antes de hacerle la pregunta, pero al fin se decidió.

— Y aparte de que pienses que no le conocía lo suficiente para casarme con él ¿qué te pareció cuando coincidiste con él aquella tarde?

Volvió a fijar en ella una mirada inescrutable.

—Voy a hacerte la misma pregunta que te he formulado hace un momento. ¿Estás segura de que quieres que te conteste la verdad?

Reflexionó Verónica durante una décima de segundo. Probablemente le diría también ahora algo que prefería no saber, pero necesitaba desesperadamente averiguar quién era en realidad el hombre con el que se había casado. Enrique era tan meticuloso, tan concienzudo, que con toda seguridad le habría analizado fríamente, sin permitir que sus sentimientos entorpecieran ese análisis.

—Sí, sí. Estoy hecha un mar de dudas. Quiero que me des una opinión imparcial de la impresión que te causó.

Se acarició él pensativamente la barbilla y una sonrisa algo irónica le apuntó en la comisura de los labios.

—Eso que lo que me pides me resulta bastante difícil.

—Pues aunque no sea totalmente imparcial, dímelo— insistió ella.

—Te repito la pregunta. ¿Estás segura de que quieres saberlo?

—Que sí. Contéstame de una vez.

Se retrepó Enrique en su butaca y la miró de frente.

—Me pareció un cantamañanas. Un hombre inmaduro, con mucha verborrea y con una gran facilidad de palabra para engatusar al prójimo. Sin sentido alguno de la responsabilidad, empeñado en alcanzar sus deseos a cualquier precio, a ser posible sin realizar el menor esfuerzo y con una ética más que dudosa. Supongo que te convencería de que no tienes por qué plantearte hacerle frente al trauma que sufriste hace años. Que te bastaba con olvidarlo, porque andando se puede llegar a todas partes.

Aunque su tono era impersonal y no dejaba traslucir resquemor alguno, sintió Verónica la impresión de que la habían abofeteado.

—Sí, ¿y qué?— replicó furiosa—. Eso fue precisamente lo que me gustó de él. Que no se empeñara en exigirme que me convirtiera en una heroína de película, que me aceptara como soy.

Se inclinó ahora Enrique sobre la mesa como si pretendiera acortar la distancia que les separaba para estudiar su expresión.

—Perdona— le dijo—. Me parece que me he pasado y que en realidad no tenías el menor deseo de que contestara a tu pregunta. A nadie le gusta que le digan la verdad cuando es desagradable.

—Pero...— empezó a decir Verónica, pero en ese momento el ríspido sonido del timbrazo que indicaba que alguien llamaba a la puerta de la oficina se dejó oír. Sonaba allí con mayor nitidez que en el despacho de ella, lo que era natural porque éste estaba más alejado de la antesala que el de Enrique, pero sin saber por qué experimentó ella un sobresalto.

—Debe de ser el cliente que tengo citado a esta hora— manifestó él pausadamente—. Ya continuaremos esta conversación. Solo quería que supieras lo que he averiguado sobre las disposiciones testamentarias de tu marido.

Hizo Verónica un gesto afirmativo y se puso en pie para salir seguidamente al pasillo y encaminarse hacia su despacho. Una vez que tomó asiento en su butaca intentó inútilmente poner en orden sus ideas sin conseguir otra cosa que una amarga sensación de frustración. Se consideraba razonablemente inteligente, pero los comentarios de él sobre Octavio la habían hecho sentirse como una incauta a la que éste había seducido valiéndose para ello entre otras cosas de minimizar la importancia del trauma que padecía. Claro que no parecía que él hubiera sacado nada en limpio embaucándola, sino al contrario, puesto que la había nombrado heredera universal de sus bienes. Si es que los tenía, se dijo a continuación. Quizás fuera propietario de un perrazo grande y pretendía que ella se hiciera cargo del animal cuando él faltara, se dijo. Sabía que le gustaban mucho los perros, porque le hablaba a menudo de un mastín que había recogido de la calle y al que se llevaba de viaje con él, cuando por motivos de trabajo tenía que viajar a otra ciudad. O de un gato, del que también le había hablado, aunque no sabía ella si todavía vivía con él en ese piso que no existía. Sí, seguramente consistiría en eso su legado. De habérselos dejado en herencia, podría hacerse cargo del gato, pero no del perro, ya que era necesario sacarle a pasear varias veces al día y no disponía de tiempo, puesto que hacía jornada continua y a diario se quedaba a comer en la oficina.

Cansadamente pasó una mano por su frente, preguntándose por qué tendría que haber recibido la noticia del testamento de Octavio esa mañana. La visita de Óscar la había reanimado horas antes. Estaba interesada por su caso y deseaba llevarlo a buen término ganándole la partida a la impresentable de su mujer, por lo que se hubiera aprestado a redactar la demanda en cuanto se había marchado él de no haberla llamado Enrique por el teléfono interior para informarla de lo que había averiguado. Se sentía ahora desconcertada, aturdida y también con unas enormes ganas de llorar. Se dio cuenta en ese momento de que temía además lo que pudiera descubrir el detective que había contratado Enrique, porque con cada nueva información que recibía se le acrecentaba el convencimiento de que era una estúpida y de que se había comportado como tal.

C𝒜PÍTULO IX

Tuvo noticias de ese detective unos días más tarde. Había acompañado hasta la puerta del piso de la oficina a una señora de mucha edad, que caminaba apoyada en un bastón y que quería dejarles a sus nietos en su testamento el tercio de libre disposición de su herencia, y al cerrar de nuevo la puerta a su espalda y hacer intención de cruzar la antesala para regresar a su despacho sonó de nuevo el timbre. Con una seña dirigida a Sara que tecleaba en el ordenador que tenía sobre la mesa, le indicó que no se molestara, que abriría ella, lo que efectuó seguidamente, permitiéndole el paso a un hombre bajito, de cabello ralo y gafas sin montura que se la quedó mirando inexpresivamente.

—¿Don Enrique Hernández?— le preguntó con una voz ligeramente aflautada.

Sara se había puesto en pie para atenderle, por lo que Verónica se dio media vuelta y retrocedió sobre sus pasos. Acababa de tomar asiento tras la mesa de su despacho, cuando sonó el teléfono interior y oyó la voz de Enrique.

—Verónica, ¿puedes venir o prefieres que pasemos a verte los dos? Acaba de llegar Benjamín Fernández.

— ¿Y quién es Benjamín Fernández?

—El detective del que te hablé. ¿Es que se te ha olvidado? Trae información importante.

Al oírle se le desbocó el corazón. ¿Qué sería lo que ese tipo habría descubierto? ¿Que Octavio era bígamo y se había casado anteriormente con otra con la que tenía varios hijos? ¿Que el que le había dado a ella no era su verdadero nombre o que acababa de salir de la cárcel cuando le conoció, en la que había ingresado años atrás por la comisión de un delito de asesinato? Se oyó a sí misma balbucear con una voz que no era la suya:

—Voy, voy a tu despacho ahora mismo.

Apresuradamente se levantó de la butaca y echó a correr hacia el pasillo y luego hacia la estancia aludida. Se había vestido esa mañana con un traje pantalón gris claro y una blusa blanca con florecitas color rosa, relegando al armario para mejor ocasión el traje de chaqueta azul marino, ya muy usado, e incluso se había encaramado a unos zapatos de tacón alto pensando que el verse más arreglada le haría sentirse mejor y le ayudaría a recuperar la seguridad en sí misma que había perdido. Con los tacones le supuso una mayor dificultad realizar ese trayecto, pero la ansiedad que experimentaba puso alas en sus pies y unos segundos más tarde irrumpía como una tromba en la habitación en la que la esperaban los dos hombres. Enrique estaba sentado tras su mesa y el hombre bajito en uno de los sillones destinados a los clientes, en el de la derecha. Enrique le señaló el otro y ella se dejó caer en el borde de la butaca con los ojos muy abiertos.

—Es usted doña Verónica Dávila, ¿verdad?— inquirió el hombre bajito observándola inexpresivamente— Vengo a informarle de lo que he averiguado hasta ahora.

—Sí, sí, dígame— musitó ella con un hilo de voz.

—Verá, no me ha resultado fácil, porque en todos los documentos oficiales que he podido consultar figuraba como domicilio de su marido el de un piso de la calle de Hermosilla que alquiló él y en el que vivió durante unos meses hace tres años. Se marchó un buen día sin decir a dónde y sin pagar la renta, por lo que el propietario se la reclamó judicialmente y en estos momentos se sigue el juicio contra él En ese procedimiento ha sido declarado él en rebeldía por su incomparecencia, por lo que me temo que, en cuanto llegue al juzgado la noticia de que su marido ha fallecido y de que es usted su esposa, el propietario del piso le exigirá a usted el abono de esas cantidades pendientes.

Le escuchó Verónica boquiabierta. Había esperado cualquier cosa menos eso. No le cuadraba ese comportamiento al joven afectuoso y de sonrisa cándida con el que había creído casarse. Un chico alegre, siempre comprensivo, que en toda circunstancia minimizaba las debilidades de ella y los errores que cometía. Evitó cruzar su mirada con la de Enrique dando por hecho que trasluciría su semblante un sarcasmo que la haría sentirse en ridículo y se dirigió al detective.

—Bien, de acuerdo. No me preocupa absolutamente nada lo que me ha dicho. ¿Ha conseguido saber cuál ha sido su último domicilio?

—Por supuesto— afirmó el hombrecillo con suficiencia—. Aunque tampoco ha sido fácil. Desde que dejó el piso de la calle Hermosilla ha vivido en la urbanización Montepríncipe, en Boadilla del Monte, en un chalet exclusivo y sumamente ostentoso.

Ahora sí que se quedó sin habla. Tanto, que olvidó que no debía cruzar sus ojos con los de Enrique y le miró de frente buscando apoyo en ellos. Parecía ajeno a lo que hablaban los otros dos y tabaleaba maquinalmente sobre la mesa con el bolígrafo, en un ademán que podría considerarse que en los últimos días se le había convertido en un tic nervioso, si no fuera porque era un hombre sumamente templado.

— ¿Y... y ese chalet era de su propiedad?— inquirió Verónica casi sin voz.

—No, que va, también era alquilado, lo que no deja de ser curioso.

— ¿Por qué le parece curioso?

—Porque tampoco había pagado la renta de los últimos seis meses. Una renta bastante considerable.

— ¿Y ha interpuesto ya el propietario del chalet una demanda reclamándole esa renta por su impago?

En el rostro del hombrecillo se pintó la satisfacción que le producía poder contestar a esa pregunta.

—Sí, la semana pasada, pero el juez no ha proveído aún sobre su admisión. Tengo entendido que los muebles son de gran calidad y que en el garaje del chalet guardaba su marido sus tres automóviles de alta gama.

—Que tampoco habría pagado, claro— resumió Verónica con ironía.

—Sí, sí los había pagado, con letras de cambio a nueve meses que fueron protestadas a su vencimiento. El vencimiento tuvo lugar la semana pasada.

—O sea, que también debía su importe—masculló desdeñosamente ella—. ¿Y no tenía también un perro y un gato en el chalet de los que esperaba que me ocupara yo?

Parpadeó Benjamín sin entenderla.

—Eso no lo sé, aunque es posible y puede usted comprobarlo. La misma mañana en la que ustedes se casaron, antes de salir de viaje le entregó las llaves del chalet al guarda de la urbanización, al que le dijo que iba a estar ausente unos días. Ese hombre me las ha dado para que se las entregue y se las he traído.

Le tendió un llavero con un velero azul del que colgaban cinco llaves y que Verónica cogió maquinalmente, aunque luego lo soltó como si le quemara sobre la mesa de Enrique.

—Lo siento— murmuró el detective siguiendo su gesto con sus ojillos grises y muy juntos—. Es triste perder a un ser querido, pero si además te deja como herencia un cerro de deudas esa pérdida adquiere la categoría de catástrofe.

Con un esfuerzo ímprobo logró Verónica sonreír con ligereza.

— ¡Bah!, no se preocupe por mí, porque no pienso aceptar esa herencia bajo ningún concepto. Ni tan siquiera voy a cargar con su perro y con su gato.

— ¿Está segura de que tenía un perro y un gato?— se extrañó Benjamín sin captar la ironía que latía en sus palabras—. El guarda no me ha hablado de esos animales. Sí me ha dicho en cambio que su marido era un hombre muy afable y muy cercano, que no hacía ostentación de la fortuna que poseía.

— ¿Y por qué pensaba que poseía una fortuna?— le preguntó Verónica en un tono que se asemejaba mucho a un gruñido.

—Porque le daba unas magníficas propinas y porque además de los automóviles de los que le he hablado, vestía ropa cara y muy elegante.

Rememoró Verónica la indumentaria usada y deportiva que llevaba siempre que iba a buscarla. La de un joven algo desaliñado que cuidaba poco o nada su apariencia. ¿Estarían hablando de la misma persona?

—Ya. ¿Y ha conseguido usted averiguar también en qué trabajaba?

Meneó el hombre negativamente la cabeza.

—No, porque el guarda no lo sabía.

— ¿Entonces no vendía seguros?

—Ya le he dicho que eso todavía no lo sé.

— ¿Y tampoco tenía un jefe que se llamaba don Luciano?

Clavó en ella sus ojos sin entender la pregunta.

— ¿Don Luciano?, no, tampoco lo sé.

—Está bien. Ha hecho usted un trabajo excelente— le felicitó Enrique interviniendo por primera vez—. Trate de averiguar ahora algo sobre su pasado. Si tenía familia y amigos y a qué se dedicaba, porque durante un tiempo ha estado satisfaciendo la renta de ese chalet, así que tenía que obtener ingresos de alguna parte.

—De acuerdo— aprobó Benjamín poniéndose en pie con desgana. No parecía tener el menor deseo de marcharse—. Les tendré informados y procuraré averiguar lo que les interesa a la mayor brevedad posible.

Se dirigió cansinamente hacia la puerta y cuando ésta se cerró tras él hizo Verónica intención de seguirle temiendo el sarcasmo de Enrique y la velada reprimenda que le dedicaría, pero él la retuvo con un ademán,

—Espera, tenemos que hablar de esto.

Estaba serio y mantenía la mirada fija en el bolígrafo con el que seguía dando golpecitos sobre la mesa.

De pie junto a la butaca de la que se acababa de levantar permaneció ella inmóvil aguardando lo que esperaba que se avecinaría. Como parecía abstraído y pensó Verónica que estaba demorando esa regañina, se le anticipó apoyándose con ambas manos sobre la mesa.

— ¿Qué quieres decirme?, ¿qué ya me lo habías advertido? No llegaste a darme entonces tu opinión y probablemente si me la hubieras dado tampoco te hubiera hecho caso. Puedes afirmar ahora sin temor a equivocarte que tengo lo que me merezco.

Cansadamente meneó Enrique la cabeza.

—No creo que te lo merezcas y tampoco tengo intención de convertirme en tu conciencia. Solo quiero que reflexionemos los dos sobre lo que debes hacer en adelante. No debes aceptar la herencia de ese tipo a beneficio de inventario. La debes rechazar pura y simplemente. ¿Estás de acuerdo? Si desde el otro mundo te está viendo y se está frotando las manos por lo bien que le ha salido la jugada, se llevará un chasco.

Se dejó caer de nuevo Verónica en la butaca que había ocupado antes y desvió los ojos hacia la ventana. Hacia el mudo espectáculo de los coches que veía a través de los cristales y a los que apenas si llegaba a vislumbrar durante la décima de segundo en la que entraban y salían de su campo de visión.

—Eso si está en el otro mundo— articuló en apenas un murmullo.

— ¿Qué insinúas?— se sorprendió él levantando imperceptiblemente una ceja.

—No insinúo nada. Solamente me pregunto si la relación que hemos mantenido no ha obedecido a un plan premeditado por su parte con la finalidad de que le permitiera desaparecer dejando a sus acreedores con un palmo de narices. O mejor aún, con la finalidad de que cargara yo con sus deudas. ¿Por qué si no habría de haber testado a mi favor el día antes de nuestra boda?

Esbozó él un gesto dubitativo colocándose las gafas sobre el puente de la nariz.

—Cabría sospechar que ha sido esa la argucia que había planeado si fueras una chica adinerada, pero en tu caso lo que acabas de decir no tiene demasiado sentido. No dispones de un importante patrimonio, solo de tu trabajo. De haber sido esa su intención, habría buscado a una muchacha más pudiente y a ser posible más tonta.

—Soy propietaria de la casa en la que vivo, la que heredé de mis padres— le recordó a media voz—. Y en cuanto a lo de tonta...

La interrumpió sin dejarla terminar.

—Además eres abogado y sabes perfectamente lo que procede hacer cuando únicamente se heredan deudas o cuando el pasivo del causante supera el activo. En este caso ni tan siquiera existe el activo, así que dudo que te eligiera por esa razón. Si lo hizo por la razón que has apuntado, se equivocó por completo. Ya te he dicho que en ese caso debió buscar a una muchacha poco preparada y a la que le sobrase el dinero.

—Quizás lo intentó y solo me encontró a mí— musitó en una voz muy baja que no se parecía a la suya.

Aunque en opinión de Verónica, Enrique carecía por completo de empatía, la sorprendió en esa ocasión en la que comprendió lo que sentía y se apresuró a su manera a darle ánimos. A su manera, porque lo que hizo fue cambiar de conversación.

—Oye, he pensado que quizás deberíamos ir los dos a inspeccionar el chalet en el que vivió. Tal vez nos dé alguna pista sobre su pasado o sobre su presente inmediato hasta que se casó contigo. Tenemos las llaves. La urbanización Montepríncipe se encuentra a unos veinticinco kilómetros de Madrid, así que podríamos acercarnos mañana por la tarde en mi coche. Le preguntaremos a Sara si tenemos citada a alguna visita después de las siete y en caso de que a partir de esa hora estemos libres...

Meneó Verónica la cabeza en sentido negativo. La sola idea de ocupar el asiento posterior del automóvil de él bastó para provocarle un estremecimiento.

—No quiero que te molestes por mí. Ya lo había pensado, pero puedo ir yo sola.

— ¿Y en qué vas a ir? ¿Andando?— le preguntó con una velada ironía.

—No, pero puedo pedirle que me lleve a Tamara o a Rebeca. Las dos me comprenden a la perfección y no se empeñarían como harías tú en dedicarme un sermón durante todo el camino sobre las debilidades humanas y las mías en particular. Ya sé, lo sé sobradamente, que si condujera yo mi propio coche no os necesitaría a ninguno de los tres para ir a ese chalet, pero ellas al menos no me lo restregarán por las narices.

Le impactó su réplica. Había apoyado la espalda y la cabeza en el respaldo de su butaca como si estuviera mortalmente cansado. Luego la emprendió otra vez con el bolígrafo.

—Como quieras— murmuró haciéndolo rebotar sobre la mesa a una velocidad increíble—. Solo pretendía ayudarte, pero estás en tu derecho de elegir la compañía que más te agrade.

Pensó que debía disculparse con él, que había demostrado que no pretendía otra cosa que ayudarla, pero en lugar de efectuar lo que pasaba por su mente se puso en pie y se dirigió hacia la puerta.

—Gracias por todo— le dijo desde allí sin volverse— pero ya me marcho. Tengo que formalizar una demanda de divorcio. El cliente me ha traído ya los documentos con los que debo acompañarla, así que voy a poner manos a la obra.

Salió silenciosamente y en cuanto llegó a su despacho intentó empezar a formularla, pero le resultó imposible. Una y otra vez le venía a la mente la sonrisa de Octavio cuando juntos veían caer el agua que fluía de la fuente de la plaza de Bilbao, su risa cuando le refería anécdotas de la agencia de seguros en la que le había dicho que trabajaba y que no existía, su placentera expresión mientras recorrían la carretera, orillada por la nieve que cubría la tierra con su manto blanco para dirigirse hacia el albergue en el que iban a estrenar su vida de casados. ¿Había sido todo mentira? La había tomado por una incauta y lo había sido, tenía que reconocerlo, ¿pero qué había sacado él en realidad con su engaño? No estaba dispuesta a aceptar su herencia ni por tanto a cargar con sus deudas.

Y debería haberle agradecido a Enrique el interés que estaba demostrando por ayudarla, se dijo intentando reprimir los remordimientos que sentía. Debería haber aceptado su ofrecimiento de llevarla al chalet en el que Octavio había vivido. Si el día en el que lo había abandonado para casarse había sacado de esa casa solamente su ordenador y una maleta conteniendo ropa veraniega, tenía que haber dejado dentro múltiples pistas que la ayudaran a descubrir quién era él en realidad. Tal vez si regresara al despacho de Enrique y se excusara por la inconveniente manera de actuar de los últimos minutos en los que había estado con él, pudiera arreglar las cosas y aceptar su propuesta.

Iba a levantarse de su butaca con esa intención, cuando sonó su móvil y lo extrajo del bolsillo de su pantalón para llevárselo al oído.

—Hola Verónica, ¿te llamo en mal momento?

Reconoció la voz de Óscar en la que creyó detectar un deje de timidez impropio de un hombre que aparentaba estar tan seguro de sí mismo.

—Sí, sí, dime. ¿Hay alguna novedad?

—De Mónica sí. Tengo que contártelo, pero te llamo también por otro motivo. Es que estoy a unos pasos de tu oficina y he pensado que si no estás ocupada podría recogerte con el coche para dar una vuelta y llevarte a tu casa.

Abrumada, apoyó la cabeza en la otra mano, imaginando la pesadilla que le supondría introducirse en el vehículo de Óscar y oír el rugido del motor cuando lo pusiera en marcha. A continuación se lanzaría ella a intentar frenarlo histéricamente desde su asiento oprimiendo con el pie un pedal que solo existía en su calenturiento cerebro y quizás sufriera un ataque de ansiedad. ¿Cómo reaccionaría él? Pensaría sin duda que estaba loca.

—Yo… no, no puedo.

— ¿No te es posible hacer un alto en el trabajo?

—No, no es eso.

— ¿Qué es entonces?

¿Cómo explicárselo? Habían transcurrido ya diez años desde aquel desgraciado suceso, pero lo revivía como si el accidente se hubiera producido unos segundos antes en cuanto se introducía en un coche y su conductor lo ponía en marcha. ¿Lo entendería Óscar si le hacía objeto de esa confidencia o reaccionaría como Enrique y se empeñaría en que consultara a un especialista en la materia?

—Que tenía previsto volver a mi casa dando un paseo— articuló con dificultad.

Se produjo un silencio al otro lado de la línea. Le imaginó perplejo, intentando descifrar lo que le había querido decir con la respuesta tan absurda que le había dado y asimilarlo. Cuando oyó nuevamente su voz, denotaba ésta su extrañeza.

— ¿Por qué? ¿Te lo ha recomendado el médico o es que te has propuesto hacer ejercicio caminando todos los días desde tu oficina hasta tu casa? Te advierto que hace un frío bastante respetable esta tarde.

Accionó estúpidamente Verónica con las manos para hacérselo comprender, como si él pudiera verla.

—Sí, sí, ya lo sé, pero no puedo aceptar tu ofrecimiento, porque, como has dicho, tengo que andar. Otro día en el que pases por aquí a pie…

En esa ocasión el silencio fue más corto, aunque en su tono seguía latiendo el desconcierto más absoluto.

—Si es porque tienes que andar, estacionaré el coche en algún aparcamiento privado que encuentre por aquí y te acompañaré a tu casa paseando— la interrumpió—. ¿Te parece bien?

—Sí… no… es que…

Volvió a interrumpirla sin la timidez que denotaba su voz al responder ella a su llamada.

—En cinco minutos estaré esperándote en el portal. No tardes.

—Pero oye…

Había cortado Óscar la comunicación y Verónica se quedó contemplando el aparato que tenía en la mano, preguntándose por qué no había sido capaz de aclararle el motivo por el que había denegado su ofrecimiento de la que llevara a su casa en su automóvil. Le parecía ridículo ahora que él se viera obligado a dejarlo en un aparcamiento para acompañarla a pie. Pensaría que no era más que el capricho de una niña mimada y egoísta y era lo último que deseaba que opinara de ella. En ese momento se dio cuenta sorprendida de que le apetecía verle. Su compañía era tan agradable y tan estimulante…

Se entretuvo unos momentos frente al espejo del único cuarto de baño de la oficina y finalmente tuvo que salir a escape del piso, porque se le hacía tarde. Sara la vio pasar como una exhalación por delante de su mesa y le guiñó un ojo reprimiendo la curiosidad que sentía. Se hubiera detenido Verónica con ella unos minutos para comentárselo, pero como no tenía tiempo se limitó a hacerle un gesto de despedida con la mano y a cerrar la puerta a su espalda.

Óscar la esperaba en el portal y le sonrió al verla salir del ascensor. Llevaba él un abrigo gris de inmejorable calidad y un pañuelo de cachemir al cuello. Se fijó Verónica en sus zapatos, negros y relucientes y en los guantes de piel que acababa de guardarse en el bolsillo y se preguntó cómo sería el tal Armando para que su mujer le hubiera preferido a su marido, porque en ese momento pensó que Óscar no podía ser más atractivo.

— ¿Qué has hecho con el coche?— le preguntó mientras salían al bulevar y echaban a andar por el paseo central en dirección a la plaza de Bilbao—. Habrás pensado que soy una maniática.

Soplaba un viento helado que le revolvió la melena a ella y le despeinó a él, que se detuvo un instante para retirarse con los dedos los mechones oscuros que le habían caído sobre la frente, al tiempo que se echaba a reír.

—Pues si quieres que te diga la verdad, sí.

— ¿Sí te he parecido una maniática?

—Sí, ya te he dicho que sí. ¿A qué viene ese empeño en congelarte viva caminando por la calle y en que resistamos los dos como podamos los embates de este vendaval huracanado? Comprendería que salieras a correr los domingos de primavera al Retiro o al Parque del Oeste, pero todavía no estamos en primavera. ¿O es que te estás entrenando para el próximo maratón?

Seguía riéndose despreocupadamente, lo que no dejó de llamar su atención. O había olvidado lo peliagudo que se presentaba su divorcio o en ese momento lo había relegado por completo de su mente.

—¿Cómo van tus problemas con Mónica?— le preguntó para cambiar de tema y eludir así tener que darle una explicación que le resultaba dolorosa.

—Pues incomprensiblemente bien. El asunto ha dado un giro de ciento ochenta grados, hasta el punto que quizás no sea preciso interponer la demanda que habíamos previsto. Me ha dicho esta mañana que había pensado mejor lo que le había propuesto sobre el divorcio y que creía que podríamos llegar a un acuerdo. Que Armando y tú deberíais reuniros para negociarlo.

—¿Y en qué consistiría ese acuerdo?— se sorprendió ella.

—En dinero naturalmente. Me ha dicho que por una cantidad razonable estaría dispuesta a abandonar la casa en la que vivimos y a solicitar el divorcio de mutuo acuerdo. ¿Qué te parece?

Incrédulamente levantó la cabeza hacia él. Sonreía feliz al darle la noticia y al captar su sorpresa.

—Me parece inexplicable. ¿Qué ha sucedido de pronto para que haya cambiado ella tanto de actitud? Había interpretado yo que quería hacerte la vida imposible, además de desplumarte.

—Sí, pero Armando ha debido convencerla de que es preferible un mal acuerdo a un buen juicio.

Reflexionó Verónica intensamente diciéndose que el futuro de esa mujer con Armando debería ser el motivo de que hubiera cambiado de opinión.

—Sin duda tiene previsto irse a vivir con él, y ha caído en la cuenta de que en ese caso perdería la pensión que tú deberías satisfacerle— consideró Verónica— Probablemente no estará dispuesta a pasar el resto de su vida encubriendo esa relación y a encontrarse con él a escondidas.

Otra racha de viento les zarandeó a los dos y desparramó la melena de ella en todas direcciones, con lo que él volvió a reír.

—Me parece que has debido llegar ya al convencimiento de que no has elegido el mejor día para hacer deporte. ¿Está muy lejos tu casa?

—No, en la calle Santa Engracia. Pero estábamos hablando de tu mujer y del divorcio— le recordó Verónica—. ¿A cuánto crees que puede ascender la cantidad de dinero que te reclama para que lleguéis a ese acuerdo?

—No lo sé, pero no me importa demasiado— repuso alegremente—. Ya te dije el otro día que lo que más deseo en el mundo es perderla de vista para siempre. Que se vaya al fin del mundo con ese tal Armando, que me deje en paz y recuperar mi libertad.

—Sí, bueno, pero para llegar a un acuerdo con su abogado necesito saber hasta dónde estás dispuesto a llegar. No puedo consentir que firmes lo que a ella le dé la gana— insistió Verónica.

—Confío plenamente en ti— la interrumpió, deteniéndose de nuevo para luchar con el viento—. ¿Qué te parece si en lugar de seguir haciendo ejercicio nos metemos en una cafetería? Podemos comentarlo cómodamente sentados en una mesa y con una taza de café delante. Luego te llevaré a tu casa en el coche. Conduzco bien— le advirtió con guasa reparando en el momentáneo gesto de pavor de ella.

—No es eso. No dudo de que conduzcas bien. Es que…

— ¿Qué?

—Te lo contaré en esa cafetería — decidió ella, señalándole una muy próxima—. Acostumbramos a desayunar allí haciendo un alto en el trabajo y es un lugar agradable. Luego recuperarás tu coche del aparcamiento y yo seguiré ruta hasta mi casa.

— ¿Pero por qué?— protestó Óscar—. ¿Vives en un edificio horrible y no quieres que lo vea?

—No, no. Es un piso normal, algo anticuado, de principios del siglo veinte. Lo heredé de mis padres y no he tenido tiempo ni ganas de modernizar su decoración. Ahora, cuando entremos en ese local, te contaré lo que me pasó. Han transcurrido ya diez años, pero lo revivo cada vez que me subo a un coche como si hubiera sucedido en ese mismo instante.

Se lo refirió en la cafetería. En la misma en la que había conocido a Octavio, meses antes. No era la misma mesa, pero estaba sentada aquella mañana en una muy cercana a la que ocupaban ahora Óscar y ella cuando Octavio se le acercó con un vaso de ginebra en la mano y aquella sonrisa suya tan espontánea. ¿Cómo podría haber imaginado ella que vivía entonces como un príncipe acumulando deuda tras deuda y que testaría a su favor para que se hiciera cargo a su muerte del espantoso lastre que dejaba atrás? Claro que probablemente no se le habría pasado a él por la imaginación que unos tipos le estarían acechando en el estacionamiento de aquel albergue para arrojarle al fondo de un barranco. ¿Habría sido alguno de sus acreedores?

Acodado en la mesa y sin interrumpirla, Óscar escuchó en silencio cómo se había producido el accidente de sus padres. Parecía adivinar lo que sentía incluso cuando cortaba una frase e, inacabada, la dejaba colgada en el aire con puntos suspensivos. Luego, sin saber cómo, pasó Verónica a hablarle de Octavio, de su encuentro en la misma cafetería en la que se hallaban, de su breve noviazgo y de su boda en aquel juzgado de pueblo tan frio y tan destartalado, para terminar con los acontecimientos que se habían producido al llegar al albergue. Después, le refirió lo que había sabido por el informe del detective que había contratado Enrique y la clase de herencia que le había dejado.

No hizo él ningún comentario cuando finalizó su relato. Se limitó a darle unas palmaditas en la mano que ella tenía sobre la mesa como si con ese gesto quisiera expresarle lo que sentía y no fuera capaz de traducirlo en palabras. Luego murmuró:

—Olvídale. No se merecía ni tan siquiera un pensamiento tuyo. Debía ser un miserable.

Se quedaron callados los dos, Verónica con la vista baja siguiendo con un dedo las rayas del mantel y él mirando sin ver a través de la ventana del local a los transeúntes que pasaban por la calle. Al fin rompió el silencio Óscar comentando como abstraído:

—Ya ves, pensaba yo cuando te conocí el otro día que eras una mujer afortunada, de esas que tienen la suerte de que todo les salga bien, mientras que yo había atraído sobre mi cabeza a lo largo de mi vida toda clase de desastres, fundamentalmente por mi matrimonio con Mónica, pero ahora comprendo que estaba equivocado. Siempre hay alguien que está peor y muchas veces se halla más cerca de lo que uno imagina.

Sin dejar de marcar con el dedo las rayas del mantel, intentó sonreír ella, pero no consiguió que se les distendieran los músculos de su rostro para esbozarla. Se limitó por ello a encogerse de hombros.

—Tienes razón, pero a pesar de todo hay algo que tengo que agradecer al destino. La muerte de Octavio me dejó hundida. Le había idealizado y pensé que había encontrado un alma gemela por lo que no podría recuperarme nunca de su pérdida. Sin embargo, el informe que el detective nos ha traído esta tarde me ha producido paradójicamente el efecto de cauterizar esas heridas. Como acabas de decir, no era más que un miserable, aunque no sé lo que pretendía en realidad casándose conmigo, porque no voy a aceptar su herencia ni por tanto sus deudas.

Enarcó él las cejas interrogativamente.

—¿Y si no aceptas la herencia no te las pueden reclamar?

—Por supuesto que no. Octavio debía de ser un ignorante, porque eso lo sabe todo el mundo.

Se acarició él el mentón con un cómico gesto con el que simulaba estar abochornado.

—¿Sí?, pues puedes incluirme a mí entre esos ignorantes, porque yo no lo sabía. Contamos en la empresa con un abogado que se ocupa de todos los asuntos legales, por lo que delego en él esa clase de problemas.

Se olvidó Verónica del mantel y de sus rayas para levantar la cabeza y clavar en él interrogativamente su mirada.

—¿Y si tienes un abogado, por qué no le has encargado a él tu divorcio?

—Porque su especialidad es el derecho mercantil y no lleva asuntos de familia— repuso Óscar con voz clara—. Ya te dije además el otro día que un amigo al que divorciaste hace tiempo me habló en ti. En términos muy elogiosos por cierto. ¿No lo recuerdas?

—No, ¿cómo se llamaba ese amigo?

—Marcelo Rivas.

Rememoró ella a aquel muchacho de aspecto enclenque pero sumamente adinerado que se había presentado sin cita una mañana en su despacho al borde de un ataque de nervios. Se había casado de la noche a la mañana con una sudamericana un año antes. La había conocido en una fiesta nocturna y con más alcohol en el cuerpo del que podían soportar iniciaron una tempestuosa relación que legalizaron en el juzgado y que terminó a golpes poco después. Marcelo le encomendó a Verónica el divorcio, al que se opuso su esposa y cuando ésta tuvo conocimiento de la sentencia, que se pronunciaba disolviendo el matrimonio, pretendió suicidarse, lo que no pasó de tentativa, pero su caso salió en todos los periódicos y a partir de entonces empezaron a lloverle los divorcios a Verónica, que hasta ese momento solo había llevado asuntos de poca monta. Hacía más de tres años de aquello pero lo recordaba con toda claridad.

— ¿Marcelo Rivas es amigo tuyo?— le preguntó con curiosidad. En su opinión no era más que un parásito de la sociedad sin otro mérito que el de haber heredado una fortuna que dilapidaba alegremente en fiestas y cacerías. Le sorprendía que el hombre que tenía enfrente pudiera tener algo en común con él.

—Sí, pertenece al círculo en el que me muevo. No somos íntimos pero sí tenemos intereses comunes. Pero estábamos hablando de ti— dijo cambiando de conversación para envolverla en una mirada escrutadora— ¿Qué has pensado hacer?

—Ya te lo he dicho, renunciar a la herencia de Octavio mañana mismo.

— ¿Y no te parece que es prematuro? Yo de ti esperaría a que ese detective ultime su informe. Si, como me has dicho, vivía tu marido como un prócer, de alguna parte tenía que sacar el dinero, por lo que es posible que poseyera otros bienes que haya querido que heredes.

El agraciado semblante de Verónica se contrajo en una mueca desdeñosa.

—No lo creo. Vestía ropa muy usada y su coche era viejo también. Nunca le vi hacer dispendios sino más bien al contrario, y si vivía en régimen de alquiler sería porque sus ingresos no le permitían comprarse una vivienda. De hecho, tenía intención de venirse a vivir a la mía cuando regresáramos del viaje que emprendimos el mismo día de la boda.

—¿Pierdes algo posponiendo tu decisión a que ese detective te presente el informe sobre esa materia después de haber rastreado a conciencia el pasado de ese hombre?— objetó él con un gesto de contrariedad.

—No, claro que no. Solo el tiempo.

—Pues entonces, espérate. Quizás en ese chalet tan lujoso en el que vivía pudieras encontrar alguna pista de sus antecedentes y de qué clase de persona era. Aunque por lo que me has contado me da la impresión de que era un hombre inmaduro y superficial, por alguna razón debió molestarse en hacer testamento el día antes de que os casarais. Muy mala persona tendría que ser para que pretendiera exclusivamente con ello que cargaras con sus deudas, puesto que todo apunta a que su intención era poner pies en polvorosa y largarse a otro país. ¿Qué ganaría beneficiando a sus acreedores y perjudicándote a ti si tenía previsto desaparecer sin dejar rastro?

Al oírle, se sintió Verónica trasportada a aquel albergue perdido entre la nieve y revivir el momento en el que, tras inscribirse en la recepción, salía de nuevo a buscarle y encontraba tan solo su coche estacionado entre otros muchos y con las llaves pendiendo del contacto. Incluso creyó sentir la angustia y el desconcierto que experimentó al no hallarle.

—¿Crees que podía ser eso lo que pretendía?

—No lo sé, pero me da toda la impresión. Yo de ti buscaría la respuesta en el que fuera su último domicilio. Si todo lo que sacó de allí fue una maleta, habrá dejado papeles que pueden ser muy reveladores.

—Sacó una maleta y un ordenador— puntualizó Verónica sin expresión.

— ¿Sí?, pues también en ese ordenador puedes encontrar alguna clave. ¿Te lo devolvió la policía?

—La guardia civil, sí.

— ¿Y has comprobado la información que contiene?

En ese instante vio ella entrar en la cafetería a Enrique y a Tamara que venían charlando animadamente. Se dirigían directamente hacia la barra, pero de improviso giró él la cabeza y les distinguió en la mesa que ocupaban. Un segundo más tarde Tamara siguió la dirección de su mirada y abrió la boca con asombro, pero casi inmediatamente sonrió y tirando de la manga del abrigo de Enrique para que obligarle a caminar se les reunió. Captó Verónica la reticencia de Enrique en tomar asiento en la misma mesa, pero Tamara, que pecaba de distraída no le dio opción. Con su mejor sonrisa les preguntó a los dos:

— ¿Podemos sentarnos con vosotros? Acabamos de terminar nuestra jornada laboral y nos merecemos un respiro. Claro que, si os molestamos no tenéis más que decírnoslo.

Notó Verónica la contrariedad de Óscar por la interrupción de que habían sido objeto por parte de la pareja que acababa de llegar, pero la más elemental educación le impidió manifestarlo.

—Por supuesto que estamos encantados de que nos acompañéis. ¿Sois compañeros de Verónica?

—Sí, y amigos íntimos además—repuso Tamara, a quien le debió gustar el aspecto físico de Óscar porque le sonrió coquetonamente de medio lado.

—Óscar Velasco es cliente mío—le aclaró Verónica—. Me estaba comentando las novedades sobre el asunto que me ha encomendado.

Notó ésta que Enrique buscaba una excusa para marcharse y debió encontrarla, porque aún asido al respaldo de la silla murmuró:

—A mí me vais a perdonar, pero acabo de recordar que he quedado en llamar a un cliente. Lo había olvidado por completo y es un tema que no admite demora, así que...

— Pero si acabamos de llegar y aún no nos hemos tomado ese café— protestó Tamara sin captar la tensión que flotaba en el ambiente— ¿Te vas a marchar ya?

—Sí, sí, ya nos veremos en otro momento.

Tras un saludo dirigido a Óscar, retrocedió Enrique hacia la puerta de la cafetería y luego salió a la calle. Tamara le siguió con sus grandes ojos azules muy abiertos por la sorpresa.

— ¿Pero qué le ha pasado de repente? Me había dicho en la oficina que necesitaba un café que le despejase y de pronto...

Le pareció obvio a Verónica que Enrique se había sentido incómodo al advertir que había interrumpido una reunión de trabajo en la que sobraba toda persona ajena a las del cliente con su abogado, pero Tamara no solía captar esos detalles por elementales que fuesen si se producían en una cafetería en lugar de un despacho, por eso sonrió al tiempo que le disculpaba.

—Bueno, sus razones tendrá. Está un poco irascible últimamente, pero yo creo que el motivo es que trabaja demasiado. ¿A qué te dedicas?— le preguntó a Óscar.

Se dio cuenta Verónica de que había encontrado a éste muy de su gusto, porque continuó ensartando insulseces a las que éste fue contestando con monosílabos, hasta que no sintiéndose capaz de soportar por más tiempo la situación decidió ponerle término.

—Tengo que marcharme ya, porque se me hace tarde. Mañana debo madrugar y estoy cansada, así que...

—Te acompaño— se ofreció Óscar rápidamente haciéndole una seña al camarero—. No me fío de que con el vendaval que sopla no se te lleve el viento— añadió riéndose— ¿Vives cerca tú también?— le preguntó cortésmente a Tamara.

—Sí, a un par de manzanas de Verónica.

—Pues os dejaré en vuestras casas a las dos.

—Pero luego tendrás que volver a por tu coche— le recordó Verónica.

—Sí, pues luego volveré.

— ¿Es que has venido en coche?— le interrumpió Tamara.

—Sí, sí, pero he encontrado un aparcamiento subterráneo en esta misma calle y lo he estacionado allí.

—No hace falta entonces que nos acompañes— opinó Tamara—. Sería una faena. Verónica y yo acostumbramos a marcharnos juntas de la oficina y realizamos el trayecto andando, porque está cerca y… porque sí— añadió sin decidirse a aclararle el verdadero motivo.

—No me supone ninguna molestia, sino al contrario— la atajó él— También me conviene a mí estirar las piernas y hacer ejercicio aunque la nochecita no acompañe, de modo que… vamos.

Había pagado Óscar al camarero y salieron a la calle para enfilar el bulevar en dirección a la plaza de Bilbao. El viento les despeinó a los tres y les empujó por detrás como si tuviera prisa por llevarles a su destino, lo que a Tamara le pareció muy cómico.

—La verdad es que hace una noche de perros— comentó apartándose su larga melena rubia de la cara—. Otro día…—. Se mordió los labios sin saber cómo terminar la frase sin descubrir el problema de su amiga y terminó por balbucear trabajosamente—: Otro día tomaremos el autobús.

Giró ligeramente la cabeza Óscar para mirar a Verónica y preguntarle:

—En un autobús… ¿sí?

—Sí, si consigo introducirme hasta la parte posterior y volverme de espaldas al conductor.

Aprobó Óscar con un gesto lo que ella acababa de decir.

—Vale, otro día tomaremos el autobús.

CAPÍTULO X

En cuanto llegó Verónica a su casa, se dirigió en línea recta hacia el salón para llamar a Rebeca por teléfono. Tardó ésta en contestar y cuando lo hizo le pareció que estaba cansada.

— ¿Te llamo en un mal momento?

—Sí, bueno no— balbuceó su amiga—. Estaba a punto de darme una ducha. He tenido una tarde horrorosa y estoy agotada. Se ha presentado en la galería un montón de personas, que la han recorrido de un lado para otro comentando simplezas sobre los cuadros que tenemos expuestos, pero ninguno ha comprado nada. Pero dime.

—Si estás agotada…— empezó Verónica vacilante—. Puedo esperar a mañana. No es urgente.

—No, no, ¿Hay algo nuevo?

—Pues sí. Ha averiguado Enrique que Octavio me ha nombrado en su testamento heredera universal de todas sus deudas. Un cerro completo de deudas.

La voz de la otra sonó incrédula.

— ¿Qué te ha nombrado…?

—Sí. También ha venido al despacho el detective que ha contratado Enrique para que investigue sobre el pasado de Octavio.

—Sí, ¿y qué?

—Que últimamente vivía en Montepríncipe, en un chalet imponente del que no había pagado el alquiler en los últimos seis meses. Tampoco había pagado la renta de piso de la calle Hermosilla del que se marchó para trasladarse a vivir al chalet y probablemente aparezcan varias deudas más.

— ¿Y qué vas a hacer?— el tono de Rebeca denotó su angustia—. ¿Las vas a pagar? Si necesitas que te ayude, yo...

—No te preocupes, que no las voy a pagar. Voy a renunciar pura y simplemente a la herencia. Lo que todavía no entiendo es el motivo por el que se casó conmigo y no se buscó a otra más tonta y más adinerada.

—Pero...— musitó apenas Rebeca sin llegar a conseguir formular otra objeción.

La imaginó Verónica con el desconcierto pintado en su semblante pecoso, su boca dibujando un círculo y su espesa melena pelirroja ocultándole medio rostro y estuvo a punto de echarse a reír sarcásticamente. Hubiera dejado escapar gran parte de la enorme frustración que sentía, pero ni tan siquiera fue capaz de iniciar el gesto.

—No creo que se casara contigo para dejarte en herencia sus deudas— empezó la otra atropelladamente—. Él no sabía que se iba a encontrar al llegar al albergue con esos tipos que debían de estar acechando la llegada de algún huésped incauto y mucho menos lo que le sucedió después.

—No, claro, Octavio no lo sabía— musitó, deseando que Rebeca la convenciera de que había ocurrido así de pura casualidad y que su matrimonio no había obedecido a un plan premeditado por él con una finalidad que no conseguía comprender.

—Tienes que dejar de imaginar absurdos— le aconsejó la otra en tono persuasivo— Tienes que olvidar lo que pasó y mirar hacia adelante.

—Claro, claro— repitió mecánicamente Verónica, sin ganas de discutir—. Pero yo te llamo por otro motivo— empezó a explicarle—. En realidad quiero pedirte un favor.

—Sí, sí, dime— se apresuró la otra a animarla a continuar.

—Sabes que no soy capaz de conducir un coche y he pensado visitar el ostentoso chalet en el que vivía por si pudiera encontrar en él alguna pista de su pasado que me ayude a entender el presente. Por esa razón...

—Por esa razón quieres que te lleve— la interrumpió Rebeca—. Cuenta conmigo. Mañana tengo una tarde horrible, pero pasado mañana es viernes y, aunque la galería no cierra, podría escabullirme a eso de las siete. ¿Te viene bien?

—Sí, claro. El detective me ha dado las llaves de esa casa. Se las entregó Octavio al guarda de la urbanización el día de nuestra boda, cuando salió del chalet para ir a recogerme después y salir rumbo al juzgado de su pueblo donde nos casamos. Teníamos pensado vivir en mi piso cuando regresáramos del viaje, por lo que imagino que él dejaría dentro la mayor parte de sus pertenencias y… me comprendes, ¿verdad?

—Claro que te comprendo. Revolveremos juntas y de arriba abajo ese chalet y podremos así hacernos una idea de qué clase de persona era el hombre con el que te casaste.

Aunque Verónica no podía verla la imaginó mordiéndose los labios, descontenta consigo misma, por haber expresado en su última frase con tan poca delicadeza su opinión sobre Octavio. Le pareció evidente, cuando la oyó disculparse a continuación.

—Perdona, no he querido decir…

—No te preocupes— la atajó cansadamente—. A estas alturas sé que él no guardaba el menor punto de contacto con el chico que conocí en la cafetería. Con el que creí conocer en la cafetería— puntualizó—. Pero me quedan muchos hilos que anudar y sobre todo necesito saber el motivo. El motivo por el que se casó conmigo, ya te lo he dicho— terminó con un esfuerzo.

—No digas eso. Estoy segura de que se casó contigo porque te quería— la contradijo la otra con poca convicción— Te repito que no dejaremos títere con cabeza en la casa en la que vivió. Y después, cuando hayamos recompuesto su pasado haremos todo lo posible para que le olvides. A él y todo lo que has tenido que padecer por su causa. ¿Me prometes que lo intentarás?

—Sí, bueno, sí— repuso desmayadamente Verónica sin ánimos para discutírselo—. No creo que me resulte difícil, porque probablemente el Octavio con el que creí casarme no ha existido nunca. Dudo de que algo que guarde relación con su pasado pueda sorprenderme ya.

Pero no acertó al formular esa declaración. A la mañana siguiente se levantó con pocos bríos y se encaminó cansinamente hacia la oficina sin imaginar ni por lo más remoto lo que le aguardaba. Tamara entró en su despacho a saludarla y en cuanto ésta se marchó al suyo puso en marcha el ordenador y comenzó a redactar una demanda de filiación extramatrimonial que tenía pendiente. No había llegado a escribir más que un par de renglones cuando sonó la musiquilla de llamada de su móvil y al llevárselo al oído reconoció la voz de Leandro, el hermano de Tamara.

— ¿Verónica?

—Sí, soy yo.

— ¿Estás ocupada?

Se lo preguntaba tímidamente, como si temiera molestarla, pese a que se conocían desde mucho tiempo atrás y que por la amistad con Tamara se habían visto a menudo en casa de los padres de ambos.

—No, no dime. ¿Has descifrado ya la clave de acceso del ordenador que te envié por medio de tu hermana?

Hubo un silencio al otro lado de la línea que rompió ella dominando a duras penas su impaciencia.

—Leandro, ¿estás ahí?

—Sí, sí.

— ¿Y has averiguado la clave?

—Sí, por eso te llamo.

—Y… ¿qué puedes decirme?

Otro silencio más pesado si cabe que el anterior acabó de tensarle los nervios a ella.

— ¿No puedes decírmelo por teléfono?

—No, no. Si tienes un minuto libre esta mañana me gustaría explicártelo personalmente. Podría acercarme a tu despacho en el momento que más te convenga.

—Mejor te invito a un café y me lo cuentas mientras tanto— apuntó Verónica sintiendo un desasosiego creciente—. Creo que tengo citada la primera visita a media mañana, así que ¿por qué no vienes ya y quedamos dentro de diez minutos en el portal? Si estás en tu casa no tardarás más. ¿Estás en tu casa?

—Sí.

— ¿Y no puedes adelantarme algo?

—No. ¿Quieres que te lleve el ordenador a esa cafetería?

Lo sopesó Verónica durante una décima de segundo y terminó por aceptar su ofrecimiento.

—Sí, tráemelo y ya pensaremos los dos lo que hacemos con él.

—De acuerdo, pues te esperaré en el portal del edificio de tu despacho dentro de diez minutos.

Ese lapso de tiempo transcurrió para Verónica con desesperante lentitud. Se rebulló una y otra vez en la butaca en la que estaba sentada intentando encontrar una postura cómoda, pero los muelles de la misma parecían pincharle por todos lados mientras luchaba infructuosamente por escribir un par de renglones más de la demanda que tenía iniciada. Se levantó y se volvió a dejar caer en el sillón. Luego se puso en pie y comenzó a recorrer el despacho a largas zancadas.

Desasosegada se preguntó una y mil veces qué podría contener el ordenador de Octavio para que Leandro no hubiera querido aclarárselo por teléfono, a la par que trataba de visualizar en su mente la imagen del que durante unas horas había sido su marido, buscando una respuesta a la ansiedad que Leandro le había provocado. En otras ocasiones había sido su sonrisa lo que había podido rememorar sin la menor dificultad, pero tras su conversación telefónica con el otro no conseguía perfilar con claridad el rostro de él. Lo veía borroso y como desdibujado, como si también su recuerdo se hubiera ido alejando paulatinamente de su memoria.

Algo importante debía de haber archivado él en ese ordenador para que hubieran registrado su casa en varias ocasiones buscándolo, porque estaba segura de que había sido ese aparato el que había motivado los sucesivos allanamientos de que había sido objeto su vivienda.

Al fin las agujas del reloj cumplieron su ansiado cometido, por lo que salió precipitadamente de su despacho y recorrió el pasillo como una exhalación. Al pasar por delante de la mesa de Sara, ésta intentó retenerla para hacerle una recomendación.

—Si vas a salir, te recuerdo que tienes una visita a las once, así que tenlo en cuenta.

Para las once tenían que transcurrir aun dos horas y no era previsible que Leandro la entretuviera tanto, por lo que sin detenerse a aclarárselo le dijo adiós con un ademán de su mano y salió al descansillo para tomar el ascensor y bajar hasta el portal. La esperaba él en la calle, frente al edificio, y se dirigió a su encuentro en cuanto la vio aparecer. Era un muchacho pálido, de mediana estatura y excesivamente delgado. Se parecía a Tamara y como ésta tenía el cabello rubio y los ojos azules, pero carecía del atractivo de su hermana, quizás por la inseguridad que traslucían sus ademanes. Pese a que en muchos aspectos poseía una inteligencia superior a la normal, parecía temer estar molestando a los demás en toda circunstancia, lo que le hacía desmerecer a los ojos de los que le rodeaban, incluso a los de Verónica que le consideraba un genio, pero bastante aburrido.

El gélido viento de marzo le hirió el rostro en cuanto salió a la calle y se reunió con él, por lo que se apresuró a indicarle la dirección en la que se ubicaba la cafetería, al tiempo que se subía el cuello del chaquetón que llevaba sobre su traje de chaqueta de cuadritos blancos y negros. Él comenzó a caminar a su lado.

— ¿No vas a decirme nada?— le apremió girando la cabeza hacia él—. Estoy esperando a que me cuentes lo que has averiguado. No puede ser tan terrible. ¿O lo es?— insistió con un punto de alarma en sus ojos claros.

Se encogió Leandro evasivamente de hombros.

— ¿Dónde está esa cafetería?— le preguntó sin contestarle, como si necesitara el refugio de un local y aposentarse tras una mesa que le sirviera de parapeto, antes de darle una respuesta.

—Ahí, en la esquina. Pediremos un café bien caliente para que entremos en calor y para que se te active la circulación— le recriminó— No sé cómo puedes ser tan calmoso.

Sin ofenderse, volvió Leandro a encogerse de hombros.

—Solo quiero explicártelo con tranquilidad— murmuró en tono bajo—. Aquí, en medio de la calle y con este viento endemoniado no me resulta fácil.

—Vale, como quieras.

Sin intercambiar una sola palabra más apretaron el paso los dos hacia el local que ella le había indicado. En la cafetería tan solo estaban ocupadas un par de mesas, por lo que pudieron elegir la que estaba más alejada de éstas, donde un camarero les atendió en el acto. En cuanto les trajo los dos cafés que habían pedido perdió Leandro aún un par de minutos más removiendo el azúcar en el oscuro líquido antes de acodarse sobre el mantel de rayas blancas y rojas y de mirarla de frente con sus ojos azules cargados de preocupación.

—Verás… — empezó vacilante—. Por lo que me ha dicho Tamara ese ordenador era de tu marido.

—Efectivamente.

—Pues… he comprobado varias veces la información que contiene en cuanto he conseguido desencriptar sus archivos y creo que no hay error posible, aunque… la verdad es que no sé cómo decírtelo.

Sintió ella que su ritmo cardíaco se aceleraba y que algo que le oprimía las costillas y que le ascendía hasta la garganta le impedía respirar con normalidad.

— ¿Quieres decir que Octavio había encriptado lo que había archivado en ese ordenador?

—Eso es.

— ¿Y para qué?

—Obviamente para protegerlo. Es imposible leer lo que se encripta si no se tiene la clave.

—Ya. Y tú lo has conseguido.

—Sí, aunque me ha costado bastante.

Con un ademán le animó Verónica a continuar.

—No es necesario que trates de endulzarme lo que sea. ¿Qué has averiguado? ¿Que tenía ya mujer e hijos cuando se casó conmigo? ¿Que me engañaba con otra y que pensaba marcharse con ella a una playa del Caribe y dejarme a mí en aquel albergue en medio de la nieve? No te preocupes por mí, porque dudo mucho de que lo que me digas pueda sorprenderme ya.

Meneó él la cabeza dubitativamente y un mechón de su rubio cabello le resbaló sobre la frente. Se lo retiró con dedos torpes a la par que musitaba:

—No, no se trata de nada de eso. Ese ordenador lo utilizaba tu marido como instrumento de su trabajo.

—Sí, ¿y qué?

—Que... Que me gustaría equivocarme, pero sus archivos están demasiado claros. El trabajo de tu marido consistía en chantajear a la gente. Vivía del dinero que conseguía sacarle a sus víctimas.

Hubiera esperado Verónica cualquier cosa menos esa. Se quedó mirando a Leandro con la boca abierta sin que sus palabras llegaran a hacerse plenamente inteligibles. Luego parpadeó incrédulamente e intentó reaccionar acorde con la noticia que acababa de recibir, aunque lo único que consiguió fue retirarse maquinalmente de su rostro su lisa melena.

— ¿Qué... qué has dicho?— inquirió con la voz estrangulada por la sorpresa.

—Lo que has oído— repuso él bajando la vista para fijarla en las rayas del mantel—. Las fotografías, bastante subiditas de tono que he podido ver, y los mensajes que enviaba a los que figuraban en ellas exigiéndoles fuertes sumas de dinero y amenazándolas con publicarlas en un periódico si no seguían sus instrucciones en el plazo que les señalaba, no dejan lugar a dudas.

Volvió a parpadear confusa, sin acabar de entenderle. ¿Cómo era posible? En ese momento sí consiguió visualizar con claridad el juvenil semblante de él y su mirada directa y tierna, como la de un niño. Y su risa, alegre y despreocupada. Tenía que haber un error.

—Y... ¿y estás seguro de que era Octavio el autor de esos mensajes?— balbuceó con una voz que no era la suya.

—Estoy seguro de que el usuario de ese ordenador era el autor de los mensajes— repuso Leandro perdiendo por primera vez su aire tímido y expresándose con rotundidad—. He reconocido en las fotografías a personalidades importantes del mundo del espectáculo, pero también a grandes empresarios y hasta a políticos. La mayoría de la gente tiene algo que ocultar y el usuario de ese ordenador tenía buen olfato para descubrirlo.

Con un esfuerzo consiguió Verónica cerrar la boca y que su cerebro volviera a regir con normalidad.

—Eso explica que al bajarse de su coche en el estacionamiento del albergue se preocupara de sacar del maletero el ordenador en lugar de darle prioridad al resto del equipaje— musitó pensativamente como para sí, tras llevarse la taza de café a los labios—. Y explica también que le mataran poco después arrojándole al fondo de un barranco. Lo que no entiendo es el motivo por el que se deshicieron también del ordenador, porque supondrían que era el de él.

— ¿Tenía el tuyo clave de acceso?

—No, ¿para qué? Lo utilizaba para redactar mis escritos procesales.

—Lo pondrían en funcionamiento entonces y al comprobar que no era el que les interesaba lo lanzarían al vacío y por eso lo encontró la guardia civil a pocos metros del cuerpo de tu marido.

Levantó suspicazmente Verónica sus ojos hacia él.

— ¿Y cómo sabes todo eso?

—Me lo ha comentado Tamara— reconoció Leandro sencillamente— Está ella muy preocupada por ti y... y yo también— añadió vacilante, con su acostumbrada timidez—. Si las personas a las que extorsionaba tu marido andan buscando el modo de destruir las pruebas que se contienen en ese aparato y dan por supuesto que lo tienes tú, corres peligro, ¿no lo entiendes?

—Sí, claro que lo entiendo. ¿Pero qué opinas que debería hacer?

—No lo sé— reconoció él.

Frunció Verónica el ceño intentando concentrarse.

—Puede que lo mejor fuera destruir su disco duro, pero no se me ocurre la manera de hacérselo saber a las personas que extorsionaba Octavio. ¿Se te ocurre a ti?

Meneó Leandro la cabeza en sentido negativo.

—No, pero hay otra cosa además.

— ¿Qué cosa?

—La cuenta corriente en la que esas personas ingresaban el dinero que les exigía tu marido. Me he preocupado de investigarla y se encuentra en números rojos.

En esa ocasión tuvo que acodarse Verónica sobre la mesa y apoyar la cabeza en las dos manos, como si su cuello fuera incapaz de sostenerla, cuando levantó la mirada hacia él.

— ¿Cómo… cómo lo has conseguido?

Esbozó él un ademán evasivo.

—La informática puede ser muy útil a veces.

—Pero eso es ilegal— alegó ella con pocos bríos.

—Sí, pero tú me encargaste que investigara a fondo la información que contiene ese ordenador y creo que mereces que nos preocupemos por ti. El hombre con el que te casaste debería haberse dado cuenta de que te estaba metiendo en un lío de mucho cuidado. Probablemente se vio acosado por sus víctimas en los días anteriores a vuestra boda y, al parecer, todo lo que se le ocurrió fue poner pies en polvorosa y dejarte a ti con el muerto.

¿Sería cierto lo que Leandro estaba deduciendo?, se preguntó Verónica. Desde luego, por el equipaje con el que llegó al albergue cabía presumir que su intención era largarse a tierras más cálidas esa misma noche, ¿pero para qué casarse con ella previamente? Podía haber roto la relación que les unía a los dos alegando cualquier excusa y desaparecer de su vida para siempre en lugar de empeñarse en celebrar ese matrimonio a toda prisa en aquel pueblo en el que decía que había nacido, lo que lo más probable sería que tampoco fuese verdad.

— ¿Quién es el heredero de tu marido?— le preguntaba ahora Leandro.

Hizo un esfuerzo por salir de su ensimismamiento y escucharle.

— ¿Su heredero? Testó a mi favor el día anterior a nuestra boda. Me dejó un cerro de deudas que había ido acumulando por el impago de la renta de las sucesivas viviendas que alquiló. En cuanto hable con el notario renunciaré formalmente a esa herencia.

La observó pensativamente Leandro.

— ¿Vas a renunciar? Sí, supongo que será lo mejor, pero eso no evitará que las víctimas de tu marido continúen buscando el ordenador y consecuentemente a ti.

— Tienes razón— murmuró reprimiendo un escalofrío—. Esa gente podría amenazarme, agredirme o incluso matarme, como hicieron con Octavio. No, me parece preferible acudir a la policía y llevarles el maldito ordenador para que adopte las medidas que considere convenientes.

—Quedaría el nombre de tu marido manchado para siempre— objetó caviloso— y el escándalo te salpicaría a ti también. ¿Qué clientes acudirían a tu despacho a solicitar tus servicios profesionales sabiendo que eres la viuda de un chantajista? Me temo que ninguno.

Desvió Verónica la mirada hacia la ventana más próxima con los ojos entrecerrados. Un hombre mayor con un chiquillo de la mano cruzó por delante de la ventana y les siguió con la vista. Caminaban deprisa, ligeramente encorvados por el frio reinante, acrecentado por el viento que soplaba y recorría la amplia avenida y aunque la temperatura del interior de la cafetería era templada sintió que algo helado se le calaba hasta los huesos.

— ¿Qué debería hacer entonces?— se preguntó a sí misma en voz alta—. ¿Enviarles un correo a los "clientes" de Octavio informándoles de su muerte y de que he destruido las pruebas comprometedoras por las que les extorsionaba?

A su pesar, sonrió Leandro al oírla expresarse de esa forma.

—No, porque probablemente no te creerían.

—Entonces se lo llevaré a Simón.

— ¿Quién es Simón?

—Es un guardia civil que se ocupó de investigar la desaparición de Octavio y el que encontró su cuerpo en el fondo de un barranco. Es un hombre muy discreto y resolverá este asunto procurando que me implique a mí lo menos posible.

— ¿Y cómo vas a llegar a este ese pueblo?

—Pues no lo sé. Le pediré ayuda a Tamara o a Rebeca o...

—Puedo llevarte yo si quieres— se ofreció tímidamente.

—Pero tú estás muy liado.

—Sí, pero ya recuperaré el tiempo perdido cuando regresemos. ¿Cuándo quieres que salgamos para ese pueblo, para Candeleda?

—Cuando antes. Estoy harta de notar que alguien ha registrado mi casa en mi ausencia buscando ese maldito ordenador.

— ¿Te están registrando la casa?— se alarmó él.

—Sí, es alguien muy cuidadoso que apenas si deja huellas de su paso, pero es que soy muy ordenada y no encuentro mi ropa ni los muebles exactamente igual a como los he dejado al salir del piso. Otra persona en mi caso no se daría cuenta.

— ¿Y por qué no has ido a denunciarlo a la comisaría?

Rememoró ella la actitud de Simón y de Eladio cuando desapareció Octavio y buscó la ayuda de ambos y encontró inmediatamente la respuesta.

— ¿Qué por qué? Porque no me harían caso. Insistirían mucho en preguntarme si la cerradura de la casa está forzada, que no lo está. En si se han llevado algo y mi respuesta tendría que ser igualmente negativa. Pensarían que son manías mías, ¿no lo entiendes?

Se acarició Leandro pensativamente las mejillas y terminó por asentir.

—Si lo entiendo, pero tampoco me convence lo que pretendes hacer.

—Pues a ver si a ti, que eres tan listo, se te ocurre una idea mejor— masculló sarcásticamente ella—. ¿Me has traído el ordenador?

—Sí, lo tengo en el maletero del coche. Lo he guardado dentro de una bolsa de deporte para disimular lo que contiene. ¿Quieres que salgamos en busca de ese Simón ahora mismo?

—No, porque tengo citado a un cliente a eso de las once. Podríamos marcharnos a continuación. ¿Qué te parece?

—A mí bien. Aguardaré en la sala de espera a que termines de escuchar lo que tenga que decirte ese cliente y en cuanto le despidas nos pondremos en movimiento.

—Sí, estoy deseando poner fin a este asunto cuanto antes.

En los ojos azules de Leandro brilló una chispita de admiración.

—Eres muy valiente, pero no me gusta nada tu plan.

El agraciado semblante de ella se contrajo en una mueca desdeñosa.

—Ni a mí tampoco, pero no se me ocurre otro. Podría decirte que desde que me casé con Octavio los minutos en los que no he sentido miedo pueden contarse con los dedos de la mano. Me siento además muy limitada al no poder desenvolverme por mí misma y tener que pedir ayuda a los demás para desplazarme fuera de Madrid. Si consiguiera volver a conducir un coche…

La envolvió él en una mirada comprensiva.

— ¿Lo has intentado?

—Sí, claro que lo he intentado. Bueno, hace tiempo que lo intenté, cuando me sometí a la terapia de una especialista, pero no conseguí nada. Nada más que unas cuantas crisis de histeria. Por ese motivo tengo que darte la lata a ti para que me lleves a Candeleda para ver a Simón, a Rebeca para que me acompañe mañana a la urbanización de Montepríncipe donde vivía Octavio y…

—Para mí no es ninguna molestia— la interrumpió Leandro.

—Gracias por decirlo, pero soy consciente de que no es normal que una chica de mi edad y de mis circunstancias necesite un chófer.

— ¿Y esa Rebeca quién es?— se interesó él.

—Una amiga. La conocí en el albergue en el que íbamos a pasar unos días Octavio y yo cuando nos casamos y me ayudó mucho. Fue la única que me apoyó, porque el personal del establecimiento no había visto llegar conmigo a mi marido y se obstinó en creer que había viajado sola hasta allí. Afortunadamente Rebeca se fijó en él en el estacionamiento del albergue. Llegó ella unos segundos antes que nosotros en su coche y coincidió con los dos en el porche cuando Octavio me subió mi equipaje hasta la misma puerta del albergue.

— ¿Y a qué se dedica ella?

—Es pintora, pero la venta de sus cuadros no le da para vivir y trabaja a sueldo en una galería de arte. Me ha invitado en varias ocasiones a visitarla, pero aún no he tenido tiempo.

Dirigió Leandro una rápida mirada a su reloj de pulsera y le hizo una seña al camarero que les había atendido.

—Tenemos que darnos prisa o llegarás tarde a tu cita con ese cliente— le advirtió.

—Pero si aún falta más de media hora— protestó Verónica.

—Sí, pero es que estoy deseando que vayamos a buscar a ese tal Simón y a que nos desembaracemos cuanto antes del maldito ordenador. Procura tú abreviar en lo posible con ese cliente para que nos pongamos inmediatamente en camino. De pronto tengo la impresión de que nos están vigilando.

Desvió también Verónica la mirada en derredor recorriendo con ella el local sintiendo de improviso que el ambiente de la cafetería se había enrarecido, aunque no llegó a discernir el motivo. El camarero acababa de cobrarles la consumición y se dirigía ahora cansinamente hacia la barra. En la mesa más próxima una señora de cierta edad desayunaba con otra a la que veían de perfil, mientras ambas cotorreaban en tono agudo, y en la más alejada una pareja joven discutían procurando que su voz no sobresaliese sobre las de las señoras. No le pareció a ella que la alarma que habían despertado sus sentidos obedeciese a ningún motivo real, pero sintió igualmente que los dos constituían el centro de atención de algo invisible que suponía una amenaza.

— ¿Quién? ¿Quién nos está vigilando?— inquirió ella ansiosamente al finalizar su recorrido visual.

—No lo sé, pero vámonos.

En la calle soplaba un viento helado. Bajo un cielo grisáceo, los árboles desnudos de follaje balanceaban sus ramas al compás de las ráfagas de aire cuando por el paseo central iniciaron el regreso al edificio donde se ubicaba su despacho. Olía a otoño, como si el tiempo se hubiera equivocado de estación, pues nada en el ambiente permitía presagiar la inminente llegada de la primavera. Se resistía a anunciarse, como si aquel invierno tan interminable hubiera decidido establecerse para siempre sobre Madrid. Una ráfaga de viento arremolinado dispersó la melena de ella en todas direcciones y revolvió el cabello de Leandro arrojándoselo sobre los ojos, a la par que levantaba en círculos las hojas amarillas que sembraban el pavimento sobre el que caminaban. Se la sujetó Verónica con ambas manos a la cabeza dejando escapar una risita falsa.

—Tendré que peinarme para estar presentable antes de recibir a la visita de las once. No recuerdo quién es ese cliente, pero, sea quien sea, se sorprendería de que la abogado cuyos servicios profesionales viene a solicitar ofrezca un aspecto tan lamentable, ¿no crees?

Se lo preguntaba con una risita falsa, no exenta de coquetería, pero Leandro se limitó a contestarle con una especie de gruñido, que podía interpretarse como que él la encontraba bien en toda circunstancia, y cuando entraron en el portal ambos intentaron recomponerse con los dedos lo que el vendaval que soplaba por la calle había descompuesto. Tomaron seguidamente el ascensor y al entrar en el piso de la oficina le dejó Verónica en la sala de espera e hizo intención a continuación de dirigirse apresuradamente hacia su despacho, pero en el pasillo tropezó con Enrique que intentó retenerla.

—Espera un momento. Tengo que hablar contigo.

—No puedo ahora. Mi cliente está a punto de llegar y tengo que pasar antes por el baño a acicalarme un poco, ¿no me ves?

También Enrique dejó escapar como respuesta un murmullo ininteligible, tal y como solía hacer cuando ella buscaba antaño algún halago por su parte, lo que le irritaba bastante en aquellos tiempos. Sorprendida se dio cuenta de que también en el presente le molestaba.

—Pero es que es importante— insistió él—. Se acaba de marchar Benjamín. Ya sabes, el detective que contratamos y que conociste el otro día. Te ha estado esperando, pero como tardabas me ha encomendado a mí que te diga lo que ha descubierto.

Había abierto él la puerta de su despacho y le indicaba con un ademán de su mano que entrara. Impaciente, consultó Verónica su reloj.

—Bueno, sí, yo también tengo noticias de interés y no precisamente agradables. ¿De qué se ha enterado ahora?

Insistía él con su gesto a que entrara primero en la estancia que le señalaba, por lo que le obedeció luchando inútilmente por desenmarañar su revuelta melena.

—Dime.

— ¿No vas a sentarte?— la animó Enrique mostrándole una de las butacas de los clientes.

Se dejó caer ella en el borde del sillón, dispuesta a levantarse en cuanto oyera lo que tenía que decirle.

—Ya estoy sentada. ¿Cuáles son las novedades? Dudo de que nada de lo que me cuentes pueda alterarme el pulso ya.

Había bordeado la mesa él para tomar asiento tras ella y la miró a través de sus lentes de concha con sus ojos castaños cargados de preocupación.

—Verás. Al parecer tu marido no te legó tan solo un cerro de deudas. Era propietario también de varios edificios de apartamentos en la costa mediterránea. Creo que es importante que lo sepas antes de que tomes una decisión sobre su herencia. Sería un error que renunciaras a ella. Podrías vender esos inmuebles, pagar sus deudas y embolsarte el saldo restante, nada despreciable por cierto.

Había empezado a escucharle Verónica atusándose el cabello, pero se quedó con la mano en el aire y los ojos agrandados por la sorpresa.

— ¿Que era propietario de todos esos apartamentos?— articuló incrédulamente—. ¿Estás seguro?

—Sí, Benjamín me lo ha asegurado esta mañana.

A duras penas consiguió Verónica apoyar la espalda en el respaldo del sillón y cerrar la boca.

— ¿Pero...? ¿Pero por qué entonces dejó a deber la renta de las viviendas que alquilaba en Madrid?

—Quizás careciera de liquidez en los últimos tiempos— apuntó él caviloso—. No sé a qué se dedicaba, pero es posible que obtuviera ingresos considerables en el pasado y que los invirtiera en esos inmuebles. También es posible que recientemente le fueran los negocios mal y que no pudiera pagar el alquiler de las casas en las que vivía. ¿No te parece que pudo suceder así?

Intentó encogerse de hombros evasivamente, pero no consiguió rematar el ademán.

— ¿Yo? No sé, no lo sé El hombre que está investigando Benjamín no guarda similitud alguna con el chico con el que me casé. Con el que me convenció de que vendía seguros. No parecía disfrutar de una posición económica muy sólida. Se había comprado un coche de segunda mano, vestía siempre ropa de deporte, bastante ajada por cierto, y no me llevaba nunca a sitios caros. De hecho pagaba siempre yo el café o el refresco que tomaba y reservé la habitación del albergue en el que íbamos a pasar unos días después de casarnos con cargo a mi cuenta corriente. Me dijo que haríamos números después.

—Ya— murmuró él por todo comentario

Esperó Verónica a que Enrique añadiera algo más, pero cuando le vio agachar la cabeza y coger su inevitable bolígrafo, se convenció de que no pensaba expresar su opinión, por lo que se decidió a contarle lo que había sabido esa mañana por medio de Leandro.

—Yo también he tenido noticias de él, también noticias importantes.

— ¿Sí?, ¿De qué te has enterado?

Había levantado la cabeza y la observaba ahora con aquel aire impasible, tan suyo.

—Sé cuál era su medio de vida. Leandro, el hermano de Tamara, ha conseguido descifrar la clave de acceso de su ordenador y desencriptar sus archivos.

Le pareció que su imperturbable interlocutor respingaba imperceptiblemente.

—¿Qué ordenador? ¿No me habías dicho que lo rescataron en el fondo de un barranco, junto a su cuerpo?

—El que encontró la guardia civil semi enterrado por la nieve era el mío. Había comprado yo poco antes de casarnos dos maletines iguales para transportarlos y cuando al llegar al albergue me bajé de su coche, cogí equivocadamente el suyo y me dirigí con él y con mi maleta a la recepción con la intención de inscribirnos a los dos en el registro mientras él se hacía cargo de su equipaje. Quienquiera que le agredió se llevó mi ordenador y al advertir que no era el que le interesaba lo arrojó al fondo del precipicio.

Se había acodado Enrique en su mesa y la observaba sin pestañear.

—¿Y el hermano de Tamara…?

—Sí, es informático y muy bueno en su profesión. Ha descifrado la información que contenía y ha averiguado que ese ordenador era el instrumento de trabajo de Octavio y a qué se dedicaba él.

—¿Y a qué se dedicaba?

La voz de él había sonado ronca, pero Verónica no lo advirtió. Se encogió de hombros como si quisiera quitarle importancia a lo que iba a decir y articuló con una voz sin inflexiones:

—Era un chantajista. Vivía de extorsionar a personas adineradas que tenían algo importante que ocultar. Eso explica que pudiera haber adquirido en otros tiempos esos inmuebles que deben de valer una fortuna y que aquí, en Madrid, viviera como un prócer, ¿no crees?

—Como un prócer, aunque acumulando deudas últimamente— masculló él con el ceño fruncido.

Con el bolígrafo que había tomado en sus manos había comenzado a tabalear con él sobre la mesa, lo que indicaba que, pese a su aspecto inalterable, la noticia le había afectado.

Durante unos segundos permaneció con los ojos bajos, fijos en la pulida superficie de madera, pero repentinamente los levantó hacia ella.

—Habréis averiguado entonces quiénes eran las personas a las que estaba extorsionando recientemente, ¿verdad?

Se preguntó ella cómo podría habérsele pasado por alto un detalle tan importante. Quizás porque el desconcierto que le había producido la noticia de que el muchacho con el que había creído casarse carecía por completo de la ingenuidad que había considerado que era su característica más acusada, le había impedido interesarse por lo que podía considerarse crucial.

—Pues... pues no lo sé, no se lo he preguntado a Leandro. ¿Por qué lo dices?

—Porque pueden ser los que hayan tenido que ver con su muerte, los que le esperaban en el albergue donde desapareció la anoche de vuestra llegada. ¿Dónde tienes ese ordenador?

La brusquedad del tono con el que le hizo la pregunta la obligó a parpadear desconcertada. Abrió la boca para responderle, pero sin saber por qué volvió a cerrarla sin haber emitido una sílaba. Como le había sucedido con Leandro en la cafetería, le pareció de pronto que el aire del despacho se había tornado denso, casi irrespirable y que algo extraño flotaba en el ambiente.

—Se lo hemos llevado a Simón, el guardia civil que investigó la muerte de Octavio— mintió.

— ¿Se lo has llevado a ese guardia civil? ¿Cuándo?— inquirió Enrique desconfiadamente.

Intentó tragar Verónica la bola de algodón que se le había formado en la garganta.

—Bueno, no he sido yo. Se lo ha llevado Leandro.

— ¿El hermano de Tamara? ¿No es ese chico que ha llegado contigo y al que has dejado en la sala de espera? Se parece mucho a su hermana. ¿Cuándo se lo ha llevado?

Sabía Verónica que Enrique era un magnífico abogado y que en los procedimientos judiciales acorralaba en sus interrogatorios a la parte contraria obligándola a contradecirse tantas veces como le convenía por lo que inspiró disimuladamente oxígeno antes de responder con expresión inocente:

—Ayer. Se lo llevó ayer. Me llamó por teléfono para decirme lo que había descubierto y le pedí entonces que se lo entregara a Simón, al que yo se lo expliqué, también por teléfono.

Notó por su gesto que no se lo había creído.

— ¿Ayer? ¿Y por qué entonces no me dijiste nada cuando estuvimos hablando sobre el testamento de tu marido y de las deudas que te había dejado en herencia?

Empezó a sentirse agobiada por su insistencia e hizo intención de ponerse en pie.

—Porque hablé con Leandro más tarde. Me llamó cuando llegué a casa.

—Y él salió para la sierra ya casi de madrugada— continuó él con sarcasmo—. Y ahora está en la sala de espera aguardando… ¿a qué está aguardando?

Con gusto le habría dejado con la palabra en la boca y habría salido del despacho dando un portazo, pero en su lugar repuso en tono normal:

—A que reciba yo a una visita. En cuanto termine con ella saldremos los dos para Candeleda para hablar con Simón. ¿Algo más?

—No, pero…

No le dejó terminar. Se levantó dignamente de la butaca y se dirigió hacia la puerta sin volver la cabeza. En lugar del portazo con el que le hubiera gustado rematar su mutis cerró cuidadosamente la hoja de madera y se encaminó a su despacho preguntándose por qué le habría mentido sobre el lugar en el que se hallaba el ordenador. Desde que había tenido conocimiento de la actividad que desarrollaba Octavio mediante ese aparato, creía ver enigmas por todas partes.

Pero ahora estaba en su despacho, se dijo para tranquilizarse. Allí estaba segura y a salvo de las consecuencias de las horribles maquinaciones de su marido. Recibiría al cliente que tenía citado y el campo del Derecho la centraría nuevamente en el mundo real de su profesión. Dejó escapar por ello un suspiro de alivio al percibir el timbre del teléfono interior y oír la voz de Sara.

—Verónica, ha llegado la visita que estás esperando. ¿Te la paso?

No recordaba ella a quién había dado cita la secretaria esa mañana, por lo que se acodó en la mesa con el brazo en cuya mano sostenía el teléfono para preguntarle sin mucho interés:

—Sí, claro, pásamela. ¿Quién es ese cliente?

Oyó la risa de la chica segundos antes de contestarle:

—Es un hombre. Está en la sala de espera, así que no me oye. Se llama don Luciano Ramírez y me ha dicho que es el director de una agencia de seguros.

Aunque había oído con toda claridad el nombre de su futuro cliente y el cargo que ostentaba en la empresa que regentaba, creyó haberla entendido mal.

— ¿Cómo has dicho?

—Que se llama don Luciano Ramírez.

— ¿Estás segura?

—Sí, claro, completamente. ¿Le conoces? Me ha dicho que es la primera vez que viene a este bufete.

Por un segundo le pareció a Verónica que los muebles de su despacho giraban vertiginosamente a su alrededor y que los veía enturbiados, como si una neblina se hubiera posesionado de la estancia difuminando sus contornos. Parpadeó primero y se restregó los ojos después hasta que fueron adquiriendo nuevamente su anterior consistencia y ocupando su antiguo lugar. ¿Sería posible? ¿Existía verdaderamente ese don Luciano del que Octavio le refería innumerables anécdotas, coreadas siempre con carcajadas contagiándole a ella su hilaridad? Oyó a Sara insistiendo desconcertada:

—Verónica, ¿estás ahí? No me has contestado.

Con un esfuerzo consiguió ella recuperar el uso de su voz.

—Sí, sí, perdona, es que estaba distraída. Dile que pase.

Aunque no hubiera sabido qué responder si le hubieran preguntado el motivo, extrajo un espejito de su bolso para comprobar que su melena enmarcaba debidamente su rostro y que en éste no quedaba vestigio alguno de la impresión que acababa de sufrir. ¿Sería el hombre que estaba a punto de entrar en el despacho el jefe del que Octavio le hablaba a diario? Y si era el mismo, ¿cómo habría averiguado que la chica con la que se había casado éste trabajaba en ese bufete?

Oyó los tacones de Sara por el pasillo y se arrellanó en su butaca apoyando la espalda en el respaldo procurando aparentar una seguridad que en ese momento no sentía. Segundos más tarde oyó los golpecitos que la secretaria propinaba en la puerta con los nudillos y seguidamente se abrió ésta y la chica le cedió el paso a un hombre muy grueso, y de mediana estatura. En su rostro cetrino destacaban sus cejas muy pobladas sobre los ojos pequeños y hundidos. Calculó Verónica que rondaría la cincuentena. Llevaba unos lentes sin montura y un traje gris bien cortado bajo el abrigo del que se despojó antes de tomar asiento frente a ella. Luego la miró de frente al tiempo que decía:

—Me llamo Luciano Ramírez y necesito que me ayude.

C*APÍTULO* XI

Tomó ella aire disimuladamente antes de responder con una voz que no se parecía a la suya:

—Sí, dígame. ¿Cuál es su problema?

Levantó el hombre su mano derecha con un ademán ampuloso, que a ella le pareció muy estudiado.

—Pues verá, soy accionista mayoritario y director de una agencia de seguros y un empleado mío se ha marchado con toda la información confidencial de que disponíamos.

Le pareció a Verónica que el corazón se le detenía súbitamente y que luego arrancaba a andar aceleradamente como si llevara en el pecho una maquinaria descompuesta.

— ¿Quiere decir que se ha despedido?— inquirió con la garganta seca.

—No, quiero decir que se ha largado, que ha desaparecido.

— ¿Cómo que ha desaparecido?

—Que no ha vuelto a aparecer por la oficina.

— ¿Y de eso cuanto tiempo hace?

—Veinte días exactamente.

Veinte eran los días que habían transcurrido desde la fecha en la que se había casado con Octavio y que él había muerto. O el hombre que tenía enfrente no había visto la esquela que habían publicado en el periódico o le estaba contando un cuento, disimulando la finalidad que perseguía.

—No le habría pedido unos días de permiso y lo ha olvidado usted, ¿verdad?— inquirió, pretendiendo averiguar si había puesto en su conocimiento que tenía previsto casarse el día siguiente.

—No, claro que no.

—Quizás se haya puesto enfermo— apuntó débilmente.

—No lo creo. Le hemos llamado a su casa y no contesta nadie.

— ¿Y al móvil? ¿Le ha llamado al móvil?

—Sí, también, pero únicamente se oye a una operadora repitiendo que ese número de teléfono no existe.

Con un esfuerzo sobrehumano logró Verónica que ninguno de los músculos de su rostro se distendiese y se le quedó mirando con expresión ingenua.

—Lo siento, pero me temo que no soy yo la persona indicada para ayudarle. Debe dirigirse a la policía y denunciar esa desaparición. ¿Qué es lo que dice que se ha llevado?

—Toda la información que pudiéramos llamar delicada sobre los clientes que pretendían cobrar el seguro por el robo o el incendio en sus viviendas. Sabrá usted que antes de resarcirles de los daños que esas circunstancias les hayan producido, investigamos las causas y si efectivamente no las han provocado ellos mismos.

—Sí, claro. ¿Y qué?

—Que en algunos casos averiguamos cosas sobre esos clientes que nada tienen que ver con el seguro que concertamos, pero que, como le he dicho, pueden calificarse de delicadas. Por supuesto somos absolutamente discretos.

—Ya. Y ese empleado suyo…

—Parece que se ha largado con toda esa información. El último día que estuvo en la oficina se quedó un rato después de que la secretaria se hubiera marchado y debió aprovechar que estaba solo para localizar esos expedientes que se ha llevado, según me ha dicho la secretaria, que fue la primera que se presentó en la oficina a la mañana siguiente.

Inspiró aire disimuladamente Verónica apoyando la espalda en el respaldo de su butaca y mirando al hombre de frente.

—Le repito que no sé qué espera que haga yo. Debe denunciarle a la policía para que busque a ese hombre y le resuelva el problema.

El hombre meneó negativamente la cabeza.

—Ya he ido a la policía y le he denunciado. Lo que quiero es que usted interponga una querella contra él. Merece ir a la cárcel e indemnizar a la empresa por todos los perjuicios que nos está ocasionando. Como puede suponer, estoy recibiendo toda suerte de amenazas de esos clientes. Otros muchos que nada tienen que ver con el asunto han rescindido sus contratos al enterarse. Supongo que habrá algún delito en el que pueda encajar usted la conducta de ese hombre.

—Podría tipificarse como delito de revelación de secretos, si es que efectivamente los está utilizando en su provecho— musitó débilmente Verónica—. ¿Le consta a usted que esa información la esté cediendo a terceros?

—No me consta, no— gruñó don Luciano—. ¿Pero para qué habría de haberse tomado la molestia de haberse largado con esa información de no tener intención de obtener un beneficio?

—Eso no lo sé— admitió ella con un ademán vago— Puedo aconsejarle que le encomiende este asunto a una compañera de despacho mía que es especialista en Derecho penal. Yo llevo fundamentalmente Derecho de familia y…

La interrumpió él levantando una mano para contradecirla:

—No es eso lo que Octavio Ferrer le decía a Rosana.

Al oír el nombre del que por unas pocas horas había sido su marido experimentó ella una especie de doloroso aldabonazo en el pecho, que no dejó que asomara a su semblante. En su lugar inquirió:

— ¿Y quién es Rosana?

—Rosana es mi secretaria.

— ¿Y qué le decía ese empleado suyo?

—Le decía que era usted una magnífica abogado penalista. Él y Rosana se iban a casar. Se hicieron novios al poco de entrar él a trabajar en la empresa, hará cosa de seis meses.

No le impactó el oírlo. Sin saber por qué algo parecido había estado temiendo desde que fue a reconocer su cuerpo en aquella sala tan desolada y tan vacía a la que la había llevado

Rebeca y de la que solo recordaba la camilla cubierta con una sábana blanca. Había temido no ser la única.

Lo que sí le afectó en cambio fue que las fechas coincidieran, porque también mediaban seis meses desde la mañana en la que se le acercó Octavio en la cafetería con un vaso de ginebra en la mano y le sonrió. Se había sentado luego en la mesa junto a ella y la había escuchado con aquella chispita dorada brillándole en los ojos. Tan comprensivo, tan tierno. Quitándole importancia a la angustia que la atenazaba por el trauma que padecía desde hacía años y que Enrique se empeñaba en que afrontara con una obstinación que le hacía daño. Al lado de Octavio y desde ese instante se sintió liberada de la penosa obligación que el otro le imponía y fue precisamente el efecto de sentirse redimida por la tolerancia con la que lo enjuiciaba lo que la atrajo de él. Por esa razón empezaron a salir. ¿Y por aquel entonces tenía otra novia?

Pensó que debía aclararle al hombre que tenía enfrente lo que le había sucedido a Octavio la noche en la que después de la boda llegaron al albergue, pero sin saber por qué e inconscientemente, cogió un bolígrafo y, al igual que solía hacer Enrique, comenzó a tabalear con él sobre la mesa.

—¿Y no sabe su secretaria que ha sido de él?— le preguntó con el tono de voz más indiferente que fue capaz de emitir.

—No, ese día, cuando Rosana terminó su jornada de trabajo, se despidió de ella hasta la mañana siguiente. No la acompañó a su casa porque, según le dijo, quería terminar un asunto que tenía pendiente. No ha vuelto a saber de él.

Ese día sería precisamente el de la víspera de su boda, se dijo Verónica. Sin duda fue a buscarla a ella a su despacho después de escamotear esos documentos. Recordaba ahora que llevaba un maletín en la mano. Y cuando se reunieron en el portal aún le quedaron ganas a él de pasear sin prisas por la amplia avenida y de detenerse unos minutos junto a la fuente de la plaza de Bilbao para ver caer el agua. Como siempre. Incluso se rieron, felices de su mutua compañía y de haber decidido contraer matrimonio al día siguiente con el propósito de envejecer juntos.

Eso al menos había decidido ella. ¿Qué habría decidido él?, se preguntó. Podría haber optado por casarse con esa Rosana y ahora sería ésta la que estaría tratando de averiguar quién era el hombre con el que había compartido la breve y tristona ceremonia que celebraron en el juzgado de aquel pueblo y si había existido alguna vez Octavio o lo había imaginado.

Con un esfuerzo regresó al presente y se inclinó sobre la mesa para preguntarle a don Luciano:

— ¿Y de qué le dijo a su secretaria que me conocía?

—Por lo visto, le llevó usted un pleito hace tiempo— repuso su interlocutor—. Mi intención al venir a verla es encomendarle la querella de la que le he hablado, pero también preguntarle si tenía idea de dónde puede estar.

Estuvo tentada de contestarle que Octavio se hallaba en el cementerio, pero últimamente desconfiaba de todos los desconocidos que se le acercaban, por lo que en su lugar le respondió:

—Llevo muchos asuntos y no recuerdo siempre el nombre de todos los clientes. No me ha dicho además cómo se llamaba ese empleado suyo.

Repitió don Luciano su ampuloso ademán alargando su mano derecha con los dedos extendidos al responder:

—Sí se lo he dicho. Se llama Octavio Ferrer. Es un hombre joven, de mediana estatura, rubio, con el pelo rizado.

Frunció Verónica los labios en un gesto dubitativo.

— ¿Y sabe cuál era su domicilio?

Don Luciano no vaciló ni un segundo.

—Claro que sí. Vivía en la calle Hermosilla.

Mentalmente colocó cronológicamente los hechos en su lugar. Si había entrado a trabajar en la agencia de seguros que regentaba don Luciano seis meses antes, para entonces hacía casi tres años que había abandonado ese domicilio, pero, en lugar de decírselo, decidió que aún le quedaba otro detalle por aclarar.

— ¿Y puede decirme cuál es la dirección de su empresa?

—Por supuesto. Está no muy lejos de aquí, en la calle Luchana.

Al oírle, creyó ver Verónica el alto y señorial edificio y el balcón que le señalaba él cuando pasaban bajo el mismo, camino de la casa de ella. ¿Sería posible que en ese punto le hubiera dicho la verdad?

Comprendió que no, cuando a continuación le dijo don Luciano el número de la calle. Era un número par, por lo que debía estar enfrente de la casa de los balcones. ¿Por qué le habría mentido en un detalle tan nimio? Quizás para que no tuviera la ocurrencia de subir a buscarle y se lo encontrara pelando la pava con la tal Rosana. Sí, sin duda sería ese el motivo.

Con un esfuerzo por disimular lo que sentía, fingió buscar en el ordenador el nombre de Octavio Ferrer entre sus clientes. Obviamente no figuraba, pero aparentó haberlo encontrado y desvió la mirada de la pantalla al rostro del hombre que tenía sentado enfrente para comunicárselo:

—Lo siento. Efectivamente le llevé un asunto hace algún tiempo, pero tengo aquí apuntado para darle de baja que ese empleado suyo falleció no hace mucho en la sierra de Gredos, en el término municipal de Candeleda.

El cetrino semblante de don Luciano experimentó un brusco sobresalto.

— ¿Cómo que falleció? ¿Está segura?

No, no lo estaba, aunque Simón se lo hubiera asegurado repetidamente y sin duda volvería a hacerlo cuando fuera a verle con Leandro esa mañana para entregarle el ordenador de Octavio, pero como no podía decírselo a don Luciano asintió con la cabeza.

—Sí. ¿No vio usted la esquela del periódico? Al parecer sufrió un accidente y se despeñó.

— ¿En Gredos? ¿Y qué hacía en Gredos?

—Tampoco lo sé— musitó apenas, reprimiendo las ganas de llorar.

Tardó don Luciano en asimilar la noticia, lo que traslució su semblante por el que cruzaron mil ideas contrapuestas, pero finalmente se puso en pie.

—Perdone entonces por haberle hecho perder el tiempo. Ya no tiene objeto interponer esa querella de la que le he hablado y…

Se dirigió a paso lento hacia la puerta y ya con la mano en el pomo se volvió hacia ella.

—¿Le conoció usted mucho?— le preguntó con el ceño fruncido como si barajase varias ideas en la cabeza que no consiguiera colocar en su lugar.

Se preguntó Verónica qué debería contestarle, pero halló inmediatamente la respuesta.

—No— replicó con rotundidad, dándose cuenta de que decía la verdad—. Puedo asegurarle que no me habló nunca de Rosana ni de esos expedientes y que no sé quién era él.

—Vale, vale, adiós.

Salió don Luciano al pasillo y ella se retrepó en la butaca inspirando el aire que se resistía a penetrar en sus pulmones. Así que Octavio había dejado plantada a otra chica al casarse con ella, y que a ella tenía pensado abandonarla la misma noche de la boda. De no haber sido por esos desconocidos que le esperaban en el aparcamiento del albergue y que le arrojaron al fondo del precipicio, probablemente se habría marchado a la isla Margarita o a otro lugar del Caribe y Rosana y ella le llorarían preguntándose qué habría sido de él. Imaginó que la chica sería joven y un poco simple. Ella también era joven, pero se consideraba con una inteligencia superior a la media y sin embargo había picado el anzuelo lo mismo que la otra. La diferencia con la tal Rosana residía en que ella ahora era viuda, lo que por otra parte se debía a un capricho del destino.

Recordó de improviso que Leandro estaba aguardándola en la sala de espera y se puso bruscamente en pie. Ya se compadecería de sí misma más adelante, cuando tuviera tiempo. Ahora tenía que librarse del ordenador de Octavio entregándoselo a Simón para que adoptara las medidas oportunas al respecto. Después… ya pensaría lo que debía de hacer después.

Leandro la esperaba medio adormilado en la salita y en silencio se puso inmediatamente en pie en cuanto la vio aparecer. La precedió luego hacia la puerta del piso ignorando a Sara, que le hizo a Verónica un guiño interrogante, señalándole con disimulo cuando ella se detuvo un segundo a despedirse de ella.

—Vendré esta tarde— le advirtió, sin responder a su muda pregunta relativa a su acompañante— Pero por si me retraso no me cites a nadie.

Salió luego detrás del chico y sin intercambiar palabra bajaron hasta el portal en el ascensor y se encaminaron luego hacia el aparcamiento subterráneo donde él había estacionado el coche, donde se acomodó ella en el asiento posterior. Solo cuando lo arrancó y enfiló la amplia avenida en dirección a la Moncloa, le preguntó Leandro:

— ¿Cómo te ha ido con esa visita? ¿Le vas a llevar algún asunto interesante?

Con los ojos cerrados y la angustiosa sensación de ansiedad que apenas si lograba controlar cuando se introducía en un automóvil, meneó Verónica negativamente la cabeza, a la par que le respondía nerviosamente, en un tono mucho más agudo que el suyo:

—No. Quería que interpusiera una querella contra Octavio, ya que, según me ha dicho, se largó la víspera de nuestra boda de la agencia de seguros que dirige llevándose unos expedientes comprometedores. Cuando le he aclarado que había muerto, ha comprendido que ese procedimiento judicial carecía de objeto y se ha despedido.

Sin apartar la mirada de la calle que iban recorriendo, esbozó él un gesto de comprensión y frunció luego el ceño como si estuviera buscando las palabras oportunas y no terminara de encontrarlas.

—Estará siendo para ti muy duro todo esto— murmuró al fin.

—Sí— reconoció Verónica con amargura sujetándose su pierna derecha con ambas manos—. Aparentaba ser un chico tan alegre, tan despreocupado... Tú le conociste y recuerdo que tu opinión sobre él fue muy favorable. Incluso quedasteis un par de tardes para tratar temas de trabajo. Por lo que me dijiste entonces, Octavio también era un experto en informática.

Vaciló imperceptiblemente Leandro mordiéndose los labios.

—Era un auténtico hacker, pero yo entonces no podía adivinar a qué se dedicaba.

Por la sorpresa que experimentó al oírle se olvidó Verónica durante un par de segundos del pánico que le producían los automóviles y del inquieto temblor de su pierna derecha para abrir los ojos para fijarlos en lo poco que podía ver del enrojecido semblante de él mediante el espejo retrovisor. Traslucía culpabilidad. Lo estudió fríamente con una incipiente sospecha bulléndole en la mente.

—Te encargó que le programaras algo, ¿no fue así?

—Sí… bueno, no exactamente— objetó inseguro—. Diría que se limitó a preguntarme sobre la manera de resolver unas cuestiones técnicas.

—Y se las resolviste.

—No… sí, creo que sí.

— ¿Y no imaginaste que era un chantajista y que estabas ayudando a un delincuente?

Enrojeció aún más de lo que ya estaba.

—No… claro que no. Tamara me había hablado muy bien de él y tú no tienes un pelo de tonta. Di por hecho que la opinión que te habías forjado sobre ese hombre era fundada, pero por lo visto nos causó a todos una falsa impresión. Bueno, a todos menos a Enrique, que masculló algo así como que era un tontaina. Pero consideré entonces que su animadversión estaba justificada porque obedecía a otros motivos.

Habían salido a la carretera de la Coruña y el automóvil devoraba kilómetros bajo un sol pálido, que luchaba por ascender por el firmamento entre unas nubes grisáceas que teñían de nostalgia el verdor de los campos entre los que circulaban. Así al menos lo sintió Verónica, cuando desvió la mirada hacia el paisaje que podía distinguir a través del cristal de la ventanilla y se preguntó cómo podría haberles engañado Octavio a todos, con su sonrisa, con su cara de adolescente. Incluso al pobre don Luciano que se había marchado poco antes de su despacho, anonadado al saber que había muerto. Y eso que no sabía que su muerte no se había producido por accidente. ¿Qué pensaría ahora si ella le hubiera dicho que la noche del día siguiente al que le había visto por última vez alguien le estaba esperando en los alrededores del albergue para arrebatarle su ordenador y borrar así las pruebas que le inculpaban y que el que había sido su marido había archivado en ese aparato?

Esa idea la sobresaltó. ¿Cómo no se le había ocurrido antes? Tenía que averiguar a quien comprometían antes de que se deshicieran del ordenador entregándoselo a Simón, porque estaba segura de que éste la dejaría al margen de sus investigaciones. Se apoyó con ambas manos en el respaldo del asiento de Leandro, que conducía en silencio, con un rubio mechón de cabello sobre su frente y su característica expresión de chiquillo tímido. De sus pálidas mejillas había desparecido ya el sonrojo producido por las palabras de ella. Ahora parecía abstraído y como ausente.

—Oye Leandro— empezó tanteando cuidadosamente las palabras—. Acabo de caer en la cuenta de que probablemente será el asesino de Octavio la persona a la que él estaba extorsionando. Será también la misma que ha conseguido entrar varias veces en mi casa buscando su ordenador, por lo que necesito saber su nombre y todo lo que hayas podido averiguar sobre ella. ¿Cómo se llama y por qué motivo se estaba dejando chantajear?

Dirigió Leandro una rápida mirada a la imagen que reflejaba el espejo, antes de volver a fijar los ojos en la carretera.

— ¿Para qué lo quieres saber?

—Para poder defenderme si llegara el caso. Estoy segura de que Simón no me hará partícipe de lo que le cuentes, así que quiero que me lo aclares antes. ¿Cómo se llama ese hombre? Porque supongo que será un hombre.

Le pareció que él vacilaba nuevamente.

—No lo sé. En el ordenador de tu marido figuran únicamente las direcciones de correo mediante las que se comunicaba con sus víctimas y las fotografías que les enviaba como prueba de que podía utilizarlas contra ellos.

— ¿Y qué sabía Octavio de esas personas a las que no le convenía que se hiciera público lo que él había averiguado?

Hizo él un ademán vago con su mano derecha, soltándola momentáneamente del volante.

—Intimidades que les comprometían. Muchas de ellas son famosas en el mundo del espectáculo y en el de la política.

— ¿Y Octavio consiguió averiguarlas?

—Sí. Ya te he dicho que informáticamente era muy bueno.

— ¿Y no sabes si hay alguno especialmente sospechoso?

Tardó Leandro en contestarle. Un pliegue surcaba ahora su frente como si estuviera reflexionando intensamente.

—Supongo que el último. Llevaba tiempo pagándole a tu marido unas sumas bastante elevadas, pero lo curioso es que en los últimos meses Octavio no había vuelto a enviarle ningún e-mail, como si hubiera cortado la relación que mantenía con él.

— ¿Y en esos últimos meses tampoco había recibido en su cuenta corriente dinero de esa hombre?

—No, tampoco. Únicamente había cobrado la comisión de los seguros que había concertado. Las ingresaba en otra cuenta corriente. Ya te he dicho que cuando os casasteis la cuenta que le indicaba a las personas que chantajeaba estaba en números rojos.

— ¿Y por qué?

—Ya te he dicho que no lo sé, pero creo que sería preferible que cambiáramos de conversación.

—No vamos a cambiar de conversación— decidió Verónica—. Seguramente sería ese tipo el que le estaba esperando en su coche cuando llegamos. Estaba bastante oscuro, porque en el mes de febrero a las nueve ha anochecido ya, así que Octavio no le distinguiría cuando me llevó la maleta hasta el porche. Después regresaría al automóvil con la intención de recoger su equipaje y entonces el otro le atacaría. Seguramente le dejaría sin sentido, le introduciría en su automóvil llevándose también el ordenador y en una revuelta del camino le arrojaría al fondo del precipicio. Después pondría en marcha mi ordenador, que no tiene clave de acceso y que no contiene más que datos sobre los procedimientos judiciales que tengo pendientes y los escritos de esos procedimientos y cuando se diera cuenta de que no era el que le interesaba lo tiraría también al barranco. ¿No crees que pudo suceder así?

Volvió hacia ella la cabeza con el ceño fruncido.

—Sí, pero…

— ¿En qué me he equivocado?

—No, probablemente en nada, pero…

—Y ese tipo debe de ser el que entra a registrar mi casa de vez en cuando— le interrumpió Verónica—. Lo que me gustaría saber es cómo lo consigue, porque no fuerza la cerradura. Las llaves del piso que le hice a Octavio antes de que nos casáramos no me las devolvió Simón. No las llevaba mi marido en el bolsillo del anorak cuando le encontraron en el fondo del precipicio, por lo que es posible que se hiciera con ellas ese hombre antes de arrojarle a esa sima. Eso explicaría que pudiera allanar mi vivienda la primera vez, pero después cambié el bombín, así que…

Le dirigió él una rápida mirada girando hacia ella la cabeza.

—Probablemente no te hayas equivocado en tus deducciones. Siempre has sido muy lista. Recuerdo que, cuando Tamara y tú empezasteis la carrera y venias a nuestra casa a estudiar con ella, te bastaba con echarle una ojeada al gordísimo libraco que traías para aprenderte el tema sobre el que os fueran a preguntar al día siguiente. A mí me asombraba entonces que fueras capaz de empollártelo sin esfuerzo aparente.

Rememoró Verónica aquellos tiempos. Se cruzaba en ocasiones con él por el pasillo del piso de sus padres y si acaso emitía a su paso un tímido gruñido como saludo. No recordaba ninguna ocasión en la que se hubiera detenido a charlar con ella ni que hubiera hecho intención de entrar en el saloncito en el estudiaban Tamara y ella. Pero la admiraba entonces, eso estaba claro, se dijo, por lo que, pese a la ansiedad que experimentaba dentro del coche, sintió algo en su interior que le levantó el ánimo. Lo sucedido con Octavio había rebajado su autoestima hasta un nivel ínfimo y el comentario de Leandro le había producido un efecto altamente gratificante.

Lo extraño era que la opinión que se había forjado Leandro antaño sobre ella la mantuviera en el presente, pensó. ¿Cómo podría seguir considerándola lista? Había dejado a Enrique, cuyo mayor defecto residía en ser excesivamente responsable y obstinado, por un chico que había conocido en una cafetería y del que no sabía otra cosa que lo que le había contado él sobre sí mismo. Un sinfín de falsedades por cierto, con el propósito de embaucarla, no sabía aún con qué finalidad, para que se casara con él. ¿Y aún pensaba que era lista? Cualquiera la habría calificado de rematadamente estúpida. La única excusa que podía aplicar a su conducta era que necesitaba tanto encontrar a alguien que exculpara lo sucedido con sus padres años atrás y no pretendiera que se enfrentara a ese trauma, que al conocer a Octavio se había agarrado a él como a un clavo ardiendo sin comprobar sus antecedentes ni intentar averiguar quién era él en realidad.

—No creo haber demostrado ser tan lista cómo has dicho— le rebatió débilmente.

La sola e instantánea visión de aquel accidente y del motivo por el que Octavio la había atraído bastó para producirle una dolorosa ansiedad y el agarrotamiento de sus miembros, a la par que se le disparaba su pierna derecha hacia un pedal del freno que no existía delante del asiento posterior. Un sudor frío la recorrió entera, por lo que cerró los ojos con fuerza intentando imaginar que estaba en su despacho o en su casa. En cualquier sitio que no fuera en el interior de un automóvil.

—¿Te encuentras bien?— se interesó Leandro tras dirigirle una rápida mirada.

—No—reconoció Verónica sin cambiar de posición tratando con un esfuerzo ímprobo de relajar su pierna derecha—. Ya sabes que desde entonces no soporto la sensación de recorrer cualquier trayecto dentro de un coche.

—Sí, ya lo sé, pero estamos llegando, así que procura pensar en otra cosa.

—Es que no puedo.

—Sí puedes. Piensa en lo que vas a decirle a ese guardia civil. Creo que debes mantenerte al margen de ese asunto. Deja que él lo investigue y trata tú de olvidarlo, porque esos individuos pueden ser peligrosos.

Cerró Verónica los ojos con fuerza evocando el moreno semblante de Simón y sus modales bruscos, pese a lo cual traslucían una enorme seguridad. ¿Podría él averiguar a través de la dirección de su correo electrónico quién era la persona a la que Octavio estaba chantajeando? Al oír la respuesta de Leandro comprendió que había hecho la pregunta en voz alta.

—Me temo que no, porque no tenía concertado el dominio sobre esa dirección de correo, sino que la había creado directamente con el buscador, por lo que me parece que es muy difícil rastrearla. Quizás pueda localizar la policía a esa persona por las fotografías Entiendo además que es ella la que debe ocuparse y no nosotros dos.

Su tono le sonó raro y abrió inconscientemente los ojos para clavarlos en su cogote. Por primera vez desde que le conocía notó que la expresión de timidez se había borrado de su rostro y que sus facciones se habían atirantado. En ese instante le pareció otro.

— ¿Podrías haber averiguado tú algo sobre la última víctima de Octavio?

Tardó unos segundos en contestarle y cuando lo hizo su voz le sonó lejana, como si viniera de muy lejos.

—Sí, creo que sí.

— ¿Y por qué no lo has hecho?— inquirió recelosamente ella.

— Me hubiera llevado mucho tiempo y, en cuanto tuve claro a qué se dedicaba tu marido, pensé que deberías deshacerte de ese ordenador cuanto antes, porque corrías peligro, ya que el individuo en cuestión, aun cuando haya tenido conocimiento de la muerte de tu marido, podría suponer que pretendías aprovecharte de la información que contenía. Lo que sí sé es que era un pederasta y que probablemente era el profesor de gimnasia de un colegio.

— ¿Lo sabes por las fotografías?— inquirió Verónica intentando ver su expresión en el espejo retrovisor.

—Sí, claro.

Acababan de alcanzar las primeras casas del pueblo y él detuvo el vehículo junto a la acera para programar el GPS. Después arrancó de nuevo y tras un corto recorrido por unas callejuelas estrechas y laberínticas salió a una amplia avenida para aparcar finalmente frente al puesto de la guardia civil, al que se dirigieron en cuanto Leandro extrajo el ordenador de la maleta del coche.

Les atendió un chico joven de uniforme que les hizo pasar al despacho que ella recordaba, aunque le pareció distinto. No vio a Simón borroso, tras la mesa de su despacho ni a éste envuelto en bruma como entonces, sino al contrario. Un sol resplandeciente se filtraba a través del amplio ventanal iluminando el mobiliario, sobrio y austero, y el semblante de él, que les atendió en el acto y que les escuchó con el ceño fruncido. Su negra barba le apuntaba en las mejillas y sus cejas, excesivamente tupidas, destacaban en su bronceado rostro sobre unos ojos negros como el carbón cuando cogió el aparato de las manos de Leandro y lo depositó sobre su mesa.

—Lo que me acaban de contar ustedes explica muchas cosas— murmuró como para sí, sin apartar los ojos de él como si pretendiera traspasar la tapa con su mirada.

—Explica que le mataran esa noche— convino Verónica en apenas un susurro— pero no todo lo demás.

—Yo creo que sí— la contradijo Simón—. Si el hombre al que extorsionaba le estaba esperando en el estacionamiento del albergue en el que iban a alojarse, está claro lo que sucedió después.

—Sí, y también lo está que Octavio pretendía dejarme allí y largarse a algún lugar cálido del planeta— aprobó ella—. Hasta ahí estamos de acuerdo.

Esbozó Simón una ligera sonrisa que apenas si curvó imperceptiblemente sus labios.

—¿Y en qué estamos en desacuerdo?

—Pues… pues en el motivo— articuló ella tartamudeando al hablar de puro nerviosismo—. Puedo admitir que sucediera como usted ha apuntado, ¿pero por qué o para qué se casó conmigo ese mismo día si tenía planeado desembarazarse de mí dejándome tirada en el albergue? ¿No le parece que yo no pintaba nada en el plan que había urdido?

Se acarició él pensativamente la mejilla.

—Admito que no parece muy lógico, pero no creo que sea ahora lo más urgente que debamos investigar ni lo más importante.

—No, claro, para usted no— masculló sarcásticamente Verónica.

Sonrió nuevamente él como si le hiciera gracia su enfado.

—No me ha entendido. Por supuesto que es importante averiguar qué pretendía con ese matrimonio pues ya me pareció entonces muy revelador el contenido de su maleta. Lo que he querido decir es que considero prioritario saber quién era la persona a la que extorsionaba últimamente.

—Porque es más que posible que me ataque a mí cualquier día para que le entregue ese trasto y destruirlo, dado que no consigue encontrarlo en mi casa— aventuró ella.

Afirmó Simón con un leve movimiento de cabeza y Leandro se dirigió a él preocupado.

—¿Y qué va a hacer usted? ¿Se va a poner en contacto con él si consigue averiguar su identidad? Puedo adelantarle que es un pederasta y creo que debe de dar clase en un colegio.

—Quizás consigamos identificarle por las fotografías— consideró Simón—. En ese caso le detendremos inmediatamente—. Clavó su mirada ahora en Verónica con un gesto paternal—. No se preocupe. La avisaré en cuanto demos con él o con ellos y mientras tanto extreme las precauciones, ya me entiende. Instale en su casa un par de cerrojos y una cámara de seguridad conectada a su móvil. No salga sola de noche y no se exponga innecesariamente paseando por el parque.

—Ya he cambiado la cerradura y ha sido inútil. ¿No cree usted que…?

— ¿Que su marido sigue vivo? Si se casó con Octavio Ferrer, no. Eran sus huellas dactilares. Quiero decir que el cuerpo que rescatamos del fondo del barranco era el de Octavio Ferrer. Usted le reconoció.

— ¿Yo? Yo no estaba en condiciones de reconocer a nadie y ya le dije que no estaba segura. Su cara estaba desfigurada y su cuerpo… Estaba trastornada… No sé qué sentí al verle, pero no pude pensar en nada ni…

—La comprendo, sí.

—No creo que me comprenda, porque considero muy difícil que usted pudiera ponerse en mi caso. Ni usted ni nadie.

—Bueno, bueno, tranquilícese. Investigaremos también si el hombre con el que se casó usted era Octavio Ferrer.

Le miró Verónica fijamente con sus ojos oscuros agrandados por la sorpresa.

— ¿Quiere decir que…? He obtenido el certificado de matrimonio. ¿Quiere decir que cabe en lo posible que adoptara él una identidad que no era la suya cuando me conoció? En nuestro país eso no es tan fácil.

Lo admitió él inmediatamente.

—No, no lo es, pero puede hacerse y de hecho ocurre, aunque afortunadamente no muy a menudo. Deje este asunto en mis manos y les informaré en cuanto sepamos algo.

Se había puesto en pie dando la entrevista por finalizada y los dos se dirigieron hacia la puerta. Con la mano en el picaporte se volvió Verónica hacia Simón.

— ¿Me avisará inmediatamente?

—Sí, esté tranquila.

Con Leandro regresó ella hasta el lugar donde éste había estacionado el coche y en cuanto se introdujo en su interior experimentó la misma reacción que en todas las ocasiones anterior. El agarrotamiento de sus miembros y el convulsivo estremecimiento que la recorría de arriba abajo y que no lograba controlar. Él la observó preocupado y luego arrancó el motor.

— ¿Te ocurre siempre?— le preguntó con la vista fija en las callejuelas que iban recorriendo ahora.

—Sí, no lo puedo evitar.

— ¿Y por qué no vas a visitar a un especialista?

—Porque no, porque ya fui y no me sirvió más que para ponerme histérica cada vez que siguiendo sus consejos me subía a un coche. No estoy dispuesta a repetir la experiencia. Se lo decía a Enrique cuando que se empeñaba él en que cumpliera la terapia que me había impuesto la psicóloga y cuando me cansé de su insistencia y de que me amargara la vida le dejé.

— ¿Por Octavio?

—Sí, no sé ya si se llamaba Octavio, pero le dejé por el hombre con el que me casé.

—Me extrañó cuando me enteré por Tamara— reconoció él— Llevabas tiempo saliendo con Enrique.

—Sí, casi dos años.

— ¿Y cómo se lo tomó él? ¿Le explicaste el motivo?

Meneó Verónica la cabeza en sentido negativo.

—No, no creo que lo hubiera entendido. Le dije simplemente que lo había pensado mejor, que no teníamos nada en común y que debíamos tomar caminos distintos.

Frunció ella el ceño rememorando la escena y añadió:

—También le dije que le deseaba que fuera muy feliz.

— ¿Y qué te contestó?

—Nada. Estábamos en mi despacho y salió de la habitación dando un portazo. Luego supo por Tamara la relación que mantenía con Octavio y una tarde en la que nos encontramos con él en el portal de la oficina se lo presenté.

Sin perder de vista la carretera que recorrían ahora esbozó Leandro un gesto dubitativo y Verónica le preguntó:

— ¿Cómo habrías reaccionado tú si te hubieras visto en su caso?

—Pues no lo sé. Las mujeres sois muy difíciles y considero que entenderos es casi imposible, pero creo que deberías habérselo aclarado a fondo.

— ¿Para qué? No creo que hubiera cambiado de actitud. Considera que todo es cuestión de proponérselo y estaba convencido de que si yo no superaba el problema era por falta de voluntad y…

—Y Octavio era todo lo contrario— continuó Leandro por ella.

—Efectivamente. Su lema era vivir alegremente la vida soslayando todo lo que puede tener de desagradable. Además era tierno y divertido. Comprenderás que cuando empecé a salir con él y dejé a Enrique, me sentí liberada, Como si hubiera arrojado al suelo un pesado fardo que llevara sobre la espalda.

Se quedó callado él sin perder de vista la carretera. Luego dijo en un susurro, como si temiera herirla con sus palabras:

—Pero ese trauma que padeciste sigue latente. No puedes conducir un coche e incluso pasas un rato infame si ocupas el asiento posterior.

—Sí— reconoció ella—. Rebeca está empeñada en que visite a una especialista muy buena en la que confía plenamente, pero no me siento con fuerzas de arriesgarme precisamente ahora. No me he repuesto todavía de tanto desengaño ni he recuperado la confianza en mí misma. Solo a una idiota le hubiera sucedido lo que me ha pasado a mí.

Con las cejas enarcadas le dirigió Leandro una rápida mirada.

— ¿Por qué dices eso? No eres ninguna idiota. Ya te he dicho antes que siempre te he considerado muy lista.

—Pues no lo he demostrado— murmuró pesarosamente ella.

— ¿Lo dices por Enrique? Quizás eso pueda tener solución aun.

Lo consideró Verónica en silencio con algo de nostalgia, preguntándose cómo podría sentirse tan cómoda con Leandro en ese momento sincerándose con él cuando apenas si había intercambiado anteriormente tres palabras seguidas.

—No lo sé, pero no estoy dispuesta a arreglar las cosas con él. No necesito que me riñan por las debilidades que no soy capaz de controlar ni que me reeduquen a estas alturas.

Pretendo que me quieran como soy, aunque puede que eso sea mucho pedir.

Esperaba que Leandro le dijera algo halagador rebatiendo su última frase y notó que estaba buscando la frase oportuna, pero su timidez se lo impidió. En su lugar le hizo una pregunta.

—Y esa Rebeca a la que te has referido, ¿quién es?

—Es una amiga. La conocí en el albergue de la sierra de Gredos la misma noche en la que llegué y me ayudó mucho entonces. Es algo mayor que yo, aunque no lo bastante como para que adoptara el papel de madre cuando desapareció Octavio. Sin embargo fue así como se comportó conmigo entonces y como se sigue comportando ahora. Mañana me va a llevar en su coche a la urbanización de Montepríncipe.

— ¿A qué?

—A visitar el chalet donde vivía Octavio. Lo tenía alquilado y dejó impagada la renta de los últimos meses.

— ¿Y vas a hablar con el dueño?

—No. Voy a tratar de averiguar quién era él en su entorno más íntimo. A intentar averiguar por qué me eligió a mí.

CAPÍTULO XII

Rebeca detuvo el automóvil frente a la verja de un chalet de dos plantas. Había oscurecido por completo y la claridad que proyectaba una farola en la acera de enfrente apenas si permitía distinguir otra cosa que su negra mole medio oculta tras unos olmos que se agitaban al compás del viento. Había recogido a Verónica media hora antes en su despacho y había charlado por los codos durante el trayecto que habían recorrido hasta la urbanización Montepríncipe con la intención de distraerla, lo que no había conseguido. Encogida ésta sobre sí misma en el asiento posterior, apenas si había escuchado cómo tenía previsto colocar los cuadros de la próxima exposición de su galería, por lo que le había contestado con monosílabos, no siempre acertados, mientras luchaba por distender los músculos de su pierna derecha y la rigidez de sus brazos, empeñados en manejar un volante que solo existía en su imaginación. Pero habían llegado al fin a su destino, por lo que dejó escapar un suspiro de alivio.

—¿Llevas la llave de la puerta del jardín?— le preguntó Rebeca escudriñando lo poco que alcanzaba a ver a través del cristal de la ventanilla.

—Sí y también la del acceso de los coches al garaje, pero será mejor que dejemos el tuyo aquí, aparcado junto a la acera.

Antes de haber acabado de decirlo había salido ya Verónica del vehículo, deseando escapar cuanto antes de lo que consideraba un encierro. Se apresuró seguidamente a encender la linterna que llevaba en la mano para introducir la llave en la cerradura de la puertecilla existente en la cerca de piedra. La empujó con la otra mano en cuanto cedió y precedió a su amiga por un sendero que apenas se distinguía y que conducía directamente hasta la puerta de la casa. A su espalda oyó la risita nerviosa de la otra.

—Qué oscuro está esto, ¿no te parece?

—Sí, claro, porque no hay nadie en el chalet y por consiguiente tampoco hay ninguna luz encendida. Lo raro sería lo contrario.

Dirigió el haz de luz hacia el semblante de Rebeca y al distinguir la expresión que traslucía su pecoso rostro se sintió contagiada por el miedo que reflejaba, aunque hasta ese momento ni tan siquiera se le había ocurrido que pudieran sufrir una sorpresa desagradable al visitar la que había sido la última morada de Octavio.

— ¿Te parece...? ¿Te parece que estamos corriendo un riesgo al venir solas aquí?— le preguntó con un hilo de voz.

—Sí... no— tartamudeó la otra intentando disimular el pánico que le producía el quejido del viento entre los árboles que crecían en ambas orillas del sendero—. Es que de pronto he pensado... No nos encontraremos a ningún indeseable dentro de la casa, ¿verdad?

— ¿Te refieres a Octavio?

—No, me refiero al tipo al que chantajeaba. Tu marido murió aquella noche y los fantasmas no existen.

— ¿Estás segura?

— ¿De qué?

—De que murió aquella noche. Simón, ya sabes, el guardia civil que investigó el caso, me dijo ayer que cabía dentro de lo posible que el hombre con el que me casé hubiera adoptado la identidad de Octavio Ferrer, pero que no le cabía la menor duda de que el cuerpo que había rescatado del fondo del barranco pertenecía a ese hombre.

— ¿A Octavio Ferrer?

—Sí, porque eran sus huellas dactilares.

Dejó escapar Rebeca un suspiro de impaciencia.

—El cuerpo que encontró Simón era el de tu marido— le aseguró.

— ¿Y tú cómo lo sabes?— inquirió Verónica intentando escrutar su rostro en la oscuridad del jardín que las envolvía como un velo invisible.

—Porque le vi en el porche del albergue, cuando te acompañó cargando con tu maleta.

— ¿Le viste bien? ¿Te fijaste en él?

—Sí. Me pareció un marido solícito, detallista, que te miraba embobado. Me di cuenta en el acto de que erais unos recién casados—.Se mordió los labios a continuación y se disculpó inmediatamente—: Perdona. Hablo de más y siempre meto la pata, ya lo sabes.

—No has metido la pata— la rebatió Verónica—. ¿Estás segura de que me miraba embobado?

—Sí, completamente segura.

Intentó rememorar ella el momento en el que subió tras él los escalones teñidos de blanco y tomó de sus manos la maleta para empujar con el hombro el portón de madera claveteado del albergue, pues en la otra mano sostenía el maletín del ordenador. Le pareció volver a sentir el viento helado que soplaba en la oscuridad y que traía olor a nieve y a soledad, pero no recordaba haber levantado la mirada hacia el rostro de él, por lo que no llegó a fijarse en su expresión. De todas formas daba igual, porque no era posible lo que Rebeca creía haber adivinado.

—Pues no demostraste en ese porche poseer grandes dosis de perspicacia— la rebatió sarcásticamente— porque ya sabes que pensaba largarse abandonándome allí esa misma noche.

Esbozó Rebeca un mohín desdeñoso que Verónica, que enfocaba ahora la linterna hacia lo largo del sendero, no vio.

—Algún motivo tendría que a su pesar le obligara a salir huyendo— la rebatió— Y me fijé muy bien en él. Era el mismo que estaba tumbado en la camilla y que reconociste en el depósito.

—Pero tenía la cara desfigurada— objetó ella luchando por ver el rostro de su amiga a la luz de la linterna entre las tinieblas danzaban en derredor de ellas.

—Sí, pero olvidas que soy pintora y que por esa razón estudio atentamente las facciones de la gente para plasmarlas en el lienzo. Era su barbilla... sus orejas. Podría asegurar sin miedo a equivocarme que el hombre de la camilla era él.

—Pues es curioso— musitó sarcásticamente Verónica.

— ¿Qué es lo que te parece curioso?

—Que te fijaras en sus orejas, porque llevaba un gorro de punto en la cabeza que las cubría por completo. Y en cuanto a la barbilla, la bufanda que se había anudado al cuello también se la tapaba por completo.

Dejó escapar Rebeca un resoplido de impaciencia.

—Era el mismo que vimos en el depósito, estoy segura de ello y debes asumirlo también.

Una ráfaga de viento cruzó el jardín con un rumor sordo y revolvió la melena de las dos. Ahora solo podía percibirse el tintineo de las hojas de los árboles que como un leve murmullo había dejado a su paso. Rebeca se llevó aprensivamente la mano al pañuelo que rodeaba su cuello como si temiera que una mano invisible fuera a intentar estrangularla y Verónica reprimió un escalofrío.

—Vamos a la casa— decidió Verónica—. No soy especialmente miedosa, pero este jardín resulta un poco tétrico a estas horas y además aquí no hacemos nada más que enganchar un buen catarro. Aunque no son más que las siete y media de la tarde cualquiera que no tuviera reloj pensaría que ya es de madrugada.

—Porque en marzo anochece muy temprano— convino Rebeca apretando el paso en pos de la otra, que iba iluminando el sendero con el haz de luz de la linterna, Como le sacaba en altura más de la cabeza y sus piernas eran mucho más largas, no tardó en adelantarla, pero retrocedió inmediatamente sobre sus pasos para caminar a su lado, girando la cabeza en ambas direcciones para atisbar lo que pudiera concretarse y resultar alarmante entre la negrura de los árboles.

Acababan de doblar un recodo del camino. Hasta allí no alcanzaba el resplandor de la farola de la calle a aclarar las sombras del jardín, que en el lugar en el que se hallaban parecían haberse fundido en un todo impenetrable. Al mismo tiempo el rumor del viento fue acrecentándose envolviéndolas es un torbellino de hojas que había arrancado de los árboles y que momentáneamente las cegaron. Luego el vendaval cambió de rumbo y se las llevó lejos con un quejido que fue apagándose paulatinamente para empezar a crecer de nuevo con mayor vigor. Verónica tomó a Rebeca del brazo con la mano que le quedaba libre y echó a correr hacia la edificación que adivinaba, conformada por unos trazos negros sobre un firmamento del mismo color. Sin soltar a la otra subió con ella los cinco escalones que logró distinguir a la luz de la linterna y ya en el porche se la entregó a Rebeca.

—Sujeta este trasto e ilumina la cerradura. No sé cuál de todas las llaves que me entregó el detective es la que abre esta puerta.

Le mostraba un manojo que pendían de un llavero azul y que fue probando hasta que dio con la correcta. Luego empujó el portón y a tientas encendió la luz. Entraron las dos en un amplio y moderno vestíbulo de suelo entarimado y paredes pintadas de color malva de las que pendían cuadros de estilo cubista. Al fondo de la estancia vio Verónica una artística escalera, junto a un par de butaquitas de piel blanca con una planta de interior a su lado que casi alcanzaba el techo y una mesita de cristal delante. Su decoración era alegre y juvenil, como aparentaba ser Octavio, se dijo. Reflejaba la personalidad de él. Incluso la planta de la esquina del sofá relucía de verdor extendiendo sus hojas hacia ellas como si les estuviera dando la bienvenida.

Rebeca la empujó por detrás y ambas se encaminaron hacia una puerta lacada en blanco que se abría en el tabique de la derecha y que daba paso a un salón de grandes dimensiones. Allí otra puerta de cristales cubierta con un visillo blanco ocupaba todo el paño frontero y sin duda daba acceso al jardín, pero ninguna de las dos se acercó a subir la persiana. Rebeca porque examinaba la decoración con ojo crítico y Verónica porque de improviso se sintió sobrecogida. Algo de Octavio flotaba en el ambiente como si aún habitara aquella casa. Algo impreciso. Le pareció que él acababa de salir de la habitación y que aún persistía en ésta su energía, su calor. Se volvió en redondo buscando el motivo de lo que estaba sintiendo, pero no halló nada que lo justificara. Las paredes, pintadas de un color salmón intenso, contrastaban adecuadamente con el blanco lacado de la librería que cubría la pared del fondo, abarrotada de volúmenes ordenadamente dispuestos. Se hubiera acercado a ver los títulos de esos libros, porque no conocía sus gustos a ese respecto, ya que él nunca le había dicho que le gustara leer Tampoco le había hablado de un escritor que le interesara especialmente y sin embargo.... Aquel salón denotaba que la persona que lo había habitado poseía una exquisita sensibilidad artística y que dominaba la combinación del colorido. No recordaba que en Octavio destacaran esas aptitudes. ¿Qué era entonces lo que quedaba de él entre esas paredes que le hacía sentir tan claramente su presencia?

De pronto cayó en la cuenta. Olía a tabaco. A los cigarrillos americanos que fumaba él. Nerviosamente asió por un brazo a Rebeca para que la atendiera.

— ¿No lo hueles?

La otra volvió extrañada la mirada hacia ella.

— ¿El qué?

—El olor. Huele como si Octavio hubiera estado aquí hace unos segundos.

Aspiró Rebeca el aire con el ceño fruncido, pero terminó por mover dubitativamente la cabeza.

—Huele algo a tabaco, sí, pero porque esta casa no se habrá ventilado desde que se marchó.

—Pero han transcurrido ya veinte días desde entonces, ¿no debería haberse disipado ya el aroma de los últimos cigarrillos que fumó?— insistió tozuda—. Yo creo que...

— ¿Que ha regresado del más allá y que se esconde en esta casa fumando como un carretero? No digas tonterías, Verónica, y afronta lo inevitable. Él no va a volver. No está aquí. Mira, encenderé yo un cigarrillo y ese olor encubrirá el ha quedado en el ambiente y alejará de esa imaginación calenturienta que tienes el espectro de él que crees percibir. ¿Quieres uno?

Le mostraba la cajetilla que acababa de extraer de su bolso y Verónica denegó el ofrecimiento con un gesto.

—No, gracias. Ya sabes que no fumo.

—Y haces muy bien. Yo debería dejarlo, pero no puedo por más que lo intento.

Exhaló una bocanada de humo y con la intención de distraerla le indicó una chimenea en la pared de su derecha con una repisa de mármol blanco que soportaba un macetero con una cala en flor. Estaba encuadrada por dos butaquitas tapizadas en piel blanca. Su efecto era sumamente acogedor, pero Verónica no llegó a fijarse en lo atrayente del ambiente que ofrecían, porque con los ojos agrandados por la sorpresa contemplaba el cuadro que pendía sobre la chimenea. Era ella la chica que el pintor había plasmado sobre el lienzo y que la miraba sonriente con sus grandes ojos claros fijos en su rostro como si tuviera vida propia y la estuviera analizando. Llevaba un peinado diferente, una melenita mucho más corta que en el presente, con unos reflejos dorados por los que se había decidido en la peluquería cinco años atrás. Entonces no solo no conocía a Octavio sino que ni tan siquiera había imaginado que existiera. Además no había posado nunca para un retratista. ¿Cómo lo habría conseguido él y qué hacía sobre la chimenea de esa casa? Con un dedo tembloroso se lo señaló a Rebeca.

—Soy yo— musitó con un hilo de voz.

La otra siguió la dirección que le indicaba y luego se acercó a estudiarlo con aire de entendida.

—Sí, eres tú, pero estás distinta.

—Estoy más joven— puntualizó Verónica.

—Puede, pero entre los veintitrés y los veintiocho no hay tanta diferencia. Lo que varía es el corte de pelo que llevabas y tu expresión. Aparentas ahí ser más inocente, más ingenua.

— ¿Cómo sabes que hace cinco años llevaba esa melena cortita?— le preguntó con suspicacia.

Su amiga parpadeó sorprendida y luego se echó a reír.

— ¿Que cómo lo sé? Por las fotografías que me has enseñado tú de esa época. Tienes un álbum entero en la sala de estar de tu casa. Puedo asegurarte que no soy adivina— terminó con guasa.

Se dejó caer a continuación en una de las butacas y dirigió una mirada complacida a su alrededor.

— ¿Sabes lo que estoy pensando?— le preguntó.

—No. Yo tampoco soy adivina.

—Estoy pensando que tu marido tenía muy buen gusto, aunque es posible que, como le sobraba el dinero, contratara a un decorador y que fuera éste último el que tenía buen gusto. El mobiliario, aunque de líneas rectas y sencillas, es caro y cada cosa está colocada precisamente en el lugar adecuado.

—Incluso ese cuadro— murmuró Verónica señalándolo con un dedo—. ¿De dónde lo sacaría Octavio?, porque yo no he posado nunca para un pintor y él no me habló de él en ninguna ocasión.

—Puede que se lo encargara a un retratista entregándole una fotografía tuya— sugirió despreocupadamente su amiga—. Se hace con mucha frecuencia.

—Pero no tiene mucho sentido— objetó cavilosa.

— ¿Qué es lo que no lo tiene?

—Que se tomara tantas molestias por mí. Ese cuadro parece querer decir que a él le gustaba verme presidiendo el salón de su casa. Se suele colgar sobre la chimenea el retrato del dueño, el de la persona más querida, y en mi caso todo parece indicar lo contrario.

— ¿Lo dices porque aparentemente pensaba largarse sin ti?

—Sí, claro. Precisamente por eso.

Se encogió Rebeca de hombros.

—No creo que debas juzgarle tan precipitadamente. Si era un chantajista y se sintió seriamente amenazado por sus víctimas, es posible que decidiera ponerse a salvo y que tuviera planeado regresar después a buscarte.

— ¿Y no hubiera sido más sencillo que me dijera la verdad?

— ¿Qué verdad querías que te dijera? ¿Qué se dedicaba a extorsionar a la gente y que tenía que poner pies en polvorosa antes de que sus víctimas reaccionaran y le cortaran el gaznate?—. Se interrumpió al ver la expresión de Verónica—. Perdona. No he querido hacerte daño con mis palabras. Ya sabes que soy una metepatas.

La había escuchado Verónica con el ceño fruncido y se avino inmediatamente a tranquilizarla.

—No eres una metepatas. Por supuesto que has dado en el clavo. Si hubiera sabido yo que era un chantajista le hubiera dejado en el acto.

— ¿Y qué vas a hacer ahora?— se interesó la otra—. Te ha dejado una fortuna en inmuebles y unas cuantas deudas, que no son nada en el total de la herencia. ¿La vas a aceptar?

Con la cabeza apoyada en el respaldo de la butaca hizo Verónica un gesto afirmativo.

—Sí. Después venderé los inmuebles y pagaré sus deudas.

— ¿Y con el remanente?

—Lo que sobre se lo devolveré a las personas a las que extorsionó. Ayer le llevé a Simón el ordenador de Octavio para que averigüe a quién pertenecen los correos electrónicos mediante los que se comunicaba con sus víctimas. Me parece que no te lo he contado aún. Fui con Leandro, el hermano de Tamara. Me llevó en su coche.

— ¿De qué ordenador me hablas?— le preguntó Rebeca observándola desconcertada.

—Del de Octavio. Me equivoqué de maletín cuando al llegar al albergue me bajé del coche, porque cogí el suyo. El mío se había quedado en el maletero de su coche y sin duda el objetivo del que le mató era hacerse con él para eliminar las pruebas que le comprometían.

—Y cuando comprobó que el ordenador del maletero del coche no era el que buscaba lo arrojó también al precipicio.

—Eso es.

—Y por eso entra alguien en tu casa de cuando en cuando a registrarla tratando de dar con él.

—Sí, es lo que creo.

El pecoso semblante de Rebeca se contrajo en un gesto de reprobación.

—¿Y por qué no me has hablado nunca de ese trasto? Se lo habríamos llevado a Simón hace mucho y habrías avanzado bastante más en tus averiguaciones sobre tu marido.

Se retiró Verónica la melena de su rostro, a la par que le respondía:

—No te lo había dicho, porque no sabía a qué se dedicaba Octavio. Intenté comprobar la información que contenía, pero desconocía su clave de acceso. Por esa razón se lo entregué poco después del entierro a Leandro, que es un magnífico informático. Ayer mismo me puso al corriente de las actividades de mi marido y hemos decidido que nadie mejor que Simón podría investigar la identidad de los extorsionados. Con el remanente de la herencia de Octavio les devolveré lo que éste les sustrajo.

—¿A esos indeseables?— la rebatió su amiga irritada—. Lo que merecen es ir a la cárcel y seguramente es donde les mandará Simón, mejor dicho, el juez que conozca del caso. No sé el motivo por el que tu marido les chantajeaba, pero con seguridad no era por darles limosna a los mendigos.

Sonrió melancólicamente Verónica.

—Al parecer, el motivo variaba, pero Octavio les enviaba por e-mail las fotografías que les comprometían. Por lo que me ha dicho Leandro, el último tipo al que chantajeaba era un pedófilo.

—¿Y a un pedófilo le vas a devolver lo que tu marido le sacó de los bolsillos? Y eso sin contar que probablemente fue él quien le asesinó.

Se mordió los labios al terminar de decirlo por su desafortunada manera de expresarse.

—Perdona otra vez.

—No, si tienes razón. Ese tipo merece ir a la cárcel y no volver a ver ni un euro de lo que le pagó a Octavio a cambio de su silencio. Se lo donaré entonces a una institución benéfica.

—Me parece bien— aprobó Rebeca— Pero creo que se nos está haciendo tarde, así que deberíamos levantarnos de estas butacas tan cómodas y dar una vuelta por la casa, ya que es a lo que hemos venido—. Se había puesto en pie, pero se detuvo indecisa antes de haber dado el primer paso—. Hay algo que no entiendo— murmuró como para sí.

—¿Qué es lo que no entiendes?— le preguntó Verónica que la había imitado.

—No entiendo el motivo de que tu marido te dijera que vivía en un piso de la calle Hermosilla en lugar de darte esta dirección ni tampoco que no te trajera nunca aquí, porque es un chalet magnífico.

—No era suyo— apuntó ella débilmente.

—No, pero porque no lo quiso comprar. Vivía como un prócer y sin embargo quiso darte la impresión de que era un empleado que apenas si llegaba a fin de mes.

—Quizás no quiso que pudiera sospechar a qué se dedicaba.

—Sí, es posible que fuera ese el motivo.

Mediante una puerta corredera comunicaba el salón con un comedor en el que entraron a continuación. Bajo una lámpara vanguardista, la mesa, con el tablero de mármol rosa, estaba rodeada por seis sillas de diseño que Rebeca contempló arrobada.

—Son preciosas— se admiró— ¿No te gustan?

Verónica se encogió de hombros tras dirigirles una rápida ojeada. Seguía experimentando la sensación de irrealidad que la había acometido poco antes al trasponer el portón del chalet y de penetrar en el vestíbulo. La sensación de que Octavio se hallaba muy próximo y de que no tardaría en presentarse frente a ellas fumando un cigarrillo. Porque también en el comedor olía al tabaco rubio que tanto le gustaba a él, aunque con menor intensidad que en el salón, pero no quiso comentárselo a la otra para que no pensara que estaba obsesionada con el tema.

Del comedor salieron a un pasillo en el que se abrían las puertas de un cuarto de baño con las paredes cubiertas de espejos y a una cocina blanca e impoluta. Daba la impresión de que la reluciente vitrocerámica no había sido nunca utilizada y de que el enorme frigorífico había sido adquirido ese mismo día. La estancia no presentaba una sola mancha ni un utensilio de cocina fuera de los armarios que fueron inspeccionando, lo que no dejó de extrañarle a Verónica, porque él no era ordenado ni cuidadoso. La mañana en la que se habían casado tenía que haber abandonado esa casa a toda prisa, porque la había recogido a ella bien temprano, por lo que debería poder apreciarse cierto desorden en la que había sido su morada, sobre todo en la cocina, donde debería haberse tomado al menos un café, y la impresión que ofrecía sin embargo era la de que nadie había vivido allí desde hacía mucho tiempo.

Rebeca seguía curioseando en los armarios y ella se dirigió hacia la puerta que se abría en la pared del fondo. Era de cristal. Tenía la persiana echada y se utilizaría sin duda para salir a la zona posterior del jardín, donde seguramente se tendería la colada. Pero lo que llamó su atención fue la colilla que vio en el suelo. Se agachó para recogerla y la examinó atentamente con el ceño fruncido. Era de la marca que fumaba Octavio y desprendía aún un ligero aroma, como si no hubieran transcurrido aún más que unas pocas horas desde que la hubieran dejado caer allí. Inquieta se volvió hacia su amiga que inspeccionaba ahora el interior de los electrodomésticos.

—Rebeca, mira esto.

Se le aproximó la otra y examinó la colilla con poco interés.

— ¿Qué quieres que mire?

—Esto. Estaba en el suelo y aun huele.

Se le acercó más para aspirarla y comprobarlo y luego clavó en ella una mirada escéptica.

—Sí, tienes razón. Huele a colilla. Y como todas las colillas, apesta. ¿Qué es lo que pretendes que deduzca de tu hallazgo?

—Que parece que al que se fumó el cigarrillo se le ha caído al suelo hace poco tiempo.

Volvió a aspirarla la otra y luego meneó enérgicamente la cabeza con lo que su cabellera pelirroja le cubrió momentáneamente el rostro. Se la retiró con impaciencia a la par que la miraba de frente.

— ¿Qué has pretendido deducir? ¿Que tu marido está vivo y anda todavía por la casa? Te repito que tienes que afrontar la realidad. Cuanto antes consigas hacerte a la idea, podrás también rehacerte antes de su pérdida.

— ¿Acaso crees que me empeño en creer que está vivo, porque no puedo soportar la idea de no volverle a ver?— replicó Verónica en tono agrio y con los ojos relampagueantes—. Estás equivocada. Ya no. El Octavio con el que me casé no ha existido nunca y era a esa persona inventada a la que quería. Al estafador chantajista, que al parecer era él en realidad, ni le echo en falta ni experimentaría por él el menor sentimiento afectivo si me lo volviera a encontrar en este mundo. Bueno, sí, experimentaría el de repulsa, de modo que en ese sentido puedes estar tranquila. Me resta tan solo curiosidad.

Con la punta de los dedos le quitó Rebeca la colilla y la arrojó al cubo de la basura, que se encontraba bajo el impoluto fregadero. Luego se volvió hacia ella.

—Vale, vale.

—Bueno, dejemos ese tema— trató de contemporizar Verónica advirtiendo que su ácida respuesta la había molestado—. Vamos a subir ahora al piso de arriba, donde supongo que se hallarán los dormitorios. En la maleta con la que salió de aquí para casarse llevaba solo ropa de verano, por lo que es de suponer que en el armario de su cuarto dejaría la de abrigo y quizás encontremos en sus bolsillos algún papel importante.

Salió decidida al pasillo y Rebeca la siguió hasta el vestíbulo donde comenzaron las dos a subir la escalera. El rumor del viento llegaba hasta allí monótono y acompasado conforme iban ascendiendo, entremezclándose con el de las gotitas de agua que empezaban a caer y que fue convirtiéndose en un aguacero cuando alcanzaron la meseta de la planta superior. Una corriente de aire recorría el largo pasillo en el que desembocaron a continuación. Parecía provenir de una puerta cerrada que se encontraba al fondo del mismo, escapándose por debajo de la hoja de madera, y las dos se detuvieron como si hubieran echado raíces en el entarimado del suelo. Rebeca más extrañada que otra cosa y Verónica con los ojos agrandados por el desconcierto y, sí también por el miedo.

—Debió dejarse abierta una ventana cuando salió de aquí para ir a recogerte— le susurró la primera al oído.

— ¿Tú crees?— inquirió Verónica asustada— ¿Y si...?—. No terminó la pregunta, pero por un instante le imaginó a él sentado en una butaca de ese cuarto con las piernas cruzadas y un cigarrillo en la mano. ¿Y si era él y se lo encontraban allí, apoltronado en el sillón, cuando abrieran la puerta?, se preguntó. Y lo que era aún más difícil de responder, ¿cuál debería ser su reacción en ese caso?

No llegó a saber qué respuesta sería la procedente, porque Rebeca, mucho más práctica y menos imaginativa que ella, avanzó resueltamente en esa dirección, asió el pomo y la abrió, encendiendo la luz seguidamente. Era un dormitorio con una amplia cama adosada a la pared de la izquierda, una cómoda con un espejo pendiente de la pared en la de enfrente y un armario empotrado junto a la puerta de la habitación, con todo el mobiliario lacado en blanco. Estaba vacío. Enfrente de la puerta, la cristalera que permitía salir a una terraza estaba abierta y por ella entraba el viento y la lluvia, que ya había formado un charco sobre la tarima del suelo. La otra se apresuró a cerrarla, a la par que Verónica, que había permanecido en el umbral, daba un par de pasos dentro de la habitación con los ojos bien abiertos.

La cama estaba cubierta por una colcha de raso blanco que no ostentaba ni una sola arruga y sobre la almohada vio ella dos cojines de encaje artísticamente colocados lo que no dejó de extrañarle, porque en su opinión Octavio carecía por completo de sentido de la estética, o eso había creído hasta ese momento. Tampoco hubiera supuesto anteriormente que durmiera en una habitación tan bien decorada y de un gusto tan exquisito. Hubiese esperado en cambio que su alcoba fuese una estancia semi desmantelada, con ropa sucia tirada por los rincones y que dispusiera únicamente de un jergón en el suelo con una manta de cuadros para abrigarse. En su opinión no le cuadraba a él la colcha y mucho menos los cojines.

Desconcertada al comprobar una vez más que se había casado con un hombre al que no conocía en absoluto, se dirigió hacia el armario empotrado y lo abrió. También estaba vacío. De la barra colgaban únicamente varias perchas y en los cajones no había nada, ni tan siquiera polvo. Revisó después los cajones de las dos mesillas y los de la cómoda con el mismo resultado infructuoso.

—Al parecer tuvo tiempo de llevárselo todo— murmuró como para sí— Me pregunto que a dónde trasladaría sus cosas, su ropa, sus documentos, sus pertenencias más íntimas… En esta casa no ha dejado nada. Solo las plantas que adornan el vestíbulo y el salón.

Frunció el ceño al recordarlas como si hubiera reparado de pronto en la anomalía que suponían en una casa vacía, con las persianas echadas desde que Octavio saliera de allí para casarse con ella.

—Es curioso, ¿no te parece?

— ¿Qué es lo que te parece curioso?— se interesó Rebeca aproximándosele.

—Esas plantas. Se han mantenido frescas y frondosas en la oscuridad y sin que nadie las riegue durante más de veinte días. ¿No crees que es extraño?

La otra se encogió de hombros.

—No lo sé. No entiendo nada de plantas, pero si te gustan, deberías cargar con ellas para que no se sequen. Así tendrás un recuerdo de él.

— ¿Y por qué supones que quiero que me lo recuerden?— replicó irritada—. Casarme con Octavio es la mayor estupidez que he cometido en mi vida, así que mi mayor deseo es olvidar todo lo que tenga que ver con él, incluidas esas plantas, ¿entiendes?

Había abierto la boca Rebeca para disculparse una vez más, pero no llegó a emitir una sola palabra, porque algo había sonado en el pasillo. Algo como si una puerta se cerrase. Se miraron las dos con los ojos agrandados por el miedo.

— ¿Has oído eso?— susurró Verónica.

—Sí.

— ¿Te ha parecido que ha sido una puerta?

—Sí.

— ¿Y crees que…?

—No, puede que haya sido el viento.

— ¿Qué viento?— protestó ella en un murmullo acercándose al oído de la otra— Desde que has cerrado la cristalera de la terraza has eliminado la corriente de aire que recorría esta planta. Hay alguien más en esta casa. ¿Qué hacemos? Podemos bajar la escalera de puntillas y salir corriendo.

Se apartó Rebeca su rojiza melena de la cara, disimulando el desosiego que sentía.

—No, no puede haber nadie más en esta casa. Estamos solas. Tenemos que inspeccionar antes los otros dormitorios y los cuartos de baño.

— ¿Estás segura de que estamos solas?

Sin responderle y con los bruscos ademanes que la caracterizaban, en un par de zancadas alcanzó la chica la puerta de la habitación y asió el pomo con una mano que la delataba, porque temblaba ostensiblemente. Lo hizo girar con cuidado y por la estrecha abertura que había practicado entreabriendo la hoja de madera atisbó el oscuro pasillo.

— ¿Ves? No hay nadie.

La empujó ligeramente Verónica para hacerse un hueco a su lado y conseguir escudriñarlo también. Se extendía ante sus ojos, alargado y en tinieblas, pero al abrir de par en par la puerta del dormitorio en el que se hallaban su iluminación aclaró esas sombras unos metros delante de ellas. Rebeca salió de puntillas al corredor y Verónica la siguió imitándola, preguntándose si no sería preferible marcharse en el acto de esa casa y dejar que fuese Simón el que realizase las investigaciones oportunas. Se dio cuenta en ese momento de que no le había hablado de ese chalet ni del testamento de Octavio y se prometió a si misma llamarle a la mañana siguiente para ponerle al corriente.

Aún lo meditaba, cuando se repitió el sonido que las había alertado antes y que no habían sabido identificar. Provenía de la habitación más próxima y delante de la puerta se detuvieron las dos consultándose con los ojos. Notó

Verónica que un sudor frío empezaba a correrle por la espalda y por señas le indicó a la otra la dirección en la que se encontraba la escalera. Rebeca asintió con un gesto, por lo que de puntillas recorrieron el trecho que les faltaba para alcanzarla. Luego descendieron silenciosamente los escalones y ya en el vestíbulo se abalanzaron sobre el portón. No se entretuvo Verónica en cerrarlo con llave. Se limitó a salir al porche dando un portazo y echó a correr bajo la lluvia, seguida de la otra, a través del oscuro jardín hasta que llegaron a la calle. Solo cuando se introdujeron en el coche y arrancó Rebeca el motor dejaron escapar las dos un suspiro de alivio.

CAPÍTULO XIII

Comió el sábado y el domingo en casa de su hermano y de su cuñada que debieron caer en la cuenta de que siendo sus únicos parientes estaban obligados a atenderla en unos momentos tan difíciles para ella. Verónica hubiera preferido que la dejaran en paz. De haber podido elegir, hubiera pasado el fin de semana tumbada en el sofá de la sala de estar de su casa con la mirada fija en el techo, rememorando lo sucedido la tarde del viernes, pero no le dieron opción. Su hermano era un hombre muy callado, pero su mujer charlaba por los codos y no siempre con oportunidad. En todas o en casi todas las frases que pronunció intercaló algún velado comentario recriminándola por no haberles invitado a la boda ni haberles presentado previamente al chico con el que iba a casarse. Las horas que pasó con ellos se le hicieron interminables y consiguió marcharse al fin las dos tardes rechazando el ofrecimiento de Esteban de acercarla a su casa en su coche. No lo hubieran entendido de haberles explicado el motivo, por lo que alegó que necesitaba dar un paseo para despejarse, lo que le valió otra regañina de su cuñada, empeñada en convencerla de que lo que necesitaba era el consuelo de Esteban y de ella misma.

Llegó temprano a la oficina el lunes siguiente y cuando estaba refiriéndole a Tamara los pormenores que habían tenido lugar en el chalet de Montepríncipe, oyó la voz de Enrique saludando a Sara en la antesala y luego sus pasos por el pasillo encaminándose hacia su despacho.

—Deberías contárselo a él también— consideró Tamara—. Imagino que te resulta difícil mantener con él ahora una relación de amistad, pero te está demostrando que se preocupa por ti y que está intentando ayudarte, así que deberías hacer un esfuerzo.

Asintió Verónica con la cabeza a la par que, indecisa, se mordía los labios. Estaba sentada de medio lado en la mesa de su amiga e hizo intención de ponerse en pie, pero lo pensó mejor y volvió a acomodarse en el mismo lugar.

—Tienes razón, pero es que no me siento cómoda con él.

— ¿No? ¿Por qué no? Os conocéis hace mucho tiempo.

Lo consideró   ella mientras inconscientemente se atusaba la melena.

—Pues… aunque no lo entiendas… experimento una incomprensible timidez cuando me lo encuentro y también… sí… también un sentimiento de culpabilidad. Le dejé por un delincuente del que no conocía sus antecedentes solo porque aparentaba comprenderme mucho mejor que él. Si no hubiera muerto Octavio en la sierra de Gredos, en este momento sería una mujer casada abandonada. ¿No crees que mi situación es bastante ridícula? Pienso cuando estoy con Enrique que disimula las ganas de reírse de mí, pero que por dentro debe de estar carcajeándose a mi costa.

— ¿Enrique?— se escandalizó Tamara—. Tú ves visiones. Admito que es un hombre demasiado responsable y que tú creíste necesitar cuando conociste a Octavio a alguien más frívolo, si me permites la expresión. Más inconsciente y sobre todo más benévolo, pero tienes que reconocerme que se está portando muy bien contigo y que merece que le pongas al tanto de lo que vas averiguando. Opino que deberías presentarte en su despacho antes de que reciba a la primera visita o de que salga corriendo camino del juzgado.

— ¿Es que tiene una vista esta mañana?

—No lo sé, pero no sería de extrañar. El viernes se quedó hasta muy tarde trabajando, por lo que no sería raro que la hubiera estado preparando.

—Bueno, vale, iré— musitó sin cambiar de posición.

—Verónica, no seas tan niña— la recriminó la otra—. Salvo en lo referente a tu aversión a los coches, en lo demás has sido siempre una chica segura y decidida.

Desvió ella la mirada hacia la ventana, a través de la cual podía ver un patio y un trocito de cielo grisáceo y melancólico.

—Lo has expresado con absoluta precisión. Lo he sido, pero ya no lo soy. No al menos hasta que me reencuentre a mí misma y consiga encontrar un calificativo que me defina de otra forma, porque en el presente creo que el que mejor me cuadra es, como te he dicho, el de ridícula. ¿No te parece que lo soy?

—Claro que no— se enfadó Tamara— Lo que te ha sucedido es lamentable, aunque comprensible. Estabas muy sola y Octavio era encantador. El tipo de hombre que puede engatusar a cualquiera, porque además de divertido parecía entendernos a las mujeres, lo que no es muy corriente.

—No, desde luego que no lo es— corroboró Verónica enderezándose cansinamente y apoyando los pies en el suelo—. Voy a seguir tus consejos. Luego te contaré cómo me ha ido. ¿Comemos juntas?

—Sí, de acuerdo.

—Pues hasta luego.

Salió de la estancia y recorrió con pocos bríos los escasos metros que mediaban entre los dos despachos, pero antes de que llegara a llamar con los nudillos a la puerta de él oyó el sonido de su móvil y retrocedió hasta el suyo tomando asiento tras su mesa. Reconoció la voz de Simón, bronca, segura.

—Verónica, la llamo para decirle que le hemos detenido.

Al oírle, sintió un vuelco. Le dio la impresión de que el corazón se le paraba de repente y de que luego echaba a correr a una velocidad increíble.

— ¿A quién?, ¿a quién han detenido?

—Al pederasta al que su marido chantajeaba. Como había deducido el muchacho que la acompañaba el otro día, es el profesor de gimnasia de un instituto. Le hemos identificado por las fotografías que contenía el ordenador de su marido, en las que aparecía incluso en el centro en el que trabajaba. Ya puede estar tranquila, porque ese hombre no volverá a entrar en su casa a registrarla.

— ¿Lo ha reconocido él?

— ¿Que ha abusado de niños de ese centro o que entraba de cuando en cuando en su casa buscando el ordenador de su marido?— bromeó Simón.

—Las dos cosas. ¿Le han tomado declaración? ¿Ha reconocido algo?

—No, que va. Lo ha negado todo, pero las pruebas que me ha proporcionado usted no dejan lugar a dudas. Gracias por su colaboración.

Vaciló Verónica antes de hacerle la siguiente pregunta.

— ¿Y...? ¿Y en el atestado policial han sacado a relucir ustedes el nombre de mi marido?

—No... no se preocupe... por ahora. Tenemos que seguir investigando lo que le sucedió a él y quién tuvo oportunidad de encontrarse aquella noche en los alrededores del albergue, porque el detenido nos ha ofrecido una coartada que ha sido corroborada por varios testigos. Estaba en Madrid jugando al dominó con unos amigos en un bar, por lo que en principio hay que descartarle.

— ¿Entonces...?

—Lo averiguaremos y la tendré al corriente.

—Gracias Simón. Gracias por llamar.

Cortó la comunicación al tiempo que lo hacía él e inquieta se puso en pie preguntándose quién podría haber estado acechando la llegada de Octavio esa noche, ya que al parecer no se trataba del hombre al que extorsionaba, como había presumido hasta ese momento.

Siguiendo la recomendación de Tamara se encaminó seguidamente sin prisas hacia el despacho de Enrique y llamó con los nudillos a la puerta. Cuando oyó la voz de él indicándole que podía pasar, accionó el pomo y entró silenciosamente. Enrique estaba sentado tras su mesa revolviendo unos papeles de los que apenas si apartó los ojos cuando Verónica fue aproximándose y se dejó caer sentada en una butaquita frente a él.

—¿Cómo te fue ayer?— le preguntó sin mirarla— ¿Fuiste a visitar el chalet donde vivía tu marido?

Le pareció notar cierto sarcasmo en el tono con el que pronunció la última palabra, pero fingió no haberse dado cuenta.

—Sí, es precioso, muy bien decorado. El jardín no llegamos a verlo, porque llegamos de noche. Estaba muy oscuro y además llovía.

— ¿Y encontraste algo de interés?

—Pues…— empezó vacilante—. No quedaba nada de Octavio dentro de la casa. Ni ropa ni papeles ni nada. ¿No te parece extraño?

—Si tenía previsto marcharse al extranjero al día siguiente, no.

—Pero es que llevaba mucho tiempo viviendo en ese chalet y acumularía muchas cosas que le resultarían casi imprescindibles. ¿Qué hizo con los jerséis y con los chaquetones que vestía cuando me venía a buscar aquí, al despacho? La maleta con la que salió de esa casa y llegó al albergue solo contenía ropa de verano.

Como Enrique no efectuó el menor comentario, continuó ella:

—Hubo además algo que me chocó.

Por primera vez levantó sus ojos hacia ella para clavarlos en su rostro con expresión interrogante.

— ¿Qué fue lo que te chocó?

Rememoró ella la frondosa planta del vestíbulo y la cala que reposaba sobre la repisa de la chimenea con sus flores blancas. No se le había ocurrido pasar un dedo sobre la tierra de los tiestos, pero ahora estaba segura de que estaría húmeda, recién regada. De la visión del salón pasó sin solución de continuidad a la de la cocina.

—Me chocó encontrar una colilla en el suelo de la cocina— repuso a media voz—. Aun olía y habían transcurrido veinte días ya desde que pudo caérsele al suelo de esa habitación. Era de la marca que él fumaba— añadió, esperando de Enrique una reacción que no se produjo.

—Y también nos alarmó bastante el ruido que oímos procedente de uno de los dormitorios. Rebeca y yo estábamos en el que ocupaba él— continuó Verónica cuando llegó a la conclusión de que él no iba a efectuar ningún comentario—. Es una casa de dos plantas. Estaba empezando a llover cuando subimos a la superior, que es donde están los dormitorios. El de Octavio me pareció precioso. No hubiera supuesto nunca que poseyera un gusto tan delicado, porque a mi modo de ver no se distinguía precisamente por su sentido de la estética.

— ¿Y qué pasó?

—Que cuando Rebeca y yo estábamos revisando los cajones de ese dormitorio, oímos claramente cómo se cerraba la puerta de la habitación contigua.

— ¿Y fuisteis a averiguar qué había producido ese sonido?

—No, nos marchamos corriendo de la casa, porque nos asustamos. No sabría explicártelo, pero desde que entré en esa casa sentí la presencia de él en cada una de las habitaciones en las que estuvimos. Olía a tabaco y…

—Él fumaba mucho, ¿no es así?— la interrumpió Enrique.

—Sí, tabaco rubio americano, ya te lo he dicho. El día anterior había ido con Leandro, el hermano de Tamara, a Candeleda a ver al guardia civil que llevó la investigación cuando desapareció Octavio, a entregarle su ordenador y a referirle los últimos sucesos que habían acaecido.

—O sea, que fuiste el viernes por la mañana— la interrumpió él.

—Sí— reconoció avergonzada.

— ¿Y qué más?

— Le comenté mis dudas sobre el cuerpo que reconocí en el depósito, porque ni entonces estuve segura ni ahora tampoco lo estoy de que fuera él. Simón me dijo que las huellas dactilares de ese cadáver eran las de Octavio Ferrer, pero que cabía dentro de lo posible que mi marido hubiera suplantado la identidad de ese hombre.

— ¿Y que el cuerpo del hombre al que fuiste a reconocer al depósito fuera el de Octavio Ferrer y que tu marido se llamara de otra manera y que aún estuviera vivo?— inquirió con el ceño fruncido.

—Efectivamente. Eso explicaría muchas cosas.

— ¿Qué es lo que explicaría?

—Que en mi ausencia entrara en mi casa buscando su ordenador, lo que ha sucedido en varias ocasiones. Simón no me devolvió sus llaves cuando fui al depósito. No las tenía en el bolsillo del anorak cuando le encontraron. Por esa razón no ha necesitado forzar la cerradura cuando ha venido a registrarme el piso.

— ¿Y qué más?

—Explicaría que las plantas del chalet estén en tan buen estado. Deberían haberse mustiado de haberse quedado a oscuras y sin riego durante todos esos días, pero su aspecto no puede ser más lozano.

—Es curioso, sí— comentó él sin expresión.

—Y está también la colilla que encontré en el suelo de la cocina, ya te lo he contado— continuó Verónica inclinándose hacia él para darle mayor énfasis a lo que le estaba diciendo—. No puedo asegurar que estuviera caliente aún, pero sí que no llevaba mucho tiempo ahí. Por eso, cuando oímos que una puerta cercana se cerraba, Rebeca y yo nos largamos a toda prisa.

— Pero no me parece lógico que os asustarais. Al menos, tú no.

—Sí, porque pensé que podía ser él.

Se acodó Enrique sobre la mesa para mirarla de frente con fijeza.

—Pues no lo entiendo.

— ¿Qué es lo que no entiendes?

—Que te asustaras si creíste que podía ser tu marido el que todavía anduviera por la casa. Lo natural sería que corrieras a reunirte con él.

La ironía con la que pronunció esas palabras se le caló dentro como si se hubiera bebido un líquido ardiente que le quemara y de momento no consiguió reaccionar. Notó únicamente que los ojos se le llenaban de lágrimas y se los limpió de un manotazo.

—Será mejor que me vaya— balbuceó al fin—. No sé por qué he venido a contarte todo esto, porque nunca has entendido nada.

La miró serio apoyando en la mano la mejilla.

— ¿Es lo que piensas?

—Desde luego. Hace años que trazaste en tu mente un esquema al que crees que deben ajustarse los sentimientos de todos los seres humanos sin excepción. Te empeñas en atribuir a todos tu propio carácter y por esa razón eres incapaz de comprender a nadie, así que no es extraño que pienses que debería alegrarme al saber que Octavio está vivo, pero más vale que te enteres de que no sería esa mi reacción. Para mí es ahora un desconocido, porque el hombre con el que creí casarme no ha existido nunca.

Se había levantado de la butaca con la intención de dirigirse hacia la puerta, pero él la retuvo con un ademán conciliador.

—Perdona. No he estado muy oportuno y lo siento. Aclárame qué has querido decir con esa frase de que nunca he entendido nada. ¿Te has referido a nosotros dos?

Todavía en pie y asida al respaldo de la butaca, se giró a medias hacia él.

—Sí, también. Por regla general los hombres no entienden a las mujeres porque somos mucho más complicadas que vosotros, pero creo que tú te llevas la palma. Eres tan exigente contigo mismo que pretendes cosas imposibles de los demás. Eso fue lo que me gustó de Octavio, que me quería como era, con mis traumas y mis defectos sin empeñarse en convertirme en una chica valerosa y heroica. En otra, porque yo no soy ninguna de las dos cosas.

Por un segundo se quedó desconcertado. Luego bajó la mirada para buscar su adorado bolígrafo y lo tomó en sus manos como si lo necesitara para que le ayudara a entender las preguntas que no acababa de conseguir formular. Temió Verónica que comenzara a tabalear con él sobre la mesa, pero no llegó a hacerlo. En su lugar levantó los ojos hacia ella, en los que brillaba algo que no logró descifrar.

— ¿Es lo que crees que quise hacer contigo? ¿Convertirte en otra persona?

Abrió la boca para contestarle, pero en ese momento oyó la llamada de su móvil y lo extrajo del bolsillo de su pantalón. La voz de Óscar llegó claramente a sus oídos.

—Verónica, soy Óscar y necesito hablar contigo.

— ¿Sí? ¿Hay alguna novedad?

—Una y muy importante. Estoy cerca de tu oficina. ¿Puedo subir a contarte lo que ha sucedido? Si estás ocupada puedo esperar.

Tenía previsto ella destinar esa mañana a rematar la contestación a una demanda que tenía pendiente, pero pensó que podía posponerla, ya que aún faltaban unos días para el vencimiento de ese trámite.

—Tengo mucho trabajo, pero puedo hacer un alto para atenderte. ¿Cuánto puedes tardar?

—Solo unos minutos. El tiempo que me lleve estacionar el coche en el aparcamiento subterráneo más cercano. Hasta ahora.

Había cortado él la comunicación y Verónica le imitó, a la par que hacía intención de dirigirse hacia la puerta. Intentó Enrique retenerla con un ademán.

—Espera un momento. Aun no me has contestado.

Se giró a medias hacia él, temiendo verse obligada a darle una explicación que en ese momento prefería eludir.

— ¿A qué?

—A si piensas que pretendí entonces convertirte en otra persona. Me parece absurdo que interpretaras así el interés con el que pretendí que superaras el trauma que padeces desde hace años.

Evasivamente se encogió Verónica de hombros en lugar de contestarle.

—Ahora no tengo tiempo, Enrique. Está a punto de llegar un cliente y debo ordenar antes la mesa para darle buena impresión, porque cuando me marché el viernes la dejé muy revuelta.

—No creo que contestarme con un sí o un no te lleve más de un segundo— insistió él con ironía.

Pacientemente apoyó ella la espalda en la puerta.

—Preferiría dejar este tema para otro momento, pero si te empeñas te diré que todos, menos tú, nos sentimos incapaces de vencer ciertas carencias de nuestra manera de ser. Con unas hemos nacido, pero otras las hemos adquirido a lo largo de nuestra vida por distintos motivos. A nuestro pesar, algunos de esos traumas forman parte de nosotros mismos sin que esté en nuestra mano evitarlo. Yo no puedo superar aquello y lo que necesito es vivir en paz.

—Te has resignado, ¿no?— inquirió en tono bajo.

—Pues sí. A ti te parecerá absurdo que haya tirado la toalla, pero lo considero preferible a declararme a mí misma una guerra que sé que no voy a ganar.

Se acarició él pensativamente la mejilla con una mano, mientras que con la otra se retiraba los mechones de cabello oscuro que le habían resbalado sobre la frente. Le pareció a Verónica que necesitaba ganar tiempo para entender lo que ella le había dicho.

—Y él estaba de acuerdo contigo en ese punto— murmuró al fin.

—Sí.

— ¿Y fue por eso?

Intentó ella retroceder con la mente a la mañana en que le conoció para revivir lo que había sentido por Octavio cuando se sentó a su lado en la mesa de la cafetería. Entender qué había visto en él entonces, pero no logró extraer de su memoria su rostro ni sus facciones. Las vio borrosas, desdibujadas entre los recuerdos imprecisos que se entremezclaban en su mente. De éstos solo consiguió perfilar con claridad la camilla cubierta con una sábana blanca en aquella sala tan fría y tan desabrida y la voz de Simón preguntándole si reconocía aquel cuerpo como el de su marido.

Aunque impasible en apariencia, Enrique aguardaba su respuesta, por lo que hizo un esfuerzo para regresar al despacho en el que se hallaba y murmurar:

—No podía soportar la presión a la que me teníais sometida entre la psicóloga y tú. No podía más. Entonces le conocí a él, tan optimista… tan alegre… y también tan irresponsable. Me agarré a él como a una tabla de salvación. A él le parecía una nimiedad que me asfixiara en el interior de un coche desde el momento en el que su conductor lo arrancaba. De hecho, durante los meses en los que fuimos novios íbamos siempre andando y daba la impresión de que disfrutaba con nuestros paseos. Nunca sugirió que saliéramos en su automóvil a las afueras de Madrid para merendar en algún mesón o para visitar un monumento. Aceptó el problema que tenía yo sin cuestionárselo, como si fuera una niñería que no merece la pena corregir.

Había bajado la cabeza Enrique y permanecía contemplando el papel que tenía sobre la mesa, pero Verónica advirtió que no lo miraba. En silencio pretendía asimilar lo que acababa de decirle y se preguntó ella si no debería iniciar la retirada. Tenía la puerta a su espalda, por lo que le bastaría con apartarse unos milímetros de la hoja de madera y darse media vuelta para salir del despacho y poner fin a la escena tan tensa que estaba viviendo.

Algo la retuvo, sin embargo. La añoranza de otros tiempos no tan lejanos y un vago sentimiento de contrición por la crueldad con la que se había expresado, de la que en ese instante comprendió que él no era merecedor.

—Lo siento— le oyó decir al cabo de un silencio interminable—. Pensé entonces que era lo mejor para ti, pero por lo visto me equivoqué. Entiendo ahora que has optado por vivir con ese lastre y que yo no era quien para obstinarme en que le pusieras remedio. Hay muchas chicas de tu edad que no conducen automóviles y que no lo echan de menos.

—Pero no hay tantas que no soporten subirse al asiento del copiloto cuando ese automóvil es conducido por otra persona— objetó conciliadora—. Y no te sientas culpable, porque probablemente hiciste lo que debías, aunque no lo que deseaba yo ni lo que necesitaba.

— ¿Y qué es lo que necesitabas?

Reprimió Verónica un suspiro de impaciencia. ¿Cómo no se habría dado cuenta seis meses antes si era tan palpable?

—Comprensión, sobre todo necesitaba comprensión— repuso a media voz.

—¿Y por qué no me lo dijiste?— se lamentó él trasluciendo desconcierto.

Ahora sí dejó escapar el suspiro que había reprimido antes.

— ¿Que por qué? ¿Ves cómo los hombres no entendéis nada? Vuestra obligación es adivinar lo que sentimos sin que tengamos que explicároslo.

La expresión de confusión desapareció de su rostro para dar paso a una sonrisa irónica.

—Ya. ¿Y hay muchos capaces de realizar esa proeza?

—No sé si hay muchos— replicó irritada—. Entonces solo me importaba cómo te comportaras tú, no el resto de los miembros del sexo masculino. Pero ya te he dicho antes que tú nunca has entendido nada, así que mejor dejamos esta tonta conversación, porque es inútil explicártelo y porque tengo que recibir a un cliente. Hasta luego.

Salió dignamente del despacho cerrando cuidadosamente la puerta a su espalda y se encaminó hacia el suyo, donde Sara la estaba llamando ya por el teléfono interior. Vio la lucecita roja del aparato encendida en cuanto entró y descolgó el auricular llevándoselo al oído.

—Verónica. Está en la sala de espera don Óscar Velasco. Me ha dicho que ha quedado contigo esta mañana. ¿Le hago pasar?

—Sí, claro— repuso, bordeando atropelladamente la mesa para dejarse caer en la butaca y atusarse ligeramente la melena. Hubiera extraído de su bolso el espejito para comprobar si se le había corrido el rímel cuando los ojos se le habían cuajado de lagrimones, pero comprendió que no tenía tiempo y se limitó a adoptar una postura digna.

Unos segundos más tarde oyó los golpecitos que la secretaria propinaba en la puerta y seguidamente se abrió ésta dándole paso a Óscar. Vestía el abrigo con el que cubría su elegante traje gris la última tarde que le había visto, del que se despojó al tomar asiento en una de las butaquitas de los clientes. Luego levantó hacia ella su risueño rostro.

—No te vas a creer lo que ha sucedido. Mónica se ha marchado.

— ¿Cómo que se ha marchado?

—Que se ha ido. Que se ha largado con su abogado. Me ha dejado una nota en la que me dice que va a iniciar una nueva vida y que desea que sea muy feliz.

Pese a la costumbre que tenía Verónica de escuchar muchas de las desatinadas reacciones de los cónyuges de sus clientes y las de estos mismos cuando pretendían divorciarse, la sorpresa la obligó a abrir la boca y permaneció en esa posición sin conseguir volver a cerrarla un tiempo más que regular.

— ¿Que se ha marchado?

—Sí, anoche. Cuando llegué a casa encontré esa nota sobre la mesa del vestíbulo.

— ¿Y a qué ha obedecido su cambio de actitud? ¿Discutisteis?

—No, qué va. Últimamente nos ignorábamos y procurábamos no coincidir. Al fin soy libre. ¿No te parece un milagro?

Se reía como un chiquillo, feliz por haber conseguido un sueño inalcanzable y Verónica le imitó, contagiada por el optimismo que transmitía.

—Me alegro mucho, pero aún no eres libre. Al menos, no formalmente.

— ¿Quieres decir que de todas formas tengo que iniciar los trámites del divorcio?

—Efectivamente, pero dadas las circunstancias podríamos tramitarla de mutuo acuerdo, para lo cual debéis firmar previamente un convenio regulador. Dame el teléfono o la dirección de ese abogado y me pondré en contacto con él para llegar a un acuerdo.

La miró confuso, como si no la entendiera.

— ¿Sobre qué necesitas ponerte de acuerdo con ese tipo? Pídele al juez que me conceda el divorcio y punto.

Sonrió Verónica al oírle por la inexperiencia que manifestaba sobre el procedimiento judicial que debían seguir.

—En el divorcio de mutuo acuerdo, como en el contencioso, es preciso cumplir unos trámites, ¿comprendes? Si ella se ha marchado sin pedirte nada, puede que esté dispuesta a renunciar a lo que podría corresponderle. Por eso tengo que hablar con su abogado.

Contrariado, frunció el ceño como un niño cogido en falta.

—Pues me vas a tener que perdonar por hacerte perder el tiempo esta mañana, pero en este momento no puedo darte su teléfono ni su dirección, porque no los tengo.

—Sabrás al menos como se llama de apellido ese abogado. Puedo averiguar los datos que te he pedido llamando al Colegio.

Meneó él la cabeza en sentido negativo.

—Pensarás que soy idiota, pero no se me ocurrió nunca preguntárselo a Mónica y la verdad es que ella no me ha dicho al largarse cuál es el domicilio de él. ¿Qué podemos hacer ahora?

—Intentar averiguarlo, porque tenemos que hacerlo constar en la demanda para que se la notifiquen.

Lo meditó Óscar en silencio y con la cabeza baja, pero no tardó en recuperar el aire optimista con el que se había presentado en el despacho.

—Podemos esperar entonces a que dé señales de vida. Al menos, durante un mes o dos.

—Bien, como quieras.

Se aclaró él la voz carraspeando antes de hacerle la siguiente proposición.

—Oye, he pensado que ahora que se ha largado podría invitarte una noche a cenar. Sé de un restaurante magnífico y podríamos celebrar que al fin esa pécora me ha dejado en paz. ¿Qué te parece?

No acostumbraba ella a salir con los clientes, por lo que buscó apresuradamente una excusa.

—No te conviene que te vean con otra chica mientras se esté tramitando el divorcio, ¿comprendes?

En el atractivo semblante de él se pintó la decepción más absoluta.

— ¡Ah!, lo dejaremos para más adelante entonces—. Se acarició el cogote como si buscara con ese gesto inspiración para continuar charlando con ella y no verse obligado a despedirse y le preguntó a continuación—: ¿Visitaste al fin el chalet en el que vivía tu marido?

—Sí, ayer tarde.

— ¿Y en qué fuiste hasta esa urbanización?

—En el coche de una amiga. Es una persona excelente y se prestó a acompañarme.

La miró ahora con unos ojos que reflejaban su interés por conocer su respuesta al tiempo que le preguntaba:

— ¿Te ayudó esa visita a conocer mejor al hombre con el que te casaste?

Vaciló ella preguntándose si debería contestarle o si sería preferible que eludiera la respuesta. Escuchaba siempre las intimidades de sus clientes pero no les hacía partícipes de las suyas propias. Con Óscar, sin embargo, todo había sido diferente desde el primer momento por la comprensión con la que la escuchaba. Manifestaba con ella una empatía poco común por lo que se decidió finalmente a quedarse a medio camino entre lo que pudieran considerarse confidencias y una contestación evasiva.

—Creo que no— repuso a media voz con la mirada baja—. La casa estaba completamente vacía de objetos personales. Me dio la impresión de que se había ocupado de dejarla lista para que su dueño la volviera a alquilar.

La observó con atención antes de sonreír escépticamente.

— ¿Estás segura? De una vivienda puede extraerse un sinfín de conclusiones sobre sus moradores. ¿No hubo nada que llamara tu atención? ¿No se dejó ningún libro olvidado sobre una mesa ni una nota escrita sobre algún mueble ni un papel en el cubo de la basura?

Meneó Verónica negativamente la cabeza, pero finalmente se le escapó.

—No, solo una colilla en el suelo de la cocina.

— ¿Fumaba él?

—Sí, mucho.

Se arrellanó Óscar en la butaca y apoyó la cabeza en el respaldo como si estuviera meditando intensamente.

—Bueno, esa colilla no quiere decir nada. Pudo tirarla al suelo la misma mañana en la que abandonó esa casa.

—Hubo también otro detalle que me extrañó—insistió Verónica desechando ya todo reparo en referírselo—. Había varias plantas por la casa y, aunque no lo comprobé, aseguraría por su estado que las habían regado recientemente. Las plantas se mueren si las dejas durante varios días en una casa a oscuras y sin agua y daban la impresión de que estar muy bien cuidadas. A Octavio le gustaban mucho las flores y la jardinería en general.

No efectuó él ningún comentario. Se acarició primero una mejilla y luego el cogote para terminar clavando en su rostro sus ojos castaños en los que pudo leer Verónica cierta preocupación.

— ¿Piensas que puede estar vivo y que ha regresado a la casa en la que vivía?

—No lo sé, pero podría ser.

—Pero eso no tendría ningún sentido— objetó él—. Sería el primer lugar en el que iría a buscarle la policía.

—La policía no sabe que vivía en ese chalet. No lo sabe aún, porque no se me ocurrió decírselo a Simón. Simón es el guardia civil que llevó el caso y el que le encontró en el fondo del precipicio. Le llevé ayer el ordenador de Octavio y se me olvidó comentárselo. Que esa era su casa lo ha descubierto un detective que hemos contratado para que investigue su pasado. ¿Crees que debería llamar a Simón para aclarárselo?

Vaciló imperceptiblemente.

—Pues… pues no lo sé. Depende de lo que quieras tú. Depende de que quieras reunirte de nuevo con él o que prefieras perderle de vista para siempre—. Notó ella que buscaba las palabras oportunas, cuando le preguntó carraspeando—: ¿Te alegrarías de que estuviera vivo?

No tuvo Verónica necesidad de reflexionar sobre la cuestión.

—No.

— ¿No te alegrarías?

—No. Él no era la persona que yo creía que era.

— ¿Y qué vas a hacer?

—No lo sé. Tenías tú razón, porque no me dejó como herencia solo deudas. La aceptaré, venderé los inmuebles que había adquirido y las pagaré.

Le dio a ella la impresión de su explicación le había producido cierta desazón porque le vio removerse inquieto en la butaca antes de volver a carraspear.

—No sé. Creo que deberías esperar.

— ¿A qué?

—A comprobar si efectivamente fue a tu marido al que encontraron en el fondo del barranco del que me hablaste. Me dijiste que su cara estaba desfigurada y que no estás segura de que el cuerpo que viste en el depósito fuera el de él. ¿Qué sucedería si se presentara de pronto en tu casa y se enterara de que habías vendido esos inmuebles a los que te has referido?

—Que eran solo suyos, con carácter privativo, porque los compró antes de casarse conmigo— terminó pensativa completando la frase— Sucedería, que el juez declararía nula esa venta.

—Por eso creo que debes esperar.

— ¿A que aparezca?

—A estar segura de lo que le sucedió.

Inconscientemente y al igual que solía hacer Enrique, cogió ella el bolígrafo que tenía sobre la mesa y empezó a tabalear con él.

—Hay también otra cosa que no te he contado. Cuando estábamos en su dormitorio oímos mi amiga y yo el ruido de una puerta al cerrarse.

— ¿Y no pudo ser el viento?

—No hacía viento. Llovía fuera, pero nada más. Nos asustamos y nos marchamos de puntillas sin intentar averiguar si había alguien más en la casa. Ahora me arrepiento.

El atractivo semblante de él se distendió en una sonrisa comprensiva.

—Es natural que te asustaras y también es natural que quieras salir de dudas ahora. Si puedo ayudarte…. —- Una idea satisfactoria debió cruzar por su mente en ese momento, porque su sonrisa se intensificó— Oye, he pensado que podría llevarte yo a ese chalet. Despejaremos juntos esas cuestiones que han despertado tus sospechas. Comprobaremos si la tierra de las plantas está húmeda, si el olor a tabaco se ha incrementado... todo lo que te ha intrigado y te ha hecho imaginar que puede obedecer a la presencia de él en esa casa. ¿Qué te parece?

Se acodó Verónica en la mesa para reflexionar más cómodamente sobre la proposición que le hacía. Ciertamente en su compañía se sentiría más segura que en la de Rebeca y necesitaba comprobar a ciencia cierta que no era Octavio el que deambulaba por el chalet.

—Me parece bien— repuso más animada— ¿Cuándo te vendría bien a ti que nos acercáramos a Montepríncipe?

— ¿Qué te parece mañana por la mañana?

—No, mañana tengo que presentarme en un juzgado de familia para asistir a la ratificación del convenio de un divorcio de unos clientes.

— ¿Pasado mañana?

—Mejor el próximo sábado por la tarde, si no has quedado con nadie.

Volvió a sonreír él.

—No he quedado con nadie. Te recogeré en tu casa, a eso de las seis. Puedes aprovechar para enseñármela y convencerme así de que no es un antro horrible. Después registraremos a fondo el chalet del que fue tu marido y lo celebraremos, sea cual sea el resultado de lo que encontremos.

—De acuerdo— aprobó ella poniéndose en pie para hacerle comprender que la entrevista había finalizado.

Le acompañó hasta la puerta y cuando regresó a la mesa oyó el sonido de su móvil que indicaba una llamada. Reconoció la voz de Leandro, tímida como siempre, pero que denotaba además cierta inquietud.

— ¿Has sabido algo de Simón?— le preguntó él.

—Sí, han detenido al pederasta, pero parece que no ha tenido él nada que ver con la muerte de Octavio.

— ¿Y ha salido a relucir el nombre de tu marido?

—No, no. Han identificado a ese tipo por las fotografías. Por lo que me ha dicho Simón tiene una coartada perfecta, ya que estaba en Madrid esa noche, en un bar y con un montón de gente que lo atestiguará.

—Pues vaya por Dios— se lamentó él.

—Sí, pero al menos ese tipo se olvidará de mí y no podrá de ahora en adelante entrar en mi piso a registrarlo— apuntó con un fingido tono de chanza.

—No, claro. Y por cierto, Tamara me ha comentado que estuviste con una amiga en la casa en la que vivía Octavio y que estaba completamente vacía.

—No quedaba ninguno de sus efectos personales, a excepción de los muebles que creo que sí eran suyos. Y muy bonitos por cierto.

— ¿Y no viste…no viste por allí ningún ordenador?

En cualquier otro le hubiera extrañado la pregunta, pero Leandro era un obseso de la informática por lo que le pareció natural su curiosidad.

—No, no vi ninguno por allí, aunque no entramos en todas las habitaciones.

—Ya— musitó decepcionado.

— ¿Por qué lo preguntas?

—Porque… porque estoy preocupado. Estoy preocupado por ti.

— ¿Por mí?, ¿por qué? Ya te he dicho que han detenido a ese hombre.

—Que no es el que mató a tu marido. He estado recordando las conversaciones que mantuve con él cuando le conocí. Sabes que le ayudé a programar algunas aplicaciones y me he acordado de que llevaba siempre un pendrive colgado del cinturón. Dada la actividad a la que se dedicaba— le comentó con suma delicadeza—, estoy seguro de que ese pendrive contenía una copia de seguridad de la información del disco duro de su portátil. ¿Comprobaste si llevaba material informático en su maleta?

Rememoró Verónica el momento en el que en su habitación del albergue la colocó Eladio sobre la cama y la abrió, así como la sorpresa que experimentaron los dos al ver la ropa veraniega que contenía.

— ¿Un CD? No, no vi nada de eso.

—No. Me refiero a un pendrive ¿Te fijaste bien?

—No, no.

— ¿Y comprobaste lo que llevaba él en los bolsillos? Te lo devolvería la policía a la vez que la ropa que llevaba cuando le encontraron.

—Sí, sí, claro— afirmó confusa— ¿Pero por qué me preguntas todo eso? Simón me lo entregó todo dentro de una bolsa de plástico que metí en la maleta de él allí y que en mi casa he guardado en el maletero. ¿Es importante?

—Opino que sí. Si había alguien más implicado en el negocio de tu marido, sería natural que se asegurara de que no se había perdido todo el material, ¿comprendes?

Se retiró ella la melena de su rostro después de afirmar con la cabeza, sin darse cuenta de que él no podía verla, mientras intentaba entender el significado de sus palabras, que en un principio le sonaron huecas, sin sentido. Solo fue un instante. Un segundo más tarde fueron haciéndose dolorosamente inteligibles y el peso del que creía haberse liberado al entregarle el ordenador al guardia civil volvió a caerle sobre los hombros.

—Sí, claro. Me estás diciendo que en un pendrive podría haber grabado Octavio toda esa información comprometedora que hemos puesto en manos de Simón. Y que lo busque para que se lo llevemos también lo antes posible, ¿No es eso?

Le pareció que vacilaba ahora.

—Sí, pero he pensado que podría ayudarte. Podría acompañarte a tu casa al mediodía para que revisemos entre los dos su equipaje y el contenido de esa bolsa de plástico que te entregó Simón, ¿qué te parece?

Su proposición le pareció extraña. Se había expresado con una seguridad impropia en él. Sin su acostumbrada timidez, con una voz que no se parecía a la suya. Pero no se sentía con fuerzas de que la acompañara a su piso a revolverle sus cosas y aún menos las de Octavio.

—No es necesario— replicó con fingida ligereza—. Me voy a quedar a comer en la cafetería de la esquina con tu hermana, por lo que no volveré a mi casa hasta esta noche.

Además conozco de sobra los pendrives, los CD y todos esos artilugios que te entusiasman. Si encuentro algo de interés, te llamaré.

No pareció sentirse satisfecho con su respuesta, sino al contrario.

—Creo que no te has dado cuenta de la importancia que puede tener lo que te he dicho— insistió.

—Claro que me he dado cuenta— le contradijo ella. Y con la intención de quitárselo de encima, añadió bromeando—: Yo también me llevo a veces a mi casa los escritos de las demandas que no he tenido tiempo de rematar en el despacho en un pendrive. Sé lo que es, así que no te preocupes. Y ahora perdona, pero tengo mucho trabajo y…

—Vale— le oyó refunfuñar enfadado—. Y perdona si te he entretenido.

—No, si no es eso— empezó a decir, pero él había cortado ya la comunicación lo que la dejó perpleja. No hubiera imaginado nunca que Leandro pudiera dejarla con la palabra en la boca ni que fuera capaz de mostrarse tan insistente.

No volvió a pensar en él hasta que esa noche llegó al edificio en el que vivía, después de despedirse de Tamara ante su portal, que mediaba tan solo una manzana del de ella. Hacía frío cuando salieron a la calle, por lo que habían caminado aprisa y con la cabeza baja y llegó a su casa tan cansada que pensó darse una ducha y tomarse cualquier cosa en la cocina para irse inmediatamente a la cama. No llegó, sin embargo, a dar más que un par de pasos dentro del vestíbulo para retroceder inmediatamente hasta chocar de espaldas contra la puerta. ¿Qué flotaba en el ambiente que la había obligado a detenerse como si hubiera echado raíces en el suelo? Porque no olía a tabaco como en ocasiones anteriores, era otra cosa.

Con la espalda apoyada contra la hoja de madera accionó el conmutador de la luz y dirigió una ojeada a su alrededor. Todo parecía estar en su sitio. Las butaquitas de piel marrón ocupaban la esquina contraria al lugar en el que ella se encontraba, como siempre y el florero de rosas rojas extendía sus pétalos artificiales hacia ella desde la cómoda adosada a la pared de enfrente. ¿Qué era entonces lo que la había alertado?

Porque había algo que no estaba donde ella lo había dejado al marcharse esa mañana a su despacho.

Quizás fuera aquel silencio tan hondo, tan desacostumbrado, pensó, tras realizar otro recorrido visual por la habitación. Las rabietas del bebé de los vecinos solía traspasar el espesor de los muros del edificio con demasiada frecuencia y también las broncas del matrimonio recién casado que vivía un piso más arriba, pero en ese momento no se oía nada. Nada si se exceptuaba su propia respiración y sin embargo....

Pero había algo más, se dijo después de otro inquieto escrutinio. Había dejado al marcharse las puertas del salón cerradas, estaba segura de ello, y ahora se encontraban entreabiertas las dos hojas, con la oscuridad filtrándose a través de sus cristales. ¿Habría alguien esperándola en esa estancia, sentado en el sofá?

Notó que empezaba a sudar de puro nerviosismo. ¿Por qué le habría dicho a Leandro que no le necesitaba para buscar el pendrive, el CD o lo que fuera, en el que quizás Octavio hubiera efectuado una copia de seguridad de la información contenida en su portátil? En el supuesto, claro está, de que, como creía Leandro, él hubiera tomado esa precaución, lo que le parecía mucho suponer, porque en su opinión Octavio era incapaz de planificar sus acciones. El arquetipo del hombre improvisador, desorganizado, que como una alegre mariposa disfrutara de la vida sin plantearse el mañana ni recordar el ayer.

Pero el intruso que había allanado su morada no lo sabría. No tendría una idea ni siquiera aproximada de las facetas que le caracterizaban y habría llegado a la conclusión de que cualquier persona con un mediano raciocinio habría hecho esa copia.

¿Y qué debería hacer ella ahora?, se preguntó. No podía permanecer como un poste con la espalda apoyada contra la puerta toda la noche, eso estaba claro. Debía apartarse de esa puerta, avanzar hacia el salón y entrar en la habitación para comprobar si había alguien dentro. A ella, Octavio, si es que era Octavio quien había asaltado su casa, no le haría daño, de eso estaba segura. Le imaginó sonriente, apoltronado en el sofá o en una butaca, como tantas noches en las que se había quedado a cenar y habían visto luego una película en el televisor. ¿Tendría la misma expresión, ahora que ella conocía lo que había ignorado de él anteriormente? Probablemente sí y hasta era posible que desenfadadamente le preguntara: "Querida, ¿has visto mi pendrive? No lo encuentro por ninguna parte"

La rabia sorda que le produjo ese pensamiento la ayudó a acumular el valor que le faltaba y a recuperar el movimiento de sus miembros inferiores. Avanzó un paso y luego otro y al alcanzar la puerta de cristales la empujó accionando la llave de la luz a continuación.

En la estancia no había nadie, lo comprobó al primer golpe de vista. No parecía tampoco que un intruso hubiera estado allí, porque no había nada fuera de su sitio, por lo que dejó escapar un suspiro de alivio y entró decidida diciéndose que había sido una tonta al imaginar tales absurdos. Fue entonces cuando tropezó con la alfombra. Su borde estaba levantado y enrollado por ese extremo, lo que le sucedía a veces desde que la mandara a la tintorería dos meses antes. Pero recordaba con toda claridad que al acostarse la noche anterior la había estirado y que con el propósito de que no volviera a levantarse le había colocado encima dos tomos de una pesada enciclopedia. Ahora esos volúmenes estaban sobre la mesita de cristal. Alguien había estado en esa habitación y había estado a punto de caerse por culpa de la dichosa alfombra, a la que a menudo había pensado dar por amortizada y sustituirla por otra nueva y si no había llegado a hacerlo había sido porque no le había sobrado el dinero para efectuar ese gasto.

Pero en ese momento lo importante era averiguar si esa persona continuaba estando dentro de la casa. ¿Se habría escondido en otra habitación al oírla entrar?

Silenciosamente volvió al vestíbulo y tras atravesarlo oteó el largo y oscuro pasillo. El silencio era absoluto por lo que se decidió a aventurarse por él caminando de puntillas. Con una mano temblorosa asió el picaporte de la primera puerta de su izquierda y lo hizo girar cuidadosamente encendiendo simultáneamente la luz. Su despacho estaba vacío y no parecía que hubiera nada fuera de su sitio, por lo que continuó ruta hasta el dormitorio que denominaba "de invitados". El que constaba de una sola cama. Tampoco encontró en él nada que llamara su atención. La colcha de color crema cubría el lecho sin una sola arruga y la butaca ocupaba su lugar de siempre, bajo la ventana, por lo que regresó al corredor y desde allí pasó a su cuarto.

Nada más entrar intuyó lo que podía estar buscando el intruso y levantó la mirada hacia el maletero del armario. Estaba ligeramente entreabierto y no había sido ella quien lo había dejado así, porque desde el día del entierro en el que había guardado dentro de él su maleta y la que había sido de Octavio con las pertenencias que había llevado él al albergue dentro, no lo había vuelto a utilizar.

Durante unos segundos lo observó con el ceño fruncido, a la par que una sospecha iba afianzándose en su mente. Después fue a la cocina en busca de una escalera y con ella a cuestas regresó a su dormitorio para colocarla junto al armario y subir los peldaños necesarios para alcanzar el maletero, abrirlo y extraer la maleta de él. Pesaba y temió perder el equilibrio mientras descendía los escalones, pero finalmente logró bajarla al suelo sin percances y la colocó sobre su cama.

La operación que estaba realizando la transportó a la noche en la que desapareció él y Eladio la ayudó a efectuar la misma maniobra en su habitación mientras el vendaval rugía fuera y experimentaba ella una angustia inmensa por su desaparición. Creía haber olvidado la heladora sensación de incredulidad que removió entonces sus fibras más sensibles al ver su contenido. Al advertir por la expresión de Eladio que estaba dando por hecho lo mismo que ella estaba temiendo, porque no podía darse otra interpretación al contenido de esa maleta, con el pijama de pantalón corto de Octavio cubriendo las camisas de verano, los restantes pantalones igualmente cortos y los dos bañadores que le había regalado ella el verano anterior.

Pero no debería importarle ya que él hubiera querido abandonarla la misma noche de su boda, se dijo. Tenía que haber superado el dolor que le produjo entonces y sentir únicamente bochorno al ser consciente de lo desairado de su situación, lo que entonces hizo patente además el gesto, primero de sorpresa y luego de sarcasmo, del guarda de seguridad del albergue.

Meneó con fuerza la cabeza para no pensarlo y fue extrayendo una a una las prendas de la maleta. Palpó cuidadosamente el pijama, las camisas, los pantalones, todo, sin dar con el objeto duro que buscaba. ¿Lo habría encontrado anteriormente el intruso que se había colado en el piso y que había tropezado con la alfombra?

Debajo del equipaje dio con la bolsa de plástico que le había entregado Simón conteniendo la destrozada ropa que había vestido Octavio cuando le rescataron del fondo del precipicio. Su anorak azul marino, el gorro de punto rojo, los gruesos pantalones de pana y el jersey azul marino de cuello vuelto, así como el contenido de los bolsillos: su documentación, unas monedas y el mechero que le había regalado ella por su cumpleaños. ¿Sería verdaderamente el aniversario de su nacimiento el día en el que lo celebraron?, se preguntó. No le extrañaría ahora que él hubiera elegido una fecha al azar y que hubiera apagado las velas de la tarta esa noche, en la sala de estar de su casa, con la expresión de felicidad con la que un niño suele celebrar ese acontecimiento, porque todo en él era mentira.

Pero ya no le importaba. O no debería importarle, se repitió para convencerse. Bastaría con que lograra superar la sensación de ridículo que experimentaba ante lo que interpretaba como socarronería en los rostros de los que la rodeaban. Fundamentalmente de Enrique. Sin duda la habría rebajado muchos puntos en la valoración con la que había ponderado anteriormente su inteligencia y su sentido común.

Tampoco quería pensar en ello, decidió. Guardaría en el maletero nuevamente la maleta y al día siguiente llamaría a Leandro para decirle que no había encontrado nada en el equipaje de Octavio que se asemejara a un pendrive.

CAPÍTULO XIV

Intentó referírselo a Rebeca a la mañana siguiente, cuando ésta la llamó a su despacho para interesarse por cómo se encontraba, pero no fue capaz de expresarse con claridad.

—No entiendo lo que me dices— se quejó su amiga con su voz ronca de fumadora empedernida, después de insistir varias veces en que le aclarara el relato—. ¿Qué tiene que ver esa enciclopedia con el pendrive que no encontraste? ¿Y por qué habría de haber querido tirártela sobre la alfombra ese tipo que dices que asaltó tu casa? Es absurdo.

— ¿Crees que me lo he inventado?— se enfadó ella.

Vaciló la otra sin decidirse a decirle la verdad.

—No, no, pero sí creo que tienes los nervios bastante alterados, lo que por otra parte no es raro.

—No, claro— masculló irritada— Y ahora vas a recomendarme que visite a tu psicóloga para que me haga comprender que veo visiones, que el hombre que entró ayer en mi piso no tropezó con la alfombra ni recogió la enciclopedia y la colocó encima de la mesita de cristal del salón. Que tampoco bajó la maleta de Octavio del maletero ni estuvo buscando ese pendrive que no aparece.

— ¿Pero qué pendrive es ese?— insistió pacientemente Rebeca.

—Es Leandro el que se ha empeñado en que existe— repuso Verónica incoherentemente— Está empeñado en que sería lo natural.

—¿Qué lo hubiera guardado Octavio en su maleta?— inquirió Rebeca luchando desesperadamente por entenderla.

—Eso es.

—¿Y por qué o para qué lo quiere ese amigo tuyo?

—Porque piensa que Octavio podía tener un compinche que estuviera buscando la información que él había acopiado y que la hubiera grabado en ese pendrive ¿Lo entiendes ahora?

Tardó en contestarle Rebeca, pero debió de atar cabos porque su voz sonó ahora muy diferente.

—Sí, ahora sí. ¿Y lo has buscado bien?

—Sí, en su maleta y en las pertenencias de él que me devolvió Simón y que recordarás, porque estabas conmigo.

—¿Y lo has encontrado?

—No, ya te lo he dicho. Y perdona. Tengo señalada una vista dentro de media hora en el juzgado, así que me marcho a escape. Ya hablaremos.

Iba a cortar la comunicación cuando la voz de la otra lo impidió.

—Oye, me has dejado preocupada. ¿Por qué no quedamos esta tarde y me lo cuentas con más tranquilidad?

Aceptó ella en el acto.

—De acuerdo. Creo que a eso de las siete habré terminado de recibir a la última visita.

—Yo tengo mucho lío en la galería, pero podrías ir allí y así de paso te enseñaría los cuadros que hemos expuesto. Luego podríamos ir a cenar a algún sitio y charlaríamos con tranquilidad, ¿qué te parece?

—Bien. Cogeré el Metro por lo que no tardaré mucho.

—Hasta luego entonces.

Colocó Verónica el auricular en su horquilla y a continuación se levantó apresuradamente de la butaca para descolgar su chaquetón del perchero, ponérselo sobre el traje pantalón gris marengo que vestía y salir corriendo del despacho. En el pasillo tropezó con Herminia, la dueña del piso y la abogado más veterana del colectivo, que intentó detenerla.

—¿A dónde vas con tanta prisa?

—Al juzgado de familia número veintitrés. Tengo que asistir dentro de media hora a la ratificación de un convenio de divorcio.

— ¿Y tus clientes son jóvenes?

—Sí. No les ha durado el matrimonio más de año y medio.

Dejó escapar Herminia un doloroso suspiro.

— ¡Qué lástima y qué tiempos! Es que ahora los jóvenes no aguantan nada— dictaminó, mesándose su rizada melena que le rozaba desaliñadamente los hombros.

Sabía Verónica que su interlocutora carecía de vida privada y que vivía sola con dos gatos por toda compañía en un piso grande y oscuro, por lo que le pareció curioso que se atreviera a opinar sobre las relaciones de pareja, pese a que solo las conocía de oídas, pero consiguió que no trasluciera a su semblante lo que pasaba por su mente y se despidió de ella para salir del piso y lanzarse como una exhalación escaleras abajo.

La vista transcurrió sin incidentes dignos de mención. Los jóvenes contestaron sin vacilar a las preguntas de la juez, afirmando que estaban seguros de querer poner fin a su matrimonio y aunque a la chica se le humedecieron los ojos cuando el secretario judicial le puso a la firma el documento por el que se ratificaba en el convenio acordado con su cónyuge y que había redactado Verónica, lo suscribió resueltamente. Lo mismo que él, y ambos salieron de la sala en pos de ella, que en el pasillo se despidió de los dos.

Probablemente se repetiría en breve plazo y en otro juzgado de familia una escena similar a la que acababa de asistir, se dijo, pensando en Óscar. En cuanto localizara éste el domicilio en el que ahora residía su mujer, quedaría con el abogado con el que vivía ella y ambos acordarían las medidas por las que deberían regirse las relaciones de los dos en el futuro, poniendo fin así a su matrimonio.

La procuradora con la que trabajaba y que había estado sentada a su lado en el estrado la había seguido también al pasillo y en cuanto comentó con ella los asuntos que tenían pendientes, tomó el ascensor y en la sala de togas devolvió la que había llevado puesta al encargado para salir a la calle a continuación. Un sol pálido brillaba en lo más alto luchando por abrirse un hueco entre unas nubes blanquecinas que apenas enturbiaban el azul del cielo y aspiró ella el olor a primavera que ya se hacía sentir. Las ramas de los árboles de la acera empezaban a retoñar y la naturaleza entera parecía despertar del largo y tristón invierno que había dejado atrás. Como todos los años, se dijo, aunque en ese momento le pareció distinto el cambio de estación que se avecinaba. Lo sintió como si el renacer de la naturaleza presagiara un cambio en su existencia en la que los temores que había sufrido la noche anterior no tenían cabida. ¿Por qué habría de haber tenido Octavio un compinche que allanara su vivienda para buscar ese pendrive? Probablemente solo existía ese chisme en la imaginación de Leandro que no concebía el mundo y sus habitantes más que a través de los miles de artilugios relacionados con el sistema informático. Incluso al hallazgo de los dos pesados tomos de la enciclopedia sobre la mesita de cristal del salón podía obedecer simplemente a que hubiera sido ella la que los hubiera recogido la mañana anterior al levantarse y lo hubiera olvidado. Tenía los nervios sobreexcitados por lo que atribuía inconscientemente significados ocultos a las cosas más sencillas.

Satisfecha con esa conclusión, aspiró el olor de la recién nacida primavera diciéndose que con su inicio también ella había dejado atrás su atormentado pasado y que debía olvidar las sinrazones que seguía sin entender para centrarse en el presente. La policía había opinado que las intrusiones de su piso que había denunciado no se habían producido. Probablemente solo existían en su imaginación, tan alterada como sus nervios. El hombre al que Octavio chantajeaba había sido detenido y el ordenador de aquél obraba en poder de Simón, por lo que no tenía ya nada que temer. Debía distraerse, volver a ser una chica razonablemente normal si se exceptuaba su incontrolable aversión a los automóviles y hasta quizás fuese capaz en adelante de afrontar ese trauma y de ponerle remedio. Resultaba realmente incómodo no poder disponer de un cochecito con el que moverse por la ciudad, sobre todo por las afueras, porque de tenerlo y ser capaz de conducirlo se acercaría a la galería de arte de Rebeca en ese momento y le daría una sorpresa. Reconocería que lo que le había referido esa misma mañana desde su despacho sobre el intruso que buscaba en su casa un pendrive era una estupidez y que lo que le había contado sobre los tomos de la enciclopedia obedecía exclusivamente a su exagerada y patológica manía del orden. La padecía desde el accidente y aunque de momento no la podía evitar, haría lo posible también por erradicarla de su manera de actuar en el futuro.

De improviso, una idea que no se le había ocurrido antes cruzó por su mente. ¿Y si tomara un taxi? En un taxi podría acercarse cómodamente y en un santiamén a la galería de Rebeca. La comparecencia en el juzgado había finalizado más pronto de lo que había previsto y no le apetecía encerrarse en el despacho en una mañana tan soleada. Sabía además que Sara no le había citado a ningún cliente esa tarde, por lo que podía por una vez relegar su acendrado sentido del deber para otro momento más oportuno y hacer novillos, como en sus años de estudiante.

En la acera se detuvo a meditarlo. ¿Y si la acometía un ataque de ansiedad y le deba un susto de muerte al taxista? Pero no, se dijo. En el asiento posterior y con los ojos cerrados podría controlar su angustia.

Sin plantearse más posibles inconvenientes, detuvo a uno que venía por la calzada con su lucecita verde encendida y se introdujo en él respirando hondo repetidamente. La voz le salió de la garganta bastante entrecortada cuando le dio la dirección de la galería de arte y experimentó un convulso estremecimiento y el agarrotamiento de sus miembros cuando el hombre arrancó el vehículo, pero cuando se cubrió disimuladamente la cara con el pañuelo que llevaba al cuello, aislándose así del exterior y del trayecto que iban recorriendo, se sintió mejor.

Intentó pensar en otra cosa sin conseguirlo mientras cruzaban la Castellana y ascendían por la calle María de Molina hacia la de Arturo Soria, donde se ubicaba la galería de Rebeca, pero finalmente optó por abrir los ojos y concentrar su atención en lo que podía ver a través del cristal de la ventanilla fijándose en las tiendas, en los transeúntes, en todo lo que discurría ante su mirada para evitar ser consciente de que se hallaba enjaulada en el interior de un vehículo. El taxi había girado ya hacia su izquierda y enfilado la amplia avenida a la que se dirigía. Atravesaba en ese momento una bocacalle cuyo nombre le sonó conocido. Era allí donde vivía Óscar, recordó. Donde residía en el ostentoso chalet del que se sentía tan orgulloso y del que su mujer había pretendido en un principio conseguir que el juez le concediera el uso. La curiosidad pudo más que su traumático pasado y notó más relajados sus miembros inferiores cuando se inclinó hacia adelante para decirle al taxista:

— ¿Puede detener un momento el coche? En la travesía que acabamos de dejar atrás vive un amigo y me gustaría echar un vistazo.

Giró el hombre la cabeza hacia ella y la observó con desconfianza.

— ¿Pretende bajarse sin abonarme el recorrido?

—No, claro que no. Mire, le pagaré lo que marque hasta ahora el taxímetro y usted me esperará sin bajar la bandera. Ya le he dicho que como mucho será un minuto o dos.

Oyó el gruñido que emitió él, que interpretó como de conformidad con lo que le había sugerido, y en cuanto estacionó el hombre el vehículo tras una furgoneta se bajó y echó a correr por la acera hasta que dobló la esquina y alcanzó la cerca del chalet que le interesaba para intentar atisbar entre las espinosas arizónicas de la valla lo que consiguiera distinguir. Apenas si vislumbró algo entre los espesos matorrales. Tan solo el verde intenso del césped, que como un manto se extendía ante el edificio de puntiagudos tejados de pizarra y la terraza que le precedía y a la que se accedía por una amplia escalera que giraba en espiral desde el jardín. Había alguien en esa terraza, arrellanado en una tumbona, pero el sauce que crecía delante de la casa solo le permitía ver sus piernas y los pantalones azules que vestía.

Se dijo que no podía tratarse de Óscar porque a esas horas de la mañana estaría trabajando en su oficina. Tenía que tratarse de otra persona. ¿Pero de quién? Él le había dicho que Mónica había abandonado el hogar conyugal y que se había marchado con su abogado. Que al fin se había liberado de su presencia, por lo que afortunadamente ahora vivía solo. ¿Sería él el que disfrutaba apoltronado en su jardín de la soleada mañana primaveral? En caso afirmativo tenía que haber hecho novillos, como ella, y podría hacerse la encontradiza con él.

¿Y si llamaba al timbre de la puertecilla del jardín?, se preguntó. Sin duda se alegraría de verla y la ofrecería un refresco y otra tumbona.

En ese momento la persona a la que vigilaba desde su observatorio se incorporó y acertó a verla de cuerpo entero. Era una mujer. Una mujer alta, de melena larga y oscura, por lo que Verónica parpadeó desconcertada ante el descubrimiento. ¿No le había dicho él que Mónica le había dejado unos días antes? ¿Es que había vuelto?

Se apoyaba ahora en la barandilla de la terraza y parecía contemplar el jardín que tenía a sus pies. No distinguía Verónica bien su rostro y era altamente improbable que la otra pudiera traspasar el seto con la vista, pero le pareció repentinamente que esa mujer se había dado cuenta del espionaje de que estaba siendo objeto y que había clavado su mirada en ella, por lo que se retiró bruscamente de la valla y volvió al taxi con la respiración agitada, como si hubiera cometido un pecado imperdonable.

—¿Ha encontrado al amigo que buscaba?— le preguntó el hombre, ahora amablemente.

—No... sí, bueno no sé. No estaba él.

—¿Quiere que sigamos entonces?

—Sí, sí. Voy a una galería de arte. Debe de estar un par de manzanas más allá.

Arrancó el taxista de nuevo y Verónica se sintió tan mal dentro del vehículo, que se vio obligada a extraer un pañuelo de su bolso y a fingir que se sonaba la nariz, aprovechando para taparse también los ojos y no ver que el coche se había puesto en movimiento.

—Ha enganchado usted un buen catarro, ¿verdad? Es lo que tiene la primavera y sus cambios de tiempo— le comentó el hombre, observándola por el retrovisor y muy satisfecho de su perspicacia.

Le refirió a continuación la última gripe que había padecido en otra primavera similar y aún no había terminado de contarle las últimas molestias de esa enfermedad cuando llegaron a su destino, un local con una puerta de cristales y con un escaparate en el que podía verse un cuadro de grandes dimensiones con un paisaje del estanque del Retiro. No entendía Verónica mucho de pintura, pero le pareció bonito. Plasmaba otra primavera con un colorido intenso bajo un cielo azul sin una nube y el agua del estanque reflejaba esos colores y el de los árboles que crecían en las orillas.

Pero no podía perder más tiempo, se dijo. Debería volver a su despacho a tiempo de comer con Tamara y pretendía charlar antes con Rebeca sin prisas y admirar los cuadros que tenían expuestos si es que merecían que se los admirara.

Decidida empujó la puerta de cristal y parpadeó intentando acomodar su visión a la penumbra en la que estaba sumido el interior de la galería y que contrastaba con la luminosidad de la calle. Una señora alta y distinguida se le aproximó. Vestía un traje negro muy ceñido y llevaba un collar de perlas al cuello. Su melena, de un color rubio platino, le resbalaba suavemente sobre los hombres enmarcando un rostro atractivo en el que se le marcaban ya los signos de la edad. Calculó Verónica que habría traspasado ya los sesenta, pese a lo cual caminaba con suma agilidad sobre sus altísimos tacones.

—No abrimos hasta las seis de la tarde— le dijo amablemente— pero si quiere ver ahora los cuadros que tenemos expuestos, no hay ningún inconveniente.

Se sintió tímida y desaliñada Verónica sin saber por qué. Le dio la impresión de que con su llegada intempestiva acababa de profanar un santuario de arte y que ella desentonaba en un escenario en el que no acertaba a desenvolverse con soltura, pero le sonrió.

—Yo… en realidad he venido a visitar a una amiga que trabaja aquí. No conocía el horario de esta galería. Se llama Rebeca Marín.

La señora le devolvió la sonrisa.

— ¿Rebeca?, sí, no puede tardar ya. Tenemos que cambiar entre las dos la disposición de algunos cuadros esta mañana. Es ella la que se ocupa de esos detalles, por lo que estará al caer. Tiene un gusto exquisito.

Al oírla rememoró sorprendida Verónica la desastrada ropa que vestía su amiga y que resaltaba la falta de armonía de su figura, sus zapatones viejos sin tacón y su mal cortada melena rojiza. ¿Cómo podría aplicarle la señora que tenía enfrente y que la miraba de hito en hito ese calificativo?

—Sí, sí, es una persona estupenda— corroboró.

—Pero sobre todo una gran artista— insistió la otra—. ¿Quiere ver alguno de sus cuadros? Solo tenemos colgado uno de ella en este momento y encima me ha insistido mucho en que lo descuelgue esta mañana y que lo guarde en el almacén, pero no pienso hacerlo sola, porque aún confío en convencerla de que lo deje expuesto. ¿Por qué le habrá entrado esa manía? Se pasa de modesta a pesar de que varios clientes nuestros se han interesado por ese cuadro. Es un magnífico retrato. Pero venga.

La siguió Verónica y en su compañía pasó revista rápidamente a los que pendían de la pared de la derecha del local y que en su mayoría eran paisajes. También le parecieron bonitos aunque no se hubiera atrevido a opinar sobre su calidad pictórica y mucho menos con su interlocutora, ya que indiscutiblemente dominaba ésta la materia. Se deshizo en elogios sobre todos ellos y sobre sus autores a lo que Verónica se limitó a asentir como una autómata. Se giró luego sobre sus altos tacones para mostrarle los de la pared de enfrente y concretamente uno que le señaló y al que le encendió el sofito adosado a su base para iluminarlo. Luego se apartó unos pasos para contemplarlo con mejor perspectiva y con los ojos entornados para preguntarle:

— ¿Qué le parece? ¿No cree que ese retrato de su amiga es una auténtica obra de arte?

Se volvió también Verónica hacia el lugar que le indicaba simulando un interés del que carecía. Por complacerla clavó los ojos en el cuadro de mediano tamaño que le señalaba y al fijarse en él abrió desmesuradamente sus ojos al tiempo que sentía un vuelco en el estómago, antes de que algo le repercutiera dentro como si se hubiera tragado una bola de hierro. Porque desde el lienzo era Octavio el que le estaba sonriendo. Era él con su aire de adolescente y sus ojos dorados en los que brillaban chispitas de colores. La miraba desde el cuadro como si estuviera vivo y le quisiera decir algo. Como la mañana que le conoció en la cafetería y se sentó a su lado con la misma sonrisa y la expresión de un chiquillo que ha pasado a ser adulto sin que esos años se reflejen en sus facciones. Se la dedicaba desde el cuadro igual que entonces, con las mismas arruguillas que bordeaban sus párpados al reírse, incongruentes en su semblante juvenil.

Le pareció de pronto que el rostro que contemplaba se difuminaba entre una niebla gris y que el local entero giraba a su alrededor. Vagamente creyó oír la voz de la señora sosteniéndola.

— ¿Qué le sucede? ¿Se encuentra mal?

Se encontraba peor que mal. ¿Cómo era posible? ¿Cómo era posible que Rebeca, en la que había confiado y a la que creía deberle la ayuda que le había prestado en el albergue conociese a Octavio con anterioridad y se lo hubiese ocultado? Porque siendo como era ella la autora del retrato, tenía que haberle tratado al menos durante los días en los que había estado posando para que plasmara su imagen en la tela.

Casi a la vez recuperó en su retina el retrato de ella misma, el que pendía sobre la chimenea del chalet de Monteprincipe donde había vivido Octavio hasta el día de su boda y creyó reconocer la misma técnica e idéntico colorido que el que tenía enfrente. También lo habría pintado Rebeca y sin embargo había fingido ignorar la existencia del cuadro e incluso la del pintor que le había dado vida.

Aún confusa se sintió retroceder a aquella noche, al momento en el que Octavio y ella llegaron al estacionamiento del albergue, y la vio descender de su automóvil y caminar delante de ellos pisoteando la nieve con sus zapatones bajos. Habían coincidido los tres en el porche pero en ningún momento habían dado signos Octavio y ella de conocerse y sin embargo... ¿Habrían quedado los dos allí para... para qué? ¿Para dejarla a ella abandonada en aquel establecimiento y largarse ellos a un lugar lejano en el que no pudiera encontrarles?

Notó que la señora le acercaba una silla y la obligaba a sentarse.

— ¿Se ha mareado usted?— le preguntaba solícita—. ¿Se encuentra mejor ahora?

No, no se encontraba mejor. El optimismo que había sentido momentáneamente esa mañana al salir del juzgado y caminar por una acera caldeada por el sol creyendo que al fin había dejado atrás su pasado y que podía ya mirar sin miedo hacia adelante se había desvanecido. Como aquella noche en la que desapareció Octavio. Igual que entonces volvía a sentirse tremendamente sola, insegura, con una sensación de irrealidad absoluta y encima engañada por la que había creído que era una amiga incondicional.

En ese instante oyó su voz a su espalda. Era la suya, pero le pareció que venía de muy lejos.

—Hola Verónica. No te esperaba tan temprano.

Con un doloroso esfuerzo logró girar la cabeza y parpadeó repetidamente tratando de enfocar la alta y desgarbada figura de la otra. Su aspecto era el de siempre. Vestía unos viejos pantalones de pana marrones que le formaban bolsas en las caderas y sobre los que colgaba un poncho también marrón rematado por unos flecos. Su pelirrojo cabello le caía descuidadamente sobre los hombros enmarcando un semblante blanco y pecoso sin sombra de maquillaje. Una mujer que habría rebasado los cuarenta y cinco años y carente de todo atractivo y sin embargo...

—El parecido es asombroso— musitó Verónica señalándole el cuadro con una mano—. Supongo que Octavio quedaría encantado al verlo terminado y que por esa razón te encargó el mío, para lo que te pediría una fotografía. ¿O el orden en el que los pintaste fue el inverso?

Tardó la otra en responder y cuando lo hizo su voz le sonó temblona.

—Fue así, pero no es lo que tú supones.

— ¿Y cómo sabes qué es lo que supongo yo?— replicó ácidamente.

La rubia del traje negro y los zapatos de tacón las observaba con la boca abierta sin entender a qué podía obedecer el pugilato dialéctico entre su empleada y la visitante, que curiosamente se había indispuesto al mirar el retrato, y al advertirlo Rebeca animó a ésta última a levantarse de la silla indicándole la calle.

—Te invitaré a un refresco a un café para que se te pase ese mareo y así podremos cambiar impresiones. No te importa que salga un momento, ¿verdad?— le preguntó a la que debía de ser su jefe.

Hizo ésta un ademán que parecía significar que por ella no había el menor inconveniente y Verónica se puso en pie, aún aturdida y con las piernas flojas. No obstante, recuperó inmediatamente el equilibrio y siguió a Rebeca a lo largo de la galería para salir tras ella al exterior, tan soleado como antes de entrar en el local, pero que ella lo vio distinto, sin la luminosidad de antes, aunque el sol continuaba brillando en lo más alto del firmamento, indiferente a lo que sucedía a sus pies y al nuevo prisma bajo el que enfocaba ella la ancha avenida y todo lo que podía ver en derredor.

Caminaron las dos por la acera sin hablarse y solo cuando entraron en una cafetería que se hallaba unos metros más allá y tomaron asiento en una mesa se decidió Rebeca a explicarse.

—Estás equivocada. Octavio y yo no manteníamos ningún tipo de relación. Ni siquiera podría decirse que fuéramos amigos.

— ¿No? ¿Y qué erais entonces?

—Nada. No éramos nada. Le conocí cuando decoré su casa, el chalet de Montepríncipe.

Esbozó Verónica una mueca de sarcasmo.

— ¿Ahora va a resultar que eres decoradora? Cambias de un momento a otro de profesión. Cuando me he levantado esta mañana todavía eras pintora.

—También soy decoradora— repuso Rebeca sin enfadarse por su tono desdeñoso—. Trabajaba entonces en una empresa de decoración de interiores y Octavio acababa de mudarse a ese chalet. Nos encargó que modernizáramos el interior y mis jefes me enviaron a mí. Mi proyecto le gustó y la verdad es que quedó muy bonito, o al menos a mí me lo parece.

—Efectivamente quedó muy bonito— repitió Verónica sin disimular su ironía— Me extrañó bastante cuando lo visitamos que siendo Octavio tan desastrado como era y con tan poco sentido de la estética hubiera conseguido coordinar con tanto acierto el colorido y la línea del mobiliario. Te felicito.

La observó Rebeca pensativa.

—No es necesario que te pongas a la defensiva y creo que lo entenderás todo cuando te lo acabe de explicar.

—Te escucho— masculló Verónica fingiendo bostezar como si fuera aburrirle con toda seguridad lo que pudiera contarle.

Como si no se hubiera dado cuenta de la actitud con la que esperaba esa aclaración, continuó la otra:

—Le había comentado en una de las ocasiones en las que se presentó en el chalet a comprobar el avance de las obras que también era pintora y cuando las dimos por finalizadas me encargó que le pintara su retrato. Pensaba colgarlo encima de la chimenea. Más tarde me dijo que lo había colocado en ese lugar y que entonaba perfectamente con el conjunto.

— ¿Más tarde? ¿No acabas de decir que apenas si os conocíais y que no mantuvisteis ningún tipo de relación?

—Y no la mantuvimos. Lo que ocurrió más tarde fue simplemente que te conoció a ti.

—Sí, en una cafetería, ya te lo he contado. ¿Y qué?

—Todavía trabajaba yo en esa empresa de decoración y vino a verme en esa ocasión para encargarme un retrato tuyo. Quería darte una sorpresa y me trajo una fotografía de carnet que te había escamoteado sin que te dieras cuenta. Noté a las primeras de cambio que estaba embobado contigo.

— ¿De veras?— inquirió escépticamente Verónica.

—Y tan de veras. No hablaba de otra cosa.

—Ya— gruñó ella—. ¿Y no te hablaba al mismo tiempo de una tal Rosana? Al parecer poseía una capacidad infinita para embobarse con todas las que tenía cerca.

Desconcertada, meneó Rebeca la cabeza en sentido negativo.

— ¿Rosana?, no. ¿Quién era esa tal Rosana?

—La secretaria de su jefe. ¿No te contó que trabajaba en una agencia de seguros y que su jefe se llamaba don Luciano? A mí sí. Me refería toda clase de anécdotas sobre ese buen señor cuando me recogía en la oficina por las tardes y me acompañaba a mi casa e incluso me indicaba el balcón del edificio al que, según me decía, daba su despacho. Según averigüé después de su muerte, ese balcón pertenecía al dormitorio de un matrimonio. El marido regentaba un bar y la mujer salió a abrirme la puerta del piso con un bebé en brazos y cara de mal genio. Como verás, poseía una imaginación desbordante.

La observó en silencio Rebeca durante unos segundos.

—No entiendo muy bien lo que me estás diciendo. Te repito que él estaba tonto por ti. Cuando terminé tu retrato y fue a recogerlo, daba saltos de alegría pensando lo mucho que te iba a gustar y unos días después se presentó en la galería con el que le había pintado a él y me lo devolvió.

— ¿Te lo devolvió?, ¿por qué?

—Yo tampoco lo entendí muy bien. Me dijo que iba a colgar el tuyo encima de la chimenea y que el que le había pintado a él lo vendiera, si encontraba un comprador.

— ¿Y que le dieras una parte del precio?

—Sí. Me dijo que me podía quedar con el diez por ciento.

—Pero no lo vendiste.

—No, porque a Gabriela, que accedió a exponerlo en la galería, le pareció una obra de arte y le fijó un precio muy alto.

A los compradores que se interesaron por él les pareció excesivo.

—Ya. ¿Y todo eso cuando sucedió?

—Hará unos cinco meses, o algo menos, ya te lo he dicho.

Le pidió Rebeca una caña al camarero, que acababa de aproximárseles a la mesa y Verónica un café, por lo que hicieron un alto en la conversación hasta que el hombre se marchó camino de la barra. Cuando se aseguraron de que ya no podía oírlas, se acodó ésta última sobre la mesa para clavar en la otra una mirada acusadora.

—Todo eso que me has contado te ha quedado muy bonito. Un cuento precioso. Ahora a lo mejor puedes explicarme por qué razón fingiste en el albergue que no conocías a Octavio

Mantuvo Rebeca su mirada sin pestañear.

—No lo fingí.

— ¡Ah!, ¿no?

—No. Lo que sucedió es que cuando coincidimos vosotros dos y yo en el porche del establecimiento no le reconocí. Por lo que creo recordar, el hombre que te subió hasta allí la maleta llevaba puesto un anorak, yo diría que azul marino, un gorro de punto en la cabeza y una bufanda al cuello que le tapaba la cara hasta los ojos. Me limité a dirigirle una ojeada sin ningún interés y lo único que saqué en limpio fue que pertenecía al sexo masculino y que iba muy abrigado.

—Sí, pero después te preguntaron por él tanto Eladio como Simón.

—Efectivamente, y les dije la verdad. Que habías llegado con un hombre al albergue.

—Pero más tarde pronunciaron su nombre varias veces y tampoco admitiste haberle conocido con anterioridad.

Dejó escapar Rebeca un suspiro como si estuviera perdiendo la paciencia.

—Porque no lo recordaba. ¿Te acuerdas tú de todos los nombres de las personas que han sido clientes tuyos? Yo desde luego, no.

—No, ni yo tampoco— convino Verónica a su pesar— Pero luego me acompañaste al depósito cuando Simón me pidió que examinara el cuerpo que estaba tendido en la camilla y me aseguraste que era el de Octavio. Me has repetido más de mil veces que era el del chico con el que habías coincidido a la puerta del albergue la noche de nuestra llegada, luego sí que le viste la cara. Me has dicho muy a menudo que recordabas con toda claridad la barbilla y las orejas del hombre que me acompañó hasta la puerta del porche tirando de mi equipaje.

Se les acercaba el camarero trayéndoles lo que le habían pedido y las dos cortaron en ese punto la conversación. Solo cuando se alejó de nuevo hacia la barra retomó Rebeca lo que había quedado pendiente.

—Te lo aseguré, sí, pero porque me convenció Simón de que era él tras examinar sus huellas dactilares. Su rostro estaba desfigurado ¿Cómo iba a poder identificarle yo? Me fie de lo que afirmaba él. Pensé además que eras tú la que te empeñabas sin ninguna base en negar su muerte, lo que por otra parte es relativamente frecuente en personas que se niegan a aceptar la realidad cuando es demasiado dolorosa.

Removía Verónica el azúcar en el café dándole vueltas con la cucharilla, pero al oírla levantó retadoramente la cabeza.

—Es relativamente frecuente en personas que están desequilibradas, ¿no es eso?

Se mordió Rebeca los labios sin decidirse a darle la razón.

—Yo no he dicho que tú estés desequilibrada.

—Pero lo piensas.

—Pienso que entonces te resististe a creer que había muerto y que aún ahora mantienes la esperanza de que reaparezca en cualquier momento, pero las huellas dactilares de una persona que ha fallecido son una prueba incontestable.

—No siempre— masculló Verónica— Ha habido casos en los que se ha demostrado después que la identificación del cadáver basándose en ese hecho había obedecido a un error.

—No lo sabía, pero estoy segura de que esos casos pueden contarse con los dedos de la mano. ¿A que no me equivoco?

—No, no te equivocas. La técnica ha avanzado mucho en todos los órdenes, también en el de la criminología y lo que nos aseguró Simón no ofrece duda. El cuerpo del hombre que nos mostraron en la camilla del depósito era el de Octavio Ferrer. Lo que no está tan claro es que el hombre que se casó conmigo no hubiera usurpado su identidad.

Abrió Rebeca desmesuradamente sus ojillos grises.

— ¿Quieres decir que es posible que él no se llamara así y que adoptara el nombre y la personalidad del otro?

—Efectivamente.

— ¿Y Simón lo cree posible?

Se encogió Verónica de hombros.

—No lo admitió con claridad, pero no cambies de tema. Estábamos en que en el depósito no pudiste reconocerle porque su cara estaba desfigurada. Hasta ahí puedo creerme tu historia. ¿Pero y después? ¿Por qué me has ocultado que le habías conocido, que le habías decorado el chalet cuando fuimos las dos a visitarlo, que le habías pintado su retrato y más tarde el mío? Del mío mostré incluso mi extrañeza y no me dijiste una sola palabra.

Se retiró Rebeca la melena de su rostro colocándose detrás de las orejas los mechones que le caían sobre el rostro como si necesitara ganar tiempo para encontrar una respuesta, pero no debió de ocurrírsele porque finalmente se limitó a esbozar un ademán vago levantando ambas manos con las palmas hacia arriba.

—No lo sé. Estuve tentada de aclarártelo varias veces, pero temí que interpretaras mal la relación que habíamos mantenido. Por su equipaje, parecía claro que él pensaba largarse esa misma noche y dio la casualidad de que yo llegué al albergue al mismo tiempo que vosotros dos. Su muerte además había sido violenta y la guardia civil la estaba investigando… Pensé que lo mejor era ayudarte en lo que pudiera sin aludir para nada a lo poco que conocía del pasado de ese hombre. ¿Qué hubieras ganado con ello?

La envolvió Verónica en una escéptica mirada.

—Hubiéramos ganado las dos que yo siguiera confiando en ti. No sé si te parece suficiente.

El pecoso semblante de la otra reflejó ansiedad, pese a sus esfuerzos por disimularlo.

— ¿No has creído lo que te he contado? Puede que mi reacción de entonces no fuera la más lógica, pero todo lo que te he dicho es cierto. Tuve miedo de verme involucrada en el asesinato de ese hombre y también de que Simón y tú pudierais sospechar que él tenía previsto huir conmigo.

De una sola ojeada analizó Verónica la alta figura de Rebeca y sus ademanes bruscos, carentes por completo de armonía, así como su rostro anguloso y poco atractivo. Tenía además bastantes más años que Octavio, por lo que en ningún momento se le había ocurrido esa posibilidad. Le pareció sin embargo demasiado cruel manifestar lo que estaba pensando, por lo que, sin dejarlo traslucir, efectuó un ademán de asentimiento.

—Vale, vale, dejémoslo y volvamos a nuestros respectivos trabajos. Tu jefe te está esperando y no creo que le parezca bien que te escaquees toda la mañana.

Había hecho intención de levantarse, pero Rebeca la retuvo.

—Espera un momento. Quiero que antes me digas si me has creído y si seguimos siendo amigas. Tu amistad es muy importante para mí.

También lo había sido para ella, pero algo se le había roto por dentro que no tenía fácil compostura. No obstante, no se sintió capaz de exteriorizarlo y le dio unas palmaditas a la mano que la otra tenía sobre la mesa.

—Para mí también. Me has ayudado mucho y te lo agradezco. Comprende que estoy harta de mentiras, de que no sea cierto nada de lo que había dado por incuestionable.

Frunció el ceño pensativa y sin saber por qué, al impacto que le había producido la visión de la imagen de Octavio sonriéndole desde el cuadro, unió el desconcierto que había sentido al atisbar a la mujer de Óscar tomando el sol en el ostentoso chalet de éste a través de las arizónicas de la valla. No cabía parangón posible entre las dos cosas, porque a fin de cuentas Óscar no era más que un cliente, pero al recordarlo se le acrecentó la sensación de que no había nada a su alrededor lo bastante sólido como para que ella pudiera sentirse segura de la realidad que había creído ver.

—Es que llevo una mañana de lo más absurda— murmuró—. Tengo un cliente que vino al despacho a encargarme su divorcio y que ayer me dijo que su mujer estaba conforme y que se había marchado con otro.

—Sí, ¿y qué?

—Que cuando venía a verte en un taxi... Porque he tomado un taxi...

— ¿De veras?— se admiró la otra. Me parece una magnífica noticia—. ¿Te has sentido capaz?

—Lo he pasado mal cómo puedes imaginarte. He terminado en el juzgado antes de lo que tenía previsto y se me ha ocurrido entonces presentarme en tu galería y darte una sorpresa. Ese cliente vive en una travesía de Arturo Soria y al pasar por delante y ver la placa en la esquina con el nombre de esa calle, le he pedido al taxista que parara para que pudiera yo echarle una ojeada a esa casa. Él me la había descrito como una gran mansión.

— ¿Y qué?— repitió Rebeca—. ¿Es corrientita y gracias?

—No, no la he visto bien, pero por lo poco que he llegado a distinguir, sí me ha parecido imponente.

—Entonces, ¿qué es lo que te ha extrañado?

—La mujer que estaba en una tumbona en la terraza tomando el sol.

Ante la expresión de incomprensión de la otra, se vio obligada a explicárselo.

—Él me dijo ayer que su mujer le había abandonado, pero ya te he dicho que la he visto en la terraza.

—No tiene nada de particular— objetó Rebeca—. Habrá cambiado de opinión y habrá vuelto.

—Puede ser— convino ella tras reflexionar durante unos segundos— Pero me extraña que en ese caso no me haya llamado él por el móvil para comunicármelo y, de paso, para poner verde a su mujer.

— ¿Te llaman tus clientes a cada minuto para ponerte al corriente de las novedades que se van produciendo?

—No, claro que no. Me las refieren en su siguiente visita, pero es que lo que te acabo de contar es importante. Es mucho más sencillo el procedimiento de un divorcio de mutuo acuerdo que el de uno contencioso y si ella ha regresado al hogar conyugal y encima se ha tumbado en la terraza a tomar el sol será porque ha cambiado de opinión y no está dispuesta a ponérselo fácil a él.

— ¿Y es raro lo que me dices? ¿No sucede a menudo?

—Claro que sucede a menudo. Los divorcios son como una incoherente novela de aventuras.

—Poco optimista, supongo.

—Sí— reconoció Verónica—. Yo los calificaría en la mayoría de los casos como lamentables, pero éste es además un poco especial, porque ella es una arpía.

— ¿Qué clase de arpía?

—Una arpía de la peor especie. Pretende desplumarle porque él está montado en el dólar y ella no tiene donde caerse muerta y le ha amenazado además con simular que la ha maltratado presentándose en la comisaria con la cara como un mapamundi si él presenta la demanda en el juzgado, para que le detenga la policía y pase la noche en el calabozo.

— ¿Pero no me acabas de decir que ella estaba conforme con el divorcio y que le había abandonado?

—Esas fueron las noticias que me trajo ayer mi cliente y habíamos pensado celebrarlo, pero hoy, al fisgonear la casa por los intersticios del seto y verla… Quizás él no se haya enterado todavía y por esa razón no me ha llamado.

Sonrió Rebeca con picardía.

—Por la manera como me lo has referido deduzco que él es un tipo interesante. Alto, guapo, distinguido…

—Sí y muy comprensivo además. No se extrañó cuando le conté que no soy capaz de conducir un coche y que tampoco soporto ir en el asiento posterior del automóvil. Lo aceptó como una cosa natural.

—Bueno, bueno, ya me lo presentarás y te daré mi opinión. El que entienda ese problema no es suficiente motivo para que le valores tanto.

—No es solo por eso. Es que cuando estoy con él me da la impresión de que le conozco de toda la vida. Se ha ofrecido a ayudarme en todo lo que esté en su mano. El sábado he quedado con él en visitar otra vez el chalet de Octavio.

El pecoso semblante de Rebeca se contrajo en un gesto de contrariedad.

— ¿Has quedado con él? ¿Y para qué vas a volver a esa casa?

—Para comprobar un par de cosas que me chocaron. ¿Recuerdas el portazo que oímos cuando nos largamos corriendo del chalet? Debimos averiguar qué lo había producido.

—El viento— replicó la otra inmediatamente—. Con toda seguridad fue el viento.

—Yo no estoy tan segura. Con él me atreveré a investigar si hay alguien que vive allí y además hay otro detalle al que no paro de darle vueltas. ¿Recuerdas las plantas que adornaban el vestíbulo y el salón? ¿La cala que estaba sobre la repisa de la chimenea?

—Sí, sí, claro, ¿por qué?

—Quiero ver si continúan tan frescas y lozanas o si se han secado. Las plantas se secan si no se las riega.

La observó Rebeca pensativa y terminó por menear pesarosamente la cabeza.

—Estás empeñada en creer que Octavio sigue vivo y que continúa en esa casa. Tienes que aceptar que él no está ya en este mundo y que no va a volver.

— ¿Y eso cómo lo sabes?— Se engalló Verónica—. Si ni tan siquiera Simón está seguro de que le perteneciera a él el cuerpo que recogió del barranco, no sé qué motivos tienes para creerlo tú.

—Simón sí está seguro. Eres tú la que te empeñas en agarrarte a un clavo ardiendo.

Dejó escapar Verónica una risita sarcástica.

— ¿Crees que me alegraría de que él apareciera de pronto vivito y coleando? Estás equivocada. No soporto las mentiras y él es el prototipo del engaño.

—Entonces, ¿Para qué quieres volver a ese chalet?

—Para descifrar la madeja que tejió y para saber a qué atenerme. Si está vivo, pediré el divorcio.

—Y ligarás con el cliente al que vas a divorciar de la arpía— sentenció Rebeca risueña.

Evocó Verónica su atractivo rostro y lo complaciente que se había mostrado con ella en todo momento, pero sin saber por qué y al mismo tiempo su imagen se entremezcló con la de Enrique. Tan serio, tan reflexivo... y tan exigente.

—Me parece que vas demasiado deprisa— replicó en tono de chanza—. De momento no es más que un cliente que pretende divorciarse de una bruja. Más adelante ya veremos.

CAPÍTULO XV

Se tropezó con Enrique en el pasillo cuando media hora más tarde, tras recalar en el edificio en el que se ubicaba su oficina, se dirigía apresuradamente a su despacho.

— ¡Hola!, ¿Cómo te ha ido? Tamara y yo nos hemos preocupado al ver que tardabas tanto. ¿Has tenido algún problema en el juzgado?— le preguntó él bloqueándole el paso.

—No, en el juzgado no.

— ¿Dónde entonces?

Dudó Verónica en referírselo. La observaba con ese aire intelectual, tan suyo, pero también con algo más que la hizo sentirse incómoda, pero necesitaba tanto desahogarse que se detuvo levantando la cabeza hacia él.

—En la galería de arte donde trabaja Rebeca. Ya sabes…

—Sí, ya sé quién es Rebeca— la interrumpió —. ¿Y qué es lo que te ha sucedido en esa galería?

—Es que es muy largo de contar.

—Pues vamos a tu despacho o al mío— le sugirió. A continuación le señaló la puerta más cercana por la que se accedía al de él y la abrió cediéndole el paso. Verónica se dejó caer en una de las butacas de los clientes y él bordeó la mesa para tomar asiento tras ella.

—Ahora estamos más cómodos, cuéntame.

Pasó cansadamente Verónica una mano por su melena apartándola de su rostro como si ese gesto pudiese ayudarla a aclarar sus ideas.

—Ya te he dicho que he ido esta mañana a ver a Rebeca. He terminado pronto en el juzgado y me he acercado a su galería. Y... no te lo vas a creer, pero he visto expuesto en una de sus paredes un retrato de Octavio, pintado por ella.

— ¿Por Rebeca?

—Sí.

Aunque ni un solo músculo se distendió en el rostro de él, adivinó Verónica que la noticia le había impactado.

— ¿Y qué explicación te ha dado? Tenía entendido que no se conocían.

—Es lo que creía yo y lo que me ha asegurado ella. Ya te he contado que coincidimos en el albergue de la sierra donde Octavio yo íbamos a pasar los primeros días de casados. Cuando desapareció él, fue ella para mí una gran ayuda, pero no dio muestras en ninguna circunstancia haberle conocido anteriormente.

— ¿Y qué explicación te ha dado?

—Que fue ella la que le decoró el chalet en el que más tarde se fue a vivir él, porque la mandó allí la empresa en la que trabajaba, que luego pintó su retrato y posteriormente el mío con una fotografía que le proporcionó Octavio, pero que no mantuvieron ninguna clase de relación ni antes ni después.

— ¿Y crees que te ha dicho la verdad?

Dejó vagar Verónica sus ojos en torno, aunque no llegó a ver las librerías de madera de nogal de las paredes atestadas de libros jurídicos ni el incesante deambular de los automóviles a través de la ventana, a espaldas de él. La imagen de Rebeca, grabada en su retina le impedía fijarse en el entorno que le rodeaba en ese momento. El embarazo que manifestaba la que había creído que era su amiga y el ligero encorvamiento de su espalda cuando ella se le había enfrentado acusatoriamente denotaba claramente que al menos parte de la historia que le había referido se la había inventado sobre la marcha. Con un esfuerzo regresó al presente y clavó sus pupilas en el rostro del hombre que tenía enfrente para esbozar un gesto de duda.

—Si fuera una chica guapa, pensaría que había estado liada con Octavio y que tenían previsto fugarse los dos la misma noche de mi boda, pero no es guapa.

—Eso no tiene nada que ver— objetó él—. Hay mujeres que son muy atractivas aunque su físico no sea acorde con los cánones de belleza.

—Pero no es el caso.

— ¿Quieres decir que es horrorosa?

—No, no exactamente. Es demasiado alta, con una figura poco armoniosa. Yo diría que caballuna, no sé si me entiendes.

—Sí, perfectamente. Sigue.

—No sé qué años tiene, pero desde luego bastantes más que él.

Enarcó Enrique las cejas como si pusiera en duda su apreciación.

—Por lo que puedo recordar, tu marido pertenecía a ese grupo de hombres eternamente jóvenes en apariencia. Del tipo de los que les salen arrugas sin perder su aspecto de chiquillos.

—Tenía treinta y cinco años, o eso me dijo— repuso Verónica con un gesto de escepticismo—. Claro que es posible que me mintiera también sobre su edad y que en realidad hubiera cumplido cuarenta y cinco o, por el contrario, veintidós. Ensartaba una mentira con otra y le daba además a esas mentiras grandes visos de verosimilitud. Yo diría que era un auténtico maestro en ese terreno— terminó sarcásticamente.

Disimuló Enrique una sonrisa.

—Sí, ya lo recuerdo, pero volvamos a esa amiga tuya, a Rebeca. ¿Te ha parecido sincera cuando ha tratado de explicarse?

Levantó ella las dos manos como si quisiera decirle que en ese campo se había dado por vencida.

—No lo sé. Tengo la sensación de que nadie me dice la verdad. Todos los que me rodean me ocultan algo, aunque… sí, podría exceptuar a Tamara, porque a su hermano también puedo incluirle en ese grupo. Me ha ayudado, pero tampoco estoy segura de que todo lo que me ha dicho sea cierto.

— ¿Y me incluyes también a mí ?— le preguntó bajando el tono de su voz.

Le pareció a Verónica que sus palabras se habían quedado flotando en el aire y que se expandían luego sugiriendo algo que en ese momento le resultaba incómodo de analizar.

—No, bueno, supongo que no.

— ¿Lo supones solo?

Ante su insistencia se rebulló inquieta en su butaca.

—Estábamos hablando de Rebeca— le interrumpió temiendo lo que podría decirle a continuación—. Confiaba en ella, pero ahora... He estado rebobinando la visita que hicimos las dos al chalet en el que vivía Octavio y... tengo ahora la impresión de que esa visita la había orquestado ella de antemano, de que todo lo que nos sucedió lo había preparado antes para que me forjara una opinión equivocada.

Frunció el ceño él sin entenderla al tiempo que se peinaba con los dedos su cabello castaño retirándoselo de la frente.

— ¿A qué te refieres exactamente?

—No sabría decirte. Aunque no dio la menor señal de ello, conocía perfectamente esa casa, puesto que la había decorado y... sí pienso que lo que pretendía era hacerme creer que Octavio seguía vivo y que se ocultaba en esa casa.

— ¿De veras?

—Sí, en su dormitorio estaban abiertas las puertas por las que se sale a una terraza, como si unos minutos antes hubiera salido él a comprobar el tiempo, lluvioso por cierto, porque el agua había formado un charco sobre el parquet cuando entramos en esa habitación. Luego, cuando estábamos revolviendo los cajones de la cómoda, que incomprensiblemente estaban vacíos, oímos el ruido de la puerta de otra habitación al cerrarse.

—Pero no pudo haber sido Rebeca la que produjera ese sonido al cerrar esa puerta, puesto que estaba contigo— objetó él.

—Sí, estaba conmigo— reconoció Verónica pensativa—, Tienes razón, pero el caso es que pensé que había alguien más en la casa. Por esa razón me asusté y nos marchamos corriendo.

— ¿Y qué ganaría Rebeca con todo lo que me estás contado? Además, para hacerte creer que había alguien más en esa casa dando un portazo en otra habitación, tuvo que contar con la complicidad de otra persona.

—Sí— se avino a admitir Verónica—. Ella se ha empeñado siempre en convencerme de que Octavio no está ya en este mundo pero esa tarde... yo diría que esa tarde saqué precisamente la impresión contraria.

— ¿Que tu marido sigue viviendo en ese chalet?

—Sí.

— ¿Y por algo que dijo o hizo ella?

—No estoy segura y no sé cómo explicártelo. Le sentí allí y muy cerca, como si fuera a aparecer en cualquier momento en cualquiera de las habitaciones en las que estuvimos. Lo desmiente sin embargo el que no hubiera nada suyo en los armarios. Estaban completamente vacíos. Y la cocina estaba impoluta. Él era bastante desastrado. Si viviera en esa casa, en la cocina habría cacharros por todas partes.

Se quedó callada con un pliegue en la frente.

—No sé qué pensar— musitó—. Y el remate de todo lo que te acabo de contar ha sido el impacto que me ha producido ver el retrato de Octavio en su galería. Tan real... parecía estar mirándome como si quisiera decirme algo.

La pareció que él vacilaba. Había cogido el bolígrafo que tenía sobre la mesa y miraba fijamente su punta como si esperara de ella la inspiración que le faltaba.

— ¿Quieres que vayamos los dos a esa casa a asegurarnos de que no vive nadie en ella? Puedes sentarte en el asiento posterior del coche durante todo el trayecto y taparte los ojos o... o no sé— le propuso con voz insegura.

Le sorprendió a Verónica que no se obstinara como antaño en que afrontara esa situación con entereza, venciendo el pánico que le producía sentir el vehículo en movimiento. Parecía lamentar de veras la actitud que había adoptado en el pasado y creyó ver en sus ojos tanto empeño en reparar el error que había cometido sobre ese particular que le dolió denegar su ofrecimiento.

—Gracias, pero ya he quedado con un amigo.

— ¿En ir a ese chalet?

—Sí.

— ¿Y no forma parte él de ese círculo de mentirosos que te rodean?

Sonrió ella recordando la risa franca de Óscar.

—No. Afortunadamente es un cliente que pretende divorciarse de su mujer y que no guarda relación alguna con Octavio. Y por cierto, me acabo de acordar que tengo que llamarle ahora mismo para darle una mala noticia. Su mujer le había abandonado dejándole una nota en la que le decía que estaba conforme con el divorcio y esta mañana, cuando he pasado por delante de la casa en un taxi la he visto tumbada en la terraza tomando el sol. Ha debido de echar de menos las comodidades de que disfrutaba y ha regresado al hogar conyugal, porque es una mansión imponente.

— ¿Has tomado un taxi?— le preguntó Enrique con interés, como si fuera lo único relevante que había entresacado de lo que acababa de referirle.

—Sí.

— ¿Y... lo has sobrellevado bien? ¿Cómo te has sentido?

—Fatal— reconoció ella con total sinceridad—. Me he agazapado en el asiento de atrás y me he tapado la cara con el pañuelo que llevaba al cuello y a pesar de todo... a pesar de todo me ha faltado poco para ponerme histérica.

Creyó ver cierta decepción en los ojos de él, por lo que añadió tímidamente:

—Lo siento. He hecho un enorme esfuerzo esta mañana, pero no creo que lo mío tenga remedio.

Le pareció que iba Enrique a rebatírselo, pero que se arrepentía antes de haber llegado a pronunciar una sola palabra. En su lugar murmuró tan solo:

—Claro.

—Y ahora me voy a mi despacho a llamar a ese cliente— le comunicó al tiempo que se ponía en pie—. Estaba tan contento… Se va a llevar un buen disgusto cuando le diga que su mujer ha vuelto a casa.

Se dirigía ya hacia la puerta, pero se volvió hacia él cuando le oyó decir:

— ¿Estás segura de que era su mujer? Puede que se tratara de una amiga, lo cual no sería de extrañar. Es muy elevado el porcentaje de los hombres que ponen fin a su matrimonio cuando se les cruza otra.

No se le había ocurrido esa mañana que pudiera ser esa la explicación, pero al oírselo decir no solo le pareció inverosímil. Le causó además una sorda irritación que le impulsó a rebatirle atropelladamente esa posibilidad.

—Pero en este caso no es así. No hay ninguna otra. De hecho me ha invitado a salir a cenar el próximo sábado.

— ¡Ah!, ¿sí?

—Sí.

— ¿Y has aceptado?— inquirió él absolutamente impasible.

—No, porque he preferido cambiar el plan que me ha propuesto y volver ese día al chalet de Montepríncipe con él. Con él me sentiré más segura que con Rebeca y si oímos algún ruido sospechoso averiguaremos a qué obedece.

Como no efectuó Enrique el menor comentario, continuó Verónica caminando hacia la salida del despacho y desde la puerta se despidió de él.

—Hasta luego.

—Hasta luego— repitió Enrique con una voz sin inflexiones.

Ya en el pasillo, se arrepintió en el acto Verónica de sus últimas palabras. No debería haberle hablado de Óscar y menos aún en los términos en los que lo había hecho, ya que de su aclaración cabía deducir que podía ser ese cliente un posible sustituto de Octavio. Lo cierto era que no se lo había planteado ella anteriormente, pero al oírle insinuar que el motivo de que quisiera poner fin a su matrimonio podía consistir en la relación que mantenía con otra mujer había reaccionado de una forma absurda. Como si Óscar fuera de su propiedad.

Enrique no se lo merecía, se dijo pesarosamente. Había roto con él de la noche a la mañana sin una explicación cuando conoció a Octavio y ahora, en unos momentos en los que era palpable que él pretendía retomar lo que dejaron, presumía ella a destiempo de un posible pretendiente. Meneó la cabeza en sentido negativo para alejar de su mente esos pensamientos y en cuanto llegó a su despacho y tomó asiento tras su mesa, extrajo el móvil y marcó en la agenda el número de Óscar. No tardó éste más de unos segundos en atender la llamada.

—¿Verónica?

—Sí, soy yo. Te llamo para comentarte algo que temo que no te va a gustar.

Le pareció notar en la voz grave y bien timbrada de él un punto de alarma.

—¿Qué sucede?

—Pues verás, hace un par de horas he pasado en un taxi por delante de tu casa y…

—¿En un taxi?— la interrumpió— ¿Quieres decirme que estás superando ese problema al que no conseguías hacer frente? Es una noticia estupenda.

—No, no es eso. No tiene nada que ver conmigo lo que tengo que decirte. Es contigo y con tu divorcio.

La voz de él le sonó más preocupada aún si cabe que antes.

—¿Por qué? ¿Qué es lo que ha ocurrido?

Inspiró aire Verónica para reunir energías y explicárselo.

—Ya te he dicho que he pasado por delante de tu casa y… bueno, el caso es que se me ha ocurrido entrar a saludarte.

—No estaba en mi casa esta mañana— se lamentó Óscar—. Lo siento, porque me hubiera gustado invitarte a algo.

—Escúchame y no me interrumpas— replicó ella levantando el tono con la intención de conseguir darle la noticia de corrido—. Me he acercado a la valla del jardín y he visto en la terraza a tu mujer en una tumbona tomando el sol.

Ha debido pensarlo mejor y ha vuelto, lo que trastoca todos nuestros planes.

Tardó él en contestar. Le pareció a Verónica que se había quedado sin habla.

— ¿Qué ha vuelto? ¿Cómo que ha vuelto? Estoy en la oficina y no voy a ir a mi casa a comer, por lo que no voy a poder comprobarlo hasta esta noche. ¿Estás segura de que no era la señora que me hace las faenas domésticas?

—Te digo que esa mujer estaba tomando el sol. No creo que tu empleada aproveche las horas en las que estás fuera de casa para broncearse, ¿o sí?

—No, claro que no— articuló a duras penas—. Aunque la verdad es que no lo sé. A lo mejor se toma de cuando en cuando un descanso y sale a la terraza a contemplar el panorama. No lo sé.

Se quedó callado durante unos segundos como si le costara asimilar la noticia y luego le preguntó:

— ¿Y estás segura de que era mi mujer? ¿Cómo era?

Intentó reproducir en su retina la figura que había atisbado entre los intersticios del seto.

—Pues… no la he visto muy bien, pero yo diría que era alta, morena y con el pelo largo.

Durante unos segundos no oyó ella nada al otro lado de la línea.

—Óscar, ¿estás ahí?

—Sí, sí, es que me has dejado traspuesto. No me lo puedo creer. Mónica parecía haber tomado una decisión muy meditada. Sería una catástrofe que se haya vuelto atrás.

—Puede que eche de menos las comodidades a las que ha renunciado y pretenda ahora que el juez le atribuya el uso de ese chalet.

— ¿Tú crees?— inquirió ostensiblemente abatido.

—No, yo no lo sé. ¿Cómo lo voy a saber? No la conozco ni he hablado todavía con su abogado. Si tienes en la oficina su número de teléfono y me lo das, puedo llamarle ahora mismo y así saldremos de dudas.

—No tengo aquí ese número— repuso casi sin voz.

— ¿Y dónde lo tienes? ¿Lo has averiguado ya?

—No.

—Pero quedamos en que me facilitarías al menos el apellido de él. Con eso me bastaría.

—Sí, pero he estado muy liado y además había dado por hecho que Mónica no iba a volver y que el problema estaba solucionado en sus puntos esenciales. Lo que me acabas de decir es un desastre.

Paradójicamente le entraron a Verónica ganas de reír al oírle tan angustiado.

—Bueno, no es para ponerse así. Simplemente el procedimiento judicial de tu divorcio será más largo y más complicado si ella ha decidido volver y ponértelo difícil, pero no se ha hundido el mundo. Puedes aprovechar además, si es ella la que está en tu casa, para obtener los datos que necesito. Ya sabes, el nombre de él, su domicilio, su teléfono...

—Claro, claro, pero antes tengo que recuperarme del sobresalto que me ha producido la noticia. Estoy pensando que...

— ¿Qué estás pensando?

—Estoy pensando que me vendría bien para calmar los nervios que nos viéramos esta tarde y charláramos. ¿Tienes trabajo que no puedas posponer?

—Pues... no tengo citado a ningún cliente, si es eso lo que me preguntas.

—Sí, es lo que te pregunto. Podríamos... Sí, ¿cómo te vendría que quedáramos esta tarde para visitar el chalet de tu marido? Salir de Madrid y tomar el aire nos vendría bien a los dos. A ti para resolver esa cuestión que te tiene intranquila y a mí para reunir las energías necesarias para enfrentarme a Mónica y exigirle que se marche y que me devuelva las llaves de la casa. No te lo creerás pero se me ha estropeado el estómago ante la idea de verme obligado a echarla.

—Bueno, bueno, tranquilízate.

—Eso lo dices, porque no eres capaz de ponerte en mi caso. Solo un idiota se hubiera casado con ella y yo, además de idiota, la he estado soportando una eternidad.

Melancólicamente echó Verónica la mirada atrás. Si Óscar se consideraba un idiota por haber cargado con un parásito sin otro mérito que un físico aceptable, ¿qué calificativo merecía ella? Ella se había casado con un chantajista, lo que era mucho más grave. ¿Y aún le decía que no era capaz de ponerse en su caso?

—Te entiendo mucho mejor de lo que crees— murmuró ensombrecida—. Y sí, quizás tengas razón y me convenga aclarar cuanto antes lo que me falta por averiguar del pasado de Octavio. Si te viene bien que quedemos esta tarde para explorar la casa en la que vivía, por mí no hay inconveniente. ¿A qué hora podrías recogerme? A eso de las seis de la tarde me vendría bien.

—De acuerdo entonces. Te recogeré en tu despacho a esa hora.

—No, no, mejor en mi casa. Estoy un poco cansada y así podré echarme un rato.

—De acuerdo. Hasta luego entonces.

Colgó optimistamente Verónica el auricular en su horquilla y consultó su reloj de pulsera a continuación. Aún tenía tiempo de regresar a su casa a comer, con lo que podría cambiarse de ropa y arreglarse para presentar mejor aspecto. Había quedado anteriormente con Tamara en bajar a la cafetería de la esquina para tomar cualquier cosa y probablemente se apuntaría también Enrique, pero pensó que debía dar prioridad a su cita con Óscar. Le ilusionaba volver a verle y quería gustarle. Sin meditarlo por más tiempo salió de su despacho y pasó al de su amiga que en ese momento consultaba algo en su ordenador.

—He pensado irme a casa a comer— le dijo nada más entrar.

La chica levantó la cabeza para clavar en su rostro sus claros ojos azules con un gesto interrogante.

— ¿Y eso?

—Es que he quedado con Óscar a las seis y quiero estar presentable.

La recorrió Tamara de arriba abajo con la mirada.

—Estás presentable.

—Pero quiero estarlo más. He salido muy temprano esta mañana y me he puesto lo primero que he encontrado en el armario. Me he colgado del hombro además este bolso que está ya muy deslucido y…

Le sonrió Tamara con picardía.

—Quieres flecharle, ¿no es eso?

—Pues… pues no lo sé. Podrías calificar lo que me sucede como un rapto de coquetería. Es un hombre atractivo y quiero que me encuentre atractiva también a mí.

— ¿Nada más?

—Por ahora, nada más.

—Vale, vale— admitió su amiga—. ¿Y vas a volver esta tarde?

—No, porque he quedado con él en mi casa a las seis. Y ahora me marcho para que no se me haga tarde.

—De acuerdo, mañana nos veremos.

Salió Verónica del despacho y tras despedirse de Sara en la antesala se fue a su casa andando, como siempre. Se tomó en la cocina lo primero que encontró en la nevera y en cuanto recogió los platos sucios empezó a revolver en su cuarto la ropa que más pudiera favorecerla. Se decidió finalmente por el traje pantalón gris marengo con una rayita blanca que se había comprado para su boda. No había vuelto a ponérselo ni había querido verlo desde que regresara con Rebeca de la sierra, viuda y desconcertada. Lo había escondido en el fondo del armario para que no le recordara aquella mañana gris en la que había salido de su piso casi de madrugada para casarse en el juzgado tristón de un pueblo cuyo nombre no conocía anteriormente y del que apenas si podía rememorar otra cosa que la escalera que ascendieron apresuradamente, porque llegaban tarde. Olía a lejía, de eso sí se acordaba, y también de la luz macilenta que apenas si disipaba la penumbra de la sala donde un hombre bajito y rechoncho pronunció las palabras rituales, uniéndoles en matrimonio. Aún estaba amaneciendo cuando Octavio le colocó el anillo en el dedo y ella hizo lo mismo en el de él.

Pero ya no le importaba, decidió. En el mes largo que había transcurrido desde entonces había sufrido tantas y tan desagradables experiencias, que el recuerdo del Octavio que había creído conocer se había ido desvaneciendo. Le quedaba, sí, una amarga sensación de frustración, de culpa por la insensatez que había cometido, pero tenía que olvidar que se había comportado entonces como una estúpida para pensar solo en el presente. ¿Y por qué no? También en el futuro.

Eligió una blusa de color azul pálido y después de vestirse con el traje pantalón se pintó, se peinó y se calzó con unos zapatos negros de tacón alto. El espejo del armario de su cuarto le devolvió la imagen de una chica estilizada y atractiva. Estaba también elegante, por lo que, satisfecha, se sonrió a sí misma. Solo le faltaba para rematar el conjunto combinarlo con el bolso apropiado y lo halló en el acto. El que había adquirido días antes de su boda y que no había vuelto a usar. En el aseo de la cafetería donde había desayunado esa mañana con Octavio después de la ceremonia había guardado en una bolsa el traje pantalón y los zapatos de tacón que llevaba para sustituirlos por el equipo adecuado para la nieve que llevaba en esa bolsa, pero había conservado el bolso, porque llevaba dentro su documentación y la reserva del albergue. En la habitación del éste había metido esa indumentaria en la maleta y al regresar a su piso en Madrid había escondido también el bolso, porque no quería que le recordara la ilusión con la que lo había adquirido ni el desastroso final que había puesto término al espejismo que había creído ver.

Pero no iba a desechar ese bolso, se dijo. Le había costado una fortuna y Octavio no era ya más que la remembranza vaga que le arañaba dentro de algo que nunca debió de llegar a ser, de la equivocación mayor que había cometido en su vida. Decidida y sin revisar su contenido, metió dentro el monedero, su documentación y las llaves de su piso, así como las del chalet al que iban a dirigirse esa tarde, y se sentó a ver el programa de la televisión con la intención de que se le hiciese más corta la espera. Aun así las horas transcurrieron lentas. Se levantó más de mil veces del sofá para mirarse en el espejo o para dar un corto paseo por el salón. Los dos tomos de la enciclopedia seguían estando sobre la mesita de cristal, tal y como los había encontrado la noche anterior al entrar en esa estancia, por lo que aprovechó para colocarlos en su sitio, en la librería que cubría una de sus paredes. Luego volvió a sentarse, para ponerse en pie a continuación. ¿Se habrían detenido las agujas de su reloj de pulsera?

Al fin y tras una espera interminable marcaron las seis y con un suspiro de impaciencia volvió a su dormitorio a recoger el bolso y en cuanto se lo colgó del hombro en bandolera salió del piso y tomó el ascensor. Óscar la esperaba con el coche en segunda fila y se bajó de él al verla aparecer en el portal para acudir a su encuentro. Notó que la envolvía en una mirada admirativa, aunque no le dijo nada a ese respecto. Por primera vez le vio vestido informalmente con un pantalón vaquero y una cazadora oscura, con la que cubría un jersey gris de cuello alto. Aparentaba con esa vestimenta menos edad y le sintió más cercano que cuando en sus visitas al despacho ocupaba uno de los sillones de los clientes.

— ¿Dónde quieres sentarte?— le preguntaba en ese momento—. ¿A mi lado o prefieres el asiento de atrás? Es la primera vez que le haces ese honor a mi coche y me gustaría que no pasaras un mal rato.

Había supuesto Verónica que tendría Óscar un vehículo de alta gama y aunque ignoraba lo más elemental sobre automóviles si advirtió que se trataba de un modelo corriente de una marca corriente, de los muchos que veía por la calle.

—Si no te importa, preferiría el asiento de atrás.

—Como quieras— la animó él abriéndole la portezuela.

Se introdujo ella en su interior y se arrebujó sobre sí misma temiendo el momento en el que él arrancara. Acababa de introducir Óscar la llave en el contacto y el ruido del motor se dejó oír segundos más tarde, a la par que sentía ella cómo se le disparaba el ritmo cardíaco y cómo se le atirantaban los músculos de sus miembros. Recorrían ahora la calle de Santa Engracia y creyó que no podría soportar el dolor que la producía la rigidez de su pierna derecha, por lo que se cubrió los ojos con las manos e intentó desesperadamente pensar en otra cosa.

— ¿Cómo vas?— le preguntó Óscar sin volver la cabeza.

Atento a conducir, no la vio acurrucada en el asiento ni reparó en su rostro lívido.

—Bien, voy bien— consiguió articular ella— ¿Falta mucho para llegar?

—Si aún no hemos salido de Madrid...— se rió él— ¿Qué quieres que haga? ¿Que te cuente algo, que me calle, que cantemos juntos? ¿Qué prefieres?

—Que lleguemos pronto— susurró ella casi sin voz.

—De acuerdo, haré lo que pueda, pero estoy pensando que lo último que te he propuesto podría ayudarte. ¿Qué tal cantas?

— ¿Yo?

—Sí, tú. No soy psicólogo, pero estoy seguro de que te ayudaría distraerte. Pensar en algo en lo que consigas concentrar toda tu atención.

—Es que no se me ocurre nada— protestó.

— ¿No?— insistió risueñamente—. Vamos a ver si se me ocurre algo a mí. Trata de reproducir en tu mente tu anterior visita al chalet donde vivía tu marido. Supongo que te impactó algo de lo que sucedió allí y que por eso quieres volver y que te acompañe yo. ¿No fue así?

—Sí.

— ¿Y qué fue lo primero que llamó tu atención?

Con los ojos cerrados para paliar en lo posible el efecto de que el automóvil se movía, no le resultó difícil a Verónica rememorar el momento en el que entró en el vestíbulo y reparó en la modernista y acertada decoración de la estancia.

—Lo primero que vi fue que las paredes estaban pintadas de un color lila intenso— repuso como si estuviera en trance, después de realizar un titánico esfuerzo por retroceder al momento en el que introdujo la llave en la cerradura y empujó el portón de entrada, con Rebeca a su espalda.

— ¿Y qué más?

—La planta. Había un ficus en una esquina y, aunque la habitación debía de haber quedado a oscuras desde la mañana en la que nos casamos, sus hojas estaban verdes como si hubiera estado expuesta al sol y la hubieran regado recientemente.

— ¿Cómo si alguien se hubiera ocupado de mantenerla viva?

—Sí, eso es.

—Pero tú sabes que eso no es posible. Tu marido le había entregado las llaves al guarda de la urbanización y éste se las dio al detective que contrataste para que te las diera a ti.

Se estremeció Verónica al oírle y un escalofrío la recorrió entera.

—No quiero seguir con este juego— balbuceó.

— ¿Pero no te encuentras mejor?

—No. Casi he conseguido olvidarme de que voy en un coche, pero me estoy sintiendo tan mal como cuando fui allí con Rebeca. Me estoy temiendo que ella está de alguna manera implicada en todo lo que pasó.

— ¿Tu amiga?, ¿la que tanto te ha ayudado desde entonces?

—Sí. He ido a verla esta mañana a la galería de arte en la que trabaja y he visto un retrato de Octavio pintado por ella colgado de la pared. Ha admitido que también fue la autora de un retrato mío que está sobre la chimenea del chalet al que nos dirigimos. Le conocía a él y nunca me dijo nada a ese respecto. Aparentó en todo momento que había sido en el porche del albergue, cuando llegamos, la primera vez que le había visto.

Se quedó callado Óscar, como si le costara trabajo asimilar lo que le acababa de referir Verónica. Luego pasó pensativamente una mano por su bien rasurada mejilla.

— ¿Y qué explicación puede dársele a lo que me estás contando? ¿Has averiguado el motivo?

—Ella ha inventado una sarta de mentiras cuando se lo he preguntado. Que no le reconoció a primera vista, porque llevaba un gorro de punto en la cabeza y una bufanda en el cuello que le tapaba media cara.

— ¿Y te ha dado la impresión de que se lo estaba inventando sobre la marcha?

—Sí.

Sin perder de vista la carretera que acababan de enfilar, se encogió él ligeramente de hombros.

—No se me ocurre el motivo por el que te lo ocultó en su momento. Algunas personas son muy malas fisonomistas.

De la irritación que experimentó al oírle, se olvidó Verónica del pánico que la mantenía contraída sobre sí misma y se apartó las manos de los ojos para mirarle inquisitivamente. Solo alcanzó a distinguir parte de su espalda, algo de su cuello sobresaliendo de su chaqueta oscura y su cabello oscuro y ligeramente ondulado, pero imaginó su expresión y le lanzó una puya.

— ¿Crees que una pintora que ha realizado un retrato al óleo de una persona puede no reconocerle meses más tarde? Sus facciones tendrían necesariamente que quedársele grabadas en la retina. Estoy segura de que me ha mentido. Pero no acierto a imaginar la razón.

— ¿La razón?

—Sí. Rebeca tiene que ser bastante mayor que él y es además muy poco armoniosa. A Octavio le gustaban las mujeres guapas. Todas.

— ¿Todas las mujeres?

—Todas las mujeres guapas. Solo las guapas.

—Habrá que descartar entonces que tuviera con ella una aventura— insinuó riéndose.

Pese a que Verónica había creído que Octavio pertenecía a su pasado y que no sentía en el presente nada por él, le molestó el tono festivo en el que se había expresado Óscar. Le pareció una indelicadeza por su parte que tratara el tema con tanta ligereza, por lo que decidió cambiar de conversación.

—Bueno, vamos a dejarlo— sugirió.

En el acto se dio cuenta él de que Verónica se había molestado.

—Perdona, no he debido decir lo que he dicho. Es que a veces se me olvida que ha sido él importante para ti. Anda, discúlpame e intenta continuar con el estudio retrospectivo que me estabas haciendo de esa casa. Supongo que del vestíbulo pasaríais al salón. ¿Cómo es?

—Muy grande. En la pared del fondo hay una puerta cristalera que dará salida al jardín, aunque no llegamos a averiguarlo porque tenía echada la persiana. En la de la derecha vimos una chimenea enmarcada entre dos librerías y en la de la izquierda, una puerta corredera que daba paso a un comedor. Las sillas que rodeaban la mesa le entusiasmaron a Rebeca, lo que no deja de tener gracia, porque ahora caigo en que las habrá diseñado ella.

—Probablemente. ¿Y qué más?

—En la planta baja vimos también un cuarto de baño y una cocina. Ninguna de esas dos habitaciones tenía nada de particular. Estaban limpias y en orden.

—Y entonces subisteis a la planta de los dormitorios— continuó él.

—Sí, pero solo llegamos a entrar en el que había ocupado Octavio.

— ¿Y cómo supisteis que era el de él sin haber visto los demás? ¿Había dejado papeles o algo que lo indicara así?

Con el ceño fruncido lo consideró ella.

—Pues no lo sé. Fue Rebeca la que me precedió por el pasillo y la que lo decidió por las dos. Pero no, no había ningún papel y el armario y los cajones de la cómoda estaban completamente vacíos.

— ¿Entonces…?

—Ya te he dicho que fue Rebeca la que lo dio por sentado y debía saber lo que decía, porque era la autora de la decoración. Me extrañó el refinamiento del mobiliario y de los detalles de ese dormitorio, porque Octavio era un tanto desmañado y durante el tiempo en el que salimos juntos no parecía apreciar las cosas bonitas.

—En eso debes de estar equivocada, puesto que le gustabas tú— murmuró él a media voz.

A su pesar enrojeció Verónica y se rebulló inquieta en el asiento que ocupaba, sin que se le ocurriera qué decir ni el medio de cambiar de conservación. El coche devoraba ahora kilómetros por la carretera y el paisaje que podía ver a través del cristal de la ventanilla se iba agrisando por momentos. Pronto oscurecería por completo. A lo lejos distinguió las primeras casas de la urbanización y respiró hondo para aliviar la tensión que experimentaba y que parecía haberse adueñado del interior del vehículo, tanto por el trauma que sufría como por la que había originado el comentario de él.

— ¿Has pasado hoy por tu casa?— le preguntó con la intención de apartarse del tema que él había suscitado.

—No, aún no.

— ¿No has podido comprobar entonces si era Mónica la mujer que he visto esta mañana en la terraza?

—No, mejor dicho, sí. No he vuelto a mi casa, pero la he llamado al móvil y me ha dicho que no ha sido ella la persona que has visto. Que no se ha vuelto atrás y que sigue decidida a vivir con Armando y a divorciarse de mí de mutuo acuerdo.

¿No es estupendo?

—Sí, ¿pero cómo no me has dicho nada hasta ahora?

—Porque estoy preocupado por el mal rato que estás pasando desde que te he recogido. ¿Estás segura de que no serías capaz de conducir en ninguna circunstancia?

Lo imaginó ella con los ojos cerrados y un escalofrío la recorrió entera.

—Segurísima. Se me estropea el estómago con solo plantearme la posibilidad.

—Dejémoslo entonces— decidió conciliador— Y relájate, porque ya estamos llegando.

Efectivamente se veían próximas las luces de la urbanización, que habían surgido como por encanto bajo un cielo que había pasado a ser totalmente negro, pero ella insistió tratando de aclarar un extremo que consideraba trascendental.

— ¿Y quién puede ser entonces la mujer que he visto tumbada en la terraza?

—Sin duda, la chica que me hace las faenas domésticas. Pasa muchas horas sola en la casa y habrá salido a tomar el fresco al terminar de limpiar— repuso en tono ligero como si ese asunto no le interesara.

—Si has hablado con Mónica, le habrás pedido su nueva dirección y el nombre del abogado con el que vives, tal y como te encargué— insistió Verónica—. No puedo presentar la demanda sin esos datos.

Sonriente, volvió a medias la cabeza hacia ella durante una décima de segundo y luego fijó nuevamente la mirada en el trayecto que recorrían.

—Por supuesto que sí. Él se llama Armando Lozano y vive en la calle Jorge Juan número veinticinco de Madrid. En el tercero. Lo traigo todo apuntado para dártelo y que mañana mismo pongas manos a la obra.

Acababa de dejar atrás el automóvil una amplia avenida y giraba ahora a su derecha para enfilar una calle bordeada de chalets a ambos lados, por lo que al advertir que estaban llegando a su destino, puso Verónica el bolso sobre sus rodillas para abrirlo y extraer las llaves de la casa a la que se dirigían. En la oscuridad del interior del vehículo palpó varios objetos que había introducido en él la mañana en la que se casó y de los que había olvidado su existencia. Una barra de labios, un frasquito de perfume, un paquetito de pañuelos de papel y... Sus dedos tentaron algo que tardó en identificar, pero que reconoció de improviso. Era una cajetilla de tabaco. La cajetilla que le había entregado Octavio para que se la guardara en el bolso cuando llegaron al albergue, antes de hacer intención de bajarse del coche para cargar con su maleta.

Su contacto la retrotrajo a ese momento y al revivirlo sintió unas ganas enormes de llorar. Pero no porque deseara volver atrás y recuperarle a él ni ese momento. Lo que le dolía era el vacío que le había quedado dentro, la autocompasión que experimentaba. ¿Cómo podría haberle sucedido a ella, que era una chica como tantas otras, el drama que no acababa de asimilar? Se consideraba razonablemente atractiva y suficientemente inteligente como para que Octavio hubiera deseado casarse con ella y sin embargo había planeado abandonarla en medio de la nieve el mismo día de su boda. Porque no había sido una decisión improvisada, estaba segura ahora. Recomponiendo los retazos de su memoria que no había unido anteriormente, recordó el nerviosismo de él durante los días que antecedieron a la tristona ceremonia que celebraron en aquel juzgado. No obedecía a la proximidad de su matrimonio. Había algo más en lo que ella no cayó entonces.

Y había algo más también en el instante en el que estacionó el coche en la parte posterior del albergue y le entregó la cajetilla de tabaco. Como en una foto fija creyó ver su expresión mientras se la alargaba. No sonreía como siempre y unas oscuras ojeras sombreaban sus pupilas como si de improviso se sintiera mal. ¿Habría comprendido de improviso que fumar era perjudicial para la salud y pretendía deshaciéndose de esa cajetilla evitar la tentación?

Estuvo por sacarla del bolso y arrojarla por la ventanilla, pero su sentido cívico se impuso. Ya la tiraría al cubo de la basura de su casa cuando regresara esa noche. Se desharía de la cajetilla, de la ropa de él que aún estaba guardada en su maleta y de todo lo que le había pertenecido.

Óscar había detenido el coche en la acera, frente a la puertecilla del jardín y había vuelto hacia ella la cabeza, sonriéndole.

—Bueno, ya hemos llegado. No ha sido tan terrible, ¿verdad?

Sí lo había sido para ella, pero en ese momento respiró aliviada, sintiendo como se relajaban sus nervios y su corazón recobraba su ritmo acostumbrado. Hurgó nuevamente en el bolso y cuando dio con el llavero lo extrajo, mostrándoselo.

—Aquí están las llaves. Se ha hecho de noche ya y nos costará ver donde ponemos los pies en el jardín, pero hay un caminito enlosado que conduce directamente al porche.

—Pues vamos.

Descendió del automóvil y con su acostumbrada caballerosidad le sostuvo luego a ella la portezuela ayudándola a hacer lo mismo. Aguardó pacientemente a su espalda a que diera con la llave que abría la puertecilla de la valla y la siguió dentro del jardín, tenuemente iluminado por una luna pálida y azulada que le permitió también introducir la que abría la cerradura del portón de la casa, cuando poco después ascendieron los escalones del porche.

El vestíbulo estaba tal y como ella lo recordaba. Con sus butaquitas blancas en la esquina contraria a la puerta por la que habían entrado y el macetón entre las dos con el tronco del ficus elevándose hacia el techo y   sus hojas verdes inclinándose hacia ellos. Verónica se dirigió en línea recta hacia la planta para rozar con un dedo la tierra de la maceta. Estaba húmeda.

Sobresaltada se volvió hacia Óscar.

— ¿Recuerdas lo que te he dicho? La han regado hace poco.

Enarcó escépticamente él las cejas aproximándose.

—No saques conclusiones precipitadas— le recomendó en tono paternal—. Sé que hay tiestos especiales que mantienen el riego durante un mes aproximadamente. Y lo sé porque en mi casa los hay. Son caros, pero muy cómodos.

— ¿Y este tiesto es de esa clase? A mí me parece que no se diferencia de los corrientes, salvo en el tamaño.

Lo examinó él con atención y terminó por encogerse de hombros.

—No lo sé. De las plantas se ocupaba Mónica, que llenaba con macetas todos los espacios disponibles de la casa. A mí me recordaba a una jungla, pero no admitía que le diera mi opinión sobre ese particular. Me decía que carecía absolutamente de sentido de la estética.

—Como Octavio— susurró ella como para sí misma.

— ¿Decías algo?— inquirió Óscar.

—No, nada, no decía nada— repuso sin ganas de explicárselo—. Y ven, por esa puerta se accede al salón.

Le señalaba la puerta de dos hojas de la pared del fondo y le cedió el paso, a lo que él se negó riéndose.

—No, por favor, las damas siempre primero.

—En este caso vamos a hacer una excepción— replicó Verónica con fingida ligereza—. Si te he pedido que me acompañaras es porque me temo que vamos a encontrar aquí algo que no me va a gustar.

— ¿Cómo qué?— se rió él asiendo el picaporte.

—No lo sé, pero estoy deseando marcharme ya.

—Pues a mí el vestíbulo me ha parecido muy agradable, muy entonado de colorido.

—Y más te lo va a parecer el salón. Entra.

La obedeció él encendiendo la luz a continuación. También esa estancia estaba tal y como la habían dejado la tarde anterior, con la persiana de la cristalera bajada, el sofá y las butacas ocupando su lugar y la cala verde y frondosa sobre la repisa de la chimenea con el botón de una flor blanca apuntando entre las hojas.

De una ojeada recorrió Óscar los libros de las estanterías que enmarcaban la chimenea y se acercó a examinarlos más de cerca, mientras Verónica permanecía en pie, asida al respaldo del sofá.

— ¿Qué miras?— le preguntó.

—Estos libros. Dicen mucho de la persona que los ha adquirido.

— ¿Y qué te dicen esos?

—Que a su dueño le gustaba el arte en general y la informática en particular.

Esbozó ella un gesto de escepticismo.

—Pues no has acertado en lo referente al arte. A Octavio le tenía sin cuidado. Era un hombre sumamente práctico.

—Pero sí dominaba la informática— afirmó más que preguntó el.

—Sí, eso sí. ¿Y qué te parece mi retrato, el que cuelga sobre la chimenea? Ayer me sobresalté al verlo, pero esta tarde puedo examinarlo fríamente y tengo que reconocer que Rebeca sabe pintar, que el parecido es asombroso. Ayer me dio la impresión de que la modelo, es decir yo misma, me miraba fijamente como si quisiera decirme algo

Se apartó él de la librería para plantarse frente al cuadro y observarlo con interés.

—Tienes razón— afirmó— El gesto es muy tuyo. Ese airecillo de suficiencia con el que nos miras a los demás desde las alturas de tu pedestal te caracteriza.

Con la cabeza ladeada trató de analizar Verónica el comentario de él. Lo había efectuado en tono de chanza, pero no estaba segura de que no trasluciera lo que de verdad estaba pensando sobre ella.

— ¿Te miro con suficiencia?— inquirió.

Óscar se echó a reír.

—Desde luego, pero es natural. El que va a buscar la ayuda de un abogado suele verlo como un ser superior, lo mismo que el que necesita los servicios de un médico.

—¿Y tú me ves como un ser superior?— insistió ella sin saber si debía sentirse halagada o, por el contrario, molesta por su comentario.

Clavó Óscar en Verónica su guasona mirada dudando en decirle lo que realmente pensaba y terminó por menear pausadamente la cabeza en sentido negativo.

—No, al menos no siempre. En tu despacho sí intimidas al cliente que se sienta enfrente de tu mesa en una de las butaquitas que le tienes reservada, pero en la calle y sobre todo en un coche, no. En cualquiera de esos lugares te humanizas.

—Vaya, pues qué bien— repuso por decir algo, porque seguía sin saber cómo debía reaccionar ante sus palabras.

Para disimular la inseguridad que sentía por la tensión que creía notar en el ambiente, extrajo el móvil de su bolso con la intención de buscar al abogado de Mónica en el listín del Colegio, pero no llegó siquiera a pulsar el buscador. Un rumor levísimo la impulsó a levantar la cabeza hacia el techo.

— ¿Has oído eso?— le preguntó dirigiendo su mirada en todas direcciones.

— ¿El qué?— inquirió a su vez él sin volverse de su observatorio frente al cuadro.

—Ese sonido. Me ha parecido... me ha parecido oír el ruido de pisadas en la planta superior.

Giró a medias la cabeza hacia ella con una sonrisa irónica.

— ¿De veras?

—Y tan de veras, escucha.

Permanecieron los dos en silencio aguzando el oído. El silencio era completo si se exceptuaba el suave murmullo de los árboles del jardín.

—Lo que has oído es el viento— dictaminó Óscar con aire sesudo.

—Te aseguro que lo he oído— insistió inquieta Verónica.

Advirtiendo el escepticismo de él se dirigió en línea recta hacia el tiesto de la chimenea para tocar la tierra y retiró el dedo húmedo. Se lo mostró como quien enseña un trofeo.

— ¿Lo ves? También han regado esta planta hace poco.

— ¿Y qué? Ya te he dicho que hay tiestos que durante al menos un mes mantienen el agua que necesita la planta.

En ese momento percibieron los dos distintamente el sonido de unas pisadas sobre sus cabezas. Óscar perdió en el acto la displicente sonrisa con la que había rebatido los temores de ella y enarcó las cejas como si se estuviera haciendo a sí mismo una pregunta.

—Sí— admitió a su pesar—. Parece que hay alguien arriba—. ¿Quién crees que puede ser?

No se atrevió Verónica a manifestar en voz alta lo que temía, por lo que hizo un esfuerzo por encogerse de hombros y porque a su rostro no asomara lo que estaba sospechando.

—No lo sé. ¿Cómo lo voy a saber?

—Pues tendremos que subir a averiguarlo— decidió Óscar haciendo intención de dirigirse hacia el vestíbulo—. ¿Vienes?

Lo sopesó Verónica en silencio. En los últimos días había adquirido la certeza de que Octavio había muerto la noche en la que llegaron al albergue, pese a que alguien continuaba registrando su piso de cuando en cuando. Incluso había llegado a convencerse a sí misma de que esos registros eran producto de su imaginación sobreexcitada y lo que deseaba era seguir creyéndolo, pero como esperaba él su respuesta, no se atrevió a demorarla más.

—Yo... no estoy segura de querer averiguarlo. Seguramente nos dejaríamos ayer alguna ventana abierta y...

—No es un portazo lo que ha sonado— insistió él—. He oído pasos y eso no lo produce el viento.

Con sus ojos claros agrandados por el miedo, meneó Verónica negativamente la cabeza.

—Pero es que...

— ¿Podría ser el dueño del chalet, que haya venido a comprobar cómo lo dejó tu marido después de marcharse sin pagar la renta?

—Podría ser, pero no lo creo.

— ¿Piensas entonces que se puede tratar de un intruso que ande buscando algo? ¿Qué puede ser lo que el dueño de esas pisadas ande buscando?— inquirió él en un susurro aproximándosele.

—No lo sé. Quizás su ordenador, pero ya se lo llevé a Simón, el guardia civil que investigó su desaparición y su muerte.

— ¿Lo llevaba tu marido cuando os casasteis?

—Sí, me dijo que contenía la información de los casos de sus clientes que tenía pendientes. Yo también me llevé el mío.

Hizo Óscar un gesto de asentimiento.

—Sí, es posible que la persona que anda por arriba no se haya enterado de que le entregaste el ordenador de tu marido a ese guardia civil. Aunque también podría ser que…

— ¿Qué?

—Que lo que busque sea una copia de seguridad de esa información. ¿Te habló alguna vez tu marido de esa copia?

Le chocó a Verónica que aludiera Óscar a la misma herramienta que Leandro poco antes y se preguntó a sí misma si Octavio le habría hecho a éste último algún comentario a ese respecto, pero llegó inmediatamente a una conclusión negativa que tradujo en un enérgico movimiento de cabeza.

—No, claro que no. Octavio me dijo que era agente de seguros y le creí. ¿Por qué no había de creerle? No sé nada de esa supuesta copia de seguridad. Yo no tenía la menor idea de a qué se dedicaba y en cuanto lo supe puse su ordenador en manos de Simón. Pensé que con eso quedaría todo arreglado.

Se acarició pensativamente la barbilla.

—Pues me parece que cantaste victoria demasiado pronto.

—Eso mismo me dijo Leandro.

— ¿Y quién es Leandro?

—Es el hermano de una amiga, un informático extraordinario. Le di a él el ordenador de Octavio y en cuanto descifró los archivos y se enteró de la información que contenía lo puso en mi conocimiento y me acompañó luego a ver a Simón. Él también me preguntó por esa copia de seguridad a la que te has referido. Suponía que Octavio lo habría archivado todo en un pendrive.

Pareció atar cabos él como si se hubiera hecho repentinamente la luz en su cerebro.

—Sí, claro, sería posible. ¿Y...?— Dudó sin decidirse a formularle la pregunta, pero finalmente terminó de hacérsela—. ¿Y crees que ese hermano de tu amiga, ese Leandro, es de fiar?

Evocó Verónica la tímida sonrisa del aludido y su aire introvertido y estudioso. Siempre le había conceptuado como un chico raro, pero también como incapaz de matar a una mosca.

—Sí, claro que sí. ¿Piensas acaso que es él el que anda por el pasillo de arriba?

—Podría ser. ¿Se conocían él y tu marido?

—Sí, les presenté yo y Leandro le ayudó a Octavio a programar una aplicación que necesitaba para su trabajo—. Clavó en Óscar su mirada y lo que vio la impulsó a defender al otro—. Estás equivocado. Leandro sería incapaz de prestarse a colaborar con Octavio en sus negocios. Y digo negocios por llamarles de alguna manera. Él es una persona decente. Además, ¿por qué habría de hacerlo? Le habría bastado con copiar el contenido del disco duro antes de devolverme el ordenador, ¿no lo entiendes?

Se acarició pensativamente él la barbilla mientras pensaba intensamente.

—Sí, tienes razón— reconoció—. Aunque también cabría la posibilidad de que supiera que en ese pendrive al que has aludido se contenía un material más exhaustivo. ¿Te preguntó si sabías donde podía hallarse?

—Sí— reconoció ella con un hilo de voz—. Y lo estuve buscando en la maleta de Octavio y en la ropa que llevaba cuando le mataron. Me la devolvió Simón, pero no encontré nada en sus bolsillos.

Dejó escapar Óscar una risita sarcástica.

—Tendremos que subir entonces a explicárselo a ese tipo, a decirle que no se moleste en buscarlo, porque no existe o que al menos no se encuentra en esta casa. Bien mirado, no sería lógico que la abandonara definitivamente como parece que hizo, dejando dentro de sus paredes un chisme tan valioso para sus intereses, ¿no te parece?

Se apresuró Verónica a darle la razón.

—Sí, estoy de acuerdo. ¿Qué hacemos entonces?

No dudó él ni un instante en darle la respuesta.

—Subir los dos y acabar con este asunto de una vez.

Se resistió ella a dirigirse hacia la escalera y retrocedió de espaldas hacia la puerta del salón.

— ¿Y si no es Leandro?

— ¿Qué quieres decir?

No se atrevió ella a traducir en palabras lo que pasaba por su mente y le señaló el portón de la casa.

—Vámonos. No quiero saber quién está arriba fisgoneando ni por qué riega las plantas ni por qué busca ese pendrive o lo que sea. Quiero irme.

Se llevó él un dedo a los labios para indicarle que bajara la voz y le susurró al oído:

—Pero hemos venido a investigar qué pasa aquí, ¿no te acuerdas ya? Tenemos tan solo que subir un tramo de escalera para averiguar quien anda por arriba, ¿no lo entiendes?

—Si lo entiendo, pero no quiero subir. Quiero irme— repitió.

—Quédate aquí entonces y subiré yo.

—No, no quiero quedarme sola— le contradijo obstinadamente.

Vaciló Óscar. Arriba se reprodujo el liviano sonido de unas pisadas muy próximas a la barandilla de la escalera y ambos levantaron la cabeza en esa dirección.

—Si tienes miedo, puedes esperarme en el coche— le sugirió— Enciérrate por dentro y aguarda unos instantes a que me reúna contigo.

—Pero es que...

Rebuscó él en sus bolsillos y extrajo unas llaves que le entregó.

—Toma. Son las del coche—. Pareció dudar nuevamente, pero finalmente murmuró a su oído—: Si tardo demasiado o me sucediera algo márchate a Madrid sin perder un segundo y llama a la policía.

Las cogió Verónica maquinalmente y abrió la boca para negarse, pero no llegó a pronunciar una sola palabra. No la encontró en el vocabulario. ¿Cómo era posible que hubiera olvidado él que el trauma que padecía le impedía ni tan siquiera intentarlo? Se le llenaron los ojos de lágrimas sintiendo de improviso un rencor sordo contra él por ignorar la impotencia contra la que luchaba y que no conseguía superar.

—Sabes que no puedo conducir— masculló mordiendo las palabras.

Lo recordó de improviso él, y abochornado, hizo un intento vano por sonreír.

—Discúlpame, soy un estúpido. Mira, haremos una cosa. Te sentarás en el sofá del salón a esperarme y yo subiré a echar una ojeada sin dejarme ver por ese tipo. Si es ese amigo tuyo, Leandro, puede que le despachemos con un sermón.

¿Y si no era Leandro? Se preguntó ella. ¿Y si se trataba de Octavio que regresaba del mundo de los muertos con su aire juvenil y su sonrisa de siempre para decirle que la había echado mucho de menos en el mes que había transcurrido desde que era oficialmente viuda? Porque no le cabía duda de que esa sería su actitud, de que ni siquiera se habría planteado el suplicio que había tenido que soportar por su causa desde su desaparición.

Reprimió un escalofrío al ver a Óscar dirigirse cautelosamente hacia la escalera. En el primer peldaño se detuvo y le señaló la puerta que tenía a su espalda.

—Siéntate en el sofá a esperarme. Y no tengas miedo. No va a sucederme nada.

—Pero…

—Que te sientes en el sofá— le susurró en tono tajante— Siéntate y léete una revista, un libro o lo que encuentres por ahí. Ahora vuelvo.

Mecánicamente le obedeció Verónica, retrocediendo hasta la habitación contigua para dejarse caer en el borde del sofá. Con los nervios de punta alzó la mirada para fijarla en el cuadro que colgaba sobre la chimenea. La chica plasmada en el lienzo, su doble, la miraba de hito en hito como si quisiera advertirla de algo que iba a suceder de un momento a otro. Lo sintió con tanto realismo como cuando en la sala de proyección de un cine empezaba a sonar una música lúgubre que alertaba a los espectadores de que el malo estaba a punto de surgir de las tinieblas para atacar a la protagonista. Las notas de esa melodía solían ir in crescendo conforme se aproximaba el momento culminante, para finalizar en un tétrico acorde que los asistentes a la película coreaban con un grito. Así se sentía ella, aunque el más absoluto silencio había invadido ahora la casa en la que se hallaba. Un silencio tan irreal que parecía oírse.

Con los ojos agrandados por el miedo, paseó su mirada en derredor, preguntándose cómo se habría sentido Octavio entre esas paredes mientras vivió allí. ¿Y la víspera de su boda? ¿Habría imaginado que su fin estaba próximo?

Intentó retroceder con la mente para rememorar su comportamiento durante el largo trayecto que recorrieron desde que salieron de Madrid hasta que llegaron al albergue, pero no fue capaz de reproducir en su retina la expresión de su rostro durante esas largas horas, ya que en el asiento posterior de su automóvil y al borde de un ataque de histeria le veía de espaldas. Bastante había tenido además, con preocuparse de sí misma para impedir dejar escapar los gritos que pugnaban por abrirse paso en su garganta.

Pero tenía que haber notado algo que la alertara a ella cuando estacionó él el coche junto a la fachada posterior del edificio, se dijo. Recordaba, sí, el inmenso alivio que experimentó entonces al comprobar que había terminado por el momento su tortura y que, pese a que no le gustaban los deportes de nieve, la aguardaba un alojamiento confortable. Octavio se había vuelto hacia ella desde el asiento delantero y, con una expresión que entonces no había acertado a catalogar, le había dicho algo. ¿Qué era lo que le había dicho?

Le vino de pronto a la memoria. Estaba extrañamente serio y le había entregado una cajetilla de tabaco, pidiéndole que se la guardara en el bolso. No le había dado entonces la menor importancia, porque él fumaba como un carretero. Ni siquiera se preguntó el motivo de que la extrajera del bolsillo de su anorak para dársela, cuando en unos minutos como máximo se la pediría de nuevo en la habitación que les asignaran en el albergue para encender un cigarrillo tras otro. Creyó sentir de improviso un fogonazo en el cerebro. ¡La cajetilla! Algo debió de introducir él en su interior que necesitaba salvaguardar a toda costa, cuando estaban a punto de descender del vehículo. Debió presentir el peligro que le acechaba fuera o tal vez identificó ese peligro en alguno de los coches que estaban allí aparcados. ¿No sería posible que…?

Dirigió aprensivamente una mirada en derredor. Estaba sola en el salón. Sola con la chica del cuadro mirándola fijamente desde lo alto de la chimenea. Pero esa chica era ella misma, era su aliada y de ella no tenía nada que temer. De arriba no provenía el menor sonido. Solo en el jardín se desperezaban de cuando en cuando los árboles al compás de las ráfagas de aire, pero en ese momento había calmado el viento. El silencio se había adueñado nuevamente de la casa, por lo que no debía perder un solo segundo. En su mano derecha tenía las llaves del coche de Óscar. Se las había entregado él y al no haber reaccionado a tiempo y haberse negado a recibirlas, las mantenía apretadas entre sus dedos sin ser consciente de ello. Las guardó en el bolsillo de su chaqueta y apresuradamente abrió el bolso para extraer la cajetilla de tabaco. Dentro tanteó tres cigarrillos y un objeto duro que identificó en el acto al extraerlo. Era un pendrive. Lo observó fijamente como alucinada, preguntándose si contendría la peligrosa información que Octavio había recopilado y a cuya costa había vivido. Leandro había insistido mucho en que debía buscarlo, porque estaba seguro de su existencia y también debía creerlo así el individuo que entraba de cuando en cuando en su piso. Debía llamar a Óscar cuanto antes para comunicárselo y para marcharse inmediatamente de allí. Le pediría que al día siguiente la llevara a Candeleda y se lo entregaría a Simón. Al fin podría liberarse del pasado de Octavio y olvidar todo lo que guardara relación con él.

Levantó la cabeza hacia el techo y escuchó. No se oía el menor sonido en la planta superior. El silencio era tan denso que sintió la impresión de que contaminaba el aire transformándolo en irrespirable ¿Le habría sucedido algo a

Óscar?, se preguntó notando que un sudor frío la recorría entera. Con una mano que temblaba ostensiblemente logró meter de nuevo el pendrive en la cajetilla y ésta en el bolso e hizo intención de ponerse en pie, pero no llegó a rematar el movimiento, porque había oído algo. Los árboles del jardín gemían ahora con un rumor sordo acallando el ruido que percibía próximo. Provenían de la escalera y podía oírse el crujido de los peldaños bajo los pies de alguien que bajaba sin prisas, pausadamente. Se dejó resbalar hasta el borde del sofá y giró la cabeza en esa dirección, hacia las dos hojas entreabiertas de la puerta que comunicaba con el vestíbulo. La estancia contigua estaba a oscuras, pero a través de los cristales distinguió una silueta que iba emergiendo de las sombras. Avanzaba despacio hacia la zona iluminada que iba trazando al alumbrarlas las distintas zonas de su cuerpo. Primero sus pantalones grises, luego su grueso jersey granate y finalmente su rostro reseco y pecoso. Era Rebeca.

C*APÍTULO* XVI

𝒟e la sorpresa le costó a Verónica recuperar el movimiento de sus miembros inferiores, pero finalmente consiguió ponerse en pie de un salto.

— ¿Qué haces aquí y por dónde has entrado?

La envolvió la otra en una mirada rara, como si fuera la primera vez que se veían y su semblante le recordara al de otra persona.

—He entrado naturalmente por la puerta— repuso con una voz sin inflexiones—Sé que no te has creído nada de lo que te he explicado esta mañana y he llamado a tu despacho para quedar contigo y aclarártelo. Tu amiga Tamara me ha dicho que te encontraría aquí.

— ¿Y cómo has entrado?— Repitió Verónica desconfiadamente.

—Tengo la llave.

—Te la dio Octavio, ¿verdad?— casi le gritó ella poniéndose en pie y bordeando el sofá para apoyarse en su respaldo y situarse frente a la otra.

Rebeca esbozó un gesto duro.

—Digamos que cada uno tenía la suya. La agencia nos dio un juego a cada uno.

Abrió Verónica la boca para decirle lo que pensaba, pero no consiguió encontrar las palabras oportunas. En su lugar inquirió:

— ¿Y por qué compartíais esta casa? ¿Estabas liada con Octavio?

Se quedó mirándola Rebeca, pero no parecía verla. Parecía estar rememorando algún episodio que había vivido con él, porque, como ausente, apartó sus ojos de ella y los dejó vagar por la habitación, buscando a alguien que no se hallaba allí.

—No, claro que no— musitó con un esfuerzo—. No estábamos liados. A Octavio le gustaba otro tipo de mujer, el tuyo. Eso fue lo que lo complicó todo.

La había escuchado Verónica sin entenderla.

— ¿Qué es lo que complicó?

—Nuestro trabajo. Nos compenetrábamos a la perfección recabando información, llamémosla confidencial, sobre personajes importantes que no podían permitirse el lujo de que ciertos detalles de su existencia salieran a la luz.

—Quieres decir chantajeando a pobres desgraciados.

—No tan pobres ni tan desgraciados— la rebatió sarcásticamente Rebeca—. Si hubieran sido pobres, no nos hubiera interesado la parte oscura de sus vidas. Fue un negocio sumamente lucrativo hasta que apareciste tú.

— ¿Yo?— se sorprendió ella.

—Sí, no creo que pudiera definirse a Octavio como un hombre sentimental. Más bien era todo lo contrario, pero tuvo la mala suerte de conocer a una tonta chica que estaba sola, sentada en la mesa de una cafetería y de acercársele, sin imaginar que iba a cambiarle la vida.

— ¿Que tuvo la mala suerte?— se engalló furiosa—. Fui yo la que tuve la mala suerte de que se me aproximara con un vaso de ginebra en la mano y con la apariencia de un universitario que acaba de ganar un partido de baloncesto. Creí que era lo que parecía ser, un buen chico. Sonreía con un gesto tan comprensivo… Como si cualquier debilidad que no fuera yo capaz de superar mereciera su apoyo y su tolerancia. ¿En qué le perjudiqué si puede saberse?

—En que se enamoró de ti— sentenció la otra en tono monocorde—. Por esa razón intentó dejarlo todo.

— ¿Dejar vuestro… vuestro "negocio"?

—Efectivamente. Por ese motivo y porque estaba en peligro planeó desaparecer, fingir que podía haber muerto.

Consiguió emitir Verónica una risita sarcástica.

—¿Dejándome tirada en un albergue en medio de la nieve la misma noche de nuestra boda?

—Sí, para darle mayor verosimilitud a su desaparición, pero tenía previsto volver a por ti en cuanto las aguas se calmaran.

—Muy amable— masculló sarcásticamente ella— Podía haberme dejado en mi casa donde estaba mucho más tranquila y bastante más calentita. Porque él mientras tanto pensaba pasar una larga temporada en el Caribe, ¿no es eso?— rezongó con acritud.

—En la isla Margarita exactamente— puntualizó Rebeca con el semblante sin expresión.

—Ya— murmuró apenas Verónica luchando por entender la información que acababa de recibir— Empiezo a hilar esa historieta que me estás contando y que no me acabo de creer. Veamos si la he comprendido. Cuando me conoció y empezamos a salir le entraron remordimientos de conciencia y decidió enmendarse. ¿Voy bien?

—Sí.

—Entonces dejó de jugar al chantajista. Había dejado tres años antes el piso de la calle de Hermosilla en unos momentos en los que le iban mal las cosas, por lo que se largó sin pagar la renta. Sin embargo fue la dirección que a mí me dio como su domicilio y también a la agencia de seguros en la que empezó a trabajar poco antes de que le conociera, aunque por aquel entonces ya se había trasladado a este chalet.

—Efectivamente.

—¿Y por qué se vino a este chalet, cuya renta debe de ser muy elevada, si "el negocio" no le iba bien. No tiene sentido.

—Fui yo la que me empeñé— reconoció la otra—. Lo había decorado para unos clientes de la empresa en la que trabajaba entonces. Se marcharon enseguida y en cuanto me enteré le propuse a Octavio que lo alquilara él. Era el lugar perfecto para nuestro centro de operaciones. Me costó convencerle, pero lo conseguí.

—Y entonces pintaste su retrato.

—Sí, porque también me empeñé yo, porque él no demostró el menor interés. Lo que quería era que te pintara a ti y me trajo una fotografía tuya. Estaba tan ilusionado con la sorpresa que te iba a dar cuando lo vieras sobre la chimenea... Tenía pensado que vinierais a vivir aquí los dos después de la boda, pero luego todo se complicó y tuvo que idear un plan B.

—Largarse a la isla Margarita con su pecaminoso ordenador— continuó Verónica con una mordacidad corrosiva.

—Sí.

—Y finalmente todo salió mal.

—Sí. Le habíamos echado el anzuelo a un cretino, hijo de papá y sumamente adinerado. Un profesor de gimnasia que había abusado de varios de sus alumnos, lo que podíamos probar con unas fotografías bastante comprometedoras. Durante un tiempo ese hombre nos proporcionó bastantes ingresos, pero de improviso, por uno de esos inexplicables reveses de la fortuna, una buena mañana entró Octavio en una cafetería y se apoyó en la barra a tomar una ginebra, con la mala suerte de que giró la cabeza y vio a una chica sentada en una mesa, que estaba sola.

—A mí.

—Sí, a ti.

—Pero por los mismos días era novio de una tal Rosana.

— ¿Te refieres a la secretaria de su oficina?

—Sí.

Esbozó Rebeca un gesto desdeñoso.

— ¡Bah! Ella le perseguía y él se dejaba querer. Últimamente hacía todo lo que podía por quitársela de encima, aunque con poco éxito. El caso es que empezó a salir contigo y a los pocos días nos comunicó que no quería seguir, que lo dejaba.

— ¿Y qué pasó?

—Que intenté ayudarle.

— ¿Cómo?

—Corría peligro él y decidió poner tierra por medio, pero antes quería casarse contigo para asegurarse de que te encontraría a su regreso. Habíamos quedado en encontrarnos en el albergue esa noche. Os vi llegar y entré en la recepción a registrarme. Él te llevaría el equipaje hasta el porche y regresaría a su automóvil para volver a Madrid y desde allí al aeropuerto desde donde volaría a la isla Margarita. Ya te he dicho que su intención era que se le diera por desaparecido. Yo tenía que ayudarte entonces y explicarte el motivo por el que se había visto obligado a largarse. Me hizo prometer que te repetiría hasta el aburrimiento que iba a volver a buscarte en cuanto se olvidaran aquí de él.

— ¿Quiénes? ¿Sus víctimas?

Se encogió Rebeca de hombros.

—La respuesta a esa pregunta podemos dejarla por el momento.

—No, quiero que me contestes— protestó ella dando una patada en el suelo como si fuera una niña chica—. Quiero que me digas de quién tenía que huir y quién fue el que le mató.

Un velo de tristeza pareció empañar los ojillos de Rebeca evocando aquella noche. Le dio a Verónica la impresión de que sentía verdaderamente su pérdida.

—Éramos tres— murmuró con pocos bríos— Trabajábamos juntos y ya te he dicho que en los últimos tiempos nos iba a las mil maravillas hasta que apareciste tú. Como tapadera, Octavio trabajaba en una agencia de seguros. De alguna manera tenía que justificar los ingresos que percibía y las inversiones que realizaba en inmuebles, aunque supongo que si le hubiera investigado el fisco no se hubiera creído que vender seguros fuera tan rentable. Disponía además de mucho tiempo libre, aunque fingía ante su jefe destinarlo a la búsqueda de clientes. Cuando les conocí, estaba yo empleada en una empresa de decoración, de la que me despedí poco después para colocarme en la galería de arte en la que has venido a verme esta mañana, de la que me ausentaba a menudo con permiso de mi jefe con la excusa de que tenía que pintar. Y Emilio...

— ¿Quién es Emilio?— la interrumpió Verónica.

—El tercer socio. El cabeza del grupo.

— ¿El que mató a Octavio?

—Sí. No lo sé, pero supongo que sí, que fue él.

— ¿Y por qué le mató?

Vaciló Rebeca y levantó ambas manos en un ademán de impotencia.

—No sé si debería contártelo.

—Claro que me lo vas a contar— insistió ella levantando la voz.

Un estrepitoso sonido en la planta superior las sobresaltó a las dos. Atemorizada, levantó Rebeca la cabeza hacia el techo.

—Chist, calla. ¿Qué ha sido eso?

—Ha debido de ser Óscar— apuntó Verónica con los ojos agrandados por el miedo—. He venido con él y nos marcharemos en cuanto averigüe... en cuanto averigüe quien vive aquí, porque las plantas no se riegan solas y es evidente que alguien las cuida. ¿Crees que ha podido pasarle algo?

El pecoso semblante de Rebeca se contrajo en un gesto de impaciencia.

—Si eso es todo lo que te preocupa, puedes decirle que baje, porque las plantas las riego yo. Vengo a menudo a subir las persianas y a airear la casa para que no se mustien. Tenía pensado incluso llevármelas a mi piso, pero por unas razones o por otras no he tenido tiempo. Y no deberíamos seguir ni un minuto más en esta casa ninguno de los tres. Puede que Emilio haya decidido venir esta tarde y si nos encuentra aquí... Es un hombre muy peligroso.

Sus palabras se expandieron por el aire enrareciendo el ambiente. La casa estaba en completo silencio. No se oía el menor sonido, salvo el del viento que arreciaba fuera con mayor ímpetu zarandeando los árboles del jardín. Un rumor lúgubre, pensó ella. De película de miedo, en el punto en el que el malo consigue introducirse en la vivienda para atacar a la chica paralítica y avanza paso a paso buscándola en la oscuridad.

Intentó reírse de sus propios pensamientos, pero no lo consiguió. Aunque no estuviera paralítica, no conseguiría abandonar esa casa hasta que bajara Óscar y se reuniera con ellas. Pero el estrépito que acababan de oír no auguraba nada bueno. ¿Se habría encontrado arriba con el tal Emilio al que Rebeca acababa de aludir?

—No puedo marcharme aún— le susurró a la otra aproximándose a su oído— Óscar ha tenido el detalle de traerme en su coche para que acabe de averiguar lo que sucede aquí.

— ¿Y quién es Óscar?

—Un cliente. El mismo al que me he referido esta mañana en la galería. Un hombre muy atractivo al que voy a divorciar de su mujer.

— ¿Está arriba? Se alarmó Rebeca—. Tenemos que subir a advertirle. Si se encuentra con Emilio...

Aguzaron las dos el oído sin percibir el menor sonido, por lo que al cabo de unos segundos insistió Verónica:

—Aún no has contestado a mi pregunta. Quiero saber quién mató a Octavio.

Se mordió los labios la otra, pero al fin se decidió a responderle en un susurro:

—Si lo hubiera imaginado no lo habría permitido, pero no lo imaginé. Octavio tenía como misión archivar en su ordenador toda la información que íbamos recabando y las pruebas con las que intimidábamos a nuestros clientes. Digamos que era el informático del grupo y en algunos casos hasta prefabricó esas pruebas. Emilio se movía en círculos de mucho nivel y solía ser el que nos proporcionaba la carnaza que luego utilizábamos.

— ¿Y qué?

—Ya te he dicho que cuando te conoció a ti, Octavio decidió dejarlo todo. Por esa razón discutió con Emilio el día anterior a vuestra boda. Éste le exigió entonces que le entregara todo el material que habíamos recopilado y que luego se largara a donde le diera la gana.

— ¿Y Octavio accedió?

—Sí. Le dijo que se lo dejaría todo en el despacho que utilizábamos en esta casa. Está en la planta de arriba. La mañana en la que os casasteis salió de aquí tu marido a eso de las ocho para recogerte y dirigirse contigo al juzgado del pueblo en el que había nacido. Le hacía ilusión contraer matrimonio allí. Emilio vino un par de horas más tarde y se encontró con que tu marido se había llevado consigo el ordenador y el pendrive, o sea, que le había engañado y que nos había dejado con dos palmos de narices, como se dice vulgarmente. Por eso os siguió hasta el albergue, vio dentro de su coche cómo te llevaba el equipaje hasta el porche del hostal y le abordó en cuanto regresó al suyo a por su maleta y a por su ordenador. El resto no lo sé, pero lo supongo. Le obligaría a subirse a su automóvil y en una revuelta del camino le arrojaría al fondo del precipicio. Su sorpresa sería mayúscula cuando al poner en funcionamiento el ordenador que le había arrebatado previamente a Octavio, comprobara que no era el que le interesaba, sino el tuyo.

—Y entonces tú fingiste apoyarme cuando la guardia civil y el guarda de seguridad del hostal no creyeron ni una palabra de lo que les dije— continuó Verónica— Estuviste muy convincente.

—No lo fingí— le rebatió la otra—. Yo tampoco sabía entonces lo que le había sucedido a Octavio. Lo que te acabo de contar lo he deducido después. La primera noticia de que había muerto la tuve en el depósito, cuando te acompañé a reconocer su cuerpo. Puedes imaginar la impresión que experimenté, porque lo único que me había dicho Emilio, cuando esa misma noche me llamó al móvil, fue que tu marido había desparecido, rumbo a la isla Margarita, y que probablemente habría escondido antes de irse el material que nos interesaba en esta casa o en la tuya. No hace falta que te explique lo doloroso que fue para mí también nuestra visita al depósito.

—Lo imagino perfectamente— masculló Verónica con ironía—. Estoy segura de que sufriste lo indecible al comprobar que ese Emilio, o como se llame, le había matado, y encima tuviste que disimular que le conocías y mucho. También estoy segura de que has roto las amistades con ese tipo que dices que es tan peligroso y que llevas ahora una vida virtuosa percibiendo tan solo el sueldo de tu trabajo en la galería— terminó, con un desdeñoso sarcasmo.

Le afectaron sus palabras a Rebeca. Pestañeó con los ojos húmedos, pero no la contradijo. Se limitó, como si no lo hubiera oído, a asegurarle que había sentido verdaderamente la muerte de Octavio.

—Lo creas o no, le apreciaba de veras. Era como un chiquillo inmaduro, pero realmente encantador.

Se mesó Verónica pensativamente la melena tratando de ordenar las piezas que en su mente no habían encontrado todavía acomodo.

—Entonces, era ese Emilio el que entraba a registrar mi piso de cuando en cuando, buscando el verdadero ordenador de Octavio y el pendrive ¿No?

Meneó Rebeca la cabeza en sentido negativo.

—Alguna vez, sí, pero en la mayoría de las ocasiones fui yo.

—Pero la cerradura de la puerta no estaba forzada.

—No, claro que no. Emilio se quedó con las llaves de tu casa que llevaba Octavio en el bolsillo de su anorak. Tienes además la mala costumbre de dejar tu bolso tirado por cualquier parte con las llaves dentro. Hice inmediatamente una copia.

—Pero luego cambié la cerradura.

—Sí y tuve que hacer otra copia.

Retrocedió de espaldas Verónica para encaramarse sentada en el respaldo del sofá con el bolso en bandolera colgado sobre su hombro. No lo había cerrado poco antes al extraer la cajetilla de tabaco y cuando se empinó sobre el diván, se le cayó al suelo y su contenido se desparramó sobre el pavimento, yendo a parar la cajetilla a los pies de Rebeca. Sin mover un solo músculo las dos se quedaron mirándola. Clavó la otra su mirada en el paquete de tabaco con una lucecita en sus ojillos pardos. Lo observó con fijeza como si traspasara el cartón que recubría su interior y pudiese distinguir el pendrive que Octavio había escondido dentro aquella noche. Contuvo Verónica la respiración. ¿Cuánto tiempo transcurrió hasta que las dos efectuaron el primer movimiento?

Lo inició Rebeca recogiendo la cajetilla del suelo y entregándosela, sin pronunciar una sola palabra. Tampoco Verónica hizo el menor comentario. Luego arrancó a hablar atropelladamente tratando de aliviar la tensión que flotaba ahora entre las dos.

—¿Y por qué me has contado ahora todo esto?— le preguntó, mientras guardaba la cajetilla dentro del bolso y lo cerraba con la mayor expresión de indiferencia que fue capaz de fingir— ¿Habéis decidido ese Emilio y tú quitarme de en medio a mí también para que me reúna con Octavio en el más allá y os deje de molestar?

Un lagrimón le resbaló a Rebeca por la mejilla, a la par que esbozaba un ademán negativo.

—No, solo quiero que lo sepas. Que no te devanes más la cabeza preguntándote por qué se casó contigo. Él te quería. Te dejó en herencia todos sus bienes. Todo lo que había adquirido blanqueando la parte que le correspondió de los ingresos que obtuvimos en las buenas épocas. Pensó que tú te ocuparías de vender esos inmuebles y que cuando volviera a por ti os marcharíais los dos con el dinero a otro país.

La había escuchado Verónica en silencio y no quiso contradecirla, pese a que, de haber sobrevivido Octavio a aquella noche, le hubiera dejado sin vacilar en el mismo instante en el que hubiera tenido conocimiento de cuál era el "negocio" al que se dedicaba.

—Tenemos que marcharnos— la apremió Rebeca sin imaginar lo que pasaba por su mente—. Tengo el coche aparcado fuera y te llevaré a tu casa.

—Pero… ¿Y Óscar?— se resistió Verónica—. He venido con él y no voy a dejarle en esta casa sin avisarle. Subiré a decirle que no es necesario que registre más y que quiero volver a Madrid ahora mismo.

El crujido de un peldaño en lo alto del rellano las sobresaltó a las dos.

—Vámonos— insistió Rebeca asiéndola de un brazo para obligarla a bajar del respaldo del sofá— Puede que sea Emilio, que haya entrado sin que le hayamos oído.

— ¿Tú crees?— se alarmó Verónica— ¿Y si es Óscar? Vete tú. Tengo que advertirle del peligro que corremos aquí.

Otro escalón crujió más cerca y luego otro.

—No, no. ¿No comprendes que la que mayor riesgo corre eres tú?— insistió la otra—. Si es Emilio y averigua que llevas en el bolso esa cajetilla… La ha buscado tanto y durante tanto tiempo que podría hacerte cualquier cosa.

La agarró por la manga de la chaqueta y la obligó a correr de puntillas hacia el oscuro vestíbulo, abriendo una de las hojas de la puerta, pero antes de que consiguiera atravesar la estancia y alcanzar el portón una negra silueta se perfiló en lo alto de la escalera. Su rostro quedaba en sombra, pero sus largas piernas permitían adivinar que se trataba de un hombre alto. Descendió sin prisas los peldaños que le faltaban y cuando remató el descenso accionó el conmutador de la luz. Al reconocerle dejó escapar Verónica un suspiro de alivio. Era Óscar.

— ¿Dónde vais?— les preguntó a las dos con una voz que no se parecía a la suya.

—Rebeca se marchaba ya— repuso ella más tranquilizada—. Me acaba de explicar todo lo que necesitaba saber sobre Octavio y la estaba acompañando a la puerta. Nosotros también nos podemos ir, porque, como te he dicho, ha quedado todo aclarado.

Al pie de la escalera y con las manos en los bolsillos del pantalón las contempló con un gesto duro. Un mechón oscuro le resbalaba sobre la frente y sus ojos brillaban intensamente en su bronceado semblante. A Verónica le pareció de pronto un desconocido.

— ¿Sabes entonces dónde está tu marido?— inquirió inclinándose hacia ella.

—Está en el cementerio— se la adelantó Rebeca—. Yo la acompañé al depósito a reconocer el cadáver y desgraciadamente no ofrecía duda.

Avanzó Óscar un paso hacia ellas con un aire petulante que, por lo inusual, a Verónica la obligó a parpadear sorprendida.

— ¿Estás segura?— insistió él.

—Claro que sí. Lo estamos las dos. Alguien le empujó la noche de su boda al fondo del barranco donde le encontró al día siguiente la guardia civil.

—Que te devolvería sus objetos personales— continuó él dirigiéndose a Verónica— ¿Qué fue lo que te devolvió?

Por primera vez captó ella algo extraño en su actitud. No parecía guardar punto de contacto con el hombre al que había recibido repetidamente en su despacho y que en alguna ocasión la había acompañado a su casa. También notó que, a su lado, Rebeca permanecía expectante y temblorosa, sin la seguridad que tanto la caracterizaba.

—Me devolvió la ropa que llevaba puesta cuando llegamos al albergue y lo que llevaba en los bolsillos, su documentación, unas monedas, un mechero y... creo que no, que nada más. ¿Por qué lo preguntas?

Notó el sobresaltado respingo de Rebeca, que a continuación la cogió del brazo e intentó dirigirse con ella hacia la puerta.

—Nosotras nos vamos, porque se nos hace tarde— murmuró con voz ronca.

Óscar se interpuso entre ellas y la puerta.

—Tranquilas, ¿Dónde vais con tanta prisa? Antes necesito averiguar un par de cosillas sin importancia.

— ¿Qué cosillas?— balbuceó Rebeca.

Advirtió Verónica que la otra medía con los ojos la distancia que las separaba de la salida de la casa y como si Óscar se hubiera dado cuenta también avanzó rápidamente hacia el portón y se apoyó en de espaldas contra la hoja de madera.

—Quiero saber dónde demonios ha escondido el maldito ordenador de su marido y la copia de seguridad que me consta que hizo. Y lo quiero saber ahora.

Abrió Verónica la boca hasta formar con ella un círculo, con los ojos agrandados por la sorpresa.

— ¿Tú...? ¿No te llamas Óscar? ¿Eres el compinche de Octavio, el cabecilla que organizaba la manera de desplumar a los desgraciados que caían en vuestras manos? Pero entonces... — articuló casi sin voz.

—Pero entonces tendría esta historia un final muy diferente, si esa estúpida no se hubiera ido de la lengua— masculló desdeñosamente él señalando a Rebeca—. Ahora no voy a poder permitir que ninguna de las dos salga de esta casa.

De nuevo avanzó un paso hacia ellas, que a su vez retrocedieron otro.

—Verónica no tiene nada que ver con este asunto y mantendrá la boca cerrada— replicó Rebeca en un atemorizado susurro— Y yo tampoco diré una sola palabra por la cuenta que me trae.

Las observó con una sonrisa sardónica sin sacar las manos de los bolsillos. Su actitud le recordó a Verónica a la de los chuletas de barrio a cuya declaración había tenido que asistir en comisaría durante los primeros años de ejercicio de su profesión por tráfico de drogas o por alguna riña callejera y paradójicamente recuperó la capacidad de razonar fríamente y de enfrentarse a la situación. Como si en lugar de encontrarse en el vestíbulo del chalet se hallara en una dependencia policial y estuviera a solas con él, después de que hubiera firmado su declaración por los hechos por los que había sido detenido, aventuró:

—Así que no te llamas Óscar Velasco y probablemente tampoco tengas la menor intención de divorciarte.

—No estoy casado— admitió él en tono condescendiente.

—Y esa Mónica de la que me hablabas solo existía en tu imaginación.

—Efectivamente. Has dado en el clavo.

—Y la documentación que me trajiste… Vuestras partidas de matrimonio y…

—Las de un vecino de mi casa que se llama Óscar Velasco. Las obtuve por internet tras hacerme con su documento nacional de identidad. Fue de lo más sencillo.

— ¿Y su mujer se llama Mónica?

—Sí, claro.

—Y la ostentosa mansión en la que me dijiste que vivías…

La interrumpió antes de que pudiera terminar la frase.

—Existe. Existe verdaderamente y esta mañana la has podido ver a través de las arizónicas de la valla. Pero no es mía ni lo ha sido nunca. Me pareció oportuno indicarte ese chalet como mi domicilio, porque alguno te tenía que dar. El certificado de empadronamiento lo falsifiqué. También me resultó bastante sencillo.

—Claro. Y por esa razón, cuando te he llamado esta mañana a informarte de que había visto a tu mujer tomando el sol en la terraza, te he dado un susto de muerte. Has comprendido que en cualquier instante averiguaría yo que todo lo que me habías contado sobre ti y sobre tu matrimonio era una superchería y me has propuesto venir a esta casa pensando que no podías demorar más el momento de... ¿de qué?

Con la cabeza ladeada la contempló él como si se estuviera preguntando cómo podría aparentar ella en las circunstancias en las que se encontraba tanta seguridad en sí misma.

—De que me digas de una maldita vez donde escondió Octavio el pendrive en el que había archivado toda la información de la que disponíamos. No está en esta casa ni en la tuya, de modo que tuvo que dártelo a ti aquella noche. Ya me ocupé de registrarle los bolsillos y todo lo que llevaba puesto antes de arrojarle al barranco y no lo llevaba encima, así que...

—Fuiste tú— le interrumpió horrorizada Verónica.

—Claro que fui yo. Y no pongas esa cara de espanto, porque recibió lo que se merecía. Me costó entender que por una tonta chica estuviera dispuesto a renunciar al negocio que habíamos montado, pero que encima pretendiera largarse llevándose toda la información que habíamos tardado tanto en recopilar me pareció inadmisible.

Sintió Verónica que los ojos se le llenaban de lágrimas.

— ¿Cómo pudiste...?

— ¿Qué cómo? También fue muy sencillo. Como lo va a ser ahora mismo si no me dices dónde está ese pendrive.

—Déjala en paz, Emilio— protestó Rebeca—. Ella no lo sabe. He tratado de sonsacarla desde entonces en cientos de ocasiones y sé que no tiene ni idea. Que ignoraba por completo todo lo que se refería a Octavio y a nosotros dos.

—De eso ya me di cuenta desde el primer día en el que la visité en su despacho— contemporizó él—. Me pareció que el mejor medio de averiguarlo era fingir que pretendía divorciarme y encargarle el caso a ella para tener oportunidad de obtener esa información, pero dado que me ha fallado esa estrategia tendremos que recurrir a otro método.

Se había sacado las manos de los bolsillos y algo brilló en su mano al tiempo que se abalanzaba sobre Verónica, que retrocedió hasta que chocó con la pared y se quedó inmovilizada por el miedo. Rebeca, por el contrario, reaccionó en el acto interponiéndose entre los dos para protegerla con su cuerpo, pero él la apartó con un tremendo empujón estampándola contra la puerta de cristales que se abrió de golpe, por lo que aterrizó unos metros más allá dentro del salón. Perdió él unos segundos en enderezarse y se volvió después para arremeter contra Verónica. Se lanzó contra ella, que repentinamente recuperó el uso de sus miembros y levantó una pierna, propinándole un rodillazo en los genitales con todas sus fuerzas. Se dobló sobre sí mismo. Vaciló un instante como si su cuerpo no le sostuviera y luego cayó al suelo como un fardo.

No perdió ella ni un segundo. Recogió su bolso del suelo y saltando por encima de él, alcanzó la puerta y salió al porche. El frío viento de marzo le arremolinó los pantalones contra sus piernas y le hirió en el rostro a la par que dispersaba su melena en todas direcciones. Era ya noche cerrada y apenas si se distinguía otra cosa que las oscuras siluetas de los árboles agitando sus ramas al compás de las ráfagas de viento, por lo que intentó orientarse por los apagados destellos de una farola que veía a lo lejos y que dio por hecho que se hallaría en la calle, echando a correr en esa dirección. Del caminito de piedras que conducía del porche hasta la valla solo percibía de cuando en cuando algún guijarro más claro que los demás que brillaba en la oscuridad y que le sirvió de guía, por lo que corrió y corrió con el corazón en la garganta hacia la luz, cuya ubicación adivinaba al otro lado del seto.

Estaba a punto de alcanzar la puertecilla del jardín, cuando oyó el ruido de la puerta de la casa al abrirse a su espalda y al volver la cabeza en esa dirección le vio a él que, ya recuperado del golpe que había recibido, emergía a contraluz en el porche, y se lanzaba en su persecución. Aterrorizada, aceleró como pudo su carrera. Él bajaba ya, saltando de dos en dos los escalones, y remató el descenso al tiempo que luchaba ella por descorrer el pestillo de hierro de la cancela. Perdió unos segundos después de traspasarla en cerrarlo de nuevo para demorar de ese modo el avance de él. Ya en la acera, se detuvo un segundo desorientada. La calle se extendía larga y oscura ante su vista y si echaba a correr no tardaría él en darle alcance. En ese instante empujaba ya la puertecilla por lo que mediaban entre los dos tan solo unos pocos metros.

De improviso distinguió el automóvil de él aparcado junto a la acera. Notó el duro bulto que llevaba dentro del bolsillo de su chaqueta y no lo dudó. Con una mano que temblaba extrajo de su interior el llavero que él le había entregado. Accionó seguidamente el mando para abrir las puertas y una vez que se introdujo apresuradamente en el asiento del conductor, las cerró accionando el propio mando. Un instante más tarde aporreaba él el cristal de la ventanilla mascullando algo que afortunadamente no llegó a oír. Tenía el rostro distorsionado por la ira y sintió Verónica que el corazón se le desbocaba dentro del pecho.

Pero allí dentro estaba segura, se dijo. Llamaría por el móvil a la policía y en unos minutos se presentaría ésta y ella estaría a salvo. Lo intentó con unos dedos tan torpes que no llegó a localizar el número en la agenda. Había sacado el móvil del bolso y había pulsado como enloquecida todas las opciones. Inspiró aire profundamente diciéndose que tenía que lograrlo, que era su única salida, hasta que llegó al convencimiento de que no tenía anotado en la agenda el número que buscaba. Casi a la vez descargó él un golpe tremendo contra el cristal, lo que coreó ella con un grito estentóreo que nadie oyó. Al menos no provocó ninguna reacción en los chalets de ambas aceras de la calle. No debían de estar habitados, porque continuaron tan silenciosos y a oscuras como antes.

Apenas si le distinguía a él a través de la ventanilla, pero si alcanzó a ver unos segundos más tarde que se apartaba del vehículo y retrocedía dentro del jardín despareciendo de su vista, envuelto en las sombras. ¿Habría desistido de su intención de mandarla al otro mundo? Pero tenía que hacer algo, llamar a alguien que viniese en su ayuda. No podía bajarse del coche, porque él podía estar agazapado al otro lado de la cerca y la alcanzaría en unos segundos, aunque echase a correr calle abajo. De pronto se le ocurrió una idea salvadora. Llamaría a Enrique para que a su vez avisase a la policía. Le localizó inmediatamente en su agenda y unos segundos más tarde oyó su voz.

— ¿Verónica?, ¿dónde estás? Me ha dicho Tamara que no ibas a venir esta tarde al despacho.

Trató de interrumpirle, pero le costó encontrar las palabras en su garganta.

—Enrique… tienes que llamar a la policía. Ahora mismo. No tengo su número y… él va a volver de un momento a otro. ¿Me oyes?

La voz de él denotó su confusión.

— ¿Qué número es el que no tienes? No entiendo una palabra de lo que dices.

—Da igual—sollozó medio histérica—. Da igual que no entiendas nada—. Llama a la policía de una vez y dile que venga.

— ¿Pero a dónde?

—Al chalet donde vivía Octavio. Benjamín, el detective que contrataste, nos dio la dirección, ¿es que no te acuerdas?

—Sí me acuerdo, sí, ¿pero qué es lo que te sucede?

—Que estoy en su coche— hipó— Encerrada en un coche y que no puedo salir.

—Sí puedes salir—sonó persuasiva la voz de Enrique—. Solo tienes que abrir la portezuela y salir. Tienes que tomarte esto en serio Verónica y dejarte de niñerías. Ya va siendo hora de que afrontes ese problema y de que te comportes como todo el mundo.

—Eres más cerrado que una hucha— le gritó—. Él quiere matarme, ¿por qué no lo entiendes y llamas a la policía?

—¿Y quién es él?— insistió Enrique—. Es que no te explicas.

—Él es Emilio, aunque antes se llamaba Óscar.

—Ya— murmuró él carraspeando como si estuviera haciendo un inconmensurable esfuerzo por entenderla—. Y lo que sucede es que se ha cambiado el nombre y eso te ha fastidiado, ¿no es así?

—No— gritó furiosa— Te digo que llames a la policía y que dejes de hacer preguntas estúpidas. Llámala de una vez.

Por el silencio que captó al otro lado del hilo dio por supuesto que se debatía aun él en el desconcierto más absoluto, pero desistió de explicárselo. No tenía tiempo. Óscar salía corriendo por la puerta del jardín con algo en la mano que no tardó en identificar. Era un martillo. Estaba claro que pretendía romper con él el cristal de la ventanilla y también lo estaba que ella no tenía escapatoria.

Un escalofrío la recorrió de arriba abajo y se echó a llorar al tiempo que él alcanzaba el coche en un par de zancadas y descargaba el martillo contra el cristal. Lo astilló en mil esquirlas que se descompusieron en luces de colores a la claridad de la farola, antes de caerle a ella sobre el pantalón. Luchaba él ahora por introducir una mano entre los transparentes fragmentos que aún permanecían asidos al cerco de la ventanilla, cuando ella, sin que la idea llegara a pasar por su cabeza, introducía como enloquecida la llave en el contacto y ponía el motor en funcionamiento con un rugido sordo. Sintió en su cuello los dedos de él al tiempo que pisaba el embrague con la pierna izquierda, tan rígida que le pareció que pertenecía a otra persona, e introducía la marcha sintiendo que los latidos del corazón se le disparaban. Con un dolor lacerante en todo el cuerpo empezó a gritar al tiempo que pisaba con el pie derecho el acelerador y arrancaba. El coche empezó a descender lentamente por la calle y él corrió detrás chillándole algo que se confundió con los histéricos sollozos que ella no lograba controlar. La cabeza la daba vueltas y estuvo a punto de chocar contra una farola, pero la esquivó a tiempo y aceleró después con la frente pegada al parabrisas para distinguir en la oscuridad el trayecto que debía seguir. Él corría detrás del vehículo, pero su figura se iba empequeñeciendo conforme iba aumentando la velocidad. Finalmente le perdió de vista. Había salido a la carretera.

C*APÍTULO XVII*

Habría recorrido un par de kilómetros en dirección a Madrid cuando la guardia civil de tráfico le dio el alto, indicándole que detuviera el vehículo y lo estacionara en el arcén. Aunque experimentó un alivio infinito al seguir sus indicaciones, porque identificó a los agentes como sus inmediatos salvadores, no por eso se relajó ni dejó de llorar histéricamente con ambas manos aferradas al volante y todo el cuerpo en tensión. Los dos hombres trataron de atisbarla a través de los destrozados fragmentos del cristal de la ventanilla que aún se sostenían y le pidieron el permiso de conducir. No lo llevaba encima. ¿Para qué? Durante los diez años que iban a transcurrir en breve desde entonces lo había dejado guardado en el primer cajón de la cómoda de su cuarto bajo unos pañuelos de cuello, porque no quería verlo. Estaba a punto de caducar, pero aún mantenía su vigencia y entre hipidos trató de hacérselo comprender a aquel guardia civil de aspecto bonachón que la contemplaba serio y con el ceño fruncido y al otro, algo más bajo, que se mantenía a su lado y del que en la oscuridad de la carretera no llegaba a distinguir su rostro.

— ¿Es suyo este vehículo?— le preguntó el primero por enésima vez, examinando lo que quedaba del cristal de la ventanilla, la abolladura de la aleta derecha, producida por la colisión con la farola y el estado de ansiedad de la conductora, que sollozaba inconteniblemente con ambas manos aferradas al volante.

—No... no. Yo... yo no tengo coche. No puedo conducir.

—¿No puede, no tiene coche y viene a tres kilómetros por hora y haciendo eses por la carretera? ¿Lo ha robado usted?

Meneó enérgicamente la cabeza Verónica en sentido negativo.

—No… él me dio las llaves.

—Pero usted no tiene carnet de conducir.

Intentó explicárselo de nuevo a aquel agente, en su opinión cerrado de mollera, que la miraba ahora recriminatoriamente como si ella fuera una delincuente o poco menos.

—Sí lo tengo— balbuceó entre hipidos—. No pudo conducir desde el accidente, pero Emilio quería matarme y por eso…

El ceño del agente se frunció aún más sobre su frente y se volvió hacia el otro como consultándole su opinión. Luego se inclinó de nuevo hacia ella.

—Y ese Emilio y usted han estado bebiendo, ¿no es así?

—No, no, yo no bebo casi nunca… solo en Navidad— balbuceó torpemente—. Y solo una copita de cava.

—Pues entonces ha hecho una excepción esta tarde y ha empinado bien el codo. ¿O se ha metido otra cosa?

Por más que ella intentó negarlo, se empeñó el hombre en hacerle una prueba de alcoholemia y cuando tanto esa prueba como la de consumo de drogas dieron negativas, se rascó pensativamente el cogote.

—Va a tener que acompañarnos al puesto más cercano y desde allí llamaremos al pariente que nos diga. O no sabe conducir o no está en condiciones de hacerlo. Baje usted del coche y suba al asiento posterior del nuestro.

Sollozando le obedeció Verónica y no dejó de llorar durante todo el trayecto, aunque por primera vez en muchos años no se aferró al asiento del vehículo con ambas manos ni tampoco se le disparó la pierna derecha en un vano intento de pisar un pedal que lo detuviera, porque no le quedaban fuerzas. Lloraba por la experiencia que había padecido en la que fuera la vivienda de Octavio, por el pánico que había sentido cuando

Emilio la había atacado y luego, cuando la había perseguido por el jardín. Pero sobre todo por el terror que la había atenazado al verle correr hacia el coche con el martillo y en el instante en el que había hecho saltar por los aires el cristal de la ventanilla. Le dolía algo dentro que no conseguía localizar, pero que le estrujaba los pulmones, comprimiéndole el aire que debería poder respirar y que se negaba a penetrar en el órgano que para esa función había creado la naturaleza. Y le angustiaba también lo que pudiera haberle sucedido a Rebeca.

Ya en el cuartelillo, cuando el agente con aspecto bonachón le pidió un número de teléfono para efectuar en su nombre la llamada a un familiar para que se hiciera cargo de ella, no lo dudó. Ni siquiera le pasó por la cabeza la idea de avisar a su hermano, que era su único pariente. Sin dudarlo le arrebató el aparato y ella misma marcó el del móvil de Enrique, que la atendió en el acto.

—Verónica, ¿dónde estás? He llamado a la guardia civil, pero en la dirección que me has dado antes solo han encontrado a una chica tirada en el suelo a la que han llevado a un hospital. Al parecer tiene un sinnúmero de contusiones y varias costillas rotas.

Se sorbió ella las lágrimas e intentó aclarar sus ideas para explicarle que se encontraba en el cuartelillo de la guardia civil y pedirle que fuera a buscarla. La interrumpió alarmado, antes de que hubiera tenido oportunidad de acabar de referírselo.

— ¿Que estás detenida? ¿Y por qué te han detenido?

No pudo evitar ella dejar escapar un hipido.

—Por conducir haciendo eses por la carretera. Me han dicho que van a tener que quitarme muchos puntos del carnet de conducir.

— ¿Qué te van a quitar puntos?— se sorprendió Enrique—. ¿Pero es que tú…?

—Tú has tenido la culpa— le recriminó esbozando un puchero como si fuera una niña chica—. No dejabas de preguntarme tonterías en lugar de llamar a la policía como te he pedido y…

—Pero si la he llamado... — se defendió consternado—. He llamado a la guardia civil y han acudido en el acto al chalet en el que vivía tu marido.

—Se habrán presentado después, porque han tardado mucho— sollozó de nuevo—. Y yo estaba dentro de un coche. Del coche de Emilio que ha venido con un martillo a romper el cristal de la ventanilla— le interrumpió incoherentemente.

Se hizo un silencio al otro lado del hilo. Enrique parecía haber enmudecido para intentar entender lo que le decía.

— ¿Y por qué quería romper ese cristal? No entiendo nada de lo que me dices.

—Da lo mismo— replicó entre dos hipidos—. Ven a buscarme ahora mismo porque...

El agente le había quitado el auricular y le explicó a Enrique en pocas palabras el motivo de que le hubieran pedido a Verónica que les acompañara a sus dependencias, así como que era necesario que se presentara para hacerse cargo de ella. A continuación cortó la comunicación y se volvió hacia la muchacha.

—Ese familiar suyo va a venir inmediatamente a recogerla. Quizás, si nos da una explicación que nos convenza, nos evite formular una denuncia contra usted.

Intentó ella inútilmente hacerse entender, aunque el agente bonachón le ofreció un vaso de agua y le dio palmaditas en la espalda mientras se lo bebía. Continuó llorando inconteniblemente y entre hipos y sollozos trató de referírselo a Enrique cuando media hora más tarde se presentó en el cuartelillo, despeinado, con un arrugadísimo pantalón de pana marrón y un no menos deteriorado jersey amarillo plagado de bolitas. Verónica no le había visto nunca con ese aspecto tan desaliñado, porque incluso cuando antaño salían al campo y vestía ropa deportiva, presentaba un aspecto bien distinto. Con la llamada de la policía debía de haber salido corriendo con la indumentaria que llevaba en su casa. Pero aun con el pelo revuelto y respirando entrecortadamente logró hacerse entender por los dos agentes, que le escucharon deferentemente, y tranquilizarla a ella que se desahogó a gusto en sus brazos empapándole el jersey de lagrimones.

Los dos guardias civiles la contemplaron conmiserativamente cuando él les puso al tanto del trauma que padecía Verónica y que le impedía conducir automóviles, aunque hizo hincapié en que cabía dentro de lo posible que lo hubiera superado esa tarde al encontrarse en una situación límite, de riesgo extremo, por lo que no procedía que formularan denuncia alguna contra ella.

—Pero tendrá que aprender de nuevo a conducir— rezongó el más bajito—. Tendrá que inscribirse en una academia y examinarse de nuevo, porque en estos momentos es un peligro público para los automovilistas que tengan la desgracia de cruzársela por la carretera.

—Descuide, que de eso me ocuparé yo— le aseguró Enrique—. Y ahora creo que no deberían perder más tiempo y que lo que urge es que se pongan en contacto con la guardia civil de Alcorcón, a la que he llamado, y que en estos momentos anda buscando al culpable de la crisis de ansiedad que está sufriendo esta chica y de unos cuantos delitos más.

Les dejaron marchar en cuanto suscribieron unos cuantos documentos que les pusieron a la firma y el aire frío de la noche la despejó un tanto a ella cuando dejaron atrás el edificio y se encaminaron hacia el automóvil de él, estacionado unos metros más allá. Abrió Enrique con el mando las portezuelas y permaneció unos instantes indeciso, aguardando la reacción de Verónica, que volvió a aferrarse a su jersey amarillo para seguir llorando, ajena a lo que la rodeaba y al presente que estaba viviendo.

— ¿Dónde quieres sentarte?— le preguntó cuándo se cansó de esperar a que ella realizara alguna manifestación a ese respecto.

Levantó la mirada hacia él y parpadeó como si entre las lágrimas y la oscuridad no consiguiese enfocar bien su rostro.

— ¿Yo? Detrás. Sabes que no puedo… que no puedo…

—Está bien. Estoy seguro de que sí puedes, pero si lo prefieres, súbete al asiento posterior. Mañana, si te parece bien, llamaremos a Mercedes y haremos lo que ella diga. ¿Estás de acuerdo?

Paradójicamente pareció recuperar Verónica la consciencia, cuando se sintió dentro del coche y dejó de llorar para negarse categóricamente.

—No, Mercedes puede esperar. Mañana tengo que ir a ver a Rebeca. Me ha defendido. Si no fuera por ella no estaría yo viva en este momento y por los agentes con los que has hablado sabemos que la han ingresado en un hospital. Tengo que ir a visitarla para ver como está y para darle las gracias.

—Me parece bien— aprobó Enrique introduciendo cautelosamente la llave en el contacto, a la par que giraba la cabeza hacia atrás para observar la reacción de ella al oír el ruido del motor—. Creo que me han dicho que la han llevado a Alcorcón y te llevaré a verla mañana a la hora que me digas. Pero después…

No dio la impresión Verónica de haberle oído. Parecía abstraída como si no fuera capaz de centrarse en el presente y únicamente fuese capaz de rememorar lo sucedido esa tarde en el chalet de Montepríncipe, porque musitó:

—Rebeca me lo explicó todo. A qué se dedicaban los tres y que Emilio, que actuaba como jefe del grupo, se había puesto muy violento al enterarse de que Octavio había planeado largarse al extranjero con toda la información que habían reunido. Y que por eso le mató. Le arrojó aquella noche por el precipicio después de quitarle el ordenador.

Arrancó Enrique suavemente el coche después de introducir la marcha y con la vista fija en la carretera aguardó un ataque de ansiedad de ella que no se produjo. Inclinada hacia adelante y con las dos manos apoyadas en el asiento del conductor, ignoraba aparentemente que se hallaba en el interior de un vehículo en marcha, absorta en lo que le estaba refiriendo a él.

— ¿Y Rebeca le ayudó?

—No, ella no lo sabía. Me ayudó a mí porque se lo había encargado Octavio. Luego entró en varias ocasiones a registrar mi piso, pero no encontró el pendrive. Octavio lo había escondido dentro de una cajetilla de tabaco que me dio cuando aquella noche aparcó el coche junto a la fachada posterior del albergue. Yo no tenía ni idea. Había guardado esa cajetilla en el bolso que me había comprado para la boda y lo metí en el fondo del armario cuando después del entierro de él volví a casa. No quería verlo ni recordar nada de mi matrimonio. Esta tarde he tenido la ocurrencia de desempolvar ese bolso para salir con Óscar. O con Emilio. En realidad se llama Emilio.

— ¿De qué pendrive me hablas?— inquirió desorientado, dirigiéndole una rápida mirada por el espejo retrovisor. Aunque con los ojos como botas e hipando todavía, aparentaba estar relativamente tranquila, sin la tensión que la acometía instantáneamente en cuanto se encontraba en el interior de un vehículo en marcha.

—Del que había utilizado Octavio para archivar la información y las pruebas con las que amenazaban a sus víctimas.

—Ya. Y esta tarde te has arreglado especialmente para salir con ese Emilio que a poco acaba contigo. ¿Por qué? ¿Te gustan los maleantes?

Se lo había preguntado irónicamente y Verónica dejó de llorar y se retrepó en el asiento buscando una respuesta sincera.

—En varias ocasiones me has dicho que no me considerabas una estúpida por haberme casado con Octavio. ¿Lo sigues pensando?

Tardó él en contestarle y cuando lo hizo parecía estar midiendo cuidadosamente las palabras

—Bueno, sin ser necesariamente estúpidos, todos podemos cometer insensateces.

— ¿Cómo yo?

—Sí.

Desvió ella la mirada hacia el oscuro paisaje que apenas si podía distinguir a través del cristal de la ventanilla. En ambas orillas de la carretera las sombras alargadas de los árboles se recortaban en negro contra un firmamento del mismo color. Pensativamente murmuró:

—No me gustan los maleantes, pero es que no sabía que Óscar lo era. Había venido varias veces al despacho pretextando querer divorciarse de su mujer y aparentaba ser tan atento, tan amable... Esta tarde he sabido que no estaba casado y que había fingido lo del divorcio para poder acercarse a mí y sonsacarme.

—Y sin imaginar nada, habías concertado una cita con él. ¿Por qué? ¿Sales ahora con tus clientes?

Trató de analizarlo ella y encontró inmediatamente la respuesta.

—No, por supuesto que no. Se ofreció a llevarme al chalet de Octavio y yo no podía imaginarme la clase de persona que es. Me pareció un hombre atractivo y me dio la impresión de que le gustaba yo. Es agradable gustar, ¿no crees?

Continuó callado Enrique con la mirada fija en la carretera que iban recorriendo, por lo que Verónica insistió:

— ¿No crees que es agradable?

—No lo sé— repuso al fin cansadamente.

— ¿No lo sabes?

—No, no lo sé. A mí, en serio, solo me ha importado una y aún no he conseguido entender muy bien el motivo de que todo haya salido mal. En algo importante he debido de equivocarme, pero no sé todavía en qué.

El reproche le estaba claramente dirigido. Se arrellanó Verónica en el asiento rememorando la etapa anterior a que conociera a Octavio. Si no hubiera sido por la insistencia de Enrique a que se enfrentara al trauma que no conseguía superar, nunca se hubiera fijado en el otro. Ni tampoco en Óscar. Al lado de Enrique se había sentido siempre segura, aunque no comprendida ni descargada de su sentimiento de culpa. Pese a todo añoraba aquella época y sobre todo a él.

—No te equivocaste en nada— murmuró a media voz—. Fui yo la que no supe valorarte ni entendí que pretendías que hiciera lo correcto. Quizás...

Enmudeció sin saber cómo continuar. De improviso se dio cuenta de que iba cómodamente recostada en el asiento sin aferrarse a él con ambas manos. Había cruzado las piernas además sin la tensión de siempre, sin obstinarse en ir frenando inconscientemente con el pie derecho.

— ¿Qué ibas a decir?— insistió él.

—Que quizás pudiéramos comenzar de nuevo. Como si todo lo que ha ocurrido desde entonces no hubiera sucedido nunca. Volver a aquella mañana en la que yo te esperaba sentada en una mesa de la cafetería de la esquina y tú me llamaste al móvil para decirme que te iba a ser imposible llegar. Que el juicio que tenías señalado para esa mañana se iba a prolongar. En esta ocasión no se nos cruzará Octavio ni…

—Ni tampoco faltaré yo a la cita— concluyó él.

EPÍLOGO

Rebeca estaba sentada en la cama del hospital, cuando Verónica entró en la habitación. Tenía un brazo vendado y en un primer momento se fijó ella tan solo en los círculos violáceos que bordeaban sus los ojos. Al acercarse más pudo comprobar que también ostentaba moratones de todos los colores en su rostro y en su cuello. Preocupada, acercó una silla y se sentó a su lado.

— ¿Cómo estás?— le preguntó.

Intentó la otra sonreír, pero no consiguió esbozar más que una mueca.

— ¿Que cómo? Como unos zorros. Ese descerebrado me vapuleó a conciencia y probablemente me hubiera matado de no haber caído en que lo prioritario en esos momentos era perseguirte a ti. ¿Qué hiciste?

—Me subí a su coche. Emilio me había dado las llaves antes de subir a la planta superior a investigar quien caminaba arriba por el pasillo.

—Era yo— le aclaró Rebeca.

—Eso ya lo sé ahora, pero cuando llegamos al chalet pensé que era Octavio.

La tumefacta frente de la otra se plegó dolorosamente cuando hizo el intento de enarcar las cejas.

— ¿Octavio? Octavio murió aquella noche, como te he repetido cientos de veces, aunque tú hayas mantenido la esperanza de que el cadáver que fuiste a reconocer en el depósito fuera el de otra persona. Tienes que hacerte a la idea de que él ya no está ni va a volver.

Se lo decía como si Verónica sufriera aún por su pérdida, por lo que se apresuró a aclararle ese extremo.

—Estás equivocada. Me confundí cuando le conocí. Creí que era un chiquillo ingenuo, aunque por la edad debería haber madurado ya, pero no volvería con él si por una equivocación de la policía y de la ciencia estuviese vivo. Enrique y yo hemos retomado nuestra relación en el punto en el que la dejamos y todavía no hemos decidido si vamos a vivir en su casa o en la mía, pero lo haremos en breve. Él heredó también de sus padres un piso grande y antiguo. Los dos son un poco destartalados, pero ahora sí me apetece cambiar la decoración de la que vaya a ser nuestra vivienda. Tengo que reconocer que ahora sí soy feliz.

Se la quedó mirando Rebeca incrédulamente.

—Pero yo creí… Octavio te quería y yo pensé que tú le correspondías, que tardarías en reponerte de su muerte. Iba a dejarlo todo por ti.

—Iba a dejar algo que nunca debería haber comenzado— sentenció ella en tono monocorde— He defendido a muchos delincuentes, sobre todo cuando comencé a ejercer la profesión, pero nunca se me hubiera ocurrido casarme con ninguno de ellos. Supongo que eres capaz de entenderlo.

—Pero... Si ha transcurrido poco más de un mes…— objetó la otra como si no la hubiera oído.

— ¿Y qué? Aquello fue un espejismo. En realidad el hombre con el que me casé nunca ha existido. Le inventé, porque le necesitaba. Le necesitaba para paliar la angustia de una chiquilla, que también debería haber madurado, por un trauma producido por no ser capaz de perdonarse a sí misma o eso creí.

— ¿Y ya te has perdonado?

Desvió ella los ojos hacia la ventana. Daba a un patio y a través de él podía verse la habitación de enfrente en la que una enfermera colocaba unos envases sobre un carrito. La miró sin verla.

—Fue un accidente— musitó al fin— Voy a acudir de nuevo a la consulta de Mercedes, la psicóloga que me estuvo tratando y… sí, creo que conseguiré superarlo. Y también voy a apuntarme a una academia para volver a examinarme para que me den el permiso de conducir. Fue la condición que me pusieron los dos agentes de la guardia civil cuando me detuvieron en la carretera tras salir huyendo con el coche de Emilio. Conseguí arrancarlo, ¿sabes?— la comunicó orgullosamente.

— ¿De verdad?

—Sí. Y aún no te he contado lo mejor. Le han detenido.

— ¿A Emilio?

—Sí. Mañana me llevará Enrique a Candeleda y le llevaré el pendrive a Simón para que complete la investigación. Con la información que contiene espero que la Audiencia Provincial le condene a muchos años de prisión. Le encontraron cerca del chalet donde vivía Octavio. Como yo me llevé su coche, no pudo ir muy lejos.

Se echó a reír como si la aterradora angustia que sintió cuando para salvar la vida se vio obligada a arrancar el automóvil de él y salir de la urbanización para enfilar después la carretera hubiera tenido gracia y Rebeca intentó imitarla, aunque sin éxito. Había enmudecido ahora y parecía barajar algo en su mente de lo que no se atrevía a hacerle partícipe.

— ¿En qué estás pensando?— le preguntó colocando una mano sobre la suya.

—En mí.

— ¿En ti?

—Sí, ¿qué has pensado hacer conmigo? ¿Me vas a denunciar?

No se había planteado Verónica nada a ese respecto y durante unos segundos se quedó desconcertada. Como si se tratara de una secuencia de imágenes filmadas, creyó verse a sí misma y a Rebeca en el salón de la casa de Octavio cuando al subirse de un salto al respaldo del sofá se le cayó el bolso y la cajetilla de tabaco rodó por el suelo. Se la había devuelto la otra sin una duda, pese a haber adivinado que contenía el material que Octavio les había birlado y que había estado buscando ella en su piso día tras día. Sin solución de continuidad cambió en su mente de escenario y se vio a sí misma en el vestíbulo de ese chalet y a Emilio abalanzarse sobre ella con algo en la mano que brillaba. Era una navaja. Y

Rebeca se había interpuesto entre los dos y había recibido en un brazo la cuchillada que le estaba destinada. Se le humedecieron los ojos al mirarla.

—No, claro que no te voy a denunciar y si Emilio te acusa en el juicio, te defenderé. Soy bastante buena, ¿sabes?— terminó, tratando de tomárselo a broma.

— ¿Me defenderás?— insistió la otra—. Me parece que se te ha olvidado que soy culpable.

—Y tú deberías saber que todo ser humano tiene derecho a una defensa— replicó Verónica con humorismo—. Tranquila, saldremos de ésta. Y ya verás— añadió con los ojos brillantes—. Si se diera el caso, que es muy posible que no se dé, iría ese día a la Audiencia Provincial conduciendo mi propio automóvil. Ahora estoy casi segura de poder lograrlo.

— ¿Casi segura?—Se rió Rebeca.

—Bueno, no se puede nunca estar completamente segura de nada, pero sí, lo conseguiré. Y me compraré un cochecito azul en el que tú y yo iremos a pasear algunas tardes cuando terminemos nuestro trabajo. Tú volverás a la galería de arte, que será exclusivamente tu medio de subsistencia, además de los cuadros que pintes y logres vender, y yo a mi despacho. Nos olvidaremos de que un descerebrado ha estado a punto de matarnos a las dos. Y ahora tengo que marcharme. He venido en un taxi, ¿sabes?

— ¿De verdad?

—Y tan de verdad.

— ¿Y cómo te has sentido?

Lo consideró Verónica con el ceño fruncido.

—Pues… no puedo decir que haya disfrutado con el paseo, pero he conseguido respirar normalmente sin agarrarme como una loca al asiento ni empeñarme en frenar el coche con el pie derecho. Nadie que pasara por la calle y se hubiera fijado en mí hubiera imaginado que hace unas horas subirme a un automóvil suponía para mí una tortura. Voy a poner de mi parte todo lo que sea necesario para resolverlo y esta vez estoy segura de lograrlo.

Se levantó y se acercó a la cama para inclinarse y darle a la otra un beso en la mejilla. Luego salió de la habitación.

Desde la puerta se volvió para despedirse de nuevo con la mano y caminó luego por el largo pasillo con paso rápido. Bajó luego por la escalera y finalmente salió a la calle, soleada y cálida. La primavera se dejaba ya sentir y aspiró su olor inconfundible mientras por la acera se dirigía hacia la parada de taxis. Iba a tomar uno para volver a su casa, arrellanándose cómodamente en el asiento posterior con las piernas cruzadas, relajada y feliz.